EL CUENTO DEL LOBO

LA TRAMA

EL CUENTO DEL LOBO

Blas Ruiz Grau

Penguin
Random House
Grupo Editorial

Primera edición: noviembre de 2021

© 2021, Blas Ruiz Grau
Autor representado por Editabundo Agencia Literaria, S. L.
© 2021, Penguin Random House Grupo Editorial, S. A. U.
Travessera de Gràcia, 47-49. 08021 Barcelona

Printed in Spain – Impreso en España

ISBN: 978-84-666-7058-6
Depósito legal: B-15.137-2021

Compuesto en Llibresimes, S. L.

Impreso en Black Print CPI Ibérica, S. L.
Sant Andreu de la Barca (Barcelona)

BS 7 0 5 8 6

A Mari y Leo,
que me protegéis para que no me lleve el lobo

Pobre mortal, planteaste el juego en mi tablero.
Error fatal, confundir al lobo con un cordero.

WARCRY, «El cazador»,
del álbum *Revolución*, 2008

Nota del autor

Querido lector, antes de que te sumerjas en la historia, déjame contarte que, salvo la fecha en que se inicia todo, que coincide plenamente con las elecciones a presidente de la Diputación de Alicante (así como todas las localizaciones de la novela), el resto es pura ficción. Los personajes son eso: personajes, y no están basados en nada ni en nadie, salvo el forense y uno de los agentes de policía, que están inspirados en amigos. Sus opiniones no son las mías, y los hechos que acontecen son inventados. Puede que sea una tontería, pero, mejor prevenir que curar. Dicho lo cual, solo me resta desearte que disfrutes.

1

Viernes, 10 de mayo de 2019. 22.04 horas. Elche

Qué poco se valora poder respirar con normalidad.

Hace unos minutos, tan solo unos minutos, este ejercicio se realizaba de forma automática, sin ninguna complicación. Sin ni siquiera ser consciente de hacerlo. ¿Y ahora?

Ahora que le faltaba el aire maldecía no haber apreciado algo tan nimio.

«Qué poco se valora poder respirar con normalidad», pensó de nuevo.

Alguien que tuviera el poder de entrar en su cerebro se preguntaría cómo podía tener esa clase de ocurrencias ante a una situación como la que estaba viviendo. Él, incapaz de dar una respuesta coherente a tal contradicción, buscaba algo de raciocinio en los recovecos de su mente.

No tuvo suerte.

Agachó la cabeza con la esperanza de poder respirar mejor. Sintió que era el momento de tener ideas lúcidas, eficaces, resolutivas, como dirían algunas personas de su día a día; sin embargo, lo único que era capaz de percibir en sí mismo era una imbecilidad profunda, sobre todo al verse con la cabeza gacha, confiando en que así el aire pasaría mejor por sus pulmones.

La levantó de nuevo.

Puede que fuese por la falta de oxígeno, o al menos así creía haberlo leído alguna vez, pero su campo de visión estaba emborronado, como si una espesa niebla hubiera aparecido de pronto en el lugar. En su loco ir y venir de imágenes inconexas, de repente la vio a ella, hablándole de lo que sentía cuando describía su ansiedad. ¿Era a eso a lo que se refería? Sí, tenía que serlo. Y qué sensación más desagradable. ¿Cuál era el siguiente paso según ella?

«Ah, sí, los sudores fríos».

¿Sugestión? Puede, pero tenía la espalda calada como si acabara de salir de la ducha. La única diferencia era que la placentera sensación que experimentaba después de pasar un buen rato bajo la alcachofa no se parecía en nada a esas molestas gotas que le bajaban justo por el centro del dorso.

Trató de volver a la realidad, de alejarse de aquellas locas divagaciones que habían llegado en el peor de los momentos.

Pero la neblina aún estaba ahí.

Tanto que la cara de la persona que tenía enfrente se había distorsionado hasta tal punto que le era imposible distinguir dónde tenía la nariz y dónde la boca.

Eso lo agobió más.

La creciente sensación de angustia que se había apoderado de él lo hizo inspirar con mucha fuerza, pero no sirvió de nada, pues de pronto algo muy parecido a un mareo lo asaltó a traición. Sintió que sus piernas no podían seguir manteniendo erguido el resto de su cuerpo y se vio a sí mismo cayendo al suelo.

Suerte que la persona que tenía enfrente fue lo suficiente hábil y logró sujetarlo por las axilas. También fue una suerte tremenda que quien tenía ante sí se asemejara bastante a un gorila en cuanto a corpulencia. Pero a uno de los fuertes, que gorilas los hay de muchas clases.

Mario oyó su voz. Sin embargo, no identificó ni el tono ni el timbre, pues el hecho de que esta le llegara al cerebro en forma de eco lo hacía imposible. Era como si alguien estuviera dando voces en el interior de una cueva, pero bien adentro, muy lejos de él. Nunca había estado en una, pero debía de sonar así.

—¿Está usted bien? —preguntó una voz femenina que dejaba entrever una justificada preocupación.

Eso no hizo sino confundir más a Mario, pues no vio a nadie alrededor que se asemejase a una mujer, tras haber descartado totalmente la posibilidad de que la fuente de aquella voz fuera Maguila el gorila, ya que era imposible que tuviera ese timbre. Se esforzó en dar con ella, y en cuanto logró localizarla, lo único que pudo sacar en claro fue que no vestía como él, aunque la maldita niebla no le permitiera estar seguro al cien por cien.

Mario trató de ser sincero y de decirle que no, que no estaba bien, nada bien, pero sentía tal sequedad bucal que no pudo pronunciar palabra alguna.

Lo de la sequedad no recordaba habérselo escuchado a ella.

—¿Me oye? ¿Está usted bien? —le repitió.

Él supo que la sensibilidad de su cuerpo seguía en buen estado, ya que las dos cachetadas que le propinó en el lado derecho de la cara sí las notó. Suaves pero efectivas.

Gracias a ello, Mario logró negar con la cabeza.

No estaba bien.

¿Cómo iba a estarlo después de lo que le acababa de suceder?

Maguila lo seguía sujetando por las axilas. Si no fuera porque le hacía daño, a Mario no le hubiera importado seguir un tiempo más en aquella posición. Pero vaya que si se lo hacía. Aquel hombre tenía fuerza suficiente para mantener agarrados a diez como él al mismo tiempo. El problema era que parecía estar concentrando todas sus energías solo con él. Si apretaba un poco más los dedos, estaba seguro de que acabaría atravesándolo. Para su fortuna, el gorila optó por moverlo como si no pesara nada hacia uno de los bancos que había cerca de donde estaban y lo ayudó a sentarse con cuidado.

Antes de dejarlo un poco más a su aire, se aseguró de que no se fuera a caer ni hacia delante ni hacia atrás.

Un tipo rudo pero amable.

La chica se situó a su lado y comenzó a darle aire, puede que con un papel o con algo por el estilo, pues Mario aún era incapaz de ver con claridad. Pensó en lo rudimentario del invento, pero enseguida reparó en que era muy efectivo, ya que comenzó a sentirse mejor. Al menos por fuera, porque lo que era por dentro...

Mario levantó la mano y ella dejó de abanicarlo.

Ya parecía poder valerse por sí mismo.

Respiró profundamente y agradeció para sus adentros haber podido hacerlo. Se prometió a sí mismo que a partir de ahora valoraría este simple gesto, aunque sabía que en el fondo se estaba mintiendo a sí mismo. Esas cosas no se valoran nunca.

Intentó dejar la mente en blanco.

Se incorporó ante la atenta mirada de la chica, con Maguila dispuesto a agarrarlo nuevamente de los sobacos. Su visión también estaba volviendo al punto inicial, cuando aún era capaz de distinguir las caras. Echó un vistazo a su alrededor y comprobó que todo el mundo lo miraba al pasar. Sin embargo, nadie llegaba a detenerse del todo. Era como una pequeña atracción que formaba parte de un *pack* que incluía compras más espectáculo, así que continuaban con lo que fuera que habían ido a hacer allí.

Mario se volvió de nuevo hacia la mujer. Maguila se acercó también.

—¿Está usted bien? —repitió ella.

Mario pensó que igual no sabía decir otra cosa. Lo que sí le llamó la atención fue la seriedad con la que se lo preguntaba. Esperaba más esa actitud por parte del mastodonte, incluso llegó a creer que eso debiera haber sido lo normal, pues para él tal disposición iba incluida en el uniforme de agente de la Policía Nacional que lucía el grandullón. Pero la chica no vestía como él, aunque su comportamiento le sugería que su trabajo podría ser el mismo.

Él la miró y asintió. No demasiado convencido, eso sí, aunque albergaba la esperanza de que así lograría que relajara el rictus.

Sin embargo, ella no lo hizo.

Mario trató de suavizar la situación, en la medida de lo posible.

—Perdone, no sé qué me ha pasado —acertó a decir.

Ella lo analizó de arriba abajo antes de volver a hablar.

—Es natural, no se preocupe. Ahora le pido que se tranquilice del todo porque es muy importante. Sé que cuesta, pero necesito que lo haga. Recuerde todo lo sucedido y relátemelo despacio.

Mario asintió de nuevo como si fuera idiota.

Se quedó embobado, mirando hacia la tienda.

Una entrada. Una salida. No más posibilidades.

¿Cómo narices podía explicar que lo más importante de su vida había desaparecido allí dentro?

15 horas antes...

2

Viernes, 10 de mayo de 2019. 7.04 horas. Elche

Ya sentía cansancio en el bíceps, pero quizá no tanto como en la zona del hombro.

La posición no ayudaba demasiado, claro, pero es que a Mario no se le ocurría otra forma de hacerlo para resultar eficiente.

—¿Has visto eso que asoma por detrás?

Él salió de su ensimismamiento. No pensaba en nada en concreto mientras realizaba la acción con los brazos, pero miraba hacia delante, absorto, concentrado en un punto de la pared. Uno completamente vacío.

—¿Qué? —acertó a preguntar.

—Que si has visto el cablecito ese tan mono; bueno, mono no sé si es, pero práctico parece que sí, que asoma por el culito del aparato. Creo que sirve para conectarlo a la corriente y que el exprimidor se mueva solo.

—Ja, ja, ja... —soltó él con evidente ironía—. ¿Te piensas que si funcionara estaría aquí haciendo el imbécil con las naranjas?

—Bueno, no me tires de la lengua. ¿Y ya no va? Joder, ¡si no tiene ni dos meses! Pues te va a tocar ir a la tienda a que nos lo cambien; no voy a pagar casi cien euros por un exprimidor para que deje de funcionar así de pronto. ¡Vaya mierda de aparato!

—Te dije que lo pidiéramos en Amazon, que no hace falta gastarse tanto dinero en algo que solo sirve para hacer zumos. Y no, lo siento, pero hoy no puedo, tengo que acabar lo de Olmo, que siempre me lío con cosas de la casa y parece que no trabajo.

Ella dejó de intentar colocar la rosca del pendiente. Llevaba haciéndolo desde que había entrado en la cocina con la intención de pedirle ayuda a su marido. Pero ahora, después de escucharle responder de ese modo, evadiéndose de toda responsabilidad, como siempre, ya no le pediría ni la hora. Aunque si quería marcha la iba a tener, sabía por dónde atacarlo.

—¿He dicho yo algo de eso? ¿Cada vez que hablemos de algo te vas a escudar en lo de que no me tomo en serio tu trabajo?

—Déjalo, por favor...

—Ya empezamos con el «déjalo», ¿alguna vez dejarás de responderme con un «déjalo»? —Hizo una pausa sin dejar de mirarlo—. ¿Sabes lo que creo? Que al final todo se reduce siempre a lo mismo: que eres incapaz de enfrentarte a nada.

—Por favor, de verdad, déjalo ya... —contestó Mario al tiempo que se daba la vuelta y volvía a lo de las naranjas.

—Muy bien, huye, si al final es justo lo que te iba a decir: no quieres ir a la tienda para no tener que reclamar lo que por derecho te pertenece. ¿Tan malo es que por una vez des la cara y digas las cosas como son? ¿Te van a comer? ¿Acaso crees que eso es echarle morro o pedir algo inaceptable? No, Mario, fíjate en lo que te estoy pidiendo: que vayas a una tienda donde me he gastado casi cien euros por un maldito exprimidor, que les digas que a los dos meses ya no funciona y que te den una solución. ¡Eso lo puede hacer todo el mundo!

—Si lo hubieras pedido en Amazon... —respondió sin darse la vuelta.

Clara se quedó mirándolo al tiempo que su respiración se intensificaba ligeramente. Se hubiera acercado a él y le habría estampado la cabeza contra la pared. La pregunta de si su marido tenía cinco años en lugar de treinta y dos no le vino de nuevo a la cabeza. Lo que sí tenía claro era que no estaba dispuesta a mantener una conversación con alguien tan tremendamente inmaduro.

¿Lo sabía cuando se casó con él?

Por supuesto. Tuvo mucho tiempo, demasiado, para conocerlo a fondo tras un noviazgo que comenzó hacía más tiempo del que era capaz de recordar. Pero decidió libremente dar el paso con el que, en teoría, aceptaba estar el resto de sus días con él. Lo sabía, lo tenía claro, pero a pesar de ello no podía evitar tener esos momentos de arrepentimiento que la llevaban al instante en que el padre Karras (así llamaban al sacerdote de la basílica de Santa María, por su parecido con el conocido personaje de la película *El exorcista*) le preguntaba si aceptaba a Mario por esposo. Ahora mismo hubiera dicho que no, sin vacilar.

Y como no se podía discutir con él cuando se ponía en ese plan, decidió intentar ponerse la rosca de nuevo mientras se daba la vuelta y volvía hacia la habitación de matrimonio.

Mario exprimió por completo la media naranja que tenía en la mano con solo dos vueltas. El mal humor que le entró de repente le hizo sacar fuerzas de su no demasiado musculoso brazo.

Cerró los ojos y suspiró. No es que pensara que él se había puesto en un plan demasiado molesto o inadecuado, pero quizá sí había sacado a relucir parte de su cabezonería, esa que nunca asomaba, todo había que decirlo, si no era por un motivo justificado.

O, visto de otro modo, puede que sí la hubiera, pero desde luego no tenía que ver con ella.

Sintió una punzada en el estómago al recordarlo.

Dejó los restos de la naranja sobre la encimera Silestone color crema. Le hizo gracia comprobar que sabía aquel dato, pues si estaba al corriente tanto de la marca como del color era gracias a Clara. La misma Clara que, si viera lo que acababa de hacer, hallaría otro motivo para regañarlo por no cuidar de esas absurdas partes de la casa tan caras, pero ahora no pensaba en eso, no podía hacerlo.

Se limpió las manos con el paño que tenía al lado y volvió a sacar el iPhone del bolsillo. La noche anterior había tenido la tentación de borrar el mensaje de WhatsApp (no quería que ella lo viera), pero algo lo indujo a conservarlo, y en ese momento, seis horas después de haberlo recibido, seguía sin entender muy bien el motivo.

¿Para qué lo quería ahí? ¿Para justificarse en caso de que...? Prefirió ni pensarlo.

Miró de nuevo la foto y el texto que la acompañaba. Otra vez la punzada, en esta ocasión más fuerte, hasta el punto que incluso tuvo que doblarse sobre sí mismo. Menos mal que ella ya no estaba en la cocina. De nuevo volvió a considerar la posibilidad de borrarlo.

Pero no lo hizo.

Guardó el móvil en el bolsillo.

Mientras miraba las naranjas tiradas sobre la encimera, decidió dar el paso de siempre. El de todas las veces: buscaría a su mujer para pedirle perdón.

Todavía en la cocina, pensó en lo gracioso del asunto. Era cierto que no estaba del todo sereno debido al maldito mensaje del móvil, pero no le parecía tan grave como para que Clara se hubiera puesto así tras la conversación. Aunque buscar explicaciones sobre los cabreos de Clara estaba de más. Se enfurruñaba con facilidad, aunque sí era verdad que últimamente estaba un poco más tensa de lo normal, pero él lo achacó a ciertos acontecimientos que tenían que ver con su trabajo. Nada raro.

Aparcó aquellos pensamientos y salió de la cocina con lo mismo de siempre.

No tenía muy claro en qué momento la había cagado, pero pediría perdón.

Enfiló el pasillo dejando atrás varias estancias a izquierda y a derecha. Se detuvo unos segundos delante de una de ellas y miró dentro. No pudo evitar sonreír al verlo.

Él, la razón de su vida, su motivo para todo.

Hacía tan solo una semana que había cumplido los cuatro años, y seguía siendo incapaz de explicar cómo podía querer tanto a alguien. Más, teniendo en cuenta que no había llegado precisamente del modo deseado. Mario se sentía mal cuando pensaba en ello, pero siempre trataba de ser sincero —al menos consigo mismo, porque lo que era con los demás...— y no ocultaba que cuando Clara le dijo que estaba embarazada él no se vio preparado para ser padre. No era el momento. Todavía no. Su vida aún no estaba en el punto que él quería y las dudas lo coparon todo.

Fueron nueve meses de incertidumbre y de momentos en los que casi tiró la toalla y estuvo a punto de proponerle a su mujer que se plantearan si de verdad debían llegar al final o no. No era de los que daban las gracias por nada, pero, desde luego, si realmente Dios existía, había intervenido para que él no hiciera el idiota, permitiendo que esa cosita llegara al mundo.

Ahora, cinco años después, no es que hubiera logrado esas metas que un día se propuso y de las que apenas hablaba, pero desde luego podía decir que su papel de buen padre lo había cumplido con creces. Al menos él lo sentía así.

Y respecto a lo de sus metas, muy pocos podrían creerse que de verdad no las había alcanzado. Bastaba con echar un vistazo al lugar en el que vivía, observar a su preciosa mujer —inalcanzable para un tipo como él cuando comenzó a salir con ella en el instituto— y analizar el tren de vida que ambos llevaban para dejar de cuestionar que Mario no se sentía del todo satisfecho con su día a día.

Pero eso ya eran cosas suyas.

Vio al pequeño Hugo desperezarse bajo su fina sábana con decenas de máscaras de Iron Man. Todas las mañanas (de lunes a viernes) eran iguales. A las siete en punto llevaba a cabo la primera intentona de despertar al niño y de lograr que se levantara de la cama, pero en el mejor de los casos se necesitaban tres más para que sobre las 7.15 ya estuviera en pie. Cuando vio que volvía a darse la vuelta, comprendió que ese día tampoco sería diferente.

Probó a despertarlo por segunda vez, a sabiendas de que al menos le quedaba una más, y salió del cuarto del pequeño.

Ahora sí se dirigió a su habitación.

No llegó a entrar, se quedó en el umbral observando a su mujer.

Al parecer, la cremallera de la falda se había atascado con la costura. Estaba claro que no era su día en lo relativo a que cada cosa encajara en su lugar a la primera. En un primer momento, él permaneció inmóvil, limitándose a mirarla.

Ella se dio cuenta de su presencia enseguida.

—¿Te vas a quedar ahí, contemplándome como si fueras bobo?

—Me gusta mirarte —contestó sin más.

—No, te gusta ponerme de mala hostia. Eso sí que te gusta.

Él sonrió y se acercó despacio hacia ella.

Le apartó con suavidad las manos de la cremallera y trató de averiguar dónde estaba el fallo. No tardó en localizarlo y en subsanarlo. La cremallera subió sin mayor esfuerzo.

Mario levantó la cabeza y miró a su mujer con aire triunfal.

—No sé qué mérito te atribuyes: si se me ha atascado es por tu culpa, que me llevas al límite con tus cosas de niño de cinco años. No dejo de pensar en que un día Hugo será más adulto que su padre, y eso no es que me haga mucha gracia.

Él la atrajo hacia sí y la abrazó.

—Lo siento... —acertó a decir.

—¿Solo eso? ¿Lo siento?

—Lo siento; estoy nervioso con la entrega y lo he pagado contigo, he pasado una mala noche.

Ella no pudo rebatir su última afirmación; la verdad era que notó que daba más vueltas en la cama de lo habitual. Otra cosa no, pero si algo caracterizaba a Mario Antón era que dormía como un tronco, aunque al otro lado de la ventana se hubiera desatado un holocausto nuclear. Clara pensó que quizá se pasó con la cena y lo estaba pagando, pero si él decía que era por la entrega del dichoso guion, sería verdad. Podría haber seguido con el morro torcido; pero ella tenía claro su papel en la relación, lo había aceptado hacía mucho tiempo y tampoco es que estuviera en disposición de cambiarlo en ese momento.

Precisamente ahora no.

Así que claudicó, como siempre. Él la cagaba, le pedía perdón y a ella se le tenía que pasar el enfado de golpe, como si nada hubiera ocurrido.

Como si nunca ocurriera nada.

Pero ¿qué hacer, si no? Mario no iba a cambiar en la vida, y de nada servía ya hacerle ver que la clave no estaba en pedir perdón, sino en no estar metiendo la pata todo el santo día, encerrado en su cabezonería de niño pequeño y eludiendo responsabilidades a cada momento. Ella seguía esperando que llegara el día en que él decidiera agarrar el toro por los cuernos y comenzara a tomárselo todo un poquito más en serio. Que lo de los guiones estaba muy bien, pero que por algo él había estado estudiando hasta la extenuación para sacarse Derecho y Administración de empresas con las notas más altas. Aunque cualquiera se lo decía; nunca solía responder a sus reproches, pero en cuanto ella tocaba ese tema, enseguida salía con lo de que «nadie me apoya en lo que de verdad quiero hacer». No tenía ganas de pasar otra vez por eso.

Así que, a claudicar. Otra vez. ¿Cuántas iban ya?

Aunque, pensándolo bien, puede que no quedasen muchas más ocasiones para hacerlo.

—¿Has terminado de preparar el desayuno? —preguntó como tratando de demostrar que todo iba bien.

—Solo me quedan las tostadas. ¿Te ocupas tú de Hugo?

Ella asintió. ¿Quién iba a hacerlo si no?

Mario dio media vuelta y salió de la habitación mientras ella acababa de vestirse. Antes de cruzar la puerta se detuvo y, sin darse la vuelta, preguntó:

—¿Al final esta tarde tenemos que ir a eso?

Ella tragó saliva antes de contestar:

—Sí, la comunión del crío de Helena es el domingo que viene, no queda otra.

—Clara, pero si tienes ropa de sobra...

—Ya, pero tú no, así que esta tarde vamos al centro comercial.

Él salió resoplando, aunque procuró que Clara no lo notase. Ella se lo quedó mirando sin dejar de pensar si por fin se atrevería.

Era ahora o nunca.

3

Viernes, 10 de mayo de 2019. 7.54 horas. Alicante

Entró en la sede del partido abriendo la puerta enérgicamente y caminando al tiempo que saludaba a unos y a otros. Variaba la orientación de la media sonrisa que esbozaba según el lado en el que estuviera la persona con la que se cruzaba.

Hasta eso lo tenía ensayado.

Soria insistía mucho en que todo comenzaba en aquella sede. Que los primeros en convencerse de su cambio de actitud debían ser sus propios compañeros y subordinados. Si ellos dejaban de ver al tirano déspota, misógino y casi dictador (esas eran palabras que habían empleado aquellos a los que ahora pretendía ganarse en primer lugar), los votantes también lo harían, y así recuperaría la confianza perdida, tal como reflejaban las últimas encuestas.

Era consciente de lo mucho que iba a costarle.

Eso sí, lo que jamás haría sería mentirse a sí mismo, pues tenía muy claro que ciertamente era ese tirano déspota, misógino y casi dictador que decían; pero la nueva política lo estaba cambiando todo y ahora tocaba un lavado de cara a toda costa. Y más teniendo en cuenta que ese desgraciado había llegado para tocarle las narices con sus pintas de abuelito de Heidi discapacitado, haciendo que los cimientos de su poder se tambalearan más de la cuenta.

¿De todos los imbéciles que podrían osar presentarse en su contra a las elecciones, tenía que ser él precisamente?

David Soria, su asesor de campaña, no lo veía como algo tan malo. Argumentaba que la gente comenzaba a verle las orejas al lobo, y que hasta hacía unos cuatro o cinco años sí que podrían haber picado con toda esa demagogia barata, pero que ya empezaba a caérseles la venda de los ojos y se estaban percatando de que toda esa gentuza que venía a regenerar la política no eran sino una panda de charlatanes como los demás. Otros que añadir al montón.

Al menos él no se disfrazaba de populista, y la mayoría de la gente ya sabía de qué pie cojeaba, aunque Soria no cesaba de repetir que había ciertos aspectos en los que sí debía pulir su imagen.

Nada del otro mundo, solo tenía que mostrarse más próximo a las clases bajas, procurar que las mujeres dejaran de verlo como a un demonio y aparentar que le preocupaban ciertos problemas de la provincia de Alicante.

Con eso podía lidiar.

Francisco José Carratalá miró el cartel que colgaba en una pared de su despacho y en el que se anunciaba su candidatura a la campaña que había empezado hacía ocho horas. Cuando los encargaron, pidió expresamente que no le retocaran demasiado la cara, no quería parecer una disparatada caricatura de sí mismo, y el resultado no estaba nada mal. Un poquito por aquí, otro poquito por allá, pero la foto captaba su esencia, su magnificencia. Le gustaba mirarse y verse reflejado en ese cartel. Mucho mejor que el de hacía cuatro años, cuando salió elegido presidente de la Diputación Provincial de Alicante.

Ese era una porquería, y aun así salió elegido.

Tres toques secos en la puerta lo rescataron de sus pensamientos.

—Pasa —contestó con su voz grave.

David Soria se asomó y esperó el segundo consentimiento de su jefe, ese que le gustaba siempre dar para dejar claro que nada ocurría sin su total voluntad.

Carratalá hizo un gesto con la cabeza, indicándole a su hombre de confianza que podía pasar. Soria entró y se apresuró a tomar asiento. Como siempre, llevaba consigo un maletín, del que jamás se despegaba. Extrajo de su interior un puñado de papeles pulcramente ordenados.

—Buenos días, jefe; no pensé que hoy llegaría tan pronto. Pero no es malo, así transmitirá a sus trabajadores la imagen de que esta campaña le importa muchísimo.

—¿Por qué no iba a venir hoy temprano? —respondió, restándole importancia a las palabras de su asesor—. ¿Lo dices por lo de anoche?

Soria asintió. La tradicional pegada de carteles comenzó a las doce y un minuto de la noche, coincidiendo con el inicio de la campaña electoral.

—Tampoco acabó todo tan tarde —concluyó Carratalá con su habitual sequedad—. ¿Qué tienes ahí?

—Última encuesta.

—¿Oficial?

—No, le he pasado un correo con el calendario de las que sí lo serán. Esta la hemos encargado aparte.

—¿Con dinero del señor «Aparte»?

—Hummm..., sí. Bueno, al grano. Tengo buenas noticias: ha sumado casi un punto y medio respecto a la última. Algo estamos haciendo bien.

Carratalá valoró durante unos pocos segundos el dato antes de hablar.

—¿Se lo hemos quitado a él?

—Me temo que no. Se lo hemos arañado un poquito a los demás, lo cual resulta algo casi inapreciable si tenemos en cuenta que son diecinueve candidaturas. Él se mantiene.

—Me cago en su puta madre...

—Bueno, jefe, quedémonos con lo positivo: ese punto y medio lo ha subido usted, y él, de momento, está estancado. Eso le da ventaja. El tema de las ayudas a los agricultores ha dado sus frutos.

—Estará estancado hoy, porque en las anteriores ha subido como la puta espuma.

—No nos pongamos nerviosos, jefe. Lo importante es el ahora, y en este momento está parado. Por algo será.

Carratalá volvió a mirar su cartel mientras pensaba. Sin abandonar sus cavilaciones, formuló la siguiente pregunta:

—¿Qué dice la prensa?

—Si se refiere a lo de los agricultores, apenas ha tenido trascendencia, y los que sí han comentado algo han dicho lo que nosotros queremos que digan, así que todo va bien.

—¿Y la gente se dará cuenta de que nosotros no tenemos que ver en eso, que en verdad esas ayudas vienen de la Unión Europea?

—Puede que a alguno con inquietudes le dé por meter un poco la nariz, pero es lo que dije, jefe, que la gente se queda siempre con los titulares, no con el contenido de la noticia. Si el titular dice que eso viene a través de nosotros, la gente se lo creerá y ya está. Suma puntos, se acabó. ¿Nos ayudará a ganar el 29? Seguro.

Carratalá no dijo nada. Siguió pensativo. Puede que tuviera razón: la encuesta demostraba que la jugada parecía haber salido bien y, bueno, si alguien se ponía tonto y empezaba a decir que se habían atribuido algo que en verdad no era mérito de ellos, siempre podrían aducir que todo era cosa de la prensa. En verdad nunca se manifestaron públicamente acerca de ese asunto mucho más allá de anunciar esas ayudas, por lo que la jugada de Soria para rascar algunos votos más en dos semanas y pico podría ser tan simple como efectiva.

—¿Y el tema fondos para la campaña cómo va? —preguntó por fin Carratalá.

—Teniendo en cuenta lo que hizo su predecesor hace cuatro años, que no solo le costó la presidencia sino que aún lo mantiene en la cárcel de Fontcalent, no le recomendaría tocar ni un solo euro de la Diputación.

—¿Y el partido?

—El partido tiene lo que tiene, y me consta que desde la sede central confían en usted y en su reelección, pero también piensan que lo va a tener más difícil que nunca. Espero que no se lo tome a mal, pero sus reticencias resultan comprensibles. El maldito tullido se lo va a poner difícil. Es como si lo hubiera mirado un tuerto..., ¿por qué tenía que ser él precisamente?

Carratalá se acomodó en su butaca e hizo acopio de la templanza necesaria para guardar la compostura y no comenzar a mentar madres y muertos. Hasta hacía un par de semanas no se habría cortado, pero ahora, teniendo a Soria delante, no lo haría. Quería tomárselo muy en serio y atender sus recomendaciones en lo referente a mostrar un rostro más amable. Aunque sus instintos primarios lo empujaran a levantarse y a tirar una silla por la ventana.

En vez de eso respiró y trató de no ser él mismo.

—Entonces, ¿qué nos queda? Esta campaña tiene que ser más intensa que la de hace cuatro años. Ese hijo de puta no me va a echar de mi silla, coño.

David Soria lo miró sorprendido de su tímida reacción. Bien, le estaba haciendo caso. La victoria era posible, pero era cierto que había que resolver el tema del dinero.

—Creo que no nos queda otra que recurrir al Gallego.

—Estarás de broma, ¿no? —le replicó Carratalá, levantando una de las espesas cejas pobladas de canas.

—No es momento para bromas, jefe. Me gustaría decirle que tenemos otra opción, pero no es así.

Ahora sí que Carratalá se levantó de su asiento y Soria se temió lo peor.

—¿Se nos va la cabeza? —acertó a preguntar.

—Jefe, por favor, no quiero que los de fuera oigan esto. Recuerde: buena imagen dentro, buena imagen fuera.

—Mis cojones.

—Por favor...

Carratalá trató de respirar hondo, pero le costaba. Al final logró hablar en un tono más o menos normal.

—¿No es menos peligroso sacar todos los fondos de la Diputación? —preguntó irónico.

—Depende de lo que entendamos por peligroso —contestó Soria—. Desde un punto de vista vital, puede que sí, pero desde un punto de vista económico, siempre será mejor aceptar el dinero de ese tipo.

—Es un narco, y lo que me preocupa de él no es precisamente eso, Soria.

—Lo sé, lo sé; es un tanto... excéntrico.

—Está loco. Ese es capaz de meterme una bala en la cabeza en medio de un restaurante por no haberle pasado la sal. O porque sí. ¿Habrá alguien menos fiable que él?

—Bueno, discrepo un poco en eso, jefe. Es verdad que el tipo es un poco inestable, o que está algo loco, llámelo como quiera, pero también es cierto que siempre le ha profesado una amistad que casi podríamos calificar de exagerada. Yo creo que mientras lo considere su amigo todo irá bien. Además, él quiere una reunión, y rehusarla sería como escupirle en la cara. Me temo que no tenemos otra alternativa.

—De acuerdo, acepto eso; pero ahora pensemos en la posibilidad de que nos pillen con las manos en la masa. Me refiero a introducir un cargamento demasiado grande de cocaína por el puerto. ¿Cómo duermo yo pensando en que los jóvenes se están metiendo esa porquería por la nariz?

—Jefe... —empezó a decir Soria, mirando al candidato con determinación.

—Lo sé. Durante estos cuatro años ha hecho lo que le ha dado la gana mientras yo miraba hacia otro lado, pero es que ya nos la hemos jugado demasiado.

—En cuanto a los jóvenes, que hagan los que quieran con sus narices, ya saben perfectamente a lo que se exponen. Y respecto al Gallego, nos ha demostrado que por muy mal que esté de la cabeza su red es perfecta, y ya sabe que yo he averiguado que parte de su dinero está limpio. Nadie sospecha de él; no he visto en mi vida un tinglado mejor montado. En última instancia, usted tiene la última palabra, pero yo lo veo claro, si lo que quiere es llevar a cabo una campaña lo bastante eficaz como para poder tirar por un barranco al de la silla de ruedas.

Carratalá tomó asiento de nuevo, cerró los ojos y se echó hacia atrás. Aquel era un buen momento para recordar los vídeos que su mujer tantas veces le ponía a fin de que aprendiera a relajarse. Todo eran paparruchas, pero sí que era cierto que el simple ejercicio de respirar por la nariz y espirar por la boca funcionaba la mayoría de las veces. Así que comenzó a hacerlo. Lento. Pausado.

No llegó a reconocer abiertamente que le había gustado, pero al menos respiraba mejor.

—Queda con él en el Conejitas.

Soria abrió mucho los ojos sin creer lo que acababa de decir su jefe.

—¿En el puticlub? —preguntó muy sorprendido—. ¿No sería mejor que se vieran, como siempre, en el Club Náutico?

—No. Una cosa es que me vieran con él cuando ya estaba en el cargo, y otra muy distinta que me vean en campaña. No quiero perder estas elecciones por nada del mundo.

—Pero, señor, si lo ven en el puticlub...

—Prefiero que me acusen de putero que de mafioso. Además, ya sabes que en el Conejitas hay una entrada ciega para gente vip. Nadie nos verá.

—Jefe, insisto: estos puntos los tenemos marcados como calientes en cuanto a seguridad. Los periodistas están muy encima de nuestro partido en la Comunidad Valenciana. Hay demasiados casos sonados. No es extraño que dos empresarios vayan a comer al Club Náutico por separado. Una vez allí, pasaremos a la zona que ya sabe y nadie podrá comentar nada.

Carratalá sopesó aquellas palabras. Puede que tuviera razón.

—Entonces, quedaremos este mediodía. Seguro que él puede; no hace nada aparte de llenar de mierda todo Alicante. Dile que nos vemos allí a las dos.

—Está bien —dijo al tiempo que se levantaba.

David Soria ya se dirigía hacia la puerta dispuesto a salir, pero todavía le quedaba una última cuestión que no se atrevía a plantear. Eso sí que lo alteraba más de la cuenta, como ya había comprobado durante los últimos días.

Pero tenía que hacerle la pregunta.

Se paró en seco y se dio la vuelta.

—Jefe...

—¿Qué?

Dudó un par de segundos, pero cuando vio que el rostro de Carratalá se endurecía por momentos, decidió soltarlo de golpe.

—¿La ha hecho? ¿La gran jugada?

Carratalá no contestó de inmediato. Aguardó unos segundos que pusieron mucho más nervioso a Soria.

—Sí —dijo con sequedad.

Su asesor de campaña no abrió la boca, dio media vuelta y salió del despacho de su jefe con el corazón acelerado. Que Carratalá se hubiera atrevido a mover ficha demostraba que estaba dispuesto a ir a por todas. Y si su jefe estaba dispuesto, él lo estaba muchísimo más.

Francisco José Carratalá se levantó de su asiento y se dirigió a la ventana. Contempló en todo su esplendor la avenida Maisonnave, centro neurálgico de la ciudad de Alicante. El constante fluir de transeúntes le desaceleró un poco el ritmo del corazón, que ya comenzaba a ser demencial. Tampoco es que sirviera de mucho: en cuanto se sentó de nuevo, cogió el teléfono móvil y entró en la aplicación de WhatsApp. Localizó el mensaje y lo releyó. Eso sí que era jugárselo todo a una carta, y lo demás, tonterías.

Salió de la aplicación y bloqueó el teléfono. Pulsó el centro de la pantalla, esta se iluminó y apareció el fondo que tenía puesto cuando estaba en modo bloqueo.

Su hija Clara y su nieto, Hugo, sonreían felices.

4

Hugo lo pasaba en grande montado encima del Abuelo Pig, pero Mario miraba en todas direcciones con la esperanza de encontrar una soga de la cual colgarse.

El niño se divertía, como era natural, y su padre envidiaba esa manera de disfrutar viendo cómo se movían adelante y atrás unas figuritas de plástico con forma de cerdo. Porque más no hacían.

Era el quinto euro que echaba en la dichosa máquina y estaba seguro de que, si fuera por su hijo, se pasaría dos horas más viendo cómo un alambre gordo movía a la simpática Peppa Pig.

Resopló sin dejar de lanzar miradas a la tienda. Divisó a su mujer en el mostrador de caja. Por fin estaba pagando.

Por la cantidad de ropa de niño que vio encima del mostrador, estimó que la cuenta no bajaría de los doscientos euros. Cerró los ojos y negó varias veces con la cabeza. Ya no era por el dineral gastado —en la cuenta había suficiente dinero como para permitirse semejante dispendio—; era más bien por lo innecesario de comprarle tanta ropa al crío. Sus armarios estaban repletos de camisetas, jerséis y pantalones con la etiqueta todavía colgando y que, seguramente, ni llegaría a estrenar. Admitía que ella luego donaba toda esa ropa a otros que tuvieran menos medios que ellos, le parecía un acto loable por su parte, pero no compartía para nada esa obsesión que parecía tener de hacerse con tantos trapos porque sí.

Sumido en ese pensamiento no se dio cuenta de que ella acababa de salir, cómo no, cargada de bolsas.

Mario bajó al niño del cerdo de plástico, previo rifirrafe porque se negaba a desmontar de la atracción, como siempre sucedía, y lo dejó en el suelo.

—¿Le das la manita a mami? —le preguntó con el tono más dulce que fue capaz de modular.

Hugo, que solía rechistar por todo, esa vez no lo hizo, lo cual alegró a Mario. Él, cómo no, se hizo cargo de las nuevas bolsas (pues ya llevaba unas cuantas a cuestas) y ella, del niño.

«Con un poco de suerte ya nos vamos», dijo para sí mismo.

Habitualmente habría lanzado un suspiro al aire, pero se abstuvo para evitar que Clara le preguntase qué le pasaba y comenzara la típica discusión de siempre en los centros comerciales.

El maldito bucle.

«No te gusta que hagamos nada juntos...; para una cosa que te pido... Un niño de cuatro años tiene mucha más paciencia y sabe desenvolverse mejor que tú...».

Lo de todas las veces.

«¿Qué tiene de malo que me desespere salir de compras? ¿Merezco una crucifixión por ello?», se preguntó.

Puesto que mantener la conversación de siempre le provocaba una pereza absoluta, esta vez decidió adoptar la actitud de decir «sí a todo», y trató de aguantar el tipo con una sonrisa más falsa que un billete de siete euros.

Atravesaron una larga galería infestada tanto de tiendas —casi todas del mismo grupo comercial— como de gente. Se notaba sobremanera que era viernes por la tarde, vista la ingente cantidad de personas que abarrotaban aquel pasillo. Eso era algo que en cierto modo le hacía gracia a Mario: el hecho de que hubiera más gente deambulando por allí como zombis que dentro de las propias tiendas. No es que estuvieran vacías, ni mucho menos, pero le resultaba paradójico que toda aquella muchedumbre pareciera más afanada en pasear por fuera de los comercios que en gastarse el dinero dentro.

A Mario se le ocurrían decenas de planes mejores para pasar la tarde en Elche, con una temperatura tan envidiable como la que tenían.

«Menos mal que nosotros nos vamos ya».

No tardaron en llegar a la rampa mecánica que daba acceso al parking, pero Clara se detuvo en seco, giró sobre sus talones y miró de nuevo a la abeja reina de todo aquel grupo comercial que acababan de atravesar, la que coronaba el imperio que había convertido a su dueño en el hombre más rico del planeta en más de una ocasión. Y eso debería de hacer que todos aquellos que pusieran un pie en dicho establecimiento se sintieran afortunados por haber contribuido a tal logro. Pero, inexplicablemente —misterios de su cerebro—, casi una hora después de haber entrado a comprar los trapos necesarios para la comunión del niño de Helena, Mario seguía sin percibir esas vibraciones.

Sin embargo, su mujer no miraba hacia la zona por la que él había accedido, que estaba en el lado izquierdo (por lo que no parecía haberse olvidado de nada). Tampoco hacia donde se encontraba lo de niño, que estaba en el lado derecho. Tenía la vista clavada en el centro, dedicada a la moda femenina.

—¿Vamos o qué? —interpeló a Clara, impaciente por salir cuanto antes de aquel lugar.

Ella pareció dudar. Mario observó algo extraño en su rostro, pero, como quien acaba de caerse y se levanta veloz para disimular, deseoso de que nadie haya visto lo que acaba de suceder, recompuso el gesto y dibujó una sonrisa muchísimo más falsa que la de él apenas un momento antes.

—No, espera, quiero entrar un momento ahí.

Mario intentó mantener el tipo a toda costa, pero no acabó de lograrlo.

—¿Acaso no habíamos quedado en que veníamos a por algo para Hugo y para mí? ¿No habíamos dicho que tú tienes ropa en el armario como para vestir a medio Elche? Clara, por favor.

—Bueno, pero eso no quita que quiera mirar un poco.

Mario no era de protestar en voz alta, aunque tampoco hubiera servido de nada que lo fuera, así que optó por cerrar la boca y claudicar, como de costumbre.

«¿Para qué? Si acabará haciendo lo que ella quiera».

Así que dio media vuelta y exploró un poco el terreno para saber cuáles eran sus opciones a partir de ese momento. Vio un carrusel con caballitos cerca de un banco. No estaba demasiado alejado del acceso a la sección de caballeros.

—Vale, déjame al niño, y no tardes, por favor. La gente ya empieza a irse de las tiendas, pero ahora llegan los que quieren cenar aquí.

«Y son más numerosos, y también más escandalosos...».

Ella no se movió. Estaba como petrificada.

«¿Otra vez está dándole vueltas a algo? ¿Otra vez se ha puesto a disimular de repente? ¿Por qué no me ha llamado "viejo de treinta años", como hace siempre?», pensó Mario.

—Da igual —dijo al fin, saliendo de sus cavilaciones—, el crío no me molesta; total, solo voy a mirar dos o tres cosas ahí dentro. No me llevará mucho.

—Bueno, va, pues os acompaño, si vas a ser rápida...

—No, no, que no tengo ganas de verte esa cara que pones. Quédate tú ahí, sentado en el banco; no tardamos en salir. Así descansas un poco del peso de las bolsas.

Mario se quedó quieto, mirándola.

«¿En serio? ¿El peso de las bolsas?».

No es que fueran livianas como plumas, pero aquella era una de las veces que menos kilos le había tocado acarrear. De hecho, no le costó recordar otras ocasiones en las que había acompañado a su mujer de compras y sus manos habían acabado perdiendo parte del riego sanguíneo. Y lo bueno era que, a pesar de todo, nunca había mostrado su disconformidad al respecto. Él nunca se quejaba de nada. O casi nunca. ¿Acaso ella pensaba que ahora sí lo haría?

Quiso decir algo, pero recapacitó y optó por cerrar la boca una vez más. Le estaba brindando la oportunidad de desconectar, aunque fueran cinco minutos. No es que estuviera en baja forma, tampoco en buena, pero tenía el suficiente aguante para andar unos cuantos kilómetros sin acabar con la lengua fuera. Lo que no soportaba eran los parones dentro de una tienda. Cuando le tocaba quedarse quieto en una loseta mientras ella miraba una misma prenda dieciocho veces, que una vez hasta las contó. Aquellas esperas sí que lograban que las piernas se le resintieran. Así que ¿cómo decir que no a estar sentado mientras ella luchaba con un niño que en dos minutos ya querría salir de la tienda y pasar a otra cosa?

—No tardéis, anda, que ahora mismo cierran todo esto —se limitó a contestar.

Dio media vuelta y se dirigió al banco en cuestión, sin darse cuenta de que Clara lo miraba con la respiración algo agitada.

Procurando ocultar su inquietud a Mario, ella hizo de tripas corazón y entró en la tienda.

Mario llegó al banco, se sentó y se dio la vuelta, para quedar encarado hacia las monstruosas tiendas. Sin poder evitarlo, tal vez porque era la primera ocasión en la que estaba verdaderamente solo desde hacía dos horas, pensó de nuevo en el mensaje de WhatsApp que había recibido alrededor de la una de la madrugada.

«¿Cómo voy a hacer lo que me pide? ¿Cómo espera que me atreva? No... puedo...».

Pensó que no solo era una flagrante traición a ciertas personas que adoraba, sino que también era una traición de índole moral, que tenía que ver con sus propios principios.

Aunque, claro, luego estaba la satisfacción que, previsiblemente, sentirían otras personas a las que también quería mucho, al menos una de ellas, la cual, en teoría, debería importarle por encima de todo.

En teoría.

Y de hecho eso era lo que decantaba ligeramente la balanza, incitándolo a dejar de lado sus convicciones y a pasar por el aro.

«El maldito aro. El mismo aro por el que un día juré que jamás pasaría».

De repente recordó aquel día. Su padre estaba en el lecho de muerte. Él, anegado en lágrimas. Su madre, dos o tres niveles por encima de él en su aflicción. De pronto, cuando ya nadie creía que sería capaz, su padre sacó fuerzas, de no se sabe dónde, y pronunció unas palabras que ninguno de los presentes se esperaba, y que en aquellos momentos le parecieron carentes de sentido: «Nunca digas de esta agua no beberé».

Cualquier persona normal se hubiera grabado a fuego aquella frase en el cerebro. La habría tomado como una enseñanza magistral en la que basar su vida, un mantra; pero Mario, como buen cabezón taciturno que era, quiso llevarla justo por el lado contrario y trató de basar su existencia en demostrar que sí había aguas de las que no bebería nunca. Por muy ricas y beneficiosas que parecieran. Tanto para él como para los suyos. Lo malo era que se estaba viendo a sí mismo en el trance de romper esa promesa vital que se había hecho, a punto de meter la cabeza hasta el fondo en esas turbulentas aguas, con el consiguiente riesgo de ahogarse.

¿En qué momento se había torcido todo tanto?

Decían que cuando un indeciso tomaba un camino, era para siempre.

¿Cómo podía estar tan equivocada esa frase?

El día en que por fin pareció decidirse a tomar las riendas de su propia vida fue justo el momento en que al barco le apareció un pequeño agujero por el que comenzaba a hundirse. Cada vez rozaba más el fondo del océano, y al mismo tiempo se sentía incapaz, como prácticamente siempre, de tomar una decisión en firme que le permitiera volver a respirar tranquilo.

De nuevo deseaba que alguien le sacara las castañas del fuego, pero ese alguien no aparecía por ningún lado.

Ahora, más que nunca, lamentaba haber proclamado esa especie de juramento el mismo día en que su hijo vino al mundo. No sería libre de hacer lo que le diera la gana. Nadie era libre. No era dueño de su destino, ni mucho menos. Todo el mundo estaba pillado de un modo u otro.

Él no necesitaba más pruebas que ese mensaje.

Aprovechando que llevaba el teléfono en la mano, miró la hora. No controlaba exactamente cuándo se había sentado en el banco, pero calculó que al menos llevaría unos diez minutos allí. Dada su experiencia de otras veces en que Clara solo había entrado a mirar dos o tres cosas, aún le quedarían otros diez minutos para salir en caso de que no comprara nada, veinte si hacía alguna compra. Ahora bien, dado que de manera excepcional ella se estaba haciendo cargo de Hugo, eso lo cambiaba todo, y muy probablemente aparecería con la paciencia saliéndosele por las orejas y con el niño llorando en sus brazos.

Le divirtió la idea de poner en marcha un cronómetro a fin de comprobar cuánto aguantaba.

No lo hizo, pero miraba hacia la puerta casi de manera constante, esperando verlos aparecer.

Durante los breves periodos en que no miraba, fijaba su

atención en la pantalla del teléfono. En uno de esos intervalos, se maldijo de nuevo por no haberse preocupado de recuperar la contraseña de la cuenta de Gmail. No es que hubiera transcurrido tanto tiempo desde que se compró el nuevo iPhone, pero sí más que suficiente para haber perdido cinco minutos en restaurar y elegir una contraseña nueva, puesto que ya que no recordaba la anterior. Gracias a eso, tenía que esperar a llegar a casa para comprobar la cuenta que sí tenía configurada en el ordenador. Ergo aún no podría saber si el guion enviado a la productora había sido aceptado o no.

¿Podría haberse puesto con lo de la contraseña en ese momento? Desde luego, pero se sentía tan vago que decidió volver a posponerlo. Seguro que no le habían contestado. Era viernes por la tarde.

«Nadie trabaja un viernes por la tarde».

Tras echar un nuevo vistazo por si los veía llegar, abrió la aplicación de Twitter. Su cuenta @guionistamario apenas tenía seguidores, pero era debido a que casi no la usaba. No, al menos, como debería usarse. Ni mucho menos como Clara con su Instagram, donde ya habría escrito más de diez veces que hoy tocaba ir de compras. No la usaba, pero le gustaba mantenerla porque, obviando la ingente cantidad de *fake news* que había que esquivar como si de una lluvia de balas se tratase, gracias a la aplicación se informaba de muchísimas cosas. Además, también observaba con detenimiento a los grandes del mundo en el que trataba de meter la patita, y eso siempre venía bien.

Lo malo era que, tras el mensaje de la noche anterior, no tenía demasiado claro que pudiera seguir progresando en aquel entorno.

Maldijo un par de veces para sí mismo empleando palabras malsonantes. Pasaba los tuits de las cuentas que seguía sin prestarles atención, pues no lograba concentrarse en su contenido.

«Pero ¿por qué me está haciendo esto ahora?», pensó mientras echaba una nueva ojeada a la puerta por si salían.

No conseguía sacarse el mensaje de la cabeza.

Cerró la aplicación, no sin antes mirar de nuevo la hora en el terminal.

Calculó el tiempo que su mujer y su hijo llevaban dentro de la dichosa tienda y lo estableció en unos veinticinco minutos.

—Madre mía, cómo lo está disfrutando hoy... —farfulló al tiempo que se ponía en pie y agarraba las bolsas. La idea de que faltaba poco para que cerraran el centro comercial, y sobre todo de que no le gustaba eso de estar mirando cómo bajaban las persianas, lo empujó a levantarse de su asiento de golpe.

Decidido a meterle algo de prisa, entró en el establecimiento con la seguridad de verla en la línea de cajas, a punto de pagar cualquier capricho.

Pero no la vio.

Lanzó un sonoro bufido y comenzó a dar vueltas por la tienda. El espacio diáfano del local haría más fácil encontrarla.

Pero no la vio.

—Probadores —volvió a farfullar.

Para llegar a donde estaban tuvo que ingresar en otro espacio de la tienda, supuestamente dedicado a una línea de ropa un poco más joven, pero que a él le pareció igual de rancia.

Allí tampoco la vio.

Se acercó a los probadores.

Una muchacha que no llegaría ni a los veinticinco años doblaba ropa con desgana. Iba sacando prendas de un montón que parecía inacabable. Mario se dirigió a ella a sabiendas de que no debía meterse allí dentro, sin más.

—Perdona —ella apenas levantó la mirada de lo que hacía—, ¿ha entrado a probarse ropa una mujer con el pelo así más o menos, clarito, y acompañada de un niño de cuatro años?

La chica ahora sí lo miraba al tiempo que hacía memoria.

Mario se preguntó si aquello era necesario. Si los había visto, tenía que haber sido hacía muy poco, pero prefirió no presionarla.

—Yo diría que no.

—¿Llevas mucho tiempo justo aquí?

—Demasiado. ¿Cuánto hará que entró?

—Unos veinticinco minutos.

—Entonces yo te diría que no. Llevo más de una hora sin moverme de aquí y no me suena nadie así. De todos modos, ¿cómo se llama ella?

—Clara.

—Espera, por favor.

Dejó el pantalón que estaba sujetando y entró en la zona de probadores.

—¿Clara? —llamó en voz alta.

La música no estaba tan fuerte como en otras tiendas de la cadena, pero aun así había que alzar el tono para que se escuchara.

—¿Clara? —repitió.

Al no obtener respuesta probó a ir de uno en uno, mirando en todos los probadores. Solo uno parecía estar ocupado y, por la respuesta de la persona que estaba dentro, no era Clara.

—Lo siento, aquí no está.

Algo desconcertado, Mario le agradeció a la muchacha el esfuerzo y dio media vuelta.

¿Dónde estaba Clara?

Decidió hacer algo estúpido, pero en esos momentos estaba tan perdido que hasta le pareció una buena idea. Anduvo por cada uno de los pasillos de la sección joven, como si cupiera la posibilidad de que su mujer y su hijo estuvieran detrás de alguna pequeña montaña de ropa ordenada.

Pero no los vio.

Salió otra vez al espacio amplio y repasó de nuevo la cara de los allí presentes.

Ninguna era la de Clara.

¿Y si había salido de la tienda sin que él se diera cuenta? Lo veía poco probable, pero no encontraba otra explicación.

Salió de la tienda y miró hacia el banco donde los había estado esperando.

Tampoco estaban allí.

Un poco agobiado, cayó en la cuenta de lo estúpido que estaba siendo.

«Con lo fácil que es la solución...».

Sacó su teléfono móvil del bolsillo y buscó entre las llamadas realizadas. Su mujer estaba la segunda. Pulsó el icono de llamada.

Inmediatamente, un mensaje de voz genérico le indicó que el teléfono estaba apagado o fuera de cobertura. Por la rapidez del mensaje intuyó que más bien estaría apagado.

«¿En serio?».

Probó de nuevo.

Apagado.

—Pero ¿qué está pasando aquí? —dijo en voz alta, mirando el terminal.

Lo guardó de nuevo y no se le ocurrió otra cosa que volver a entrar en la tienda con la esperanza de que todo quedara en un maldito susto. Su primera esperanza se vino abajo, ya que no los vio, ni a ella ni al niño. Ya sentía una molesta punzada en el estómago. No lograba dar una explicación coherente al momento que estaba viviendo, y eso se manifestaba de ese modo en su cuerpo. Tras volver a girar sobre sus talones, fijó su objetivo en la línea de cajas. Una mujer de más edad que la media de las empleadas de la tienda le estaba cobrando a un chico una colonia de la propia marca de ropa.

Nada más llegar allí, fue directo al grano.

—Perdone, ¿ha visto a una mujer más o menos como yo de alta, pelo claro y largo y ojos castaños? Tendría a su lado a un niño de cuatro años, pelo también claro y un poquito largo, con una camiseta de Iron Man comprada creo que aquí, en la sección infantil.

Ella, sorprendida al notarlo algo alterado, se limitó a negar con la cabeza.

Él parecía cada vez más inquieto. Miraba en todas direcciones. Seguro que acababa apareciendo y él se sentía tonto por angustiarse tanto.

—¿Pasa algo, señor? —le preguntó ella.

—No los encuentro. No... no... Han entrado aquí y ahora no los veo por ningún lado.

—¿Y está seguro de que no han salido? Ya estamos a punto de cerrar y es probable que...

—Los habría visto —contestó sin dejar de mirar a un lado y a otro con un rápido movimiento de cabeza—; yo estaba ahí enfrente y es imposible que hayan pasado por delante de mis narices sin que me diera cuenta. No..., no puede ser.

Ella no sabía muy bien qué hacer, así que optó por levantar la mano y llamar la atención del guardia de seguridad que había junto a la puerta, indicándole que se acercara.

Él, extrañado ante la posibilidad de que el chico que hablaba con ella le estuviera causando algún tipo de problema, se acercó preparado para todo.

—¿Qué ocurre?

—No encuentra a su mujer ni a su hijo —le explicó ella—. Dice que han entrado en la tienda y ya nos los ha visto salir.

—Bueno, pero cabe la posibilidad de que sin que usted se diera dado cuenta hayan salido y ahora estén en otra tienda.

—No, eso es imposible. Mi mujer no me habría dejado ahí en el banco sin saber de ellos. Y como bien ha dicho ella, van a cerrarlo todo ya, no va a estar por ahí dando vueltas aún.

—¿Estaba usted en ese banco?

—Ya se lo dicho.

—¿Ha probado en...?

—He probado todo, y no han salido ni los encuentro aquí dentro.

—Pero..., señor, eso no es posible.

—Pues eso estoy diciendo yo...

El guardia no sabía qué decir. Mario, a pesar del enorme momento de tensión que estaba viviendo, entendía que el de seguridad no acabara de creerse lo que le estaba contando. Él también pensaba que su historia era un enorme disparate.

—¿Cómo son su mujer e hijo?

Mario los volvió a describir.

—Se me ocurre —dijo el guardia— preguntar a los que hay aquí dentro ahora, a ver si alguien los ha visto. No se pueden evaporar. ¿Me espera aquí?

—No, no lo espero. Voy a las otras dos tiendas por si hubiera salido sin darme cuenta y hubiera entrado en una de ellas, pero ya le digo que es imposible.

Casi no le había dado tiempo a terminar la frase y ya estaba corriendo hacia la salida para comprobar las otras dos tiendas. Según se acercaba a la primera de ellas, la de caballeros, pensó en que tiempo atrás habría sido posible que se cambiaran de una a otra sin que él lo supiera, pues ambas estaban comunicadas, pero ahora se habían delimitado los espacios y cada una tenía una sola entrada y una sola salida, así que no era probable que él no la hubiera visto salir de una y entrar en la otra.

«Además, qué narices, Clara me hubiera dicho algo para que no me preocupase».

Y ahora estaba sucediendo justamente lo contrario, porque decir que estaba preocupado era quedarse corto.

Entró en la primera de las dos. Resultaba fácil comprobar que tampoco estaban allí porque el espacio también era bastante diáfano. Salió corriendo de nuevo ante la mirada atónita de los que allí dentro estaban.

Probó con la de ropa infantil.

Igual.

Sudando más que en toda su vida, un sudor bastante más frío de lo que él estaba acostumbrado, regresó a la zona de moda femenina. Se dirigió directamente al guardia sin pensárselo dos veces:

—¿Sabe algo? —le preguntó.

—Sí y no. Hay dos trabajadoras que la han visto aquí dentro mirando ropa...

Algo se iluminó en la mirada de Mario, pero el guardia se la apagó enseguida con una nueva dosis de realidad.

—Pero, lo siento, solo me han dicho eso, que sí la habían visto por esa zona —señaló con el dedo hacia una mesa sobre la que reposaban distintas piezas de ropa apiladas—, pero después ya no tienen ni idea de qué ha podido pasar. De dónde está. Señor, vuelvo a insistir, esto es un centro comercial grande y podría haber salido de esta tienda y haberse metido en otra. La gente no se evapora sin más.

Algo molesto ya por la insistencia en la misma idea, contestó:

—No lo ha hecho, se lo aseguro. ¿Usted piensa que es lógico que ella actúe así a sabiendas de que yo me había quedado solo en el banco esperándolos?

El guardia estuvo tentado de responderle que él no se guiaba por la lógica de los pensamientos de su mujer, sino por la lógica de los acontecimientos. Y esta le indicaba que ella no estaba en la tienda. Solo había una entrada y una salida, de modo que, si no estaba dentro, todo indicaba que salió del establecimiento. Una única posibilidad. ¿No estarían haciendo una montaña de un granito de arena?

—Mire, señor —dijo al fin—, en estos momentos poco más puedo decirle, salvo que le recomiendo que se dé una vuelta por el centro comercial y..., ¡ah! ¿Ha probado a llamarla?

—¿De verdad me está haciendo esta pregunta? ¿Cree que estaría aquí corriendo como si fuera tonto?

—¡Yo no sé lo que ha hecho o ha dejado de hacer! —respondió el guardia, molesto al fin—. Lo único que intento es ayudarlo, y usted no pone demasiado de su parte.

—Yo...

—¡Por favor! —gritó la cajera—. No creo que sea el momento de ponerse a discutir, lo importante es que esto se aclare y todo quede en una anécdota. Si él saliera a buscarlos tienda por tienda, con la cantidad de gente que hay, este chico lo único que lograría sería ponerse más nervioso. ¿Puedo sugerir que llames —dijo dirigiéndose al de seguridad— a Félix y le pidas que anuncie por megafonía el nombre de ella y le pida que venga aquí? Sea como sea, si actuamos con cabeza seguro que no tardaremos en solucionar el problema.

Mario agradeció con la mirada que aquella mujer aportara cordura en medio de la tempestad que se estaba formando. De algún modo sentía que estaba recuperando parte de la calma perdida. Como bien decía, era imposible que se hubiera evaporado, así que en algún punto de aquel lugar tenía que estar, y de ese modo volvería junto a él.

Y, ya de paso, le explicaría por qué narices le había dado un susto tan grande actuando de un modo tan inconsciente.

El guardia ni asintió ni negó, simplemente cogió su *walkie* y seleccionó el canal que usaban para comunicarse con el jefe de seguridad de todo el centro comercial.

Le explicó lo sucedido nada más establecer comunicación, y se detuvo un momento para hacer la pregunta obligatoria:

—¿Cómo se llama su mujer?

—Clara Carratalá.

Se lo dijo.

Apenas unos segundos después de haber finalizado la comunicación, por megafonía se escuchó un mensaje en que se solicitaba a Clara Carratalá que acudiera de inmediato a la tienda. Lo repitieron tres veces más, haciendo una pequeña pausa entre una comunicación y otra.

—Ahora solo queda esperar —dijo el guardia—, vendrá enseguida.

Mario asintió, convencido de que así sería. Aún le costaba creer que no la hubiera visto salir, y que ella se hubiera ido a otra tienda, aunque era aferrarse a eso o nada.

Pero el tiempo pasaba, y Clara y el niño no aparecían. Evidentemente, la sensación de alivio que empezaba a experimentar, tras creer que todo quedaría en una mera anécdota una vez lanzado el mensaje por los altavoces, se fue extinguiendo conforme los minutos y los segundos se sucedían en el reloj.

Aunque estuviera en la última tienda de todas (cosa que no creía probable), en la parte más alejada de donde se encontraban, ¿no debería estar allí ya?

No pudo evitar preguntarle al guardia si la megafonía se escuchaba en todo el centro, y este respondió afirmativamente. Hasta en los aseos, le dijo. Era la primera vez que Mario vivía una situación similar, pero el guardia ya había tenido que lidiar con cinco niños perdidos, y todo se había resuelto tras avisar a los padres por megafonía. «Seguridad pasiva», la llamaban ellos.

Y lo cierto es que Mario no era el único que a cada minuto que pasaba se iba poniendo más y más nervioso. El guardia se estaba contagiando de aquel estado, pues la situación le parecía totalmente irreal. No imposible, claro, ya que por mucho que dijera aquel chico, la mujer podría haber salido en un momento de descuido de él y haberse largado incluso del centro comercial.

«¿Por qué no?».

Una de las puertas de salida estaba especialmente cerca de esas tiendas, de modo que ella podría haberse marchado sin decir ni mu, y sin que él se enterase.

«¿Qué sé yo de vuestros rollos?».

El caso era que la angustia de ese hombre parecía real, tenía la típica cara de no entender nada de lo que estaba sucediendo, así que si podía lo ayudaría en lo posible. Además, conforme pasaba el tiempo y llegaba a la hora del cierre de las tiendas, los pasillos se iban despejando de gente y cada vez le resultaba más fácil comprobar que ninguno de los que iban hacia ellos se ajustaba a la descripción dada por el marido.

La cosa se empezaba a poner algo tensa, sí.

Y de repente tuvo una idea con la que supo que acabaría todo. O, al menos, que demostraría que la tal Clara había salido de la tienda, dándole a él la razón.

Sacó de nuevo su *walkie*, cambió de nuevo el canal y habló a través de la emisora mientras Mario, que ya parecía no saber dónde meterse, lo observaba.

—Oye, Paco, soy Juanma. No sé si has escuchado lo del aviso por megafonía, el de la chica. Aquí tenemos lío, ¿puedes venir con la consola? Estoy en la caja de señoras.

—Voy —contestó el tal Paco desde el otro lado.

Paco no tardó en aparecer. Mario lo observó de arriba abajo y era todo lo contrario de Juanma. El segundo era un chaval joven, con horas de gimnasio en el cuerpo y un peinado de esos imposibles, de los que no se lograban con un poco de gomina y punto. Paco, en cambio, tenía la cara de quien ya lleva unos cuantos años más de servicio a su espalda. Si alguna vez había ido al gimnasio, no parecía haber sido por mucho tiempo, y el pelo brillaba por su ausencia. Llevaba consigo algo muy parecido a una pantalla en la mano, ni grande ni pequeña, que sin duda debía de ser la «consola» a la que se había referido su compañero.

—Este es Paco; es el encargado de seguridad de las tres tiendas de nuestra compañía y es él quien tiene acceso a las cámaras de seguridad. Veremos la grabación de la hora a la que entró su mujer y comprobaremos qué ha pasado con ella y con su hijo. En cuanto la veamos salir, intentaremos que Félix nos dé acceso a las generales, las de los pasillos, para ver hacia dónde se ha dirigido. Más no podemos hacer.

Mario quiso contestar una vez más que él había estado atento todo el tiempo, salvo un par de veces que miró el móvil, durante las cuales era imposible que hubiera salido, pero prefirió no hacerlo. Eso le daría la razón y, de paso, ayudaría a saber qué pasaba con su mujer y su hijo. Porque algo había sucedido, de eso no le cabía la menor duda.

—¿A qué hora ha entrado?

—Sobre las nueve.

El guardia Juanma miró al guardia Paco, y este manipuló el panel táctil para que las imágenes que aparecían en la pantalla, divididas en varios recuadros, retrocedieran hasta el momento deseado.

Las imágenes cobraron vida al darle al *play*.

Ambos guardias se concentraron en observar si alguna de las cuadrículas mostraba a la mujer y al niño, lo cual indicaría que ya estaban dentro a esa hora. Pero no la vieron. Cierto que era lo primero que veían y no indicaba nada, pero dada la situación tan esperpéntica que estaban viviendo, Juanma ya dudaba hasta de que hubiera entrado en la tienda, a pesar de que las dos trabajadoras afirmaran que los habían visto. Paco presionó el icono que avanzaba el tiempo un poco más deprisa y miraron con atención.

—¡Espera, para ahí! —dijo Juanma al ver a una chica entrando con un niño de la mano—. ¿Son esos? —preguntó, invitando a Mario a mirar la pantalla móvil.

Él lo hizo y sintió un vuelco en el corazón al verlos.

—Lo son —sentenció.

—Vamos, Paco, dale.

La imagen comenzó a correr y se vio cómo ella abandonaba el recuadro que enfocaba la entrada para aparecer en el que se veía la parte media de aquella sección de tienda. Los tres observaban atentos; la explicación estaba al caer. Ella miraba ropa, como si nada.

Y de pronto sucedió algo que hizo que casi se les parara el corazón de golpe, sobre todo a Mario.

Permanecieron inmóviles durante unos segundos, sin poder dejar de mirar la pantalla.

—Paco, llama a la policía —acertó a decir Juanma.

5

Ana Marco no hacía nada.

Lo cual, a todas luces, parecía imposible, siempre se hace algo. Mirar un punto fijo, recordar un acontecimiento pasado, respirar... La lógica hacía que esto último se obviara, pero, aparte de eso, Ana Marco no hacía nada.

No es que llevara muchos minutos en ese plan. No hacía ni una hora que había llegado a casa desde el trabajo y ya se había bebido dos cervezas Mahou. Cualquiera que la viera pensaría que el alcohol formaba parte activa de su día a día; pero nada más lejos de la realidad, pues tras haber acabado la última gota del segundo botellín notó que la cabeza comenzaba a darle vueltas. No fue consciente de ello, pero era muy probable que eso fuera lo que la indujo a no hacer nada.

De todos modos, no pudo continuar mucho más tiempo en aquel estado, ya que empezó a cumplirse el principio según el cual todo lo que comienza tiene su final; en consecuencia, los pensamientos regresaron, lo que la sacó de ese estado perfecto que cualquier persona entregada a la meditación buscaría, y que a ella le había llegado sin haberlo pretendido.

Otra vez a pensar en aquel malnacido.

En su cabeza, él era el protagonista, y la trama consistía en cómo una vez más había pecado de inocente (aunque ella se llamaba a sí misma imbécil redomada) y no solo se había llevado parte de su dinero, sino también esa ilusión que con tanto esfuerzo había recuperado. Y eso que no hacía mucho había jurado que no volvería a sentirla por nadie. Había muchos puntos a los que aferrarse a la hora de justificar su enfado, pero sin duda el que destacaba por encima de cualquier otro era que él parecía tenerlo todo planeado desde un principio.

Aquel pensamiento hubiera sido demasiado suponer para cualquier persona, pero Ana no era cualquier persona, y ahora, visto todo desde una perspectiva diferente, se martirizaba por no haber sido capaz de admitirlo.

Desde esa misma perspectiva, pensó si lo que más le fastidiaba de todo no sería que se consideraba una persona perspicaz. No era algo que fuera pregonando a los cuatro vientos, pues ella nunca hablaba de lo que sentía o pensaba, pero sí había una voz interior que de vez en cuando le repetía que era una buena profesional, y ella se aferraba a eso para poder seguir tirando día tras día.

O puede que en verdad se estuviera martirizando en exceso. ¿Por qué no asumir que se había enamorado hasta las trancas y eso había anulado su capacidad de verlas venir?

Ahora mismo no era capaz de responder a esa pregunta, sobre todo porque a cada segundo que pasaba se generaban otras distintas que en el fondo venían a decir lo mismo y que le hacían dudar incluso de cosas que a esas alturas debería tener muy claras.

«¿De verdad soy una buena profesional? ¿Puedo desempeñar mi trabajo si en el fondo soy tan boba? ¿Cómo es que me la cuelan siempre?».

El problema no era en sí la batería de preguntas que llegaban sin control, sino el no poder dar con una respuesta que no la dejara en mal lugar.

«No aprendo. No aprendo, aunque me hagan mil veces lo mismo».

Lejos quedaba el embrollo con Toni, el mecánico, y aquel instante en que se sintió profundamente engañada. Quedaba lejos, sí, pero no por ello se había borrado la imagen grabada a fuego del día que regresó a casa antes de tiempo y lo sorprendió haciéndole una exploración de bajos a un chaval que apenas acabaría de cumplir la mayoría de edad.

«Porque ojalá la hubiera cumplido de verdad y el asunto no fuera más grave todavía. ¿Cómo no lo vi?».

Y como Ana, cuando entraba en barrena, no hacía más que sumarle negatividad a todo, no dudó en reconocer que sus padres la habían advertido. Y no solo ellos, hasta los compañeros del trabajo donde acababa de comenzar (y en el que por suerte aún seguía) comentaron sus impresiones acerca de Toni el Pantera, como ellos lo llamaban con mucho cachondeo. Pero a Ana le daba igual, nada de eso sirvió para que ella abriera los ojos y de una vez se diera cuenta de que en verdad su relación era tan falsa como el discurso de cualquier político. De que solo era válida de cara a la galería y en su imaginación, donde su relación era idílica y su pareja la amaba casi tanto como ella a él. Toni no aceptaba su condición sexual y ella, simplemente, no lo podía ver. O no quería. Ana no admitía de una vez para siempre que lo único que buscaba en ella era una pantalla exterior que lo mostrara como un chico «normal» al que le gustaban las mujeres y los coches. Lo segundo sí era cierto. Lo primero ya no tanto.

«¿Cómo puedo ser tan tonta y enamoradiza?», pensó por enésima vez.

Cualquier persona en su lugar, al darse cuenta del percal que había en la cama que ambos compartían cada noche, hubiera dado rienda suelta a los mil demonios que pugnaban por salir de sus entrañas, y la que le hubiera caído al chico habría sido de espanto. Pero Ana no era así. Por dentro sí sentía todas esas cosas, como cualquier persona normal, pero por fuera era incapaz de expresarlas. Porque ella nunca hablaba.

La relación llegó a su punto final. No porque ella se pusiera en su sitio y le dijera las cuatro cosas que debía decirle, sino por el propio peso de los hechos.

El tiempo pasó, como siempre sucede, y ella logró hacerse a la idea de lo que había ocurrido, pero se empecinó en que nunca volvería a enamorarse. Y no solo eso: su confianza en los hombres se había roto para siempre. Incluso puede que en el ser humano como especie.

Pero llegó Luis y lo volvió todo del revés.

Se conocieron en el restaurante La Taronja. Un lugar curioso, porque era a la vez el sitio más cercano y más alejado en el que cada día tomaba un café y media tostada sobre las once (siempre que podía, claro). Ya lo había visto en más de una ocasión tomándose algo también, siempre solo. No es que vistiera bien; era que la exquisitez tomaba forma sobre su cuerpo, según pensaba Ana. Llevaba el pelo tan bien peinado que no se movía ni un solo milímetro del lugar asignado, y, para qué engañarse, era uno de los hombres más guapos que había visto en toda su vida.

Hablaron como se habla siempre, aprovechando un día lluvioso y limitándose a constatar un hecho irrefutable, pero ahí empezó todo. Tímidos saludos, sonrisas con claras intenciones, constantes miradas de reojo... hasta que sus conversaciones trascendieron las condiciones meteorológicas..., y la que nunca se volvería a enamorar cayó de nuevo.

Le atraía sobremanera su misticismo. Algo que sin duda habría alejado a cualquiera que no fuera ella, pero que de forma irrefrenable ejercía una fuerza contraria a toda lógica, cegándola ya sin remedio. Cuando le preguntaba a qué se dedicaba en su día a día, siempre obtenía la misma respuesta: «Negocios varios». «¿Qué negocios?», preguntaba ella. «Dejemos el trabajo aparte, por favor», y la besaba tan intensamente que a Ana se le quitaban las ganas de volver a preguntar.

Solo quería seguir besándolo.

No tardaron en irse a vivir juntos. El piso de Ana no era gran cosa, pero, según Luis, era mejor que el suyo porque, grande o no, los vecinos siempre estaban a la gresca y aquello no merecía la pena. ¿A ella qué más le daba dónde vivir con él? Era feliz y lo sería mientras estuviera a su lado. Daba igual la ubicación o el espacio que compartieran. Pero como siempre sucedía en su vida, lo idílico se terminó y el problema acabó llegando, lo que desembocó en la siguiente situación:

Él dijo necesitar dinero para cierta inversión que se le había planteado y que no podía dejar pasar. Su efectivo en España estaba todo invertido en otros negocios y, para obtener liquidez, debía viajar a México, país donde también disponía de una gran solvencia. Estaría ausente unas tres semanas, como mucho un mes o muy poco más.

«¿Tanto tiempo sin ti?», pensó ella. De ninguna manera.

Y se ofreció a hacerle un préstamo. Era justo todo el dinero que tenía ahorrado en el banco.

Ella pensó en que si disponía exactamente de esa cantidad, sería porque el destino no quería que se marchara, y que así permanecería a su lado para siempre.

Esa fue la última vez que lo vio.

Claro que la cosa no quedaba ahí. Ella no contó lo que había pasado —que él la había estafado— porque Ana nunca hablaba; pero sus compañeros no eran tontos y acabarían dándose cuenta de la situación e irían a por él sin ninguna duda. Disponían de los medios suficientes para encontrarlo y hacerle pagar su traición. Ella no había estado nada hábil al no darse cuenta de sus intenciones —esa maldita ceguera que erróneamente había llamado amor se lo había impedido— pero él tampoco es que hubiera sido demasiado inteligente al elegirla a ella. No movería un dedo, nunca hablaba, pero tenía la suerte de estar rodeada de gente que no lo dejaría pasar.

Tarde o temprano acabaría recibiendo su merecido.

Por su parte, su cabeza no era capaz de pensar en otra cosa que no fuera que siempre formaba parte del juego de otros. Era como si los hombres solo la vieran como un mero objeto con el que satisfacer sus pretensiones. Se preguntaba si no sería totalmente incapaz de hacer sentir a una persona del sexo opuesto algo parecido a lo que ella experimentaba por dentro. Lo peor de todo, una vez más, era que su flagrante falta de visión a la hora de captar las intenciones nada sanas de otras personas contrastaba claramente con su actividad profesional.

El timbre de su móvil la rescató de sus lamentos mentales. De nuevo se maldijo a sí misma por no tener la libertad de ni poder apagarlo nada más poner un pie fuera de su lugar de trabajo. Simplemente no podía. Tenía que estar disponible las veinticuatro horas del día. Los trescientos sesenta y cinco días del año.

Miró la pantalla y su desgana fue en aumento al ver quién era: Solís, su subordinado y compañero.

—Dime. —Su saludo fue seco, pero es que no le salía otra cosa.

—Ana, tú vives más o menos cerca del Aljub, ¿no?

—Más o menos —contestó, aunque ese más o menos se traducía en un «prácticamente al lado del centro comercial L'Aljub».

—Al parecer, han visto que no he fichado, y no han tenido mejor idea que llamarme a mí en vez de a mi jefa para un aviso.

—Espera, ¿no has fichado todavía? —preguntó sorprendida—. ¿Aún estáis en lo de San Antón?

—Mira, no me hables porque me cago en la hostia. Fran ha estado a punto de partirle la boca ya dos veces al Pezuñas.

—Solís...

—No, tranquila, no ha pasado nada; pero es que hoy nos están buscando las cosquillas de lo lindo. Hay algunos que van pasadísimos de rosca y no veas la que están liando.

—Pues llamad a más efectivos.

—Aquí hay ciento y la madre, Ana. Están los del grupo de Rico y todo, pero es que cuantos más vienen, peor, más tontos se ponen. En cuanto se les pase un poco el subidón todo se calmará, pero mientras tanto aquí estamos, pasando la tarde.

Ana resopló con la cabeza todavía dándole vueltas.

—Ya que te han avisado a ti, ¿has enviado algún uniformado a lo del Aljub?

—¿Por quién me tomas? De hecho, he enviado a ese que tanta gracia te hace, el que se parece al Brutus del Popeye.

La inspectora Ana Marco negó con la cabeza y se despidió de su compañero deseándole paciencia con lo que tenía montado.

La primera decisión tras colgar fue bastante acertada, pues aunque echarse agua fría en la cara no sirvió para que el mareo desapareciera, al menos alivió algo la sensación.

Mientras cogía la placa y la pistola pensó en lo irónico de trabajar donde lo hacía, y ahora tener que conducir perjudicada por el alcohol, aunque no fuera un tramo demasiado largo.

Y por fin salió de su humilde piso situado en la calle Fernanda Santamaría, en dirección al Aljub.

«Ventajas de ser policía».

No era capaz de contar el número de veces que había pensado, en decir exactamente, las mismas palabras al llegar a un escenario, del tipo que fuera, y dejar el coche aparcado en primera línea, donde a nadie se le ocurriría hacerlo. Cierto era que el lugar en el que Ana había estacionado el vehículo tenía un distintivo que lo reservaba para autoridades y sanitarios, pero la sensación de poder no desaparecía y, aunque quizá fuera un poco tonta, ella lo disfrutaba.

Lo que le esperaba dentro era un misterio. No es que hubiera acudido a un aviso ciego, pero la información que manejaba no podía ser más confusa e insuficiente, así que una familiar sensación de incertidumbre hizo acto de presencia en su estómago. Lo único que sabía era que un hombre había denunciado la desaparición de su mujer y su hijo dentro del centro y que, por lo que fuera, los encargados de seguridad habían decidido que era pertinente poner en aviso a la Policía Nacional.

Y eso era lo extraño. No es que un caso de tal naturaleza no fuera de su competencia, pero no solían avisarlos tan rápido.

La inspectora de la UDEV Ana Marco atravesó la doble puerta acristalada y comprobó que, a pesar del corto trayecto desde su casa, los uniformados habían llegado antes que ella. Posiblemente habrían aparcado en el otro lado (ya que había otra entrada cerca) y por eso ella no había visto los zetas.

Comenzó a caminar hacia la tienda en la que le habían dicho que había sucedido el percance y no tardó en localizar con la mirada al mastodóntico agente al que, sin la menor malicia, Solís y ella llamaban Brutus debido a la forma de su cuerpo esculpido en el gimnasio, que parecía más un armario empotrado que otra cosa.

Se dirigió hacia él.

A su lado estaba el que parecía ser, casi con toda probabilidad, el afligido marido.

Lo inspeccionó bien antes de llegar y eso fue lo que provocó una especie de calambre en las piernas que casi logró dejarla petrificada.

«No es posible. No me lo puedo creer. ¿Es él?».

La inseguridad apenas duró unos segundos, ya que a medida que avanzaba hacia ellos las dudas se iban despejando, dando paso a una certeza absoluta.

Sí, era él.

«La madre que me parió. ¿En serio? ¿Con todas las personas que hay en el mundo no podía ser otra?».

Y de pronto lo vio caerse al suelo.

«¡Mierda! ¿Qué pasa?».

Corrió el par de metros que le faltaban para llegar y dio gracias a que fuera Brutus y no otro el que estuviera a su lado, pues evitó que se golpease contra el suelo sujetándolo por las axilas. Sintió la necesidad de intervenir, pero prefirió hacerlo en un tono neutro, sin tutearlo, debido a que no tenía la seguridad de que él siguiera acordándose de ella. No, habiendo pasado tantos años desde aquello.

—¿Está usted bien? —preguntó muy preocupada.

Pero él no contestó. Estaba blanco como la cal, lo cual le proporcionaba una explicación aproximada de lo que había podido sucederle para desplomarse así, sin más. Observó que intentaba responder, pero no lo lograba.

—¿Me oye? ¿Está usted bien? —insistió.

Y sin pensarlo demasiado reunió la suficiente determinación para estirar el brazo, abrir la palma de la mano y plantarle dos bofetones en el lado derecho. No fueron muy fuertes, pero, por esas cosas de la mente, sintió un leve alivio al propinárselos.

Y dieron resultado, porque tras los sopapos hizo el gesto de negar con la cabeza.

«Aunque no es una buena noticia que me diga que no está bien».

Ana miró a Brutus (no recordaba su nombre, así que seguía asignándole el mote) para asegurarse de que no le flaqueaban las fuerzas y seguía agarrándolo con firmeza. Puede que Mario Antón no fuera un peso pesado, pero supuso que sujetar así a alguien no debía de ser fácil por muy cachas que estuviese. Aunque, a juzgar por la cara de su compañero, entendió que era como si estuviera sosteniendo una pluma entre sus dos manos.

Aun así, pensó que lo mejor sería tratar de dejarlo apoyado en algún sitio. Vio el banco que tenían cerca y le indicó al agente que lo sentara con cuidado. O eso esperaba que interpretase, porque ella se limitó a mirar hacia el asiento y a mover la cabeza.

Aguardó pacientemente a que Mario estuviera bien aposentado en el banco. Buscó a su alrededor algo con lo que poder abanicarlo y no se cortó a la hora de meter la mano en la basura en cuanto vio una especie de folleto tirado en el contenedor. Se acercó al indispuesto joven empuñando el prospecto y comenzó a hacerle aire.

Estuvo así un rato hasta que él levantó el brazo para que parara. Parecía sentirse mejor.

Transcurrieron unos segundos hasta que Mario trató de levantarse. Ana miró al agente, y aunque lo había prevenido por si volvía a caerse, le indicó que no perdiera de vista al chico.

—¿Está usted bien? —repitió una vez más la pregunta.

Ana se puso verdaderamente nerviosa al ver que él la miraba de arriba abajo. No vio que cambiase de expresión como hubiera sucedido en caso de reconocerla. Eso, en parte, logró que se relajara pese a estar frente a él.

—Perdone, no sé qué me ha pasado —dijo al fin.

Ahora la que lo analizaba de arriba abajo era ella. Su rostro seguía sin dar señales de que sabía quién era. Lo seguiría tratando como haría con cualquier desconocido.

—Es natural, no se preocupe. Ahora le pido que se tranquilice del todo porque es muy importante. Sé que cuesta, pero necesito que lo haga. Recuerde todo lo sucedido y relátemelo despacio.

No lo hizo al instante, sino que se quedó mirando la enorme tienda que tenían enfrente. Como si estuviera embobado.

Ana también la miró. Hacía siglos que no compraba ropa en ninguna de las tiendas de la famosa cadena. En contrapartida, ahora lo hacía en otra franquicia inglesa donde, si bien reinaba cierto caos en cuanto al orden de la ropa, los precios eran más baratos, y eso había sido un éxito. También había una de esas tiendas en aquel centro comercial.

Al cabo de unos segundos, Mario pareció volver en sí y le contó, con pelos y señales, lo que ya había relatado unas cuantas veces en la última hora.

Francisco José Carratalá daba vueltas en la cama.

Clara, su mujer, no se había tragado eso de que se hubiera ido tan temprano a la habitación porque la jornada había resultado especialmente dura y estaba hecho polvo.

¿Cómo iba a serlo si a ella le constaba que ese día apenas había tenido que pasarse un rato por la sede del partido, y a continuación permanecer un par de horas haciendo como que trabajaba en su despacho de presidente de la Diputación de Alicante?

A pesar de eso, Clara no le recriminó nada, ni asomó el menor atisbo de sospecha en su rostro. No se lo había tragado, era verdad, pero tampoco tenía ganas de saber.

Con su marido era mejor así.

Aunque, a decir verdad, en caso de haber querido saberlo, él tampoco le habría contado lo que había estado haciendo aquella tarde. No podía. No era plato de buen gusto relatar con quién había estado comiendo, de qué asuntos habían estado tratando durante ese tiempo y, sobre todo, lo mal que había ido aquella reunión.

Fue pensar en ello y notar de inmediato un nuevo pinchazo en el estómago.

Uno muy parecido a las decenas de espasmos que ya había sentido durante la última hora, y que lo había empujado a querer meterse bajo las sábanas, con la esperanza de estar pronto en los brazos de Morfeo, si había suerte.

Como si enterrando la cabeza en la sábana la situación fuera a revertirse.

Tenía la absoluta certeza de que eso no iba a suceder. Incluso dudaba de que llegara a dormir aquella noche y las siguientes.

Pero si algo caracterizaba a Carratalá, dejando de lado lo obvio, aquello por lo que se le conocía, era su tozudez y su empeño en lograr imposibles. Así que se volvió hacia el otro lado.

Ahora estaba de cara a la mesita de noche. Habitualmente, antes siquiera de poner un pie en el chalet de lujo situado en la zona Pau número 1 del barrio de San Blas, en Alicante, presionaba con fuerza el botón de apagado del iPhone para no saber de nada ni de nadie hasta que llegara la nueva jornada. Era una de sus máximas y casi un ritual para él. Pero aquella tarde, después de lo acontecido, supo que lo más sensato era dejarlo encendido por si las moscas. Con Clara tenía margen para excusarse diciéndole se le había olvidado apagarlo, en caso de que le preguntara.

Era lo bueno del inicio de una nueva campaña electoral: demasiadas cosas en la cabeza que servían de excusa para todo.

Aunque ahora lo que menos le preocupaba era una posible pregunta inoportuna.

Tenía que tenerlo encendido, y cerca.

Más que nunca.

A fin de evitar nuevos pinchazos molestos, procuró no volver a pensar en el encuentro con el Gallego, pero no había manera. Su tensión ya debía de haber alcanzado cotas elevadas, y al final, por si la situación ya no era lo bastante peligrosa en sí misma, solo le faltaba que la salud le jugara una mala pasada y que todo acabara antes de tiempo. Intentaba no acordarse de las amenazas escupidas por la boca de aquel hombre cuando no llegaron, ni de lejos, a un acuerdo para que el narco pudiera seguir fastidiándoles la vida a miles de jóvenes de toda la provincia. Intentaba olvidarlo. Pero, sobre todo, se esforzaba en no pensar en cómo se le había calentado la boca a él también; como si la situación no estuviera ya bastante al límite, ahora se había tensado tanto la cuerda que un simple soplido podría romperla en cualquier momento.

Al igual que otras veces en las que había metido la pata hasta el fondo, su fallo había sido no saber contenerse. También, no saber transigir cuando tocaba, ni tener presente que el puesto que ostentaba no lo elevaba a la categoría de divinidad. Y se había equivocado. Mucho. Pero al igual que había sucedido otras tantas veces, no había sido capaz de verlo. Quizá porque la acumulación de adrenalina en el cuerpo le impedía pensar con claridad, pero hasta que no vio la cara de Soria cuando le relató lo sucedido, no fue consciente de la magnitud del problema en que acababa de meterse.

Un problema gordo. Muy gordo.

Ganar o perder las elecciones ya se había convertido en una menudencia en comparación con la que le podía caer encima si el Gallego no se enfriaba y llevaba a cabo las amenazas vertidas.

No le valdría de nada ser presidente con un disparo en la cabeza.

O algo peor.

La había cagado, y la prioridad absoluta era arreglar aquel entuerto, aunque no sabía muy bien cómo.

Lo único que lo tranquilizaba era saber que David Soria ya estaba en ello; si alguien podía revertir la situación, era él.

Cerró por enésima vez los ojos con la vana esperanza de poder conciliar el sueño. Aunque ya ni siquiera deseaba eso. Con lograr ausentarse mentalmente, aunque fueran solo diez minutos, ya le valdría. Y si le preguntasen cuál su mayor deseo, lo que con más fuerza anhelaba, sin duda respondería que poder viajar en el tiempo, unas pocas horas atrás, y haber asistido a la comida con otra actitud. Con menos prepotencia. Siendo más Francisco José y menos Carratalá. Teniendo claro que, por mucho que así lo pensara, él no era quien tenía la sartén por el mango. Tal vez no habrían llegado a un acuerdo, no al menos con las condiciones que imponía el Gallego, pero haber evitado aquella competición por ver quién la tenía más larga ya habría sido todo un logro.

Y ahora podría dormir, ya que solo tendría que preocuparse de si perdía las elecciones.

Un mal menor, dada la situación.

De nuevo abrió los ojos, le desesperaba no poder tenerlos cerrados más tiempo. Miró de nuevo el teléfono móvil. Algo le decía que de un momento a otro sonaría. Y que la llamada puede que no fuera agradable.

Una mala noticia.

La peor de todas.

No se equivocó.

Ana miró en dirección al banco y comprobó que todavía estaba sentado. El agente Díaz (fue él quien le había recordado su apellido hacía unos minutos) permanecía a su lado por si las moscas.

Mejor prevenir que curar, aunque todo parecía en orden en ese aspecto.

Volvió a girarse y miró al guardia de seguridad joven.

—¿Quién más tiene acceso a las cámaras de la tienda?

—Que yo sepa solo él —dijo el guardia, señalando a su compañero.

—Sí, pero solo a la consola; las cámaras no las puedo controlar así como así... —respondió el mayor.

Ana no supo qué contestar. En verdad la situación era rara

de narices. ¿Cómo era posible que todas las imágenes registradas por las cámaras se hubieran ido a negro a la vez justo cuando, supuestamente, desaparecieron la mujer y el hijo de Mario?

—Pero alguien las controlará —pudo decir al fin.

—Esto tendría que ser desde nuestra central, pero no tiene sentido... —dijo Paco.

—¿Cuándo podrá darme una explicación?

—Llevamos un rato intentando saber qué ha podido pasar, pero en la central no son capaces de decirnos nada concreto porque, según ellos, técnicamente está todo bien. Lo están investigando, pero la cosa pinta mal, porque esperábamos que hubiera un fallo evidente.

Ana suspiró.

—Está bien. —Sacó una tarjeta de su cartera y se la entregó—. En cuanto lo sepan, da igual cuándo sea, me lo cuenta. Este es mi número personal, ¿okey?

El guardia asintió.

A continuación, Ana salió de nuevo de la tienda con la intención de dirigirse hacia el banco en el que estaba Mario. Dos agentes que ella no vio venir se lo impidieron.

—Inspectora —dijo uno de ellos a su espalda, haciendo que ella se volviera—, hemos comprobado prácticamente todo el centro comercial con la ayuda del resto de los seguratas, y nada. Yo creo que aquí no están.

—¿Habéis mirado en el coche?

—Sí, un Audi Q7 que está aparcado justo en la plaza que ha dicho el chico, donde los carritos de los bebés. También nos han comunicado que en su casa no parece haber nadie; han enviado un zeta, y nada.

Ella necesitó unos segundos para valorar la situación; ya llevaba varios minutos considerando seriamente una posibilidad, pero trataba de descartarla. Lo malo era que todo apuntaba en una dirección, y no le gustaba nada.

—Inspectora, con todos mis respetos, no sé si sabe quién es...

—Sé perfectamente quién es y lo que ello implica. Me parece que no queda más remedio que dar parte a la Provincial y que ellos nos digan cómo proceder.

—¿La Provincial? Pero Quiles...

—Quiles sabe que no nos queda más remedio, o el padre de esta chica nos aplastará con un solo dedo. Si el comisario quiere apuntarse un tanto que busque el modo de lograrlo en otro lado.

Los agentes asintieron mientras le abrían paso a su superiora. Ana sentía el corazón palpitándole tan deprisa que era como si los latidos no le dejasen escuchar sus propios pensamientos. Esos pensamientos le habrían dicho que ella nunca debería hablarles así a sus compañeros, que no se reconocía a sí misma actuando de aquel modo. Su voz interior también le habría dicho que, si lo había hecho, era precisamente por ser quienes eran tanto la persona que estaba sentada en el banco como su suegro.

Pero, con todo, eso no era lo que más tensión le provocaba. Daba igual que Mario Antón hubiera protagonizado cierto episodio de su vida. Daba igual que el padre de ella fuera el presidente de la Diputación Provincial de Alicante. Todo eso no importaba en comparación con que Clara, durante mucho tiempo, fue su mejor amiga.

6

Viernes, 10 de mayo de 2019. 23.14 horas.

Bebió otro sorbo y dejó el vaso sobre la mesa.

—Bebe despacio, a ver si acabas emborrachándote —le dijo su compañero con su habitual tono socarrón.

Él sonrió; siempre le arrancaba una sonrisa.

Miró el vaso y entendió rápidamente lo irónico del comentario. No solo era porque después de diez o doce sorbos aún le quedara la mitad de la bebida. Sobre todo era porque, hasta el momento, nadie se había embriagado tras beberse un Nestea.

El inspector jefe Nicolás Valdés acarició con la yema de los dedos el recipiente. Alfonso no pudo evitarlo y soltó otra de las suyas.

—Macho, ahora sí que pareces sacado de una película de esas en blanco y negro. La escena en la que el galán bebe solo mientras suena una música triste de fondo. Si hasta esa puta mierda que bebes tiene el color del whisky.

Esta vez, Nicolás no sonrió. No es que las palabras de su amigo no tuvieran gracia, pero no pudo evitar pensar en que ese galán del que él hablaba normalmente estaba así por alguna mujer. Y eso, precisamente, era lo que a él le pasaba. Llevaba un tiempo tratando de dejar atrás al Valdés víctima de todo e intentando agarrar el toro por los cuernos, tal y como insistía siempre Alfonso, aunque las circunstancias no daban para otra cosa.

Y más con lo que estaban viviendo aquellos días.

Creyó que nunca pensaría eso, pero los ocho años sufridos tras la sangrienta sombra del mutilador de Mors podrían compararse en igualdad de condiciones con la situación que ahora atravesaban.

A pesar de todo, trató de dejar la melancolía atrás. Lo mejor era centrarse de nuevo en el caso que justamente los había llevado allí, a ese lugar en el que nunca creyó que estaría. Aunque antes hizo la pregunta de rigor:

—¿Has llamado a Sara?

Alfonso levantó los ojos de su cerveza y lo miró con dureza.

Pocas veces lo hacía.

—Sí, antes de ducharme, como siempre. Y también como siempre me ha contado lo que le ha dado la gana. Todo con tal de evitar mis preguntas sobre cómo está o cómo se siente.

—Tío, es que creo que la agobias un poco.

—¿Tú qué harías en mi situación?

Nicolás meditó unos segundos.

—Supongo que algo muy parecido a lo que tú haces. El problema no es ese, es que ya la conocemos y, bueno, Sara es Sara. Hay que dejarla a su aire.

—Joder, ya lo sé, pero es que me marea mucho. Unos días solo quiere mi hombro para llorar, o al menos que esté al otro lado del teléfono; pero otros, en cambio, no hay manera, macho. ¿Sabes que hoy me ha contado que Julen se ha comprado un escritorio nuevo para su casa? ¿A mí qué pollas me importa eso?

Nicolás no pudo evitarlo y soltó una carcajada.

—¿Ves? A ti te importaría lo mismo que a mí. Yo lo único que quiero saber es que ella está bien.

—Más o menos lo está, ¿no?

—Más o menos...

—Pues ya está, quédate con eso. Sara puede ser mil cosas, buenas y malas, como nosotros; y una de las cosas buenas es que es tremendamente inteligente y sabe que la situación se le puede ir de las manos si no busca los apoyos necesarios. Tómate como una buena señal que aún no los esté buscando.

—Vale, Paulo Coelho.

Nicolás se rio durante unos segundos. No quiso romper aquel momento de buen rollo, pero tocaba hablar de lo que habían vivido durante aquella jornada. De algún modo ambos lo habían evitado, pero ya tocaba afrontarlo, sobre todo para tratar de darle una explicación coherente.

Justo en el momento en que iba a hablar, su teléfono, que estaba encima de la mesa, comenzó a sonar.

Lo miró.

Un número demasiado largo.

—Hostia —dijo Alfonso—, ¿no han visto la hora que es?

—Da igual, no lo voy a coger; saben dónde estamos y la de mierda que tenemos encima. Ahora deberíamos estar en la cama, así que...

—¿Y si es importante, del laboratorio o algo por el estilo?

—¿A estas horas? —preguntó el inspector jefe como queriendo decirle que ya se imaginaba quién era.

Alfonso pareció entenderlo.

—¡Ah, coño! Pues sí, a tomar por culo, que llame mañana. Que se vaya a su casa, aunque seguro que ni su mujer lo soporta. Qué hostia tiene en todo el hocico...

Nicolás sonrió sin dejar de mirar el teléfono. La llamada finalizó pasados unos segundos.

Era un secreto a voces que ninguno de los dos soportaba al nuevo comisario. El que vino tras la muerte de Brotons no aguantó ni dos telediarios al frente de la Judicial en Canillas. Nicolás no lo culpaba, pues él y su nuevo jefe se parecían demasiado en cuanto a carácter, y él tenía clarísimo que tampoco hubiera podido aguantar en el cargo. Demasiada presión, demasiado politiqueo. Después llegaron dos más, pero eran de esos que necesitaban el puesto para anotarlo como mérito en su currículum y después seguir escalando dentro del Ministerio del Interior.

Chupapollas pro, los llamaba Alfonso.

Y ahora estaba el comisario actual. Era de los que pensaban que pasándose veintiocho horas diarias metido en su despacho de Canillas cubriría sus evidentes carencias como investigador y que, por supuesto, para nada estaba allí por ser el hijo del comisario general.

Chupapollas prosenior, según su amigo.

El teléfono comenzó a sonar otra vez, y Nicolás echó un desganado vistazo a la pantalla.

«¿Este hombre no se rinde?».

Pero no era él.

De hecho, no era alguien de quien esperase recibir una llamada.

Y además confirmaba que el primer número desde el que lo habían llamado no era el de la central de Canillas, sino que provenía de la Comisaría Provincial de Alicante. Y el que llamaba en esos momentos era el actual comisario (y antiguo inspector jefe de la UDEV para el que trabajaron tanto Nicolás como Alfonso) Lucas Montalvo. Lo hacía desde su teléfono móvil personal.

Nicolás respetaba mucho a ese hombre, así que no dudó en responder la llamada.

—Comisario —dijo a modo de saludo.

—Hola, inspector jefe. ¿Cómo vamos?

—¿Sinceramente? No le puedo decir que bien, tanto Gutiérrez como yo estamos metidos en un caso bastante complicado.

—No me joda, ¿el de...?

—Exacto, ese mismo. Y estamos un poquito mal con él, por decirlo finamente.

—Ya, entiendo. Precisamente lo llamaba porque necesitábamos su ayuda aquí, en Alicante. Tenemos un caso de desaparición bastante oscuro.

—¿Oscuro? —preguntó el inspector jefe, sorprendido por el adjetivo.

Montalvo le relató el caso.

—Vaya —acertó a decir Nicolás, intrigado por los hechos—, no pinta nada bien la cosa, no. Ya le digo, me encantaría poder ayudarlo, pero me temo que no es un buen momento.

—Lo sé, lo sé. ¿Y dice que Gutiérrez está con usted?

—Así es, señor.

—Joder... Bueno, no se preocupe, de verdad que entiendo la situación. Aquí tengo buenos policías que se pueden hacer cargo del caso, pero quería a los mejores del país por lo especial la situación. Ya me contará si logran resolver el embrollo que tienen. Gracias por...

—Señor —lo interrumpió Nicolás.

—Dígame.

—Me ha dicho que quiere a los mejores.

—Sí, ¿y...?

—Yo le enviaré a la mejor.

7

Sábado, 11 de mayo de 2019. 00.34 horas. Elche

No abrió la boca en todo el trayecto.

Solo miraba por la ventanilla del vehículo, la de su propio vehículo.

Evidentemente, él no conducía, ni siquiera iba de copiloto. Relegado a la parte trasera, se sentía como un extraño viajando en esa posición. Ojalá aquel fuera el mayor de sus problemas.

Hacía más de una hora que Mario había contestado sacudiendo la cabeza en señal de negación cuando la amable inspectora le había preguntado, separando mucho las palabras entre sí porque él parecía encontrarse en otro mundo, si estaba en condiciones de conducir hasta la comisaría para presentar una denuncia tras la extraña desaparición de su mujer y su hijo.

En caso contrario, le habían propuesto como alternativa tomar un taxi, y aunque le aseguraron que no pasaba nada por dejar el coche toda la noche en el aparcamiento del centro comercial, a él no le parecía correcto hacerlo. La situación era extraña, sí, pero como Clara aparecería de un momento a otro, seguro que no le haría gracia que dejase el coche allí, aunque las circunstancias no fueran las más propicias para tomar decisiones meditadas. Así que la solución final fue la siguiente: un agente conduciría su coche y la inspectora ocuparía el asiento del copiloto.

Él iba detrás pensando, cavilando, dándole vueltas a todo, y por mucho que lo intentaba no lograba entender ni lo más mínimo aquel disparate. Porque él tenía claro que aquello era un disparate. Puede que esa fuera la típica situación en la que alguien dice que necesita un pellizco para sentir que está viviendo la realidad.

«Menuda realidad», pensó.

Los policías tampoco es que hablaran demasiado, aunque agradeció que no le dirigieran la palabra, ya que sentía un tremendo cansancio mental. Un cansancio como jamás recordaba haber sentido en toda su vida.

Estaba agotado, su cabeza no era capaz de asimilar más pensamientos, y eso jugaba claramente en su contra, pues por mucho que le costara tenía que encontrar el equilibrio. No es que pensara que así resolvería la situación, en el fondo se sentía desnudo frente a todo lo que estaba sucediendo; pero, sin la menor duda, aquella especie de aislamiento mental en el que estaba sumido no contribuía en nada a solucionar el problema.

Se sentía atrapado en una espiral de la que no podía salir.

Y si la situación ya era mala, lo que le esperaba en casa no podía decirse que pintara mejor. La confirmación definitiva de que su mujer y su hijo no habían pasado por la casa —el hecho de que sí hubieran pasado por allí no habría arrojado nueva luz al caso, pero al menos acabaría con la agonía que lo estaba consumiendo— vino de la mano de su suegra, que se había desplazado hasta su casa desde Alicante, que era donde vivían, para comprobarlo (aunque previamente ya lo hubieran hecho los policías que envió la inspectora, pero que ella no se fiaba de ellos, por supuesto).

No había ni rastro de los dos desaparecidos, ni nada que levantara la menor sospecha, tal como esperaban.

«Y encima, ahora él estará ahí; joder, lo que me faltaba...».

Tomaron la última rotonda, su casa estaba cerca y Mario comenzaba a abandonar su estado de semiletargo para dar paso a otro estado no menos incómodo. Si tuviera que describirlo, sería algo así como una mezcla de nerviosismo, tensión, incertidumbre y angustia. Notaba que estaba sobreviniéndole otro ataque de ansiedad, pero como era nuevo en eso no tenía ni idea de los síntomas. Se miró las piernas, y le temblaban tanto que se preguntó si estaba dando botes en el asiento. No era así, pero poco le faltaba para llegar a tal extremo.

Encararon los últimos metros con Mario a punto de soltar el corazón por la boca mientras se apoyaba la mano sobre el pecho.

Ana también miraba por la ventanilla.

«¿Cómo debe de ser vivir aquí?», pensó al tiempo que enfilaban por fin la calle Moraira, donde Mario Antón les había dicho que residían.

La inspectora estaba sorprendida en parte, pues el hecho de ser quienes eran incluía un nivel de vida de aparente ensueño. Nada que ver con el edificio donde ella vivía, que, aún sin ser de los más desastrosos de la zona, no llegaba ni a una décima parte del valor de aquellas casas que ahora contemplaba tratando de no abrir la boca de par en par. Y eso no lo pensaba ella porque sí, pues no hacía demasiado, por casualidad, había leído un artículo según el cual justamente en esa calle se concentraban las viviendas con el valor medio más alto de todo Elche.

«El lugar perfecto para que Clara Carratalá y Mario Antón formaran una familia, cómo no».

La pareja perfecta. La vida perfecta.

Miró por el espejo retrovisor disimuladamente. Seguía sorprendida de que él no la hubiese reconocido. El paso de los años era evidente para ambos, pero tampoco había transcurrido una eternidad (aunque a veces lo pareciera) como para que Mario no la recordara. Más aún teniendo en cuenta lo que sucedió.

Dejó de lado aquellos pensamientos y repasó mentalmente el procedimiento seguido en cuanto puso un pie en la comisaría, mientras le tomaban los datos a Mario para interponer la denuncia. No es que fuera el primer caso de desaparición al que se enfrentaba, pero pensar que este no era especial, ya no por lo truculento de la desaparición en sí, sino más bien por quiénes eran los protagonistas, era una tontería del calibre 50. Así que debía andarse con mucho ojo para no meter la pata y que no le pudieran echar en cara que no había hecho bien su trabajo.

Solo faltaba que saliera a relucir su pasado común y empezaran a lanzarle acusaciones no precisamente bonitas.

Siguiendo con el repaso mental del procedimiento, comprobó que la introducción de las señas de Clara en la base de datos de Personas Desaparecidas y Restos Humanos sin identificar (PDyRH por sus iniciales) había sido satisfactoria, pues había obtenido la confirmación desde Madrid de que la habían recibido correctamente. Además, también la dio de alta en la Base de Datos de Señalamiento Nacional (BDSN), con lo cual la parte burocrática quedaba cubierta por el momento.

Ahora necesitaba lo de costumbre: indagar en la vida de la pareja para averiguar qué narices había sucedido, aunque su principal línea de investigación, esa que solía ir cambiando según avanzara el caso pero que inevitablemente llegaba tras una primera inspección ocular, le advertía de que en cualquier momento podría sonar el teléfono móvil de Mario.

Y no precisamente con ella al otro lado del aparato.

El agente detuvo el coche de los Antón-Carratalá en la mismísima puerta de su casa. Antes de bajarse del vehículo, Ana no pudo evitar mirarla, ahora sí, con la boca muy abierta.

Por las dimensiones de la valla ya podría haberse hecho una idea aproximada de lo que albergaba el recinto interior, con ese color gris perfecto y esa altura de muro que dejaba entrever la importancia del inmueble, pero como la puerta que daba acceso a los vehículos estaba abierta, el secreto quedaba al descubierto y, aunque a veces no fuese oro todo lo que relucía, en este caso sí que brillaba en consonancia con su verdadero valor.

Nada más observarla, lo primero que habría hecho Ana sería retirarle el apelativo de casa. A aquel edificio había que llamarlo como lo que era, o como lo que parecía: mansión. No una de esas que se veían en los reportajes especiales dedicados a mostrar dónde vivían las superestrellas de Hollywood, pero sí de las que una no solía ver todos los días paseando por la calle. Las columnas que bajaban desde el balcón de la primera planta y llegaban hasta el suelo, delineando un porche con el que Ana había soñado toda su vida, le recordaba muchísimo —salvando las distancias— la silueta de la Casa Blanca, en Washington. El color de las paredes contribuía a que el símil fuera de lo más acertado. Ella era malísima calculando los metros cuadrados de cualquier inmueble, pero aquel, por fuerza, debía de superar fácilmente los trescientos metros cuadrados.

También se preguntó para qué querría tanta casa una pareja con un solo hijo, pero, conociendo a Clara Carratalá, enseguida cayó en la cuenta de que muy probablemente su único interés debía de ser proyectar una imagen de luz y esplendor en torno a su vida personal.

«Una luz que creías tener pero que en verdad no tienes, querida. Hay cosas que nunca cambian», pensó.

Trató de apartar todos esos pensamientos, consciente de

que se estaba dejando llevar por un manifiesto sentimiento de envidia hacia la vida idílica que todo aquello indicaba, y se centró en lo que había ido a hacer realmente.

Mario salió del coche y esperó pacientemente a que el policía le entregara las llaves de su Audi Q7 recién comprado (apenas tenía dos meses). No se había planteado cómo iban a regresar los dos policías a su comisaría, pero la respuesta llegó con un coche patrulla con las luces apagadas que aparcó tras ellos. Él ni se había dado cuenta de que venía siguiéndolos.

Acto seguido buscó con la mirada el coche de sus suegros. El imponente BWM X7 estaba aparcado a pocos metros. No hizo falta que le dijeran que su suegro no había sido el conductor del vehículo, pues uno de sus hombres estaba esperando fuera de la casa.

«¿En serio se los ha traído también? Vaya con don Importante».

Ya había llegado un punto en que los delirios de grandeza de Francisco Carratalá no tendrían por qué sorprenderlo; sin embargo, esa vez estaba convencido de que la difícil situación que estaban viviendo le haría aparcar por un rato la paranoia magnicida que lo dominaba. Pero estaba visto que ni por esas.

Entró seguido del agente y la inspectora. Según le había dicho ella, quería hacerle algunas preguntas más, y el lugar idóneo era el hogar de ambos, ya que además tenía la intención de echar un vistazo a la vivienda, por si acaso, y también aprovecharían para que él le diera alguna foto de las que decía tener en su ordenador personal. Como la puerta principal de la casa estaba abierta, entró directamente, sin decir nada.

Ana le ordenó al agente que esperase fuera.

No sabía por qué, pero se sintió estúpido al darse cuenta de que esperaba ver aparecer de repente a su hijo, reclamándole ese abrazo que siempre le daba antes de lanzarlo al aire. Le encantaba.

Pero no apareció.

En su lugar vio a su suegra, que daba una calada a uno de esos cigarrillos tan largos y finos que fumaba. Se sorprendió pensando que si Clara la viera le echaría la charla por fumar dentro de la casa.

«Ojalá apareciera para hacerlo...».

—¿Qué se sabe? —inquirió su suegra sin más preámbulos, con un evidente temblor en la voz.

Mario no fue capaz de articular una sola palabra, se limitó a negar con la cabeza mientras se echaba a llorar. Su suegra hizo amago de abrazarlo, pero una voz potente e imperativa la detuvo.

—¿Dónde coño están mi hija y mi nieto? —preguntó Carratalá, irrumpiendo en la escena.

Su yerno respiró profundamente e intentó recobrar la compostura. Le costaba horrores, pero necesitaba hacerlo porque, a pesar de todo, eran los padres de Clara y merecían una respuesta, aunque esta careciera de coherencia.

—No... no sé nada.

Carratalá se quedó mirándolo fijamente. Quizá, al ver la cara de Mario, lo más normal hubiera sido concederle una tregua, pero él no era así.

—¿Cómo pueden haber desaparecido? ¿Sin más? ¿Y quién coño es usted? —se dirigió a Ana, culminando una cascada de preguntas sin precedentes.

—Señor Carratalá, soy la inspectora Ana Marco, de la UDEV de aquí, de Elche.

Mientras Ana pronunciaba aquellas palabras, trataba de reunir el valor para que sonaran contundentes, como casi siempre le sucedía cuando tenía que demostrar que era ella quien mandaba a partir de ese momento.

—Entiendo que le asalten cientos de preguntas, pero no es

el momento de que usted las formule, sino de que lo haga yo. Se trata de localizar a su hija y a su nieto con la mayor brevedad posible. Las primeras horas son fundamentales en estos casos.

—Pero ¿me puede explicar alguien cómo se han podido esfumar, sin más? Eso es imposible. ¿Qué cojones hacías tú para perderlos así de vista? —Ahora miraba a Mario, que cada vez se sentía más pequeño.

—A eso no le puedo contestar —intercedió Ana, tragando saliva ante las embestidas de toro bravo de aquel hombre—, pero sí que doy absoluta fe de que su yerno no puede darle respuestas ahora, al menos aparte de lo que sabemos. Los hechos que manejamos son demasiado confusos y no hay una explicación racional para lo que haya podido suceder. Lo siento. Ahora se trata de...

—¿Pueden haber sido secuestrados? —la interrumpió el político.

—No podemos descartar nada —respondió ella, sintiéndose igual que Mario. Aquel hombre era un torbellino desatado que costaba mucho dominar.

Optó por responderle «sí, lo creo»; ella se inclinaba claramente por aquella posibilidad, pero sabía que una norma fundamental ante un caso de desaparición era, por un lado, no crear falsas esperanzas a la familia y, ni por el otro, hundirlos profundamente poniéndose en lo peor, siempre y cuando no se supiera con certeza lo que había pasado en realidad.

Además, pese a que le parecía una opción bastante factible, algo en su interior le decía que era imposible que en un lugar tan concurrido pudiera suceder algo así.

Sin embargo, el asunto del apagado de cámaras abría la caja de los disparates. Eso sin tener en cuenta quién era su padre.

La cara de Carratalá la disuadió de seguir enfrentando ambas hipótesis. De pronto notó que la bravura del prohombre empezaba a diluirse. Tuvo la sensación de que su pecho se desinflaba lentamente y, aunque no se convirtió en un gatito, al menos ya no daba la impresión de ser el tigre de Bengala que apenas unos segundos antes parecía querer comérsela a bocados.

Acto seguido, sin decir una palabra, metió la mano en el bolsillo, extrajo el teléfono móvil, buscó algo y salió de la casa mientras se lo acercaba al oído.

Al verlo, Mario tocó instintivamente el teléfono móvil que llevaba guardado en el bolsillo. No había vuelto a pensar en el mensaje que había recibido la noche anterior, pero en ese momento no pudo evitar hacerlo.

En circunstancias normales, Ana hubiera salido tras él para ver qué hacía, pero no era tonta y sabía que a aquel hombre no se lo podía tratar como al resto de los mortales.

Su mujer, que también había presenciado la escena, se disculpó.

—No se lo tome en cuenta, está nervioso. Todos lo estamos. —Agachó la cabeza, y cuando la alzó de nuevo tenía los ojos anegados en lágrimas—. ¿Cómo cree que se la pudieron llevar?

—Discúlpeme, no quería insinuar que eso sea lo que ha sucedido. Solo digo que es una posibilidad, como otras tantas. En realidad, no sabemos nada. Y ahora necesito hacerles unas preguntas. ¿Se ven con ánimos de responder?

Ella asintió, y automáticamente se acercó a Mario. Se cogió de su brazo e hizo amago de guiarlo hacia el salón. Él accedió de buen grado y echó a andar. La inspectora los siguió.

Antes de tomar asiento, Ana continuó con su particular reconocimiento de la inmensa casa. Cuando veía un edificio como ese por fuera, o al menos a ella le sucedía, siempre pensaba que el interior estaría hiperrecargado de muebles, con objetos sin sentido colocados porque sí. Era como una demostración de que a uno le iba bien porque tenía muchas cosas.

Pero en este caso no tenía nada que ver con eso.

Al revés.

El gusto exquisito y el minimalismo primaban por encima de todo. A la inspectora le gustó especialmente una pequeña estatua de color plateado que había encima de una estantería cercana al mueble de la televisión, y que resaltaba mucho sobre la pared blanca. Si Clara no hubiera desaparecido le habría explicado que simbolizaba a Tique, la diosa de la buena suerte o, como a ella le gustaba decir, la personificación del destino y la buena fortuna en la antigua Grecia. También le habría aclarado que la pared no era blanca en sí, sino que tenía un ligero matiz hueso; no mucho, ni poco, lo justo para que no fuera blanca del todo, pero que al mismo tiempo impidiera distinguir de qué color era exactamente al primer vistazo.

Y ya de paso, tal y como contaba siempre a las visitas, el sofá en el que estaban a punto de sentarse podía parecer carísimo, pero que en realidad lo había comprado en un *outlet* de muebles, porque en cuanto lo vio se enamoró de él instantáneamente.

Pero Clara no estaba, y aunque se lo hubiera explicado a Ana, a esta le hubiera importado bien poco. Para sofá barato el suyo, así que no habría logrado impresionarla con aquella historia. Por fin la inspectora tomó asiento, sin más.

Miró a Mario y a su suegra antes de empezar a hablar y extrajo una pequeña libreta del bolsillo trasero de los vaqueros.

—Quiero insistir de nuevo, antes de hacerles estas preguntas, en que no sería prudente descartar ninguna posibilidad. Como tampoco lo sería, sin ningún dato, empezar a acumular hipótesis, aunque entiendo el temor que pueda provocarles alguna en concreto —carraspeó; no se estaba explicando del todo bien. No como ella solía hacer. Estaba nerviosa. ¿De qué servían tantos años creándose una fachada para imponer respeto y dejar atrás el mar de dudas que la asaltaban a todas horas?—. Dicho lo cual, quisiera preguntarl...

Cuando Carratalá entró en el salón con el teléfono móvil en la mano, aún hacía más cara de pocos amigos que cuando salió para atender la llamada. Se sentó en el sofá sin mediar palabra, al lado de su esposa. Ella intentó darle la mano, pero él no movió ni un dedo.

—Como decía —otro carraspeo. «Ana, por Dios, céntrate»—, voy a empezar con las preguntas. Traten de contestar teniendo presente que nuestro objetivo es entender qué les ha sucedido a Clara y a Hugo. ¿Clara ha actuado con naturalidad a lo largo de todo el día? Sé que es complicado, pero repasando única y exclusivamente el día de hoy, ¿todo ha sido normal?

Mario hizo un tremendo esfuerzo por concentrarse: si lo hacía bien, quizá todo se resolviera felizmente. Pensó en el transcurso de la jornada, como le pedía la inspectora, y aparte de la breve discusión de la mañana no había nada que recalcar. Y la discusión había sido por su culpa, así que...

—Sí —dijo al fin—, Clara ha actuado como siempre. Esta mañana ha llevado al niño al colegio y ha estado trabajando hasta casi las seis. Luego ha venido a casa, se ha duchado y nos hemos ido para el Aljub. Allí..., nada, como siempre: compras y más compras.

—¿Dónde trabaja?

—En la Diputación, con..., bueno..., con él. —Señaló a su suegro.

—A mí no hace falta que me pregunte. Hoy ni la he visto, tengo mucho trabajo —zanjó Carratalá, tratando de olvidar ciertos episodios vividos durante el día.

Ana se lo quedó mirando un par de segundos antes de continuar.

—¿Y antes de entrar en la tienda donde...?, ya sabe. ¿Algo que destacar?

Mario negó con la cabeza. Recordó las pausas de Clara, aquel momento de vacilación que le pareció atisbar en su mirada, pero sin saber bien por qué se lo calló.

«No había para tanto, puede que estuviera hablándome y pensando en otra cosa, como hace tantas veces».

—Esta pregunta le puede sorprender, pero le advierto que no será la primera que le haga de este tipo. ¿Su matrimonio va bien?

Él no se sorprendió del todo; se esperaba algo así.

—Discutimos como discute una pareja que lleva toda la vida junta. Poco más. Creo que los dos somos bastante felices el uno con el otro.

Ana tomó notas en su cuaderno.

—Otra pregunta complicada. ¿Tiene algún indicio de que alguna persona de su entorno o de fuera de este quisiera hacerles daño? Tanto a usted como a ella.

—¡Qué va! En la vida hemos...

—¡Basta! ¿Por qué no dejamos de fingir que a mí sí que me lo harían? Estamos dando vueltas innecesarias a lo evidente —intervino Carratalá profundamente exaltado.

—¿Usted lo cree así?

—Soy el presidente de la Diputación de Alicante, por Dios.

Ana no tuvo que morderse demasiado la lengua, a pesar de los pensamientos que le rondaban por la mente, porque ella nunca hablaba. No necesitó recordarse a sí misma quién era él, y lo fácil que lo tendría para enviarla a patrullar de nuevo las calles en los peores barrios, porque ella nunca decía lo que le pasaba por la cabeza. Se lo guardaba. Toda la vida había sido así, aunque se esforzara en construir una imagen que diera a entender lo contrario.

De modo que no tuvo problema en guardarse de decirle que quién narices se pensaba que era. Que sí, que estaba claro que era un peso pesado en la provincia de Alicante, pero que tampoco era el presidente del Gobierno de España, y que cada cual debía tener claro en qué liga jugaba.

Así pues, se calló lo que pensaba y respondió con esa mesura tan habitual en ella:

—En ese caso, señor, volviendo de nuevo a la primera hipótesis que, insisto, no tiene por qué ser la correcta, no resultaría descabellado pensar que detrás de todo este asunto podría haber un interés puramente económico. Bueno, quiero decir que es probable que el dinero sea un buen motivo para querer hacerle daño.

Carratalá le lanzó una mirada inquisitiva. Sentía deseos de contarle lo sucedido aquella tarde, aunque, por supuesto, se guardaría mucho de hacerlo.

Ana captó aquella mirada y pensó que sin duda a otro le habría preguntado si ocultaba algo. Pero ella guardó silencio.

Y entonces sonó el timbre de la casa.

Como si tuviera un resorte en el trasero, Mario se levantó de golpe y se acercó raudo a la ventana. La esperanza de que, en un giro completamente loco de los acontecimientos, fueran su mujer y su hijo quienes estuvieran tocando el timbre, hizo que sus pies volaran.

No eran ellos, por supuesto.

Pero las dos personas que a continuación cruzaron el umbral estaban a punto de disparar la tensión del ambiente hasta cotas excepcionales, si es que eso era posible.

—¿Qué hacen ellos aquí? —preguntó como para sí mismo, aunque lo dijo en voz alta.

Su suegra se acercó por detrás y le apoyó la mano en la espalda, cerca del hombro.

—Los he llamado yo, Mario; son tus padres y tienen que estar a tu lado después de lo sucedido.

Carratalá también se levantó del sofá con la clara intención de poner el grito en el cielo tras oír las palabras de su mujer, pero la entrada de los padres de Mario —mejor dicho, de la madre de Mario acompañada de su padrastro— impidieron que hablara, pues al instante se volvió hacia los recién llegados y se los quedó mirándolos.

Sobre todo, a él.

Ramón Valero entró en el salón junto con su esposa y madre de Mario, Laura Penalva. Como era habitual, él no permitía que ella le empujara la silla de ruedas. Carratalá siempre tuvo claro que Valero nunca se mostraría tan débil como para solicitar esa ayuda, aunque sus enclenques brazos apenas pudieran soportar el peso de su cuerpo. El presidente de la Diputación se volvió de nuevo, esta vez hacia donde estaba su esposa.

Laura corrió hacia su hijo para abrazarlo. Mario la quería por encima de casi todo, pero no más que a las dos personas por las que estaba llorando en ese momento, apoyado sobre el hombro de su madre. Si no quería que estuvieran allí, en ese preciso momento, era por la manifiesta enemistad que su padrastro y su suegro se profesaban. Más que enemistad, era odio profundo.

«Y ahora, con la mierda de las elecciones de por medio, la cosa no podía ser peor».

Su padrastro se había presentado como cabeza de cartel del partido rival del de Carratalá; y, para más inri, cada vez estaba mejor posicionado para arrebatarle la presidencia de la Diputación.

Mario pensó que no podría haber peor escenario que aquel para lo que acababa de suceder.

La inspectora observaba la escena como una simple espectadora, como si todo aquello no fuera con ella. Y al tomar distancia pudo hacerse una idea bastante exacta del motivo de toda aquella tensión. Al principio no cayó en la cuenta de que Ramón Valero era el enemigo político de José Francisco Carratalá. De hecho, no lo hizo hasta unas horas más tarde, en su casa, mientras buceaba por Internet para combatir el insomnio; pero no hacía falta ser un lince para saber que allí, en aquel salón, la tensión podía cortarse con un cuchillo.

Así que decidió dejarlo por aquella noche. No del todo, claro, pondría a varios efectivos sobre la pista de la madre y del hijo para que los buscaran por las calles de Elche, y ordenaría que se realizara una vigilancia pasiva de la casa, por si acaso. Además, ella no lo sabía aún, pero en cuanto dijera que tenía que volver a comisaría, Mario se pondría cabezón con que él no pensaba quedarse toda la noche en la casa. «Ni de coña», diría. Así que ella tardaría más de diez minutos en convencerlo de que no, de que debía permanecer en su casa, porque creía de corazón que eso era lo mejor. También pensó en advertir a Carratalá y a su mujer de que, aunque fuera un impulso lógico motivado por la necesidad de buscar ayuda, procurasen airear lo menos posible el asunto, pues había mucho idiota suelto que aprovechaba las desgracias ajenas para tocar las narices; pero no tuvo que hacerlo, pues si había alguien que no tenía el menor interés en que se supiera nada que pudiera perjudicar de algún modo la campaña política que acababa de comenzar, ese era él.

Con los padres de Mario tampoco tendría que hacer nada. Ambos parecían buena gente.

Era el momento idóneo para hacer punto y seguido.

En unas cuantas horas llegaría el refuerzo que enviaban desde Madrid, por ser ella la hija de quien era, así que lo mejor sería intentar descansar: mañana sería otro día.

¡Y menudo día!

8

Sábado, 11 de mayo de 2019. 8.24 horas. Elche

Mario se asomó de nuevo a la ventana.

¿Cuántas veces iban ya?

Perdió la cuenta alrededor de las tres de la madrugada, así que el cálculo era harto difícil, pero no por ello se detenía a reflexionar acerca de que aquel acto, quizá, ya no tuviera demasiada lógica.

Anhelaba verlos aparecer, como si no hubiera sucedido nada; pero a cada minuto transcurrido la esperanza se desvanecía, así que no podía explicar por qué seguía volviendo a mirar por la ventana. Como si el raciocinio lo hubiera abandonado para siempre.

No había dormido ni un solo minuto, ¿cómo hacerlo? Además de que no lograría relajarse ni con un millón de pastillas, la idea, por muy estúpido que pudiera sonar, de abandonar durante un rato esa tensión en su propio beneficio le parecía una traición en toda regla.

Para él, no había acto más egoísta en el mundo que querer descansar en unos momentos tan críticos.

Solo habían pasado dos horas desde que había logrado «echar» de su casa a sus suegros. Con su madre y su padrastro no había sido tan difícil, pues Ramón necesitaba tomar sus medicinas, y para él sí que era primordial el descanso. Sobre todo, para que su salud no se viera demasiado alterada, pero sus suegros eran huesos duros de roer. La excusa de que no podían permanecer en su casa sabiendo lo que estaba pasando no le valía a Mario, porque, a pesar de todo, quería estar solo con ese dolor incipiente que aún ni siquiera sabía cómo definir pero que, sin duda, era el peor que había experimentado nunca.

Y ahora que había logrado esa soledad, sentía que necesitaba tener a alguien cerca.

«Malditas incongruencias, joder».

Entró en la cocina por enésima vez con la intención de comer cualquier cosa, aunque al instante, y también por enésima vez, salió de la estancia tal como había entrado. Cuando alcanzó su quincuagésima contradicción quería comer algo, pues el estómago le rugía como un fiero león, pero le era imposible meterse nada en la boca, masticarlo y tragarlo. Un nudo que acababa en su cuello y comenzaba en su pecho se lo impedía.

La tentación de hacer unas cuantas tonterías le sobrevino de nuevo. Por ejemplo, pensó en telefonear a sus amigos. Aunque quizá sería más exacto decir a los amigos de Clara, puesto que él había perdido el contacto con todas sus amistades de joven; pero ese no era el caso. Estaban al tanto de lo sucedido por un consejo de última hora de la inspectora Marco, que lo animó a llamarlos para que, en caso de tener cualquier noticia de Clara, se la hicieran llegar de inmediato a él. En un primer momento le había parecido una tontería llamar a sus amigos fundamentalmente por dos motivos. En el primero había implícito algo que quería creer con todas sus fuerzas: habida cuenta de la gravedad de la situación, si hubieran tenido cualquier información acerca de ella y de su hijo ya se la habrían comunicado. Estaba seguro de que no esperarían a darse una ducha, comprar el periódico y desayunar, y entonces le dirían que sabían dónde estaban. En cuanto al segundo motivo, quizá el de más peso, en el fondo le daba mucha vergüenza reconocer que Clara tenía razón al echarle en cara uno de sus principales defectos: no tenía el valor suficiente para afrontar sus responsabilidades. Ni siquiera fue él quien se hizo cargo de avisar, uno por uno, a todo su círculo, sino su suegra. Ella telefoneó a tan intempestivas horas para comunicar la desgracia. Ella, que tenía un nudo en la garganta comparable al de él porque tampoco podía explicar el paradero de su hija y de su nieto. Ella, que tras presionar el icono rojo y finalizar la llamada necesitaba unos minutos para poder llamar de nuevo porque se le cortaba la voz y se le saltaban lágrimas.

Clara tenía razón en todo, la discusión de la mañana por el maldito exprimidor estaba más justificada que nunca y, en un ataque de derrotismo, Mario se planteó si en verdad Clara no se habría marchado por su propio pie, harta de él. Harta de tener al lado a un tipo de treinta y dos años al que se había cansado de esperar, porque por mucho que a aquellas alturas ya tendría que haber madurado, no había manera de que lo hiciera. Harta de estar con alguien que eludía sus responsabilidades de un modo tan descarado. Con un supuesto adulto que esperaba que todos le solucionaran los problemas mientras él metía la cabeza en un agujero.

De repente se dio mucho asco a sí mismo. Si en ese momento hubiera tenido un espejo frente a él, lo habría roto. No quería ver su imagen. No quería ver a un perdedor.

Cerró los ojos y los apretó con fuerza. Aquel era un gesto de rabia, y a la vez un intento de reprimir el llanto.

No lo consiguió, pues al cabo de un instante unas gruesas lágrimas le surcaban las mejillas.

Se acercó a la mesa y retiró una silla. Tomó asiento y apoyó los codos sobre la mesa. Colocó las sienes sobre las manos, apretó con fuerza y se dejó llevar; empezó a gritar como un poseso.

Estuvo llorando un buen rato.

9.34 horas. Elche

Ana miró su reloj. El tren venía con retraso.

No es que se sorprendiera, más de la mitad de los Cercanías no llegaban a su hora, pero después de la charlita con Joaquín Quiles, el comisario, cada segundo que pasaba la acercaba más a una nueva reprimenda como la que había tenido que soportar media hora antes.

¿La razón?

«Porque anoche me marché de casa de la familia Marvelous para descansar, cosa que luego no hice porque, total, solo era casi la una de la madrugada, allí se estaba montando la Marimorena con los consuegros y yo ya no pintaba nada. Pero, claro, tuvo que llamar don Presidente para quejarse de que yo allí no había aportado realmente nada. ¿Qué esperaba? ¿Que hubiera resuelto el caso sin más?».

Y ahora estaba ahí, tras el rapapolvo, esperando a que las puertas de la recién renovada estación de Elx Parc se abrieran y saliera la superpolicía que habían enviado de Madrid.

«Y, sí, lo que me jode de verdad es que piensen que necesitamos que vengan de la capital porque aquí no estamos capacitados para resolver un caso de estas características. Como si en la provincia de Alicante los delincuentes fueran menos peligrosos porque ellos nos atacan con petardos y nosotros nos valemos de dátiles para defendernos».

Negó con la cabeza mientras miraba hacia delante y lanzaba un sonoro bufido. Había pocas cosas que le quemaran (y aunque las pensara, se las callaba, porque ella nunca hablaba), pero el menosprecio al que se veían sometidos de vez en cuando la sobrepasaba. Una cosa era que, por protocolo, actuara la Provincial de Alicante. Por protocolo y por medios, ya que disponían de recursos de los que ellos carecían, pero otra bien distinta era esto. Estaba tan absorta en sus pensamientos que el susto que se llevó cuando vio a una mujer junto a su ventanilla golpeando con los nudillos casi hizo que escupiera el corazón.

Dudó de si hacerlo o no.

La chica parecía metida en sus cosas, y sabía que no se libraría del susto que finalmente se llevó, pero ¿cómo avisarla de que había llegado y de que quería entrar en el coche?

En cuanto a si era el vehículo que había ido a recogerla, no albergaba la menor duda. No había otro Renault Megane de color rojo, y además con una mujer dentro, aparcado en las inmediaciones. Así que debía de ser ella.

Por si acaso, en cuanto la mujer que había dentro bajó la ventanilla, quiso asegurarse.

—¿Es usted la inspectora Ana Marco?

La chica asintió.

—Perfecto, pues. ¿Puedo echar la maleta ahí detrás?

Volvió a repetir el gesto con la cabeza, pero esta vez esbozando una media sonrisa.

Tras recibir la aprobación se dirigió a la parte trasera y buscó el sistema de apertura. No le costó encontrarlo y dejó el bulto en el maletero. Acto seguido fue directa a la puerta del copiloto y se acomodó en el asiento.

Lo primero que hizo fue presentarse y, quizá sin mucha habilidad por su parte, se lanzó a darle dos besos. No tardó en darse cuenta de que tal vez aquel gesto no había sido una buena idea en cuanto vio que la inspectora Marco se echaba para atrás y le tendía la mano. No era la primera vez que le pasaba; tenía claro que aquel ímpetu suyo en el primer acercamiento asustaba a la gente, pero como le salía espontáneamente tampoco es que pusiera demasiado empeño en remediarlo.

Así que le estrechó la mano sin inmutarse.

—Bueno, ¿vamos? —preguntó la recién llegada.

Tras asentir por tercera vez, emprendió el camino.

Ana había pensado presentarse de nuevo en casa de los Antón-Carratalá. Había varios motivos para ello, los más lógicos de los cuales tenían que ver con continuar con la investigación; pero también quería proporcionar esa dosis de alivio que sabía que experimentaban los familiares cada vez que aparecía la policía sin ninguna noticia mala —ni buena, tampoco—, pero al menos así podían seguir manteniendo la esperanza de que todo acabaría resolviéndose felizmente. Sin embargo, para ser sincera consigo misma, pensaba utilizar a la superpolicía en su propio beneficio. Al menos podría restregarle en la cara a Carratalá que habían enviado a alguien que, por el simple hecho de venir de donde venía, sin duda estaba hipercapacitada para resolver el caso sin tan siquiera salir del coche en el que ahora viajaban.

Su madre le decía (no es que hubiera muerto, es que ya no se lo decía como antes) que de puro buena hasta era tonta, y quizá por eso aún no habían pasado ni dos segundos de haber tenido aquel pensamiento, y ya se sentía realmente mal solo por haberlo pensado. Incluso sentía una extraña necesidad de disculparse que resultaba curiosa, sobre todo porque su acompañante todavía no había abierto la boca.

A pesar de que su idea inicial era ir directamente a la casa, primero le tocaba cumplir con el jefazo, así que su primera parada estaba apenas a dos kilómetros de la estación: la comisaría. Puede que fuera por el corto trayecto o porque esos encuentros forzados siempre eran incómodos, pero ninguna de las dos abrió la boca. Ni siquiera para la típica conversación sobre cómo había ido el viaje, primero en el AVE Madrid-Alicante y luego en el Cercanías Alicante-Elche.

Ni siquiera eso.

Ana aparcó el coche donde siempre: en los lugares señalizados que autorizaban a los trabajadores de esa comisaría a dejar sus vehículos en los aledaños. Acto seguido, ambas salieron del automóvil, y lo primero que hizo la recién llegada fue echar un vistazo al revestimiento de ladrillo visto rojo de la fachada. Puede que tal acabado le confiriera un aspecto característico y común a casi todas las comisarías del país, pero el de esta tenía toda la pinta de ser nuevo. Eso, o bien hacía poco que la habían reformado.

La inspectora comenzó a andar y, cómo no, ella la siguió. Para entrar tuvieron que subir primero una pequeña escalera que desembocaba en una puerta lacada en blanco. Tras cruzarla, y eso sí que era norma general en todas las comisarías del país, lo primero que uno se encontraba era una pequeña recepción que al mismo tiempo hacía las veces de control de seguridad. Un agente joven le sonrió a la inspectora.

—Buenos días, Ana.

—Buenos días, Miguel. ¿Te has comido otro sábado?

—Ay, si yo te contara...

—O sea, que volviste a salir anoche.

—Si cada vez que me tocara guardia me quedara en mi casa, iría yo apañado.

—Ya, ya... Traigo visita, es compañera. Estará varios días, por si quieres anotarlo por ahí.

—¿Nombre? —preguntó él.

La chica se lo dio.

El agente apuntó su nombre y su rango. Y a continuación obsequió a la recién llegada con una sonrisa.

—Pues bienvenida, subinspectora. Cualquier cosa que necesite, aquí estamos.

Ella asintió, sonriendo a su vez.

Ana se quedó mirándola sin saber qué decir. Aquella reacción se había producido justo después de que ella hubiera mencionado su rango.

«¿Ha dicho subinspectora? ¿Ni siquiera han tenido la decencia de enviarnos a una inspectora?».

Aquello le pareció el colmo de la ofensa. Ya no solo era que hubieran pensado que necesitaban a alguien más capacitado que ellos para sacar adelante el caso, sino que los habían despreciado hasta tal punto que ahora le tocaba colgarse del brazo de alguien jerárquicamente inferior a ella.

¿Qué broma de mal gusto era esa?

Si ella hubiera sido otra, por mucho que en realidad la chica no tuviera la culpa, habría puesto el grito en el cielo; pero Ana, como siempre, no dijo nada. Ella nunca hablaba.

Puede que hubiera estado pensando en ello más tiempo del necesario, porque la muchacha la miraba expectante.

Ana sintió cierta vergüenza y comenzó a andar.

El agente de la entrada reclamó de nuevo su atención antes de que pudiera dar más de tres pasos.

—Por cierto, inspectora, el tipo ese ha vuelto. Ya no sabía qué hacer con él y lo he mandado a la máquina del café para que se entretenga. Si me llega a hacer una pregunta más, lo engrilleto y lo meto en un calabozo. Ya estaba a punto de mandarlo a tomar por culo.

Ana cerró los ojos y lanzó un profundo suspiró.

—No, si la culpa es mía por no haberlo hecho yo. No te preocupes, gracias.

Y siguió andando.

—¿Te puedo hacer dos preguntas? —dijo la subinspectora.

—Claro —respondió la otra con desgana.

—¿No usáis el sistema de identificaciones de visitantes y colaboradores colgadas del cuello?

Ana sonrió antes de contestar. No era un disparate lo que preguntaba; era algo común en muchas comisarías, pero en la que ella trabajaba no.

—No, aquí les sobra con que hayas venido conmigo. De todas formas, si necesitaras entrar tú sola, ya tienen tu nombre. ¿Y la segunda pregunta?

—¿Puedo saber qué pasa con ese tipo del que habla el agente? —quiso saber la recién llegada.

Ana le habló en voz baja mientras se acercaban a él.

—Es un chaval que lleva más de un mes y medio llamando y viniendo para entrevistarme. Quiere ver la comisaría por dentro y saber cómo funcionamos. La culpa es mía por no haberle dicho que no tenía tiempo para esas cosas.

—Entonces, ¿pretende ver la comisaría? ¿Es periodista o algo parecido?

—Peor aún. Es escritor de novela negra. Y me tiene ya...

Siguieron avanzando hasta llegar a la máquina de café que había mencionado el agente. En efecto, ahí estaba el presunto escritor, que parecía embobado con el artilugio expendedor como si nunca hubiera visto uno. Tenía poco pelo. La zona le clareaba bastante, pero a pesar de ello se lo peinaba hacia arriba. También lucía una barba más bien rala, que no era lo más destacable de su cara, pues su nariz parecía una porra como la que llevaban encima los compañeros de la comisaría. De todos modos, eso no fue en lo primero en que se fijaron las dos mujeres, sino en la ropa que llevaba puesta: inspirada en los atuendos de los superhéroes, desde luego no era la más adecuada para un tipo que estaría más cerca de los cuarenta que de los treinta.

Ana sonrió con desgana en cuanto se plantó a su lado.

—Hola, mira, perdona por tenerte aquí esperando, pero es un día malísimo para poder atenderte. Estamos con un caso complicado y tenemos que ponernos en marcha. Lo comprendes, ¿verdad?

—Solo serán unas pocas preguntas; estoy terminando una trilogía que...

—Lo siento, de verdad. Mira, como una vez me dejaste tu número, yo te llamo, ¿vale?

—Pero...

—De verdad que lo siento; yo te llamo.

—Pero...

Y sin más siguió caminando sin volverse hacia el ascensor que las llevaría a la planta donde se encontraba el despacho de su jefe. Lo cierto era que le dolía haber tratado así al chaval, pero le hacía gracia su pretensión de llegar a ser algo dentro del mundillo literario escribiendo nada más y nada menos que una señora trilogía. Pero una vez más apareció esa vocecita que le decía que eso no era motivo para haberlo despreciado así. Aunque, dada la situación, era lo único que podía hacer, así que trató de quedarse con eso.

El ascensor se detuvo en la última planta y Ana salió acompañada de la subinspectora. Siguió caminando unos metros hasta que se detuvo frente a una puerta en la que se podía leer un rótulo que decía. COMISARIO: JOAQUÍN QUILES RODRÍGUEZ.

Antes de entrar sintió una imperiosa necesidad de advertir a la subinspectora. Porque ella callaba, pero el comisario no; y sabía de buena tinta que sentía la misma indignación que ella por el hecho de que hubieran enviado a una subinspectora. Pero, al contrario que Ana, él seguro que se lo haría saber allí a la recién llegada en cuanto entrasen. Y como era incapaz de desearle nada malo a nadie, se vio obligada a contárselo a la chica.

—Quiero advertirte de algo: no te asustes por lo que te diga el comisario ahí adentro, está un poco alterado con eso de que haya venido una madrileña a resolvernos el caso, como si nosotros solos no pudiéramos.

La subinspectora sonrió y, al tiempo que sujetaba el pomo de la puerta, se volvió hacia Ana y la miró directamente.

—Tranquila, pertenezco a la Unidad Central de Homicidios y Desaparecidos, mi trabajo consiste en moverme por toda España en situaciones como esta, de modo que me odian allá a donde voy.

Ana no pudo evitar sonreír.

—Ah —volvió a girarse antes de abrir la puerta—, por cierto, no soy madrileña, soy de aquí, de Mors.

Alicia le guiñó un ojo y abrió la puerta.

9

Mario colgó el teléfono.

Lo estuvo mirando un rato antes de volver a ponerlo a cargar. Bajo ningún concepto pensaba quedarse sin batería hasta que de nuevo estuvieran con él su mujer y su hijo.

La inspectora Marco ya le había adelantado que en la visita que iba a hacerle en unos minutos no llevaría novedades significativas. Aun así, quería poner en su conocimiento algunos detalles, además de obtener las fotos que la noche anterior no pudo conseguir. Y, ya puestos, terminar con las preguntas que tampoco pudo concluir debido a lo tenso del encuentro entre las dos familias.

Así que Mario trató de estabilizarse mentalmente. Al menos en la medida de lo posible, teniendo en cuenta la situación, más las dieciocho llamadas de su suegra y las diecinueve de su madre.

Para agilizar un poco la visita de la inspectora decidió pasar a su despacho y seleccionar previamente las fotos que le daría, tanto de su mujer como de su hijo. Sabía que en cuanto se sentara delante de la pantalla del ordenador, sentiría un dolor profundo al verlos en imágenes. No habían pasado todavía veinticuatro horas desde su desaparición y ya parecía que había dos vidas de por medio.

Eso le haría daño, pero era lo que tocaba.

Al principio no acababa de entender el motivo. Si de momento no iban a airear el asunto, ¿para qué las quería? La explicación resultó más sencilla de lo que su cabeza había elucubrado: los agentes al cargo de su búsqueda no podían ceñirse a una única imagen de ambos, sobre todo teniendo en cuenta que muchas veces una instantánea no captura el rostro, por lo que sea, tal cual se puede ver en la realidad, así que cuantas más, mejor.

Lo de las imágenes iba a escocer, pero se podía sobrellevar. Lo que sí se le hizo muy cuesta arriba, desde aquella misma noche, fue ver la habitación de su hijo. La primera vez que pasó por el pasillo, unas horas atrás, tuvo la falsa sensación de que estaría allí, acostadito en su cama, durmiendo como un sultán, como hacía todas las noches, solicitando silenciosamente que lo tapara, porque siempre se apartaba las sábanas con las piernas. En cuanto comprendió que no lo encontraría en su cuarto, entendió que no podía mirar dentro de la habitación cada vez que pasara. Que el pinchazo que sentía en el pecho no podía compararse con ninguna otra aflicción que hubiera sentido antes. Era incapaz de hallar las palabras para describirlo.

También acudió a su mente el momento previo que se repetía noche tras noche, cuando Clara se iba con él a la habitación y el pequeño le pedía, sin opción a una negativa, que le contara el cuento del lobo. Eso le llamó la atención a Mario desde la primera vez, porque le hizo ver lo poco que se parecían Hugo y él en esta cuestión. Mario, de pequeño, no podía ni oír hablar del lobo, porque antes se empleaba sin el menor reparo para asustar a los niños. La frase «Come, o llamo al lobo» resonaba en su mente, y aún, con treinta y dos años, sentía escalofríos al recordarla. Pero Hugo no. Él no veía ese peligro que relacionaba al animal con la llegada de algo siniestro, con la incertidumbre de que pudiera pasar algo malo sin tener ni idea de por dónde llegaría. El niño lo veía como un simple obstáculo, necesario para que el bien triunfara. Para que el cazador ejerciera de héroe y su figura se viera ensalzada.

Sintió envidia de esa visión. Ojalá fuera la suya.

Dejó atrás la habitación de su hijo, caminó hasta el final del pasillo y entró en su despacho, ubicado justo al lado de la habitación de matrimonio. Se dejó caer sobre la silla de cuero. Las piernas le pesaban una barbaridad.

Movió el ratón con la seguridad de que aparecería la pantalla de bloqueo y tendría que escribir su contraseña (esta sí la recordaba); pero, para su sorpresa, la pantalla estaba desbloqueada.

Le pareció extraño. Tenía configurado el ordenador para que, cuando saltara el salvapantallas, a los cinco minutos de inactividad, se activara de inmediato la pantalla que pedía una contraseña para poder continuar. Él no recordaba haberlo cambiado, pero el maldito Windows hacía lo que le daba la gana habitualmente, así que no le dio más importancia, la pondría de nuevo, y asunto resuelto.

Otra cosa que le pareció inusual fue que la página de Gmail, donde solía comprobar sus correos electrónicos, estuviera abierta y en un primerísimo plano. De entrada, porque no recordaba haberla mirado en ningún momento del día anterior, quería hacerlo por la tarde, pero el móvil no estaba configurado para ello. Y después, porque, aunque no recordara haber entrado en su cuenta, tenía la manía de no dejar nada abierto en el ordenador una vez acababa su sesión de trabajo. No lo apagaba, pero tampoco dejaba ninguna aplicación sin cerrar. Aquel despiste no era propio de él.

Todo eso le escamaba, como era lógico, pero nada fue

comparable a cuando abrió el primer correo. Al leerlo, casi se le detuvo por completo el corazón.

Ana miraba de reojo a Alicia.

Seguramente era demasiado pronto para sentenciarse a sí misma concluyendo que se había equivocado con la muchacha, pero el encuentro con su jefe en el despacho había logrado que cambiara el chip con respecto a ella de manera inmediata. No era tonta; tenía constancia de que el margen de error era amplísimo. Aún podía patinar en su percepción y observarse sentada al lado de alguien contrario al reflejo que ahora veía, pero esa chica parecía ir tan de cara que esa posibilidad se volatizaba casi por completo.

También sabía que aquel cambio de parecer tenía muchísimo que ver con la confesión de que en verdad era de Mors, no de Madrid, como había presupuesto. Y ello por poderosas razones.

Una: que su abuela era oriunda del pequeño pueblo situado en la Vega Baja alicantina y ella lo había visitado una infinidad de veces (aunque apenas había salido a pasear por sus calles, pues sus visitas se limitaban a la casa y, como mucho, a alguna que otra escapada al quiosco de la plaza).

Dos: que el pequeño pueblo, donde se decía que nunca pasaba nada, fue protagonista del que podría considerarse el suceso más sonado de la historia criminal reciente del país, el caso del mutilador de Mors.

«Y me muero de ganas por preguntarte si estuviste metida en el caso, aunque pareces demasiado joven, no sé. Sea como sea, ahora no es el momento, tenemos trabajo que hacer. Pero no te me escaparás».

Alicia no hablaba demasiado. Miraba a través de la ventanilla del coche y, aunque no sonreía abiertamente, parecía como si su rostro esbozase algo muy parecido a una risita.

Ana, sin saber a ciencia cierta en qué estaría pensando, imaginó que quizá sería por el hecho de volver a la *terreta* después de tanto tiempo trabajando en Madrid. Lo que sí tenía claro la inspectora Marco era que, a pesar de su rango en la escala policial y su aparente juventud, le venía muy bien que la chica conociera a fondo el terreno por el que iban a moverse a partir de entonces.

Y mientras seguía envuelta en esas cavilaciones, llegaron a la calle Moraira.

Bajaron del coche. Alicia no se esperaba precisamente una chabola. Sabía que una de las razones por las que se encontraba metida en ese caso era que Clara era hija de quien era, pero la majestuosidad del inmueble hizo que abriera los ojos de par en par.

—¡La hostia! —soltó—, ni trabajando y ahorrando siete vidas me podría comprar un casoplón como este.

La inspectora Marco no dijo nada. Le llamó la atención la forma de expresarse de la muchacha. Común, quizá, en la Vega Baja, pero pensó que trabajando donde lo hacía se habría vuelto un poquito más refinada al hablar. Parecía que no.

—¿Vamos? —la instó la inspectora.

Alicia asintió y ambas encararon la puerta de entrada.

Unos ojos las observaban desde una distancia prudente.

La subinspectora tocó el timbre. El sonido característico que esperaban sonó, lo que les permitió acceder a la vivienda. Apenas había unos metros de zona ajardinada entre la casa y la puerta que daba al exterior. Y entonces vieron aparecer a Mario, que salía del interior de la vivienda.

Alicia lo examinó de arriba abajo sin que se notara demasiado que lo hacía. Puede que fuera por el mal momento que atravesaba, pero el chico no se parecía en nada a la persona que esperaba encontrar tras aquellos muros. No era el típico niño bien con el pelo engominado hacia atrás que siempre vestía impecablemente y que, además, se afeitaba todos los días para que el vello no ensombreciera su inmaculado rostro. De hecho, ni siquiera vestía bien, para empezar. Los pantalones grises de chándal eran los típicos que ahora se vendían en todas las tiendas, incluidas la que vendían la ropa en montones, y su camiseta de Super Mario Bros no es que fuera el colmo de la elegancia. Además, ella se lo imaginaba fuerte, vigoroso, musculoso, y el tal Mario era más bien tirando a enclenque. Pelo negro (al menos abundante, no escaso) y cara de haber soportado lo insoportable en las últimas horas.

A pesar de la distancia que había entre ambos, observó que le temblaba el labio. No era la primera vez que veía una reacción así, por lo que no le dio mayor importancia.

—Buenos días, señor Antón —comenzó diciendo Ana, que seguía empeñada en mantener las distancias con él—. Voy a ahorrarle el trago de que nos explique cómo ha pasado la noche y le pediré directamente que nos permita entrar para recoger las fotografías de su mujer y su hijo que dijo que nos prestaría...

Antes de que la inspectora terminara de hablar, Mario levantó la mano y le mostró un *pendrive* chiquitito de color azul claro.

—Gra... Gracias —respondió sorprendida mientras se acercaba a cogerlo y se lo guardaba en el bolsillo. Comprobó que la mano del afligido marido temblaba considerablemente—. ¿Está usted bien?

Mario se limitó a asentir, tratando de mantener la compostura.

Las dos policías se dieron cuenta de que no decía la verdad, pero también entendían que no debían presionarlo, pues, dadas las circunstancias, lo más normal del mundo era que estuviera hecho polvo.

—Por cierto —dijo Ana, retomando la palabra—, esta es la subinspectora Alicia Cruz, de la Unidad Central de Homicidios y Desaparecidos de Canillas, en Madrid. Ha venido expresamente para ayudarnos con el caso, por lo que le agradecería, y no me malinterprete, que se lo diga a su suegro, pues está presionando un poquito más de la cuenta, y eso no es que ayude precisamente.

—Lo haré —contestó con sequedad, aunque sin poder disimular un ligero temblor.

—¿Está en condiciones de pasarnos una lista con el círculo de amistades de su esposa y de usted? También nos ayudaría saber si practicaba alguna actividad de ocio o, no sé, cualquier otro dato que usted crea conveniente que sepamos —dijo Alicia.

—¿Tiene que ser ya mismo?

Como si estuviesen compenetradas, ambas policías enarcaron una ceja.

—Cuanto antes... —respondió Alicia.

—Bien. Inspectora, tengo su teléfono. ¿Le podría enviar todo esto por WhatsApp?

—Sí, claro, no veo por qué...

—Así lo haré. Si no tienen nada más que contarme, me van a perdonar.

Dicho lo cual, dio media vuelta y se metió de nuevo en la casa.

Ana y Alicia no daban crédito a lo que acababan de presenciar. De pronto se encontraban allí plantadas, sin saber qué decir, así que optaron por desandar la zona ajardinada de los Antón-Carratalá.

Una vez fuera, Alicia no pudo evitar el comentario.

—¿Soy yo, o el gilipollas este nos ha dado largas?

Cualquier persona hubiera contestado que sí, pero no Ana Marco, que siempre procuraba poner paz, y evitar el conflicto en la medida de lo posible.

—Hay que hacerse cargo de que está afligido por lo que le ha pasado.

—Afligido, mis... narices. Es que estos niños de papá están acostumbrados a tenerlo todo y a tenerlo ya, y eso me toca la moral. Mira, ya estoy harta de soportar a niñatos, lo que me faltaba ahora es tener que vérmelas con otro.

—Bueno, bueno, calmémonos. Nosotras a lo nuestro, aunque lo malo es que yo quería comenzar revisando todo el círculo de Clara; podría ser fundamental. Sin esos nombres...

—Ana, ¿te puedo llamar Ana? —preguntó Alicia retóricamente—, si me permites la apreciación, yo creo que deberíamos ir un poquito más al fondo. Pienso que lo suyo es que fijemos un punto central y de ahí nos vayamos moviendo hacia fuera.

—¿Y cuál crees que es ese punto central?

—El origen de todo esto. ¿Dónde desaparecieron ayer nuestra chica y el niño?

—En el centro comercial.

—Pues está claro que primero tenemos que entender cómo lo hizo, y después centrarnos en quién y por qué.

Ana asintió mientras se dirigía hacia la puerta del conductor de su coche.

Al final iba a ser verdad que la chavala era bastante buena en lo suyo.

Según vio que las dos policías se subían al coche y se marchaban, comenzó a andar hacia la casa. Por fin había llegado su momento.

Mario tenía la espalda pegada a la pesada puerta.

Se maldijo a sí mismo por no saber disimular. Mentir, sí, eso lo sabe hacer todo el mundo, pero lo que era disimular... necesitaría recibir unas cuantas clases para, al menos, aprender lo básico y que no le volviera a suceder lo de allí fuera.

«Porque ellas lo han notado, lo sé. O no; puede que esté paranoico por lo que acabo de descubrir».

Se echó las manos a la cabeza y apretó con fuerza. El dolor que sentía era real, quizá producto de la tensión que atravesaba, y que parecía empeñada en abandonarlo, pero era una tensión muy real, al fin y al cabo. Deslizó la palma de las manos por la cara y estiró la piel con fuerza a la vez que resoplaba.

¿Qué hacer ahora? ¿Cómo explicar que alguien había comprado dos billetes de avión con destino a Italia a nombre de su mujer y de su hijo? Y peor aún, ¿cómo explicar que hubieran utilizado sus datos bancarios (tal como acababa de comprobar) y que hubieran dado su dirección de correo electrónico para recibir los billetes?

Un flujo de ideas viajaba a través de los carriles de su mente a una velocidad endiablada. ¿Habría sido Clara quien había comprado los billetes? La respuesta lógica (para él) era que no, sobre todo teniendo en cuenta que carecía de sentido utilizar sus datos para comprarlo disponiendo ella de los suyos. Además, ¿por qué querría irse de esa manera? Discutían como cualquier pareja, pero esas peleas no eran tan tremendas como para que un día, sin decir nada, se marchara dejándolo todo atrás.

Claro que habían tenido un par de discusiones mucho más serias. De esas que a punto están de romper una pareja, pero eso había sucedido hacía mucho tiempo, y estaba seguro de que habían superado ese bache.

«Además, qué narices, yo habría notado algo raro en ella si tuviera la intención de marcharse».

Lo malo de aquel razonamiento era que lo enfrentaba a otras alternativas que le hacían preferir la opción de que se hubiera marchado por voluntad propia.

«Al menos así tendría la certeza de que ambos estaban bien».

Sumido en aquel vendaval de ideas disparatadas (o no), no

llegó a oír que estaba sonando el timbre de su casa. No era la primera vez que llamaban, pero él no fue consciente de ello hasta el cuarto intento.

«¿Las policías han vuelto? Creo que debo contarles esto, aunque me haga parecer culpable de algo que no he hecho. Ellas sabrán qué hacer».

Con ese pensamiento salió de la casa y se acercó hasta la puerta que daba al exterior de la parcela. Como aún no estaba seguro de lo que quería hacer realmente, prefería que no entrasen de momento. Cuando por fin abrió, resultó que no eran las policías. Una muchacha que no aparentaba más de veinte años lo miraba un poco nerviosa.

—¿Qué querías? —preguntó Mario confuso.

—Me llamo Rose y soy periodista freelance. ¿Puedo hablar contigo acerca de la desaparición de tu mujer y tu hijo?

10

Sábado, 11 de mayo de 2019. 11.14 horas. Elche

El primer impulso de Mario fue cerrarle la puerta en la cara.

No estaba bien actuar así; en realidad, él no lo hubiera hecho en circunstancias normales, porque tales reacciones no formaban parte de su personalidad, pero pensó que aún era peor que las aves carroñeras ya estuvieran listas para hacer lo único que sabían. Sin embargo, aquel primer impulso provocó un desgarrador alarido por parte de la joven y un nuevo impulso inconsciente por parte de Mario: el de abrir la puerta para comprobar qué había pasado.

Mario no se dio cuenta de que la tal Rose había metido el pie para impedir que la puerta se cerrase y se llevó un tremendo golpe en la zona metatarsiana. Le dolía mucho, y él no pudo evitar interesarse, a pesar de que una parte de sí mismo considerara que se lo tenía bien merecido por husmear.

—¡Madre mía!, perdona. ¿Estás bien? —quiso saber.

Ella levantó la cabeza y con un evidente gesto de dolor impreso en el rostro le dio a entender que no.

—Pasa, por favor. ¿Te ayudo?

Rose negó con la cabeza. Mario entendió que el dolor debía de ser enorme, pero a pesar de ello quería mantener la compostura. ¿Qué razón había para eso? Aunque, bien visto, si en algo él tenía experiencia era en ver cómo su mujer, sobre todo en las redes sociales, exhibía una felicidad desmedida fuera cual fuera la situación personal que estuviera atravesando. Algunos lo llamaban postureo; él, en cambio, se refería a ello como a un «orgullo propio de idiotas».

Él caminó hasta una zona donde había una mesa metálica con un cristal trasparente encima, rodeada de cuatro sillas del mismo material forjado. La chica lo siguió, apoyando el pie con dificultad.

—Espera aquí, por favor, voy a por hielo.

Ella sonrió levemente, tomó asiento y puso el pie en alto colocándolo encima una de las sillas. Se desató los cordones del zapato del pie afectado, se descalzó y también se quitó el calcetín. La zona afectada se veía roja. Maldijo que tuviera que haber sido de aquel modo, pero al menos estaba dentro de la casa.

Mario regresó pasados un par de minutos con cubitos de hielo envueltos en un paño de cocina, y una crema que tenía en el botiquín. El simple acto de cogerla le hizo bastante daño, pues era la que utilizaba con Hugo para los chichones que se hacía constantemente en la frente con sus múltiples caídas. No estaba seguro de que fuera lo más eficaz para aplicárselo a la chica en el pie, pero tampoco tenía otra cosa a mano.

Cuando regresó, observó que ella se estaba mirando la zona afectada. La verdad era que se veía roja, pero no estaba hinchada. Mario, que tenía cero conocimientos acerca del cuerpo humano, no sabía si era demasiado pronto para que se hubiera inflamado; pero como quería que todo estuviera bien y que la chica se marchara cuanto antes de su casa, se convenció a sí mismo de que en realidad no había sido para tanto.

—Toma, ponte esto. —Le ofreció el paño con hielo.

—Gracias —respondió ella, aceptando su ofrecimiento y colocándoselo donde le dolía. El alivio fue instantáneo.

—Perdóname por el golpe, es que ha sido instintivo lo de cerrar la puerta.

—No, la culpa ha sido mía por meter el pie, aunque en eso estamos empatamos, también ha sido instintivo.

Mario la miraba sin saber muy bien qué responder. Quería decirle lo que cualquiera hubiera dicho en una situación igual, pero no le salía.

—De todos modos, no deberías estar aquí —soltó al fin.

—Lo sé, pero necesito hablar contigo.

—Mira..., no sé cómo te has enterado, pero la policía nos ha pedido que de momento no aireemos la cosa. Yo entiendo que quieras contar lo que ha pasado, pero...

—¿Contarlo? —preguntó sorprendida, lo cual hizo que Mario se sorprendiera a su vez—. Yo no quiero eso.

—Entonces, ¿qué quieres?

—Ayudarte.

Mario no sabía levantar una sola ceja, pero lo extraordinario de aquella situación activó sus músculos y la ceja se elevó espontáneamente.

—Entiéndeme, ahora, yo...

—¿Este lugar es seguro? —preguntó ella de golpe.

—¿A qué te refieres con lo de un lugar seguro?

—A un sitio en el que podamos hablar sin que nadie nos escuche.

El chico miró a su alrededor. Le costaba horrores ser irónico con gente que no conocía de nada, pero tenía claro que la mirada que acababa de lanzarle había servido para que ella se diera cuenta de la tontería que estaba diciendo.

—No me refiero a si hay o no hay gente —matizó la joven—. Podría no haberla y que nos estuvieran escuchando igualmente.

Mario concluyó de inmediato que aquella muchacha no estaba en sus cabales. De hecho, le hubiera resultado más tranquilizador saber que se trataba de una broma. De mal gusto, porque aquel no era el momento para ese tipo de tonterías, pero al menos tendría algún sentido. Al ver que ella ni pestañeaba mientras lo miraba fijamente, le hizo comprender que, al menos ella, estaba hablando en serio.

Ahora sí tenía claro que debía quitársela de encima. Pero no sabía cómo, porque de este tipo de cosas siempre se encargaba Clara en lugar de él.

—Oye..., ¿está bien tu pie? Es que de verdad que no es un buen momento. Si quieres, te doy mi teléfono y hablamos esta tarde o, no sé, mañana.

—Lo siento, de verdad, no quiero que pienses que estoy mal de la cabeza, pero sé de lo que hablo. Mira, lo primero que voy a hacer es responderte. ¿Que cómo sé lo que ha sucedido? Fácil: ayer estaba en el Aljub cuando todo pasó.

Mario sintió que el corazón se le aceleraba de repente, y las palabras que pronunció a continuación brotaron automáticamente de su boca.

—¿Sabes algo de Clara y de Hugo? —preguntó, levantándose de su asiento.

—No, perdona si te he dado a entender eso. No, quiero decir que estaba cuando sucedió, y que te vi mientras hablabas con los agentes de seguridad y con la policía. Por desgracia, no sé nada de lo que pasó con ellos, pero quería contarte cómo me enteré, para que confíes en mí.

—Lo siento, pero lo que dices no me inspira confianza, al contrario. ¿Cómo sabías que era yo? ¿De qué me conoces?

—¿En qué mundo vives? ¡Aquí en Elche todo el mundo os conoce! Tú eres el hijo de Ramón Valero, y ella, la hija de Francisco José Carratalá. Sois los Romeo y Julieta del 2019. Y por si eso fuera poco, ella es una celebridad en las redes sociales; yo la sigo.

—¿Y también sabes dónde vivimos?

—Soy periodista, tengo contactos en todos lados. ¿Necesitas que responda alguna pregunta más para que te convenzas de que no estoy aquí para escribir una crónica de sucesos?

—Es que no puedo pensar en otra cosa. ¿Cómo dijiste que te llamabas?

—Rose.

—Eso, Rose. ¿Tú qué pensarías?

—Pues exactamente lo mismo. Pero necesito que dejes atrás esos prejuicios y me dejes ayudarte.

—Me cuesta mucho, después de que hayas insinuado que aquí podría haber micrófonos. No...

—¿Te puedo llamar Mario, o prefieres que no te tutee?

—Mario está bien.

—Vale, Mario, ¿todavía no sabes quién es tu suegro? ¿De lo que es capaz?

Mario no respondió. Claro que lo sabía. Demasiado bien. Bastaba con revisar su teléfono móvil para comprobar de lo que era capaz su suegro, movido únicamente por sus propios intereses.

—Mira, como veo que no confías en mí, te voy a enseñar una cosa. Verás cómo cambias de parecer al instante.

Rose dejó el paño con el hielo sobre la mesa. El líquido que rezumaba el paño comenzó a impregnar todo el cristal. Mario no pudo evitar mirar de reojo, acostumbrado a que Clara pusiera el grito en el cielo cada vez que veía algo así. Aunque ahora ella no estaba.

La periodista rebuscó en el bolsillo del pantalón y extrajo dos folios doblados. Le enseñó el primero a Mario. En el papel había impresa a todo color una fotografía en la que se podía apreciar a Francisco José Carratalá entrando en un lugar que Mario no pudo identificar de primeras.

—¿Y esto?

—Podría tratarse simplemente de una fotografía de tu suegro entrando en el Club Náutico de Alicante, si no fuera por esto.

Y desdobló el otro folio.

En la segunda hoja aparecía la imagen de un hombre de apariencia más o menos normal, con un buen bigote, eso sí, y gafas de sol tipo aviador. Vestía exquisitamente: pantalón de pinzas beige y camisa de rayas verticales muy finas, azules y blancas. También estaba entrando en el Club Náutico.

—No sé quién es —dijo Mario sin dejar de mirar la foto.

—Te presento a Xosé Castro, alias el Gallego. No es que fueran muy imaginativos con el apodo, la verdad.

—Me parece bien, pero sigo sin saber quién es.

—El Gallego podría ser el mayor narcotraficante de Galicia si no fuera porque mantiene una disputa con el clan del Ángel; pero teniendo en cuenta lo que maneja, dudo de que sea importante cuál de los dos es más fiero. Lo que importa es quién es y lo que representa.

Mario cerró los ojos y se echó hacia atrás.

—Rose..., yo..., no sé qué pretendes que vea en esto, pero te pido, por favor, que recojas estas fotos y te marches. No quiero saber qué cosas hace mi suegro. No lo he querido saber nunca, imagínate ahora, con lo que está pasando. Estoy agotado psicológicamente, no he dormido en toda la noche, y lo único que quiero es que mi mujer y mi hijo aparezcan cuanto antes. Te pido, por favor, que no airees todo esto todavía; te repito que la policía...

—¿Es que aún no lo ves? —insistió ella cortando a Mario, que para una vez que arrancaba, fue acallado de golpe.

—No veo nada, lo siento. Y si vienes por lo de que mi suegro ha comido en el mismo restaurante que un narco gallego, yo mismo he comido varias veces allí y te prometo que no tengo nada que ver con él.

—La foto es algo circunstancial, Mario. No es para demostrar nada, ya llevo un buen tiempo detrás de ellos y sé que ambos tienen relaciones nada legales. El caso no es ese, sino que las fotos las tomé ayer mismo. Al mediodía.

Rose hizo una pausa para ver si Mario ya sabía por dónde iba. Al ver que no, insistió.

—Tu suegro comió con él, eso lo sé de buena tinta. Y pasado un rato salió visiblemente enfadado. No te hablo de que a mí me pareciera que estaba enfadado, es que echaba humo por las orejas.

—Ya, pero...

—Créeme, no hay peros que valgan. Después de él, pasados unos minutos, lo hizo el Gallego. Si tu suegro estaba encabronado, no te cuento el narco. En la misma puerta del restaurante dio instrucciones a dos de sus hombres más peligrosos. Salieron perdiendo el culo de allí mientras él seguía maldiciendo en gallego junto a su mano derecha. ¿No te parece demasiada casualidad que pase eso y que por la noche desaparezcan tu mujer y tu hijo?

Mario notó un nuevo incremento de su ritmo cardíaco tras escuchar aquellas insinuaciones. No podía creer que la chica estuviera sugiriendo algo tan disparatado, pero estaba tan desesperado por obtener algún tipo de explicación —racional o no— de lo que había pasado que aquella teoría se había colado justo en el centro de su cerebro, y ahora se sentía al borde del infarto.

Rose lo debió de notar, porque de repente se olvidó de su pie dolorido, se incorporó a toda prisa y se acercó a Mario, que parecía estar al borde del colapso. Lo vio tan blanco y sudoroso que no se le ocurrió otra cosa que coger el paño con los cubitos ya casi derretidos y ponérselo en la nuca.

Mario reaccionó rápidamente y se apartó tras sentir el frío repentino. Puede que la idea que había tenido Rose hubiera sido mala y buena al mismo tiempo, pues lo devolvió al mundo de los vivos de golpe, aunque aún seguía algo aturdido.

—Te... tengo que..., tengo que llamar a la policía y contarles esto —dijo, poniéndose de pie.

—No te lo recomiendo —lo interrumpió Rose de golpe, con lo que logró que Mario se sintiera aún más perplejo.

—¿Cómo que no?

—Lo que oyes: no te recomiendo en absoluto que vayas con el cuento a la policía. Sé de lo que te hablo cuando te digo que las autoridades no van a mover un dedo. Hay personas tan poderosas de por medio que no te van a hacer caso.

Mario movía la boca sin decir nada. Posiblemente estuviera vocalizando sus pensamientos, aunque de su garganta no salía el menor sonido. De haberlo hecho, habría dado a entender que aquella chica estaba completamente loca, a juzgar por la cantidad de barbaridades que había soltado en un momento.

Rose, que se dio cuenta de ello, retomó la palabra:

—Mario, por favor, necesito que me escuches con claridad. Conozco a gente dentro de la policía y me han contado auténticos disparates. ¿Crees que los que mueven la droga se convierten en los amos del cotarro por suerte? ¿Que no los pillan porque son extremadamente astutos? Bueno, visto así, astutos sí que lo son. Pero porque saben untar a la gente adecuada. Yo no digo que quien lleve el caso no quiera investigar, digo que hay superiores que sin duda le pondrán la zancadilla. Y en cuanto eso pase, se acabó.

—No puedo dejar a la policía al margen...

—Te entiendo, de verdad que te entiendo. Pero si no supiera quién es el Gallego, no te insistiría tanto. Es un maldito hueso duro de roer, por desgracia.

—Entonces, ¿qué hago?

—Tienes que moverte tú. Ponerte las pilas. No te queda otra.

—Yo no puedo hacer eso. No sé qué hacer ni por dónde empezar. Además, imagina que tienes razón y el tal Gallego está detrás de todo esto. ¿De verdad me pides que me enfrente a él yo solo? ¿Para qué está la policía entonces?

—No estás solo, me tienes a mí.

—Por favor, Rose, con todos mis respetos. Hace un rato

ni siquiera te conocía. No me malinterpretes, pero ¿cómo voy a confiar en ti?

—Porque en cuanto pienses detenidamente en todo lo que te estoy contando, comprenderás que no te queda otra. Has de tener presente que llegará un punto en que la policía no te podrá ayudar más. No los dejarán.

—Sigo sin creerme que eso sea posible.

—Mario, no te puedo decir más. Solo que lo pienses bien. Acabas de decir que hacía unos minutos no me conocías, pero hacía unos minutos tampoco tenías un hilo del que poder tirar. ¿Eso no te dice nada? Te vuelvo a insistir: piénsalo bien, pero tampoco dejes que el tiempo se te eche encima. Piensa en ellos y valora si harías lo que fuera para que todo acabe bien.

Él no sabía qué contestar. Por supuesto que haría lo que fuera por ellos, ¿cómo no hacerlo? Mario estaba acostumbrado a esconder la cabeza bajo tierra y dejar que los problemas se solucionaran solos, pero tenía muy claro que por su mujer y su hijo sería capaz de perder la cabeza. ¿Qué padre o marido no lo haría si les hicieran daño? El problema era que no tenía ninguna certeza. ¿Debía lanzarse y creer a esa muchacha?

La observó detenidamente, aún no lo había hecho a fondo desde que había entrado.

Tampoco es que Rose llamara demasiado la atención. Tenía el pelo tintado de un color próximo al rosa, sí, pero en los tiempos que corrían no es que aquello fuera un detalle importante en el que fijarse. Sus orejas mostraban solo un agujero en cada lóbulo, y apenas se había pintado los labios con un tono neutro. No había más trazas de maquillaje en su rostro, o él no había sabido apreciarlo.

Vestía de un modo un tanto tradicional sin llegar a ser rancio, como cualquier persona de veintipocos que no quisiera llamar la atención en exceso.

Cuando hubo terminado de darle un repaso al aspecto de la chica, Mario se sintió perdido en un mar de dudas.

«¿Qué quiere que haga? ¿Cómo podría hacerlo? ¿Qué es lo correcto, hacerle caso o llamar a la policía? Y no solo eso: antes ya les he ocultado datos relevantes, y puede que esté entorpeciendo la investigación».

Aunque en algo sí tenía razón ella.

Tanto si era lícito como si no, después de conocerla y hablar con ella ya tenía un hilo del que poder tirar. Antes no.

Eso le hizo ver que la policía aún no había dado ni un solo paso adelante. Se alegraba de que hubieran enviado a una policía de Madrid para ayudar en la investigación; pero, valorando el conjunto, desde que dio el aviso de la desaparición el caso no había avanzado nada. Solo las preguntas tontas de rigor, que en su opinión no conducirían a ninguna parte.

¿Acaso ya estaban al corriente de quién podría estar implicado y por eso ralentizaban la investigación?

La mera posibilidad de que eso fuera cierto le provocaba arcadas. No podía creer que la policía fuera capaz de actuar así, pero la muchacha del pelo rosa ya le estaba haciendo dudar.

Por otro lado, ¿no era esa su misión? ¿Dudar?

«¿O acaso estos pensamientos son demasiado paranoicos?».

Como no era capaz de aportar una pizca de cordura ni de lucidez a todo aquel sinsentido, decidió aferrarse al único clavo ardiendo del que disponía. Se dejó llevar y pronunció las palabras mágicas:

—Está bien. ¿Qué quieres de mí? ¿Qué quieres que hagamos?

Rose no pudo evitar que una sonrisa le iluminara el rostro. Sabía que le costaría convencerlo y, aunque seguía sin tenerlas todas consigo, por el momento lo había conseguido.

—Necesito que me cuentes con pelos y señales todo lo que sabes. Yo vi lo que vi ayer; pero, evidentemente, habrá cosas que desconozco. Soy toda oídos.

11

Sábado, 11 de mayo de 2019. 11.34 horas. Elche

Ana y Alicia entraron en el centro comercial L'Aljub.

Alicia había estado allí un número incontable de veces y le agradó saber que, aunque hacía casi tres años que no lo pisaba, todo seguía prácticamente igual. A pesar de ser sábado, el bullicio de gente todavía no se hacía notar. Y, precisamente por haber estado allí tantas veces, la subinspectora sabía que por las tardes aquello se convertía en Vietnam. Más o menos a la hora de la sobremesa ya empezaba a llenarse, y alrededor de las ocho de la tarde alcanzaba su punto álgido.

Ana fue directamente al grano.

—Según el testimonio de Mario Antón, llegaron cerca de las siete de la tarde y se dedicaron a hacer varias compras. La primera tienda que visitaron fue, casualmente, la misma en la que desaparecieron Clara Carratalá y Hugo, pero entraron en la sección de caballero. No hay nada que remarcar sobre esa tienda ni de las siguientes a las que fueron, que son las de esa parte de allá. —Señaló con el dedo hacia el final del pasillo—. Bueno, en realidad fue Clara la que entró, ya que Mario se quedó con Hugo, entreteniéndolo en esos cochecitos de ahí. Y, sobre las nueve, según Mario, cuando ya se disponían a marcharse, fue cuando ella le dijo que iba a entrar en la parte de moda femenina, donde desapareció. Según nos ha contado, eso no entraba en sus planes: lo decidió sin más.

—Y entonces, por si eso fuera poco, de pronto se pierde la señal de las cámaras.

—Exacto.

Alicia se quedó mirando la entrada de la tienda, muy seria.

—Estando aquí me surgen muchas preguntas que quizá nos puedan aclarar algo de lo que ha sucedido.

La inspectora Marco la observó sin pestañear.

—Pongámonos en lo peor: han secuestrado a la mujer y al niño. Si tal y como relata Mario Antón entraron aquí porque ella decidió hacerlo en el último momento, ¡qué suerte para el presunto secuestrador, ¿no?!

—Bueno, podría estar siguiéndolos con la intención de abalanzarse sobre ellos en el aparcamiento, pero cuando ella cambió de planes decidió hacerlo allí dentro.

—No sé... Obviando que estaría actuando a la vista de todo el mundo, no me lo trago por varias razones. Sin ir más lejos, ¿qué pasó con las cámaras?

Ana se quedó pensativa. Tenía razón, si de verdad había un secuestrador de por medio, era imposible que en tan poco tiempo hubiera podido preparar el apagón de las cámaras para llevar a cabo el secuestro. No debía de ser algo sencillo.

—O sea —sentenció la inspectora—, que la clave está en esa supuesta decisión de última hora.

—Y dices «supuesta» porque piensas como yo, ¿verdad?

La inspectora asintió. Clara había entrado deliberadamente en esa tienda con la intención de desaparecer.

—De todos modos —añadió Ana—, creo que no deberíamos descartar nada. Pero, si te parece bien, nos centraremos en la hipótesis de que se ha esfumado por voluntad propia. Pero ¿y todo ese despliegue?

—Volvemos a los de las cámaras, quieres decir.

—Eso aparte. Sobre todo lo digo porque, según me contó Mario Antón anoche, ella se encargaba de llevar al niño al colegio todos los días. Piénsalo, en ese momento tiene una oportunidad de oro para desaparecer, pero ¿por qué no lo hace? ¿Por qué espera a estar aquí, de compras en un lugar cerrado, donde es difícil de narices evaporarse?

Alicia no supo qué contestar en un primer momento. Sin embargo, no se relajó, y empezó a sopesar todas las posibilidades, viables o no.

Seguía mirando la tienda. No es que esperara hallar la respuesta de ese modo, pero aun así le resultaba imposible dejar de hacerlo. Un tipo que sabía bastante más que ella acerca de crímenes y criminales (a pesar de ser un agonías, como lo llamaba su compañero y amigo Alfonso) le dio un consejo: «No te vuelvas loca buscando una respuesta concreta a un determinado misterio, porque siempre habrá otras preguntas que se quedarán huérfanas. Esto es como un examen, si no tienes la respuesta a una pregunta, pasa a la siguiente». Así que estaba a punto de dejarlo cuando la lógica le tendió una emboscada.

—¿Y si todo esto ha sido para ganar tiempo?

—¿Cómo?

—Imagina que Mario Antón llama a tu comisaría y dice que su mujer y su hijo no aparecen. Según tengo entendido, la chica trabaja en la Diputación, por lo que no sería raro que, si no acudiera a su puesto de trabajo, incluso su padre podría ser quien llamara a Mario para saber qué sucedía. Y al no tener noticias suyas, lo más lógico sería que llamaran a la policía. Vosotros comprobaríais si el niño estaba en el colegio, y veríais que no. No habría transcurrido demasiado tiempo, llevando como llevaba una vida tan al estilo sota, caballo y rey. Dime, sinceramente, como investigadora, ¿cuál es el primer pensamiento lógico que te viene a la cabeza?

—Puede que también considerase el secuestro...

—En serio, el primero de todos, olvida lo que sabes ahora.

—Mmm... Supongo que diría que se ha largado con el niño.

—Exacto. Y pondrías en marcha un operativo para localizarla en unas pocas horas.

—O no; ya sabes que esto no es tan sencillo...

—Ya, pero ellos no lo saben. Ellos creen que tenemos máquinas que buscan a las personas y que las rastrean. ¿No te ha pasado nunca?

Ana sonrió en una clara muestra afirmativa. Más veces de las que le gustaría admitir.

—Ahora vamos a centrarnos en la que ha montado. Lo de las cámaras, no haber salido por la puerta, hasta donde sabemos... Nuestro cerebro nos dice automáticamente que es imposible que sea ella la que ha querido marcharse. Todo está elaborado en exceso. Es lógico que pensemos que una gran organización criminal está detrás de todo el tinglado. ¿No?

—Y esto ella lo aprovecha para alejarse más y más —razonó Ana—; mientras nosotras estamos aquí forzando las piezas del puzle para que encajen, ella cada vez tiene más tiempo para que ni olamos su rastro.

—¡Esa es mi chica!

Ana quiso sonreír ante el alarde de entusiasmo de Alicia, pero no lo hizo porque apenas hacía unas horas que la conocía y no quería mostrarse tan cercana. Le resultó llamativa su naturalidad, como si fuera algo difícil de encontrar hoy en día.

—Entonces —dijo al fin la inspectora—, deberíamos centrarnos en esa vía de investigación. ¿Crees que sería prudente poner al corriente ya mismo a la familia, por si pueden aportar algo?

—No sería una mala idea, pero ahora no. Mejor confirmar si estamos en lo cierto, ¿no?

Ana no quiso verbalizar el típico «¡¿Cómo?!»; más que nada porque iba a quedar como una novata pardilla, siendo ella la figura de más peso jerárquico; pero, a decir verdad, no tenía ni idea de lo que estaba pasando por la cabeza de la joven investigadora.

De modo que se limitó a asentir con la cabeza y, sin que se notara demasiado, cedió el peso de los próximos minutos a la subinspectora.

Alicia lo captó y se encaminó hacia la tienda. Ana la siguió, ajustando su paso al de ella para alcanzarla.

Las dos fueron directas a la caja, sin reparar en que el guardia de seguridad era el mismo joven que estaba presente la noche anterior.

Ana, a pesar de que aceptaba que Alicia llevara la voz cantante, quiso tirar de galones y sacó su placa para mostrársela a la cajera. En esos momentos no atendía a nadie.

—Inspectora Ana Marco y subinspectora Alicia Cruz. ¿Podemos hablar con tu encargada?

La chica, que apenas rozaba la veintena, se puso bastante nerviosa. Ana no quiso darle importancia porque esa reacción era típica cuando enseñaba su distintivo policial. La joven seguía igual de nerviosa cuando pulsó un botón del cable que salía del pinganillo que llevaba en la oreja y solicitó la presencia de una tal Alicia.

«Bonito nombre», pensó la subinspectora.

Apenas había transcurrió medio minuto cuando una muchacha muy alta y bastante delgada hizo acto de presencia. Antes de que hablara, Ana volvió a mostrar su placa y ambas se identificaron ante la encargada.

—Creo que ya le han puesto al corriente de lo que sucedió aquí anoche —dijo Alicia.

—Sí, claro; ¿necesitan algo más? No sé en qué podríamos ayudar.

—Supongo que tienen almacén; ¿está aquí mismo, en la tienda?

Ella asintió, aunque se quedó quieta.

—¿Y podríamos verlo? —preguntó con un tono de voz ligeramente irónico.

—Claro, perdonen. Síganme.

Y así lo hicieron. La encargada las guio hasta la parte destinada a la ropa más juvenil, donde también se encontraban los probadores. Ambas policías se sorprendieron al ver la puerta que daba acceso al almacén de la tienda. Esta, aunque no estaba oculta, sí quedaba bastante bien camuflada con el resto de la pared al estar pintada del mismo color. Si no fuera por un teclado numérico que había junto a la puerta, resultaría casi imposible adivinar que estaba ahí.

Las dos investigadoras anotaron mentalmente que hacía falta un código para poder acceder. Si Clara había utilizado aquella puerta, tendría que saberlo. Aunque, bien pensado, bastaría con que hubiera estado atenta mientras una de las empleadas marcaba la clave, y la hubiera memorizado.

Una vez dentro, primero atravesaron una zona que parecía de descanso para las empleadas (pues, según supieron más tarde, toda la plantilla estaba compuesta por mujeres) y a continuación llegaron a una sala inmensa donde había cientos de prendas apiladas y listas para ser sacadas a la venta.

Tanto Alicia como Ana giraron sobre sus talones para inspeccionar el lugar. El espacio era enorme, y ni siquiera con la cantidad de ropa que había allí adentro se tenía la sensación de que faltase espacio. Estaba bien iluminado, y aunque era poco probable que sonara la flauta, dieron una vuelta por los pasillos delimitados por estanterías con la esperanza de llevarse alguna sorpresa.

No fue exactamente lo que esperaba, pero algo hizo que Ana se detuviera de golpe.

—¿Esta puerta da al exterior?

La encargada se acercó, pues hasta ese momento se había mantenido a cierta distancia, sin moverse.

—Sí, claro. Es la puerta de emergencia.

—¿Por qué no se nos había informado de su existencia?

—Porque está conectada a una alarma. Aparte de que es imposible que la chica entrara aquí sin el código, si hubiera salido por esta puerta habría sonado una alarma que se hubiera oído hasta en...

Alicia no lo pensó un segundo, se situó frente a la puerta, presionó la parte central que hacía de cierre neumático y la abrió la puerta de par en par.

Tanto la encargada como Ana cerraron los ojos y se encogieron a la espera el sonoro pitido, pero no sonó nada.

La inspectora abrió muchos los ojos (al igual que la encargada) mientras Alicia salía resoplando al exterior.

Una vez fuera, miró en todas direcciones buscando una cámara de seguridad, y tuvo suerte, pues una de las que estaban situadas en la parte superior de la pared exterior del centro apuntaba directamente hacia aquella salida.

—¿Esto no debería estar pitando? —preguntó Ana desconcertada.

—Pues claro que debería... —contestó la encargada sin entender qué sucedía—. De hecho, una vez que estábamos haciendo el tonto le dimos sin querer y comenzó a sonar la sirena a toda potencia. Casi nos quedamos sordas. Desde entonces le tenemos un respeto enorme a esta puerta.

—¿Se desconecta alguna vez?

—No. Incluso los pedidos nos llegan por la entrada principal. Es una puerta de emergencia que solo se puede usar en caso de, bueno, en caso de necesidad.

—Ya, entiendo...

—Hay una cámara que apunta hacia aquí —dijo Alicia nada más entrar—. Si salió por esta puerta deberíamos poder comprobarlo. ¿A quién hemos de dirigirnos para poder ver las grabaciones?

—No tengo ni idea. Podrían preguntarle a nuestro guardia de seguridad.

Las dos policías ni se despidieron; desanduvieron el camino y regresaron a la puerta.

Al llegar a donde estaba el guardia, Ana no disimuló que lo recordaba de la noche anterior. Para empezar, se le hizo extraño que aún estuviera allí.

—Los findes están mejor pagados. Quiero irme de casa de mis padres, y todo lo que pueda trabajar bienvenido sea —dijo a modo de explicación.

Acto seguido le relataron lo que habían visto en el almacén.

—¡Eso es imposible! —exclamó—. Las cámaras que vieron ayer sí se controlan desde nuestra central, pero la alarma de esa puerta es cosa del centro comercial.

—¿Y las cámaras del exterior también? —quiso saber Alicia.

—Claro, todo eso lo controla Félix. Pero, vamos, ya les voy adelantando que es imposible que a él se le haya pasado conectar la alarma de la puerta.

—¿Por...?

—Ahora se lo presentaré y lo comprenderán, pero les advierto que el tipo está loco perdido. Es un obseso de la seguridad, hasta tal punto que me da que no está bien de la cabeza. Es como si en vez de un centro comercial de mierda esto fuera Faluya.

—Bien —zanjó Ana—, eso lo veremos ahora. ¿Nos llevas con él?

12

Sábado, 11 de mayo de 2019. 12.04 horas. Elche

El guardia joven se ofreció a acompañarlas al territorio del tal Félix.

Aquel gesto fue aplaudido por la inspectora y la subinspectora, pues de sobra sabían lo difícil que a veces era tratar con encargados de seguridad, pues a la mínima se acogían a sus conocimientos sobre leyes para negarse a mostrar las imágenes requeridas. Se sabían de memoria eso de que se necesitaba una orden judicial. Puede que el guardia de la tienda intercediera por ellas y entonces se ahorrarían ese farragoso proceso (por el cual pasarían sin dudarlo en caso de que hiciera falta).

Ana se quedó mirando al otro guardia, que ahora hacía doble ronda entre la sección de señora y la de caballero. Le había sorprendido la explicación que les había dado el tal Juanma respecto a que, si bien no era lo correcto, solían cubrirse de vez en cuando a fin de que el turno no fuera tan estricto como para ni siquiera poder ir al servicio.

El lugar al que se dirigían estaba ubicado en la segunda planta, y para llegar hasta allí tomaron las escaleras mecánicas que desembocaban en las once salas de cine. A continuación, pusieron rumbo hacia un pasillo que estaba en uno de los laterales de uno de los muchos establecimientos hosteleros que copaban aquella planta, dedicada al ocio y la restauración. La caminata no fue muy larga, y enseguida llegaron hasta una puerta con un letrero de lo más explícito el que se podía leer SEGURIDAD.

El guardia golpeó suavemente con los nudillos en la madera antes de accionar el pomo.

A ellas no les sorprendió especialmente, pero el guardia sí parecía algo perplejo en cuanto comprobó que el tal Félix no estaba dentro, lo cual hizo que Ana se interesase por él.

—¿Pasa algo? —quiso saber.

—A ver, no es que no sea normal que Félix no esté aquí, pero sí es cierto que no se deja la puerta abierta si está realizando una ronda por el centro.

—Todos somos humanos —terció Alicia—; podría ser un descuido.

Pero el guardia negaba con la cabeza a la vez que fruncía el ceño.

—Ya le digo yo que no. Ya se lo he dicho: Félix es..., no sé cómo decirlo suavemente... Félix está obsesionado con la seguridad del centro, pero hasta un extremo que ni se imaginan. ¿Recuerdan lo que les dije de que nos cubríamos unos a otros con lo del aseo? Pues eso es así porque ya se ha cansado, por decirlo de algún modo, de darnos la chapa cada dos por tres, pero ni siquiera toleraría eso bien.

—Pero él no es su jefe, ¿verdad?

—Ni de lejos, por eso digo que está loco con lo de la seguridad. Por eso no creo que sea normal que no esté aquí adentro y que la puerta esté abierta.

Alicia, al notar que al muchacho se le veía más bien apurado, echó un vistazo rápido al interior de la sala. Era prácticamente como se había imaginado: con varios monitores de unas 20 pulgadas (calculó a ojo), que a su vez se dividían en muchas subpantallas virtuales; una mesa y sillas (supuso que para retener a alguien en caso de requerir la intervención de las Fuerzas y Cuerpos de Seguridad del Estado) y unos cuantos *walkie-talkies* cargándose sobre una base. Lo que sí le llamaba la atención fue ese aspecto lúgubre que destilaba el lugar por dentro, sin duda por falta de iluminación.

—Un poco oscuro esto, ¿no? —comentó.

—Ya le he dicho que es un tipo peculiar.

Ana, en cambio, estaba más pendiente de las pantallas que mostraban la imagen de las cámaras. Evidentemente, no tenía ni idea de dónde estaba ubicada cada una, porque aquello parecía un mar de imágenes sin sentido. Todas, excepto unas en concreto.

Había varios recuadros que estaban en negro.

—¿Esto tiene alguna explicación? —quiso saber, señalando los recuadros con el dedo.

El guardia no sabía de lo que le hablaba porque ni se había fijado. Pero en cuanto lo hizo, no supo qué decir exactamente.

—No controlo esto, señora.

—Señorita —matizó Alicia en nombre de Ana.

—Perdón, señorita. No tengo ni idea.

Ana volvió a mirar el puzle de imágenes. No sabía qué buscaba exactamente.

Alicia la miraba a ella. Por experiencia sabía que cuando un policía miraba fijamente algo no se le debía molestar, de ahí que permaneciera callada.

La inspectora estuvo así unos segundos más, hasta que se detuvo en una imagen.

—¿Esta cámara de aquí es la de su tienda?

El guardia se asomó de nuevo. No necesitó fijarse demasiado para reconocerla.

—Sí, lo es.

—¿No me dijo ayer que sus cámaras las controlaba su propia empresa de seguridad?

—Claro, pero no llegan allí por arte de magia, tienen que enviarse desde aquí. No sé si será exactamente como le digo, pero supongo que el centro debe de haber alquilado las cámaras a nuestra empresa.

—O sea, que sí que podrían haberse ido a negro desde aquí.

—Técnicamente sí, pero Félix no...

—¿El mismo Félix que ahora no está aquí porque podría habernos visto subir con usted por las escaleras?

El guardia se quedó sin habla. Alicia hizo el amago de salir corriendo de la sala, aunque no sabía muy bien adónde ir, teniendo en cuenta que el jefe de seguridad les llevaría una ventaja enorme en caso de haber huido de allí.

Pero Ana la detuvo antes de que lo hiciera.

—Espera, Alicia, por favor.

Estaba pensativa.

«La imagen se volvió negra en el momento en que Clara desapareció, justo como ahora mismo con esas cámaras...».

—¡Necesito saber hacia dónde enfocan las cámaras que ahora mismo están en negro! —le gritó al guardia.

Nervioso, se acercó de nuevo a las pantallas y trató de reorganizar sus pensamientos.

—Creo que están divididas por zonas.

—¿Cree? —preguntó Alicia, molesta por la ineptitud del chico.

—Ni soy el encargado de esto ni he visto estos paneles en mi vida, pero sí, lo creo. Donde aparece nuestra tienda, mire, también está la de ropa interior de al lado. Y esta de aquí es la de los jabones que tenemos en la esquina de enfrente. Aquí —señaló otra pantalla— están las de la zona de tiendas de deportes, ¿ven?

Tanto Alicia como Ana observaban con atención los

monitores. Evidentemente, les costaba más que a él relacionar cada imagen con las tiendas que él decía; pero fijándose y guiándose por sus palabras, cada vez lo veían más claro.

—Y esta zona es... ¿Este es el restaurante de aquí al lado? —preguntó Ana, señalando la imagen que aparecía justo al lado del recuadro en negro.

El chaval apenas necesitó unos segundos para asentir.

—¡Una de las cámaras tiene que ser la de este mismo pasillo! Las otras podrían ser la de las escaleras mecánicas, no las ubico en ninguna imagen, y esta... ¡por la zona podría ser la entrada de al lado de nuestra tienda!

Ana y Alicia sí que no necesitaron oír nada más para salir corriendo de la sala, dejando al guardia anonadado. Lo hicieron de forma automática, con la mano apoyada en las armas reglamentarias, solo por si acaso.

Al acceder de nuevo al pasillo, ambas giraron sobre sus talones para valorar todas las posibilidades. Había una salida de emergencia que probablemente sería el camino más lógico escogido por Félix, si su idea era huir de allí. Pero ¿adónde daba exactamente? Ni Ana ni Alicia recordaban unas escaleras de emergencia en los exteriores del edificio, pero, claro, a alguna parte tenían que dar. Se disponían a dirigirse hacia aquella salida cuando Alicia se detuvo de pronto. Ana, que creía que no tenían tiempo que perder, aunque a esas alturas ya resultaría muy difícil echarle el guante, no pudo evitar preguntarle:

—¿Qué pasa?

Alicia no dijo nada, se limitó a señalar con la cabeza.

En un lateral había tres puertas. Dos de ellas correspondían a los aseos de señoras y caballeros, la otra era un cuarto de lactancia.

—Si tiene a mano una salida, ¿cómo estaría ahí? —quiso saber Ana.

A pesar de lo lógico de la pregunta, Alicia comenzó a andar hacia el aseo.

Habló en voz baja.

—¿Y si seguimos con el mismo juego? ¿Y si todo es para despistar?

Ana lo consideró.

«Podría ser. Nos ha visto entrar y ha decidido apagar las cámaras de esas zonas para que pensemos que ha huido. Pero si bajara y saliera por donde se supone que lo ha hecho, se arriesgaría a que pudiéramos verlo. ¿Y si está escondido en el aseo, esperando a que la tormenta amaine?».

Rebuscado, desde luego; pero, visto lo visto, no imposible.

Alicia pensaba exactamente igual. La jugada de la tienda del día anterior demostraba que los movimientos habían sido planificados precisamente para eso: para jugar al despiste. Y desde luego que lo habían logrado.

La mente de Alicia solía funcionar así y, aunque a veces era firme defensora del principio de la navaja de Ockham, según el cual la explicación más simple suele ser la más probable, ahora no podía evitar que su cerebro elucubrase una de sus enrevesadas teorías con las que, en más de una ocasión, había logrado explicar algún un suceso inverosímil.

¿Por qué ahora no?

Si entraba al aseo de caballeros podría comprobarlo.

Ana la seguía, en total sintonía con sus pensamientos, por muy raro que pudiera parecer.

Al llegar a la puerta las dos desenfundaron su arma. Mejor prevenir que curar.

La subinspectora solo necesitó asomarse ligeramente por la puerta para toparse con el horror.

Su teoría no iba mal encaminada, aunque había un factor a tener en cuenta que cambiaba de manera radical lo que en verdad había sucedido.

El jefe de seguridad no había ido al aseo a esconderse.

Alicia entró a toda velocidad y pudo constatar lo que realmente había sucedido.

A Ana le bastó una señal de asentimiento de su compañera. Tras comprobar lo sucedido, cerró los ojos durante un par de segundos. Acto seguido sacó su teléfono móvil. Había que dar parte de que Félix, el extravagante jefe de seguridad del centro comercial, yacía muerto en el suelo.

Rose se echó hacia atrás en el asiento, sin decir nada.

Ya tenía algunas nociones de lo sucedido, pero escuchar la historia en boca del propio Mario hizo que su cabeza se convirtiera en un hervidero de preguntas. Y si ella estaba así, ¿cómo debía de estar Mario?

Se quedó mirándolo. Él, a su vez, la miraba a ella. Como si esperase alguna reacción por su parte. Como si creyera que después de todo lo que le había relatado, ella pronunciaría cuatro palabras mágicas que les darían la clave para resolver el caso y encontrarlos a ambos sanos y salvos.

Pero ella no las tenía. De hecho, había tantas lagunas en la historia que tenía la sensación de haber perdido parte de la seguridad con la que se había presentado en casa de Mario.

Introdujo la mano en el bolsillo del pantalón y sacó una pitillera plana. Extrajo un cigarrillo liado por ella misma. Llevaba unos cuantos preparados para no tener que liarlos en el momento.

—¿Te importa que fume? —preguntó sin más.

—Supongo que será solo tabaco, ¿no?

Rose se limitó a asentir, pero en su cabeza resonaba lo que en verdad le hubiera gustado responderle:

«Ay, si tú supieras lo que tendría que ocurrir antes de que yo me fumara un puto porro...».

—Sí, bueno, fuma —concedió Mario mientras le acercaba un cenicero de cristal por estrenar que descansaba sobre la mesa.

A Clara no le gustaba que fumara nadie, ni siquiera allí fuera, por lo que Mario no entendía qué pintaba el cenicero sobre la mesa, pero ahora no estaba ella para responderle, ni tampoco para reprocharle que dejara fumar a la muchacha.

Ella se encendió el cigarrillo y le dio una larga calada.

—¿Y la policía qué dice?

—Nada. Evidentemente, consideran la posibilidad del secuestro, pero supongo que ellos ven tan raro como yo que todavía no se hayan puesto en contacto con nosotros.

—¿Y tú qué crees?

Mario se encogió de hombros antes de responder.

—Yo solo creo en lo que vi. O, mejor dicho, en lo que no vi. Sé que, aunque cuente esta historia cien veces, todo el mundo va a pensar que me descuidé y que salieron por delante de mis narices sin que yo me diera cuenta, pero sé que eso no pasó. El problema es que con la de seguridad que había allí, todo se vuelve más confuso.

—Volviendo a la policía... ¿Cómo ves a la inspectora Marco y a la otra? ¿Las ves centradas o...? No sé cómo decirlo...

—¿Te refieres a lo que me has dicho antes? ¿Que si el narco está detrás de todo esto irán a medio gas?

—Justo eso.

Mario se quedó pensativo. Hasta el momento no se lo había planteado, pero, claro, hasta hacía unos minutos no tenía ni idea del turbio asunto que se traían entre manos su suegro y el supuesto narco, así que no tenía nada claro.

—En principio, me parece que están actuando correctamente. Pensaba que si habían enviado a la chica de Madrid era porque se lo estaban tomando en serio.

—A ver, no me malinterpretes; antes parece que he dicho que toda la policía está al servicio de la entrada de droga. Por supuesto, el porcentaje de policías corruptos es muy inferior al de agentes buenos y profesionales, pero los primeros nos pueden tocar mucho las narices y disponen de medios para entorpecer la investigación. De todos modos, quédate con la sensación de que ellas dos sí que están haciendo lo que buenamente puedan, y eso es bueno.

—Pero no es suficiente, ¿no?

Rose dio otra calada antes de responder.

—Creo que no. Me parece que hay todo un submundo al que ellas, de momento, no van a llegar, y ahí es donde entramos nosotros.

—Pero sigo sin entender qué es lo que quieres hacer.

—¿Tu mujer y tú estabais bien? —dejó caer sin más.

«¿Otra con la preguntita dichosa?», se dijo Mario, aunque entendía que era lógica, por otra parte.

—Sí, estábamos bien. Lo típico entre parejas, nada más; pero en líneas generales, bien.

—¿Con planes de futuro?

—Creo que esta casa ya es suficiente plan de futuro, ¿no? —Levantó los brazos y se volvió sin moverse de la silla—. Tenemos una hipoteca que estaremos pagando durante muchos años, nos acabamos de comprar un coche, y, yo qué sé, en principio sí. No hablábamos de hacer un viaje pronto, pero no creo que haya nada que haga pensar que no los teníamos.

Rose se humedeció los labios. Pensaba, o al menos eso le pareció a Mario mientras la miraba. En realidad, estaba decidiendo si enseñarle algo o no, aunque al final optó por hacerlo.

—Te voy a enseñar una cosa, pero no quiero que te alteres. ¿Está claro?

Mario no entendió por qué lo había puesto sobre ese aviso si sabía que el efecto que provocaría en su interior sería justo el contrario. De hecho, ya estaba siendo así. Ahora su corazón latía con mucha más intensidad que hacía unos segundos, y sus manos comenzaron a transpirar ese típico sudor que tantas veces le sobrevenía y que en las últimas veinticuatro horas convivía con él de un modo perenne.

—Necesito que me digas si conoces a este tipo.

Rose dejó sobre la mesa una foto en la que aparecía un hombre con claros rasgos de ser de Europa del Este.

Mario lo miró bien y, aunque se esforzaba en concentrarse, tratando de recordar de si alguna vez en su vida lo había visto, acabó negando con un movimiento de cabeza.

Ella lo miraba directamente a los ojos, preguntándose una vez más si debía enseñarle otra de las fotos que llevaba consigo. Era consciente del daño que podría causarle.

Pero no le quedaba más remedio que hacerlo.

La puso en sus manos, con la esperanza de que la reacción del chico fuera lo menos explosiva posible.

Y así fue. Tan poco explosiva que a punto estuvo de suceder todo lo contrario otra vez. Mario se puso pálido de nuevo, blanco como un fantasma. Rose temió que, como ya había sucedido hacía unos minutos, fuera a desplomarse de un momento a otro. No era para menos; si era cierto que la pareja no estaba atravesando un momento complicado, debía de ser un infierno ver una foto en la que se veía con toda claridad cómo su esposa besaba al hombre de la foto anterior.

Mario apenas necesitó unos segundos en recuperar la compostura sin la ayuda de Rose, y poder hacer la primera de las preguntas que le venían a la cabeza.

—¿Quién es ese? —Su voz temblaba como nunca.

—Quién es no lo sé, pero tengo mis sospechas de que podría ser uno de los hombres del Gallego.

—¿Sospechas? —preguntó él sin dejar de mirar la foto. Era casi como un acto de masoquismo, pues cuanto más la observaba, más dolor le causaba.

—Con estos nunca se puede saber al cien por cien, se cuidan, ¿sabes? Lo que sí sé es que el Gallego trabaja con todo el mundo. Es una especie de enlace entre criminales, por lo que cuenta tanto con colombianos como con rusos o españoles. Le da igual ocho que ochenta, de ahí mis dudas.

—¿Dónde están? —Su mirada seguía fija en la imagen.

—En San Juan.

—¿Cómo has conseguido estas fotos?

—Siento mucho decírtelo así, pero es mi profesión. La he seguido varias veces porque tenía mis sospechas de que ella, aunque fuera de un modo inconsciente, estaba en medio de todo el barullo que se ha montado.

Mario respiró profundamente y cerró los ojos. Aún los mantenía cerrados cuando lanzó la pregunta:

—¿Tienes más?

—Sí, pero no te aconsejo...

—Por favor, enséñamelas. ¿Son de diferentes días o del mismo?

—Diferentes —dijo mientras ponía el resto de las instantáneas sobre la mesa.

Mario abrió los ojos y comenzó a repasarlas. Era como si quisiera morir de dolor al ver aquellas imágenes que mostraban a su mujer en actitud cariñosa con el ruso (o de la nacionalidad que fuera). Hubo una, casualmente la única en que no aparecían abrazados, besándose o caminando cogidos de la mano, que lo hizo detenerse de golpe. No por la actitud de ambos; simplemente hablaban, ella sonreía, él no, pero tampoco se apreciaba el menor indicio de contrariedad en su rostro.

Rose se dio cuenta.

—Sí, yo también lo pensé en su momento. Estuvieron un buen rato así, solo hablando. Y es raro porque —carraspeó— en los otros encuentros solo..., bueno, solo se besaban y esas cosas. Aquí solo hablaron, ni un beso ni nada. Tampoco creo que sea algo demasiado raro; hay días y días, ¿no?

Mario no hablaba, aunque escuchaba a Rose. Lo normal hubiera sido eso, pero en verdad era otra cosa la que le llamaba la atención.

—Esa no es Clara —afirmó señalando la foto.

—¿Cómo que no? —exclamó la periodista sin comprender nada—. Pero si la vi de cerca y, joder, que sí que era ella...
—añadió sin dejar de mirar el resto de las fotografías.

—En esas sí que es mi mujer. Hablo de esta foto en concreto, en la que aparecen hablando. Te digo que no es Clara.

—¿Me puedes explicar cómo sabes que no es ella, por favor?

—Tanto como la conoces, ¿y no sabes que tiene una hermana gemela?

13

Sábado, 11 de mayo de 2019. 12.54 horas. Elche

Ana necesitó salir unos segundos de ese lugar y alejarse de todo el mundo.

No era extraño que no le gustara presenciar la escena de un presunto asesinato.

«¿A quién, en sus cabales, le gustaría verla?», pensó.

El problema no era ese. Lo suyo no tenía nada que ver con soportar o no la visión de la sangre; de hecho, en la escena que acababa de presenciar no se había derramado ni una gota. Su hándicap era que no conseguía dejar de empatizar con la víctima. No había nada malo en ello, al contrario, tenía muy claro que lo que diferenciaba al ciudadano de a pie del psicópata era precisamente eso: la capacidad de empatizar con sus semejantes; pero lo suyo, lo que sucedía en su cabeza, el mecanismo que se activaba en el momento que frente a ella había una persona sin vida, iba mucho más allá.

Sin poder evitarlo, visualizaba a esa persona enérgica, incluso feliz. De pronto imaginaba su infancia, todo eso sin tener ni idea de ella, pero Ana la veía claramente en su cabeza, veía a un niño sonriente, acompañado de unos padres cariñosos ignorantes de que, años después, aquella personita acabaría sus días de ese modo. Por las razones que fueran.

Figurarse todo eso al tiempo que miraba al cadáver la rompía por dentro.

No lo exteriorizaba ni se lo contaba a nadie, porque ella nunca hablaba; pero Solís, que de tonto no tenía ni un pelo (y en la cabeza, dicho sea de paso, tampoco), se había dado cuenta y, prudente como era, había tratado sin éxito de hacerle ver que, aunque a él también le dolía tratar con cadáveres, ese era el trabajo que ambos habían escogido, y de algún modo había que crear una barrera psicológica. Un muro que los ayudara a soportar tener que enfrentarse a la muerte y a la sinrazón del modo en que ellos lo hacían.

«Porque, esa es otra. La gente piensa que nosotros solo acudimos cuando dos yonquis se pelean a navajazos por una dosis de esa mierda que se meten. No tiene en cuenta que también acudimos cuando hay niños de por medio, ancianos, mujeres que un día creyeron en el amor o, simplemente, una persona que pasaba por ahí y le tocó llevarse la peor parte sin tener nada que ver. Tenemos que enfrentarnos a eso con mucha frecuencia, Ana, y o llevamos un escudo, o esto nos explota en la puta cara».

Las palabras de Solís le resonaban en la cabeza. La inspectora las había memorizado adrede, no quería olvidarlas porque, de algún modo, la ayudaban a calmarse. No del todo, eso no era posible, pero sí al menos lo suficiente para respirar profundamente y enfrentarse con la cabeza lo más fría posible a su trabajo. El que ella había elegido. Un trabajo al que, por mucho que pasaran los años, no acababa de acostumbrarse porque cada día podía ser una prueba de fuego para su entereza.

Y, como siempre, encontró esa fortaleza.

Así que regresó sobre sus pasos.

Por el camino miró a Alicia. La desconcertaba porque a

ratos parecía ser una persona extremadamente impulsiva, pero en ese momento se había limitado a echarse a un lado y a dejar que todo el mundo trabajara a su ritmo. Reconoció que la actitud prejuiciosa que ella le había suscitado, desde el mismo momento en que supo que enviarían a alguien de Madrid, había menguado hasta casi desaparecer. Esa prepotencia con la que pensó que llegaría no había asomado en ningún momento, y, la verdad, no podía estar más contenta de haberse equivocado. Porque tenía claro que aportaría cosas al caso, de hecho, en muy poco tiempo ya lo había demostrado, pero a la vez parecía andarse con pies de plomo. Y eso le dio una importante pista acerca de lo inteligente que era la muchacha de Mors.

La saludó al pasar por su lado; ahora que ya casi se había recuperado del todo, debía retomar el mando de la investigación —aunque en realidad no le correspondía a ella, pues dentro de la escena mandaba la Unidad de la Científica.

El primer paso lógico había sido despejar el centro comercial. Eso podía parecer moco de pavo, pero en verdad había resultado ser una tarea hercúlea para la que, paradójicamente, se habían tenido que valer del puesto de mando del finado. Fue Alicia quien, con voz firme, pidió a toda la gente que estaba comprando tan tranquila que abandonara el centro comercial de forma ordenada. Adujo motivos de seguridad, sin dar más pistas, por lo que no era descabellado pensar que había un aviso de bomba, y de ahí el desalojo. Tampoco era la primera vez que sucedía (en todos los casos había sido fruto de bromas macabras), así que la mayoría de las personas salieron sin montar demasiado alboroto. Además, conforme los efectivos policiales fueron llegando, lograron despejar una de las entradas (ya que mucha gente se quedó fuera esperando a ver qué pasaba por puro morbo) para que pudieran abrirse paso todos los vehículos que intervenían en esta clase de emergencias. Sobre todo se trataba de no dar lugar a habladurías: preferían que creyeran que se trataba de un aviso de bomba y no de un asesinato, aunque al final todo se acabaría sabiendo.

Cuando llegó la Unidad de la Científica, mientras Ana les dejaba hacer su trabajo en la escena, esperó pacientemente a que compareciesen el juez de guardia y el forense (también de guardia). Ambos formaban la comisión judicial. El primero llegó en taxi; el segundo, con su propio coche. Tras los saludos de rigor, el juez echó un vistazo y el forense esperó a que los de la Científica lo dejaran pasar sin riesgo de que contaminase la escena por la «zona libre», que así llamaban ellos al espacio delimitado donde ya se había determinado que no había indicios. Esto último era lo que acababa de suceder, y mientras el juez hablaba con unos agentes —el objeto de la conversación era un misterio—, Ana se enfundó uno de los trajes estériles que había disponibles, se puso un gorro, unos guantes, una mascarilla y unas calzas.

Sabía que a los de la Científica les daba mucha rabia que un espacio tan pequeño, en aquel caso el aseo, se llenara de gente mientras ellos hacían su trabajo, pero quería estar presente durante la inspección ocular del forense. Tenía la certeza de que en esas primeras impresiones residía gran parte del peso de la investigación.

El forense, el doctor Legazpi, al que Ana conocía bien, y que además era uno de los que mejor que le caían del IML de Alicante (sobre todo por su forma de ser: alegre y distendida, muy alejada de la imagen mental que uno podría hacerse de alguien que se dedicara a semejante profesión), comenzó a hablarle a una grabadora, al tiempo que se agachaba al lado de la víctima.

—Varón, de raza blanca, en posición de decúbito dorsal, de unos cuarenta y cinco a cincuenta años. Aparentemente por encima del metro ochenta de altura y de complexión delgada. Viste un pantalón de pinzas negro, una chaqueta de color azul con el logo del centro comercial, una camisa blanca y una corbata de rayas negras y amarillas. Zapatos marrón oscuro. Su aspecto es impoluto. A simple vista no se observan señales de violencia en su rostro. Donde sí parece haberlas es en el cuello, donde se aprecia equimosis en las zonas infrahioidea y carotídea, compatibles con un estrangulamiento. Para reforzar esta idea preliminar, la cianosis de su rostro es evidente y presenta fuerza en los puntos esquemáticos del rostro, lo que nos daría a entender que la víctima ha luchado por su vida y su agresor ha tenido que realizar un mayor esfuerzo para impedir que el aire realizara su recorrido habitual. El posterior examen necrópsico lo confirmará, pero me aventuro a dictaminar que la causa de la muerte es anoxia anóxica. Para basarnos en la hora de la muerte no compruebo el *rigor mortis*, a fin de tocar lo menos posible el cuerpo del finado mientras la Unidad de la Científica hace su trabajo. No es necesario, ya que me baso en la última vez que los otros guardias de seguridad nos han dicho que establecieron contacto con él: poco antes de las diez de la mañana, así que debe de llevar menos de tres horas muerto. Remito el resto de mi examen a la mesa de autopsias. Mi equipo queda a disposición del juez para el levantamiento del cadáver.

Y apagó la grabadora.

Se incorporó sin dejar de mirar a la víctima. No tardó ni dos segundos en darse la vuelta y en percatarse de que Ana lo miraba expectante.

—¿Lo has escuchado todo, Ana? —preguntó, dando a entender que había reparado en su presencia.

Ella asintió.

—Pues poco más te puedo decir, pero ojalá todos los casos de la Judicial que nos encontramos fueran tan claros como este. Tiene todos los signos de un estrangulamiento, no he dicho nada en la grabación porque algún día te contaré cómo se han puesto los de arriba con el tema de las malditas grabaciones con vistas a un juicio, pero es que, mira —se volvió de nuevo hacia el cadáver y a agacharse junto al cuerpo—, hasta se le han salido los ojos de las órbitas a causa de la presión que han ejercido en el cuello. Seguro que en la autopsia nos encontramos con algún hueso roto. El que le haya hecho esto es una mala bestia.

—Es decir, alguien que lo rebasaba en fuerza.

—Es evidente. Esos puntitos que ves en su cara son producto del esfuerzo que hizo el pobre por seguir con vida, pero le resultó imposible. Es delgado, sí, pero lo bastante alto como para hacerme pensar que no andaría falto de fuerza.

—Hablando de la altura, entonces también podría inferirse que el agresor era alto.

—Bueno, creo que es difícil de asegurar, pues tú misma sabes que hemos visto de todo, pero es más fácil que este resultado se dé si la persona que tenía enfrente está, como mínimo, en igualdad de condiciones físicas.

Ana se quedó unos segundos en silencio, pensativa. Imaginó la escena de la lucha. El agresor no tenía rostro, pero en su mente sí tenía sexo. Por lo que le había contado el forense, sin querer ser machista, feminista, ni nada que acabase en «ista», la lógica la inducía a deducir que se trataba de un hombre, pues no debía de ser fácil que el tal Félix pereciera sin ofrecer una resistencia más encarnizada. Se resistió, sí, pero a su alrededor no había signos de forcejeo evidente que hicieran pensar que podría haber escapado de su agresor en algún momento.

El hecho de que hubiera ocurrido allí y no en su despacho, lo cual habría tenido algo más de lógica, planteaba un interrogante al que de momento no podía contestar.

Ana le dio las gracias al forense, salió de la escena, se quitó la ropa reglamentaria y la arrojó a una bolsa de basura que habían preparado al lado de la puerta. El equipo de la Científica seguía a lo suyo, a sabiendas de lo difícil que era un escenario de uso público, donde podría haber restos de todo el mundo, menos de la persona que les interesaba.

Esa persona que aún carecía de nombre, pero que Ana pensaba que era un individuo corpulento.

Al salir, la atrajo un ruido como de jolgorio, y comprobó que el juez seguía a lo suyo. Ahora se estaba riendo junto a otros dos agentes con los que parecía llevarse muy bien. Ana observó su barriga meneándose arriba y abajo con un movimiento hipnótico tras cada golpe de risa. Se preguntó si le importaba lo más mínimo lo que acababa de suceder allí, pero su malestar solo duró un par de segundos porque no quiso apesadumbrarse, y sobre todo porque no pensaba hablar al respecto.

Buscó a Alicia, que ya no estaba en la misma posición que cuando ella había entrado junto al forense. No tardó en localizarla al lado de la puerta que daba acceso a la sala de lactancia. No sabría decir qué vio exactamente en su rostro, pero algo la desconcertó mientras se acercaba a su compañera. Alicia, por su parte, tenía la oreja pegada a la puerta de la sala. Estaba concentrada, eso era innegable; pero a Ana le intrigaba el porqué.

—¿Qué hac...?

Alicia interrumpió su pregunta llevándose un dedo a la boca. Ana, que seguía sin entender nada, se le acercó un poco más y reclamó una explicación con la mirada.

Los gestos de Alicia fueron claros. Volvió a exigir silencio, señaló la puerta, en clara alusión a su interior, y con un movimiento de la mano, que Ana sabría no describir, le dio a entender que había oído algo allí adentro.

Ana no pudo más, y reclamó una porción de puerta a la que poder pegar también su oreja. Alicia se la cedió, y la inspectora hizo lo mismo que la subinspectora. Allí había de todo menos silencio, pero aun así logró escuchar algo. Y no era por mera sugestión, de eso estaba segura.

Alicia esperó a que su anfitriona y superiora exigiera silencio a los allí presentes, pero como no lo hacía valoró la situación (existían dos posibilidades: que no fuera nada, o que lo fuera todo) y decidió hacerlo ella.

—¡Por favor, silencio! —gritó, a la vez que desenfundaba el arma y daba dos pasos hacia atrás.

Ana hizo lo mismo por inercia.

La inspectora no se había dado cuenta, pero sí la subinspectora, que llevaba un rato observando la entrada al cuarto, y había concluido que la puerta no se abría del modo habitual. El pomo no giraba, de modo que o bien hacía falta una llave, o bien que alguien pulsara el botón desde el despacho de Félix tras recibir el aviso a través del interfono que había junto a la puerta. Así pues, para no complicar más las cosas, Alicia, que seguía llevando la iniciativa, decidió que lo mejor era actuar de forma expeditiva.

—¡Sabemos que estás ahí adentro y necesitamos que nos abras! ¡Sal con las manos sobre la cabeza, muy despacio, sin tonterías! ¡Aquí fuera hay unos cuantos policías a los que yo, en tu lugar, no cabrearía!

Ana la miraba sorprendida. ¿De verdad pensaba que aquello iba a resultar? Había demasiadas incógnitas en el aire. La primera, que realmente hubiera alguien allí dentro. La segunda, que ese alguien no fuera sino una madre que llevaba un buen rato encerrada en el cuarto de lactancia por el motivo que fuera. Y la tercera, que si en verdad quien estaba allí oculto era el malo, tuviera la intención de salir por las buenas.

Ninguna de las tres fue la correcta.

La puerta se abrió desde dentro, sí, pero la persona que apareció fue quien menos se esperaban.

Una mujer vestida con el uniforme de una empresa de limpieza salió con las manos en alto.

Sus rasgos eran los propios de una latinoamericana, pero el tono de su piel no estaba acorde con su aspecto general, pues, quizá a causa del miedo que se reflejaba en su rostro, su tez había perdido por completo el color.

Ana, que se dio cuenta enseguida de que parecía estar pasándolo mal, intervino.

—Señora, tranquila, baje las manos. ¿Qué hacía ahí dentro?

Ella miró a un lado y a otro. A pesar de lo dantesco de la situación —un batallón de policías uniformados apuntándole con sus armas, sin quitarle ojo de encima—, la mujer pareció tranquilizarse. Aquella reacción descolocó a Alicia y a Ana, que esperaban que se pondría mucho más nerviosa al ver lo que le esperaba al otro lado de la puerta, y estaban preparadas para todo.

Pero la mujer rompió a llorar. Ahora fue Alicia quien se le acercó y le preguntó en tono conciliador:

—¿Qué le pasa, señora? ¿Por qué estaba escondida ahí dentro? ¿De qué o de quién se ocultaba?

Ella levantó la cabeza y las miró, primero a una y luego a la otra.

Hecha un manojo de nervios, trató de dar un paso adelante con la intención de salir huyendo, pero Ana, hábil y con cuidado de no asustarla más, interpuso el brazo y se lo impidió.

—Señora —trató de tranquilizarla—, no le va a pasar nada. Por favor, es importante, díganos qué hacía aquí.

Ella volvió a mirar en todas direcciones. Parecía como ida, a juzgar por la velocidad con la que movía los ojos. Los cerró durante unos segundos y entonces comenzó a mover los labios.

Alicia tuvo el impulso de adelantarse y sacudirla para que saliera de su letargo, pero Ana adivinó las intenciones de su compañera y, al igual que había hecho con la mujer, extendió el brazo delante de la subinspectora para que aguardara.

Ella estaba rezando.

Tras la concesión de ese pequeño tiempo, la mujer volvió a abrirlos. No es que mostrara menos desesperación en su rostro, pero algo de calma sí parecía haber encontrado.

—¿Mejor? —preguntó la inspectora Marco.

Ella se limitó a asentir, aunque no estaba segura de que en verdad fuera así.

—Ahora, por favor, díganos qué hacía ahí.

Tomó aire.

—Yo limpiaba el cuarto de lactancia —su acento era claramente latinoamericano—, pues ya había terminado con los servicios de señoras y de caballeros.

—¿Y...? —insistió Alicia al comprobar que le costaba arrancar.

—Primero se oyeron muchos ruidos desde dentro de la oficina del señor Félix, demasiados, no era normal. Iba a acercarme para comprobar qué pasaba, pero oí que la puerta se iba a abrir y decidí meterme de nuevo en el cuarto de lactancia, por si acaso.

—Pero debió de entrar ahí por alguna razón.

La limpiadora asintió.

—No cerré del todo, pude mirar lo que sucedía a través de la puerta entreabierta.

—¿Y qué pasó?

—Pude ver a un hombre muy grande sacando al señor Félix de su despacho. Lo arrastraba.

Ana y Alicia se miraron, conscientes de lo que implicaba aquella declaración. El jefe de seguridad no había muerto en el aseo, sino en su propio despacho. Pero ¿por qué toda esa parafernalia de llevarlo al servicio y dejarlo allí tirado en el suelo, donde seguro que alguien lo encontraría? Bastaba con que cualquiera de los cientos de compradores quisiera usar aquel aseo para que lo descubriera.

Y las dos lo entendieron enseguida: por el mismo motivo que habían contemplado cuando trataban de comprender lo que sucedió abajo con Clara: para ganar tiempo. Si lo encontraban tal cual, al no haber sangre, las primeras pesquisas apuntarían a que al pobre hombre le había dado un ataque y no se levantaría demasiada polvareda hasta que llegara la autopsia y se hiciera evidente la causa de la muerte.

Puede que su plan inicial fuera ese, pero el asesino no contaba con que Félix ofrecería tanta resistencia y, por tanto, tendría que apretarle el cuello más de la cuenta para acabar con su vida, con lo que dejó marcas visibles en la piel, así como los puntos en la cara a los que había aludido el forense. Aun así, quiso seguir adelante con su plan.

Pero faltaba lo más importante.

—Dice que pudo ver al hombre que arrastraba al jefe de seguridad. ¿Lo había visto alguna otra vez?

La limpiadora negó con la cabeza.

—¿Y podría describirlo?

—Era muy alto y muy fuerte. El pelo muy corto y..., no sé, tenía cara de ruso.

14

Mario respiraba con fuerza mientras sostenía el teléfono móvil cerca de la oreja.

Por un lado, quería mostrarse sereno, el flujo de emociones que recorría su interior podía estallar como una bomba de un momento a otro, y quizá no era lo más aconsejable con vistas a la llamada que estaba realizando. Por otro, era totalmente lícito que fuera un manojo de nervios dada la situación, por lo que creyó que nadie podría reprocharle nada si no se comportaba de un modo tranquilo y pausado.

Es más, le parecía algo imposible.

Los tonos seguían sucediéndose y Cris no respondía a la llamada.

Hacía varias semanas que no hablaba con ella, tenía sus razones, pero si algo sabía de su cuñada era que siempre tenía su teléfono cerca, de modo que se le pasó por la cabeza que igual no contestaba adrede.

Un sonido seguido de una voz lo rescató de sus pensamientos.

—Dime, Mario —respondió a modo de saludo. Su voz sonaba seca. Había varios factores que podrían influir en ello, pero Mario, siempre bien pensado, se inclinó por pensar que sería a causa de la desaparición de su hermana.

Aunque en el fondo algo le decía que no.

—Hola, Cris. ¿Cómo estás?

—No lo sé muy bien. ¿Y tú?

—Bueno, ya te puedes imaginar.

—Oye, perdona que no te haya llamado antes ni que me haya pasado por tu casa, es que estoy un poco descolocada.

—¿Por algo en concreto?

Rose, que estaba escuchando la conversación sin perder detalle, negó con un gesto; no podía creer que el chico fuera tan torpe como para tirarse de cabeza a la piscina con aquel burdo intento de sonsacarle información.

Cris hizo una pequeña pausa.

—En realidad es un poco por todo; estoy atravesando unos días complicados, y ahora lo de Hugo...

A Rose le sorprendió que se refiriera a lo que estaba pasando como a «lo de Hugo». Estaba de acuerdo en que el añadido del niño convertía el suceso en tragedia, pero de ahí a no nombrar a su propia hermana cuando trataba de expresar lo apesadumbrada que se sentía mediaba un buen trecho.

En cambio, a Mario no le sorprendió. Él sabía cosas que la joven periodista desconocía.

—¿Estás pasando por una de esas épocas tuyas?

—Sí —respondió escueta.

—Bueno, no sé si es lo que quieres, pero si necesitas apoyo mutuo, aquí me tienes; yo...

—Ahora voy.

Y colgó.

Mario no sabía qué decir tras aquel repentino giro. Rose no se quedaba atrás.

Pero fue él el que trató de agarrar el toro por los cuernos.

—La verdad es que no sé ni por qué me sorprendo, mi cuñada es bipolar.

—No, si ya se nota...

—No, no, no en el sentido que tú crees. Hoy en día se usa demasiado a la ligera esa palabra. Te hablo de que le diagnosticaron un trastorno bipolar. No lo decía por los cambios bruscos de humor; la bipolaridad no es eso, no funciona así, era por ponerte en contexto cuando le he dicho que si estaba pasando una época de las suyas.

Rose valoró por unos instantes lo que le acababa de contar Mario. Y por fin dijo:

—Es lógico que no tuviera ni idea de que lo fuera, de hecho, hasta hace un rato no sabía ni que existía. Lo cual no logro explicarme. A ver, no es que yo sea una Sarah Linden en toda regla...

—¿Quién?

—Sarah Linden, ya sabes, de *Killing Eve*...

Mario levantó los hombros al tiempo que hacía una mueca. Estaba claro que no tenía ni idea de quién hablaba.

—Bueno —desistió Rose—, quería decir que no soy una detective de esas de cuidado, pero dediqué un tiempo a documentarme sobre tu suegro, y creía conocer bien a la familia.

—No es tan raro, créeme. Digamos que Cris sería como la oveja negra de la familia, y en un mundo tan perfecto como el que tiene montado Francisco José Carratalá, eso no tiene cabida.

—Pero ¿hasta el punto de mantener a una hija oculta como si no existiera? Joder, y más siendo gemela de tu mujer. Es que eso sale a la luz; es imposible de esconder.

—Creo que me has entendido mal, no es que la oculte simplemente: la mantiene alejada de su vida. Clara trabaja con él, y ha sido la imagen visible en su campaña, ella nunca ha tenido problemas con eso. Cris, en cambio no sale nunca en las fotos. Pero evidentemente jamás negará que tiene otra hija. De hecho, mi suegro puede ser muchas cosas, pero yo nunca lo he visto hacer eso.

—Pero eso no quita que la aparte de su vida pública. ¿Y todo porque es bipolar?

—No solo es eso. Ojalá que Cris solo tuviera ese trastorno.

—A ver, Mario, yo sé que la situación es rara de narices. Me acabas de conocer y me estás contando todo esto, pero veo que te guardas para cosas ti, y si no me las cuentas no te voy a poder ayudar. Te estoy pidiendo que practiques un ejercicio de fe impresionante, soy consciente, pero, dada la situación en que te hallas, o me dejas que te ayude al cien por cien o no conseguiremos nada.

—Es que es un poco eso, Rose. Supongo que la desconfianza es normal, yo... no sé nada de ti y veo que tú, en cambio, sabes mucho de nosotros. Me cuesta hacerme a la idea de que hayas aparecido de la nada con unas ganas tremendas de ayudarme. No creo que existan personas así... Y no me malinterpretes, por favor.

—¿Si te cuento la verdad completa comenzarás a confiar en mí?

—Podemos intentarlo al menos.

Ella dudó, pero al ver la expresión de su cara acabó claudicando.

—Hagamos un trato: tú me cuentas todo lo que tienes guardado acerca de tu cuñada, y yo te explico lo mío, pero te advierto que no hay trampa alguna; en gran medida solo quiero ayudarte sin más, porque sí. ¿Cómo podría tener toda esta información en mi poder y no compartirla contigo si puedo arrimar el hombro y contribuir a que encuentres a tu familia?

Mario se la quedó mirando unos segundos. El mundo en el que estaba metido, aunque tuviera poco que ver con su verdadera personalidad, le había enseñado que no siempre debía fiarse de todo aquel que se le acercara. Que siempre había un interés oculto tras las intenciones de las personas. Pero Rose acababa de confesarle que en eso ambos eran parecidos, y que pensaba contarle todo lo que sabía, así que tal vez debería bajar un poco el escudo y dejarse ayudar. Además, quién sabía si cada segundo transcurrido iba en su contra, así que, después de todo, puede que no fuese mala idea aferrarse a ese clavo, aunque estuviera ardiendo.

—Está bien. Cris no solo tiene problemas de bipolaridad, un trastorno que, por desgracia, sufren miles de personas, que tiene tratamiento y que dentro de lo malo se puede llevar. Yo me refiero a que Cris no es una buena persona. No te hablo de que tenga un carácter difícil, que también, ni nada por el estilo. Me refiero a que disfruta haciéndole daño a los demás. Es una persona que cuanto más lejos esté de uno, mejor.

Rose no sabía qué decir. De repente había pasado no saber de su existencia a escuchar aquellas duras palabras de Mario.

—Mira, yo te entiendo. Sé que puedes pensar que estoy exagerando, pero lo ha intentado todo con tal de destruir mi relación con Clara, y no solo la nuestra, también la de su padre y su madre. No soporta ver a gente feliz cerca de ella, parece como si eso le generara ansiedad y ahí es cuando se convierte en un torbellino.

—¿La de su padre y su madre? ¿Cómo...?

—Pues, por ejemplo, inventándose amantes para ambos. Ya te digo que mi suegro puede ser muchas cosas, pero para él la familia es lo primero, y nunca le haría eso a mi suegra. Y viceversa. Además, Cris se relaciona con gente indeseable. Ha estado metida en asuntos de drogas, y en otras cosas difíciles de entender en alguien a quien nunca le faltará el dinero. Es como si tuviera la sangre podrida y eso la indujera a hacer el mal.

—¿Y tanto daño os ha hecho también a Clara y a ti?

Mario sintió la tentación de contarle, por ejemplo, lo de aquella vez que se las ingenió para aparecer por casa justo a la hora que Clara regresaba del trabajo y fingir que ambos se habían acostado. Por suerte, Clara tuvo clarísimo desde un primer momento que su hermana había montado una patraña, y ni siquiera llegó a reprocharle nada a él, pues sabía que solo había sido una marioneta en el juego de la buena de Cris y que cuando su mujer cruzó el umbral de entrada solo estaba intentando que ella se vistiera de nuevo y se largara de allí.

Estuvo a punto de contárselo para que Rose se hiciera una idea más exacta de quién era Cristina Carratalá, pero prefirió no hacerlo porque solo con recordarlo se sentía avergonzado.

—Sí —respondió lacónico.

—En ese caso, y teniendo en cuenta las fotos, creo que deberíamos ir poniendo un poquito el foco sobre ella.

—No sé, Rose, no sé si llegaría a tanto...

—A las pruebas me remito —dijo, señalando de nuevo las instantáneas.

Mario cerró los ojos y respiró profundamente. La cabeza le dolía horrores. Cuando volvió a abrirlos se esforzó en dejar de pensar en su cuñada y fue directo al grano, cosa que no acostumbraba a hacer.

—Ahora cuéntame tú lo que de verdad te está moviendo a hacer esto.

Ella tragó saliva y trató de dar con las palabras justas. Cuando se disponía a hablar, de pronto sonó el timbre de la casa.

—Joder, tiene de ser ella —exclamó Mario.

—¿Ya?

—Vive aquí al lado prácticamente, su padre le compró una casa para mantenerla alejada de él, y al mismo tiempo controlada por nosotros.

Mario se incorporó y dio dos pasos.

—Lo que no sé es si debería ver... —dijo, girándose y mirando hacia donde estaba sentada Rose, pero, para su sorpresa, había desaparecido.

«¿Dónde está?», se preguntó incrédulo. Se había llevado las fotos que estaban encima de la mesa y todo lo demás, como si no hubiera pasado por allí.

Sin dar crédito a que la periodista hubiera sido capaz de esconderse tan deprisa, se volvió de nuevo y comenzó a andar hacia la puerta.

Antes de abrir aspiró una enorme bocanada de aire, y le sobrevino el mismo sentimiento de contradicción que había experimentado hacía unos minutos, antes de hablar con ella por teléfono Se tranquilizó pensando que cualquier alteración que exteriorizase estaría más que justificada.

Abrió la puerta.

Le dolió verla, para qué mentir. Hacía tantos años que la conocía, que apenas necesitaba un instante para distinguirla sin posibilidad de error, pero era innegable que la primera imagen que le vino a la mente cuando la tuvo enfrente fue la de su auténtica mujer, y le flaquearon las piernas. Por suerte no sucumbió a aquella debilidad y se mantuvo firme. Sobre todo, porque ella no tardó en lanzarse a sus brazos llorando.

Mario no quiso ser malpensado. Siempre intentaba no serlo, pero una parte de él le decía que el *show* de Cris no había hecho más que comenzar. Por mucho que hubiera preguntado por su sobrino al hablar por teléfono, en cuatro años apenas se había preocupado por él, así que por ese lado tampoco colaba. Aun así, Mario era tan blando que no pudo evitar abrazarla y comenzar a llorar él también.

Así permanecieron durante algo más de un minuto. Al separarse, ella se le acercó de nuevo y le dio un beso en la mejilla. Tras o cual, ambos se enjugaron las lágrimas y pasaron a la zona en la que hasta hacía un momento había estado sentado Mario junto a Rose.

Nada más tomar asiento, Mario trató de hablar, pero un nudo en la garganta se lo impedía.

«¿Por qué la veo a ella ahí, si a pesar de ser iguales no se parecen en nada?».

Él ya no se refería solo al interior, pues en ese aspecto estaba claro que eran la noche y el día, sino también a que Cris

— 160 —

estaba mucho más delgada que Clara. Y eso ya era decir mucho, pues su mujer no era precisamente una de esas chicas a las que ahora llaman *curvy*, ni mucho menos; pero es que Cris parecía un esqueleto andante debido, en parte a la mala vida que había llevado. Otra cosa por la que se las podía distinguir, aunque esa se trataba de una diferencia de naturaleza cosmética, era el color del pelo. Ambas tenían tonos claros en el cabello, pero en el caso de Cristina esos matices eran significativamente más oscuros que los de su hermana. Pero si en algo las diferenciaba Mario desde el día en que las conoció a ambas, que se remontaba a su época de instituto, era en la expresión facial. En el modo en que afrontaban con el rostro el día a día. El de Clara era luz, por definirlo de algún modo. El de Cris, sin duda, oscuridad. Dejando todas las demás diferencias de lado, aquel detalle era el más significativo de todos.

—Mario —comenzó a decir ella—, quiero que sepas que de verdad estoy jodida por lo que ha pasado. Sé que Clara y yo hemos tenido nuestros más y nuestros menos, pero, coño, que es mi hermana.

—Lo sé, Cris. Sé que estás mal de verdad por esto.

«Mentira, no te importa nada».

—Pero sobre todo lo siento por el chiquitín. ¿Dónde estará mi niño?

Y comenzó a llorar de nuevo.

Mario trató de que la expresión de su rostro no delatara lo que de verdad sentía por dentro. Una cosa era ser dócil por naturaleza, y otra muy distinta asistir a aquella ridícula (y ofensiva, por qué no decirlo) pantomima. Pero tenía que resistir. Había de mantener un rostro impenetrable. Conocía a Cristina demasiado bien como para saber hasta qué punto le gustaba hacerse la tonta. Aunque de tonta no tenía ni un pelo.

No tardó mucho en enjugarse las lágrimas. Mario, que no tenía muy claro cómo encarrilar la situación ni por dónde reconducirla, optó por lo fácil.

—Me has dicho que estás pasando por una mala racha, ¿no?

—Sí, ya no sé qué hacer, porque los medicamentos no funcionan, tengo altibajos, aunque cada vez me duran más los estados depresivos. Me da miedo quedarme atrapada para siempre.

«Mentira. Nunca has tomado los antidepresivos-antipsicóticos que te recetaron. Podría basarme en que nos dijeron que aumentarías considerablemente de peso si los tomabas, pero no hace falta, sabiendo que llevas engañando a tu familia con cada acto de tu vida desde que tienes uso de razón. No te los has tomado nunca y no lo piensas hacer, mentirosa».

—Vaya —optó por contestar Mario—, siento mucho eso, Cris. Ya sabes que estoy aquí para lo que necesites.

Mario se dio cuenta de que había sonado forzado, pero siguió escudándose en que aquel día tenía excusa para todo cuanto dijera o hiciera. Pensó que Cristina también lo vería así.

«Aunque, a saber...».

—Basta, no hablemos más de mí. Madre mía, ¿dónde estarán? ¿Has discutido con mi hermana últimamente? Como la muy..., perdona, no quiero insultarla, pero es que me pongo a pensar que ha podido llevarse al niño para quitártelo y me llevan los demonios.

Apoyó una mano en la cara y agachó la cabeza.

—Cris, no creo que eso sea lo que ha pasado.

—¿Cómo que no? Sabes que no quiero hablar mal de ella, pero siempre ha sido una tremenda egoísta. Yo, yo, yo, y después yo. Y no solo eso, es que además ha actuado como la eterna caprichosa que es.

—De verdad, Cris, no creo que nuestra relación sea un capricho...

—Lo siento, Mario —lo interrumpió—, pero si no lo digo, reviento. Yo no dudo de que te haya querido, pero es que mi hermana ya nació así. De pequeñas quería sus juguetes, quería los míos, quería los de sus amigas. Los de las mías no, porque no me dejaba tenerlas, me las quitaba porque también las quería para ella. Incluso...

De pronto guardó silencio.

—¿Incluso qué, Cris?

—Incluso otras cosas, Mario. Ella siempre fue así. Todo lo que yo quería era objeto de deseo para Clara. Porque todo es para ella. Pero igual que le vienen esas manías, luego se le van. Yo no dudo de que vuestra relación no haya sido real, pero mi hermana es el capricho hecho mujer, y no me extraña que le haya dado por largarse con cualquiera. Solo piensa en ella. Y tú no te mereces eso.

Mario no supo qué decir. Por un lado, conocía el juego manipulador de su cuñada (y además no olvidaba que aparecía en una fotografía con el mismo tipo con el que también salía su mujer en otras imágenes), pero, por otro, nunca la había visto abrirse tanto. No esperaba verla así, y ahora estaba descolocado.

—Perdona, me tengo que ir.

Y de pronto se puso en pie. Dio media vuelta y comenzó a andar.

—¡Cristina, espera!

Ella se detuvo.

De algún modo, Mario quería saber algo más de aquellas instantáneas, era lo único que en verdad le preocupaba en esos momentos. Pero estaba paralizado, no podía hablar, no sabía cómo hacerlo, y se maldijo de nuevo por no saber enfrentarse a sus problemas.

—Que te mejores —dijo, sin dar crédito a la estupidez que acababa de pronunciar.

Cristina se volvió y preguntó, mirando el cenicero:

—¿Ahora fumas?

Él supo que se había puesto muy nervioso con aquella

pregunta. No fue consciente de cuánto tiempo tardó en contestar, pero tuvo claro que no fue inmediato y eso, de algún modo, delató su desazón.

—No, no, es de la inspectora que lleva el caso, me ha estado haciendo preguntas aquí fuera y se ha fumado un cigarrillo.

El «ya...» que vino a continuación inquietó a Mario mientras la veía marcharse.

A pesar de haberla visto salir, no podía mover los músculos, le costaba reaccionar. Aquel «ya» lo había paralizado. No se lo esperaba.

Una mano en su hombro lo sacó de aquel estado de letargo.

—En verdad da miedo —exclamó Rose nada más girarse él.

A Mario le pasó por la cabeza preguntarle dónde narices se había escondido tan rápido, pero no pudo evitar plantear otra cuestión:

—¿Crees que sospecha que sé algo?

—Supongo que lo dices por el modo en que se ha despedido. No es que lo crea, es que lo tengo clarísimo. Tienes razón: es muy buena en lo suyo; ahora bien, si ya sabes de qué palo va, pillas enseguida su juego y ves que sin duda no ha hecho más que actuar.

El chico seguía mirando hacia la puerta por donde acababa de marcharse su cuñada.

—Lo malo es que ahora no sé qué hacer —dijo al fin—. ¿Tú lo sabes?

Mario, esperanzado, esperaba que aquella chica tan joven a la que acababa de conocer le mostrara el cielo con una solución inmediata, pero solo obtuvo un gesto de negación. Sin embargo, por fin dijo:

—Con lo de tu cuñada ya se nos ocurrirá algo, pero de momento creo que tenemos que averiguar si tu mujer en verdad ha tomado ese vuelo del que me has hablado o solo se trata de un señuelo para tener a la gente ocupada.

—¿Y sabes cómo se averigua eso?

Rose sonrió.

—Sé cómo se averigua eso.

Cristina tenía la oreja pegada a la puerta. Le importaba poco que alguien pasara por allí cerca y la sorprendiera fisgoneando. Tampoco le importaba que, de pronto, esa misma puerta se abriese porque su cuñado se había fijado en la sombra que sin duda proyectaba por debajo.

Solo quería oír lo que se tramaba tras el muro.

Y, aunque no podía distinguirlo con claridad, sí que percibía una voz femenina que intercambiaba palabras con Mario.

Sus sospechas eran fundadas. No estaba solo.

Inspiró por la nariz y soltó el aire por el mismo conducto. Y a continuación, sin abrir la boca, se pasó la lengua por los dientes mientras pensaba qué hacer y tomaba una decisión.

Comenzó a andar en dirección a su casa.

Vivía en la misma calle que su hermana y su cuñado, pero al final, a una distancia que podría considerarse relativamente corta, aunque, a decir verdad, al lado no vivían.

Llevaba más o menos medio camino recorrido cuando sacó su teléfono móvil del bolsillo.

El número que iba a marcar estaba enmascarado con el nombre de Kebab Elche. Lo buscó y pulsó el icono de llamada.

Apenas unos tres tonos después, alguien contestó.

—Hay alguien en su casa —dijo sin más.

15

Sábado, 11 de mayo de 2019. 13.44 horas. Elche

Una vez más, Carratalá pulsó con un gesto de frustración el icono rojo que daba por finalizado el nuevo intento de llamada. Pero, otra vez, no obtuvo respuesta.

Se sintió tentado de volver a insistir, pero ya había perdido la cuenta de las veces que había probado a comunicar.

Lo que más le molestaba del asunto era que sabía de sobra que Castro siempre llevaba aquel teléfono consigo. Eso le demostraba que, si no respondía, era simplemente porque no le daba la gana.

¿Y ahora qué hacía él?

Se le había formado un nudo en la garganta que le impedía respirar con fluidez. Un potente pinchazo, que iba acentuándose con cada latido de su corazón, estaba haciendo de las suyas en la zona pectoral. Puede que exagerase un poco pensando cosas como esa, pero en más de una ocasión incluso había llegado a cerrar los ojos porque estaba convencido de que su final se acercaba en forma de infarto. Pero lo cierto era que no llegaba. Y lo peor de todo era que ni siquiera tenía claro si eso era bueno o malo.

En lo único que sí acertaba era en admitir que nunca lo había pasado peor.

Tuvo que dejar el teléfono sobre la mesa del despacho de su casa para secarse las manos de nuevo. El sudor hacía estragos, y la pantalla del terminal no respondía adecuadamente debido a la intensidad con que trabajaban las glándulas encargadas de esa función corporal.

«Les ha pasado algo por mi culpa, les ha pasado algo por mi culpa, les ha pasado algo por mi culpa...».

La frase, palabra por palabra, no dejaba de repetirse una y otra vez en su cabeza. El sentimiento de culpa era evidente y no se disiparía hasta el mismísimo momento en que lograra solucionar el entuerto.

Porque quería creer que tenía solución.

Con las manos aceptablemente secas volvió a empuñar el teléfono para hacer una nueva llamada. Esta vez no iba dirigida al Gallego, con él ya había comprendido que tenía la batalla perdida, así que buscó el contacto de la segunda persona a la que más veces había llamado ese día. Le importó bien poco si había hablado con él cuatro veces en la última hora. Lo tranquilizaba el aplomo con que solía expresarse, aunque solo fuera un espejismo. Necesitaba más que nunca escuchar una voz que lo tranquilizara.

Soria no tardó en contestar.

Carratalá no esperó para preguntar:

—¿Lo has conseguido?

—Lo siento, señor, todavía no, pero estoy en ello. De todos modos, ya le he dicho que se tranquilice porque lo voy a lograr.

—¿Que me tranquilice? Ese puto psicópata tiene a mi hija y a mi nieto, ¿cómo que me tranquilice?

—Perdóneme, quizá me he expresado mal. Lo que quiero...

—Ya sé lo que quieres, pero lo que quiero yo es hablar con ese puto gallego.

—Señor, por más veces que me lo repita, no me va a quedar más claro. Ya le he dicho que estoy haciendo lo que puedo y que lo voy a conseguir. Pero no si usted me llama cada cinco minutos. Lo siento, pero no puedo estar pendiente de usted todo el tiempo si quiere que haga mi trabajo como es debido.

Carratalá se quedó sin saber qué decir. No estaba acostumbrado a que nadie le replicara, si bien no le disgustaba que, de vez en cuando, alguien lo pusiera en su sitio. Aunque fuera levemente.

—Está bien, pero, por favor, justo un segundo después de que logres hablar con él quiero que me llames. Dile que me da igual lo que me pida, que se lo doy todo con tal de que mi hija y mi nieto vuelvan sanos y salvos.

—Lo sé, señor —dijo sin variar el tono—. Lo llamo en cuanto tenga algo que contarle. Chao.

—Adiós.

Colgó.

Carratalá se echó hacia atrás en la silla. Nunca, en toda su vida, había sentido ni el más mínimo impulso de derramar una lágrima. Y, en cambio, ahora solo quería meterse debajo de la mesa de su despacho y llorar como un niño más pequeño que Hugo.

Esperaba de corazón que Soria resolviera aquel follón. Porque como a Clara o a Hugo les pasara algo, no habría agujero en el que aquella rata gallega pudiera esconderse. Lo mataría él con sus propias manos, costase lo que costase.

13.54 horas. Alicante

Soria colgó el móvil y se quedó un rato mirando la pantalla. Acto seguido lo dejó sobre la mesa.

Sujetó la gran copa que tenía enfrente y bebió un trago.

El gin-tonic estaba realmente bueno. No entendía por qué los puritanos se quejaban de que ahora les añadieran mil cosas, cuando verdaderamente lo mejoraban si se hacía bien. En este caso, el toque de cardamomo y pimienta rosa le agradaba.

Volvió a dejar la copa sobre la mesa y miró a la persona que tenía enfrente.

A su vez, Xosé Castro, el Gallego, lo miraba expectante.

Llevaban así un buen rato. La situación era verdaderamente incómoda, al menos para el asesor de Carratalá, ya que el narco parecía estar encantado con la evidente tensión que exudaba su interlocutor.

A pesar de lo cual, fue Soria quien decidió dar el paso de una vez y romper a hablar.

—Si se entera de que estoy aquí, acabará conmigo.

El Gallego cogió la bandeja de plata que tenía enfrente. En la superficie descansaba una montañita de un color blanco puro. Con la ayuda de la uña del dedo meñique derecho, cogió un poco de polvo y se lo puso debajo de la fosa nasal. Aspiró con fuerza, movió la nariz un par de veces y se aseguró de que la coca hubiera entrado a fondo.

«Esto es oro —pensó—, no la mierda esa que acaban metiéndose después de que la hayan cortado doscientas veces».

Tras lo cual, dijo:

—Mira, rapaz, entre tú y yo, sabemos que ese *filio* de puta te puede matar políticamente, pero yo lo puedo hacer literalmente solo con chascar dos dedos. No me resultaría muy difícil.

Soria hizo un soberano esfuerzo por no abrir los ojos de par en par. Lo consiguió, pero lo que no logró controlar fue la ingente cantidad de sudor que le recorría por la columna. Si eso ya era molesto de por sí, en una situación como aquella adquiría una nueva dimensión que traspasaba todos los límites de la incomodidad. Acto seguido tragó saliva todo lo disimuladamente que pudo. Intentaba que no se le notara el incontenible pavor que le producía estar en aquel lugar, pero no acababa de lograrlo al cien por cien.

«¿Por qué me habré metido en este lío?».

El Gallego dejó pasar unos segundos y comenzó a reírse ruidosamente, de un modo muy exagerado.

Dejándose llevar por los nervios, Soria lo imitó en la medida de lo posible. Si se hubiera visto en un espejo, se habría dado cuenta de que la imagen que proyectaba difería muchísimo de la que su cerebro pretendía mostrar. Evidentemente, el Gallego lo aprovechaba en su favor, pues no podía estar más seguro de tener la sartén por el mango, bien sujeta con ambas manos.

—Tendrías que verte la cara, rapaz. Estás más blanco que la *fariña*. No te preocupes, que somos amigos, *¿non?*

Soria solo fue capaz de asentir.

—Pues ya está. Tú estás de mi parte y puedes estar tranquilo. Ya está. No creo que seas tan *parvo* de romper nuestro acuerdo, así que respira tranquilo. Volvamos a lo de ese *barallocas*. ¿Todo está donde debería estar?

—Sí; Carratalá está dispuesto a lo que sea.

—Pues que así sea, *carallo*. Hala.

Soria interpretó el movimiento que el capo hizo con la mano como una señal para que se levantara y se largara de allí. De hecho, él no se opondría en absoluto. Estaba deseando marcharse.

Castro lo imitó en lo de ponerse de pie, sonriente, con cara de satisfacción.

—Recuerde que no debe contestar a sus llamadas —insistió Soria—. A cada minuto que pasa, está más desesperado y es más fácil que ya no solo pase por el aro, sino que le dé todo lo que tiene sin apenas rechistar.

El Gallego asintió.

—Eres bueno, rapaz. Tú y yo *faremos* buenos negocios. Manéjame al viejo bien y todo saldrá a pedir de boca.

Ahora fue Soria el que asintió.

Tras lo cual, dio media vuelta y comenzó a alejarse.

—¡Rapaz!

Soria cerró los ojos y maldijo que aquel hombre no lo dejara marcharse de una vez.

—Recuerda que por esto vas a recibir una buena cantidad de billetes en el *peto*, pero que si no me haces las cosas bien, *mátote*.

Soria salió de allí a toda velocidad.

Después de pasar por aquel trance le temblaban las piernas, pero, por muy increíble que pareciera, eso no era lo que más le preocupaba en aquellos momentos. Pensó y deseó estar jugando solo a dos bandas, que sus problemas se redujeran a saber quién le arrancaría los ojos, si su jefe o el Gallego.

No, el problema iba mucho más allá.

Había una persona que podía lograr que su cuerpo se estremeciera con mucha más intensidad que aquel par de elementos, alguien capaz de minimizar el hecho de que estuviera realizando una maniobra tan sumamente peligrosa con el único fin de que su jefe pudiera ganar las elecciones.

Alguien que no solo destruiría su vida, sino la de sus seres más queridos, a los que había procurado mantener en la sombra todo el tiempo.

Pensó en Pedro y en los tremendos enfados que al menos una vez por semana tenía por no querer aceptar lo que era. Deseó con todas sus fuerzas poder abrazarlo, volver atrás en el tiempo y haberse apartado de todo cuando aún podía.

Ahora ya era tarde.

«Pero ¿en qué lío me he metido por querer ganar unas putas elecciones?».

13.54 horas. Alicante

Alguien ya había escrito un artículo comparando su estilo de vida con el de Carratalá en uno de esos periódicos locales. Periódicos que, justo al contrario de lo que pudiera creerse, eran mucho más leídos en la ciudad de Alicante que los de ámbito nacional.

Y eso, para qué negarlo, le vino de perlas en aquellos momentos.

Sobre todo, porque proyectaba una imagen diáfana de él. La austeridad era su bandera.

Claro que nadie sabía qué había de puertas para dentro; pero, de cara a la galería, Ramón Valero era un modelo de persona más cercana al ciudadano medio alicantino que el pretencioso de Francisco José Carratalá.

Y, además, había demostrado aprender de esos que quisieron ir de humildes y que convirtieron tal reivindicación en una lucha encarnizada contra las personas de un nivel medioalto de vida.

Y eso no lo quería Valero.

Abogaba por un estilo sencillo en su día a día. Llevaba toda su vida entera residiendo en el barrio de La Florida, y eso no cambiaría ni aunque fuera elegido presidente de la Diputación —algo que, por cierto, era cada vez más probable si seguía aumentando su tendencia al alza en las encuestas—. De ese modo, podría mantener la imagen de persona sencilla, y, al mismo tiempo, al no iniciar guerras contra los bolsillos repletos de dinero, no tendría más enemigos que aquellos que sin poderlo remediar acababan llegando. Esos nunca se podían evitar. Y era precisamente ese enfoque el que le había permitido aumentar sus posibilidades de triunfo con vistas a las elecciones del 26 de mayo.

Y la parte positiva era que guardaba con tanto celo todo cuanto acontecía tras el umbral de la puerta de su casa que nadie tenía ni idea de si ese reflejo de humildad era real o no.

Por supuesto que no lo era, pero eso solo lo sabían sus más allegados.

Ahora estaba absorto, mirando por la ventana de su despacho. Ningún punto en concreto, solo miraba.

De pronto, el corazón se le aceleró tanto que casi acaba en paro cardíaco. Laura le había apoyado la mano sobre el hombro sin que él se lo esperara.

Ella se percató del susto que acababa de darle y también se alteró. Lo que sí era cierto era que no gozaba de una salud de hierro, ni mucho menos.

—Perdona —dijo de inmediato, agachándose a su altura y descansando la cabeza sobre su hombro—, pensé que me habías oído entrar.

Él se volvió y la miró sonriente.

—Cada día estoy más sordo, querida. ¿Qué quieres?

Ella pareció sopesar cuidadosamente cómo iba a decirle lo que estaba pensando. Él se dio cuenta, y, aunque Ramón se ponía nervioso siempre que su mujer hacía eso, trató de que no se le viera reflejado en la cara.

—Creo que no estamos haciendo lo correcto.

Valero respiró profundamente y se esforzó en responderle con un tono de voz que sonara amable.

—Laura, ya hemos hablado de esto...

—Lo sé, pero no me siento cómoda. Nos va a estallar en la cara, ya verás.

—No va a pasar nada. Eres una exagerada.

—¿De verdad crees que lo soy? —preguntó bastante alterada—. ¿De verdad crees que no tengo motivos para estar tan nerviosa? Lo que estamos haciendo no tiene nombre.

—Te recuerdo que en realidad no lo estás haciendo tú, sino yo.

—Ramón, si yo sé en qué estás metido y miro hacia otro lado, puede que sea incluso más culpable que tú.

—Laura, por favor, mira que llegas a ser exagerada. ¿Quieres que vayamos a dar un pase...?

—No, Ramón, no todo se soluciona con paseos.

—Ya sabes que eso me ayuda a...

—¿A qué, Ramón? ¡Todo el mundo sabe perfectamente

que vives aquí! No hace falta que sigas exhibiéndote para demostrarles que no eres como él.

Valero aspiró una inmensa bocanada de aire antes de responder.

—Es que no me parezco en nada a él.

—Permíteme que lo dude. Juré que estaría contigo en lo bueno y en lo malo, pero cuando lo hice no imaginaba que lo malo se refería a cosas como esta. Dices que no te pareces en nada a él, ¿no es eso?

—Claro que lo digo. Y me reafirmo.

—Pues ya te digo yo que no. No eres como él, eres peor. Lo que estás haciendo lo demuestra.

Ramón Valero giró de nuevo su silla hacia la ventana en un claro gesto infantil. Era como si quisiera decirle: «Si no te miro, entonces no tengo por qué responderte». Y si lo hacía era, precisamente, porque sabía que su esposa tenía mucha razón. Antes de dar el paso y decidir que seguiría adelante tuvo que meditarlo mucho, pero era inútil, ya que el odio que profesaba hacia ese hombre había decidido por él. El raciocinio había quedado fuera cuando más necesario hubiera sido. La jugada era cruel, de eso no había duda alguna. Nada digna, desde luego, de lo que predicaba en sus mítines. Una jugada que, en caso de ser descubierta, supondría el fin de su carrera. O quizá algo peor.

Aunque, visto de otro modo, ¿por qué debería descubrirse?

Lo tenía todo tan bien atado que era imposible que algo fallara. Nada podía salir mal.

Verse a sí mismo repitiendo lo mismo una y otra vez no lo tranquilizó.

Por si acaso, probó una vez más:

«Todo saldrá bien».

Rose se despidió de Mario con la certeza de que Clara no había tomado ese vuelo.

Averiguarlo no le resultó complicado.

Sabía que Héctor quería acostarse con ella, y esta vez jugó sucio para obtener la información deseada. Más que nada porque él la atraía sexualmente lo mismo que un coche de hace cuarenta años, pero ella utilizó esa carta aprovechando que Héctor trabajaba en el aeropuerto, y como además tenía acceso al registro de billetes de los embarques, podría facilitarle sin problemas la información que precisaba.

Que hubiera infringido o no algunas leyes de protección de datos estaba de más. Y que ella pareciera la teleoperadora de una *hotline* cundo le pidió el favor, también. Rose tenía claro que, en ciertas ocasiones, sin llegar a cruzar determinadas líneas rojas que ella misma se había trazado, todo valía con tal de obtener lo que necesitaba.

El problema de tener esa certeza era que, a pesar de que tanto Mario como ella estaban seguros de que sería así, visto el desarrollo de los acontecimientos, todo se complicaba demasiado.

Mario se quedó pensando en esto cuando se despidió de la periodista. Todavía no confiaba del todo en aquella chica. ¿Cómo iba a hacerlo? Había aparecido de la nada con información relativa a una presunta —lo de «presunta» se lo decía él mismo para autoconvencerse, pues las fotos hablaban por sí solas— infidelidad de su mujer con un tipo con aspecto de ciudadano de Europa del Este. Y, además, había sacado a relucir el nombre de un peligroso narco y no sabía qué cosas más.

Aquello era demencial.

¿Era posible que su suegro estuviera metido en historias de esa índole?

Desde luego.

Le bastó con volver a sacar el teléfono móvil y comprobar —por millonésima vez— el wasap que le había enviado dos noches atrás, y en el que lo «obligaba» a irse a trabajar a su lado en la campaña política.

Era cierto que no le ponía una pistola en el pecho, pero las palabras «empieza a hacer feliz a mi hija de una puta vez» que servían de colofón del mensaje tenían un claro tono admonitorio, algo así como de «haz lo que te estoy pidiendo, haz algo bien una vez en tu vida». Y eso era lo que no le dejaba dormir hacía dos noches.

Ahora pensaba en lo pequeño que era aquel mensaje comparado con la que se había montado. Deseó que ese fuera el peor de sus problemas. Ojalá esa maniobra con la que a todas luces Carratalá pretendía hundir a su rival utilizando a su hijastro en su propia campaña fuera el mayor de sus males. Ojalá, porque eso solo era política, pero la desaparición de su mujer y su hijo era el peor golpe que había encajado en toda su vida. Y, de hecho, aún no estaba seguro de haberlo encajado del todo.

Tenía el presentimiento de que iba a doler más, mucho más.

Y para más inri, su única baza era, por un lado, confiar en una policía que parecía del todo perdida —eso era prejuzgarla, lo sabía, apenas había tenido trato con ella, y la otra, la más joven, parecía espabilada, así que quizá se estuviera precipitando— y, por otro, en una pseudoperiodista al menos diez años menor que él y que le hablaba como si lo conociera de toda la vida.

¿Qué podía salir bien de todo eso?

Pero lo peor era el sentimiento de impotencia. No saber hacia dónde echar a andar. Haber tenido delante de sus narices un hecho sorprendente, como era la aparición del misterioso billete de avión, y no tener ni idea de cómo usarlo en su favor para poder arrojar algo de luz sobre el asunto. Se sentía atado de pies y manos. Seguía necesitando que alguien resolviera los problemas por él, pero en cierto sentido también quería contribuir a que todo se solventara satisfactoriamente.

Pero ¿cómo?

¿Qué hacer?

La promesa de Rose de que al día siguiente se pondría en contacto con él —a no ser que antes encontrara algo que mereciera la pena compartir— no acababa de satisfacerlo. Aunque poco más podía hacer, aparte de quedarse en casa esperando. La esperanza de verlos aparecer allí, sin más, cada vez parecía más lejana; sin embargo, no llegaba a desvanecerse del todo.

Podría parecer una tontería, pero era lo único que lo mantenía en pie.

O puede que, después de todo, no lo fuera.

Lo que sucedió al día siguiente le demostraría que no iba tan desencaminado al creer que eso era lo que iba a suceder.

13.54 horas. Elche

Rose cerró la puerta, miró hacia ambos lados para asegurarse de que nadie estaba pendiente de ella y comenzó a andar hacia su coche.

Pero se equivocó al pensar que nadie la acechaba.

De hecho, tampoco estuvo especialmente hábil cuando arrancó el motor de su vehículo y comenzó a circular por la calle, pues otro coche que estaba aparcado cerca del suyo también puso el motor en marcha y se dispuso a seguirla.

El conductor era de nacionalidad rusa.

Tras unos veinte minutos, Rose llegó a su casa, un piso compartido junto con dos estudiantes de intercambio estadounidenses. A pesar de hablar un perfecto inglés debido a su ascendencia parental —aunque su inglés era de Inglaterra y no podía ser más distinto del de sus compañeros— y de que los entendía perfectamente, se hacía la tonta, lo cual propiciaba que su relación con ambos fuera casi inexistente.

Justo como a ella le gustaba.

A pesar de que no les había tocado un pelo, le gustaba que las personas que la conocían pensaran que se los había follado a ambos. Eso le confería una falsa sensación de poder que, muy en el fondo, le hubiera gustado tener de verdad. Pero lo cierto era que apenas cruzaba algunas palabras con ellos, y de este modo era feliz, para qué negarlo.

En cuanto traspasó el umbral y cerró la puerta, dejó las llaves dentro de un cuenco de madera que reposaba sobre un mueble (demasiado rancio para su gusto) que había en la entrada. Después fue directa a su habitación, donde, siempre que podía, pasaba el noventa y nueve por ciento del tiempo mientras estaba en la casa.

Tras cerrar la puerta, repitió el ritual de todos los días: se quedó embobaba mirando la foto que había más o menos a unos dos metros de ella. La estuvo contemplando durante unos segundos, y a continuación, también como siempre, se acercó a la imagen y la rozó con los dedos índice y corazón. Para no perder la costumbre, esta vez también volvió a sentir que una determinada parte de su mundo se tambaleaba de repente. Una vez más trató de no llorar, y a pesar de que ya había pasado un tiempo, aún no era capaz de impedir que una lágrima se deslizara por su mejilla mientras temblaba.

Siguiendo con su ritual de todos los días se denudó sin prisas y se lanzó sobre la cama sin ningún cuidado. Estaba deshecha desde el momento en que se había levantado.

Antes era una maniática de la limpieza y el orden; ahora, solo con echar un vistazo a su cuarto enseguida se llegaba a la conclusión de que ya no lo era, ni por asomo.

Todo eso ya cosas ya carecían de importancia.

Después de estar un par de minutos mirando el techo, cerró los ojos y trató de concentrarse en cómo y cuál sería el siguiente paso.

La respuesta no llegó de forma inmediata, pero lo que sí tenía muy claro era que se lo debía.

No sabía qué hacer exactamente, pero lo que fuera que hiciera lo haría por él.

14.24 horas. Elche

Desde abajo miraba el edificio. Era viejo y presentaba un aspecto destartalado. Nada que ver con la casa de los Antón-Carratalá, desde luego, pero tampoco podía esperar que todo el mundo viviera con el mismo tren de vida que ellos. Evidentemente, no tenía ni idea de en qué piso vivía la muchacha que había salido de la casa, pero, dadas sus habilidades, no creía que le costara demasiado averiguarlo y colarse en la vivienda para darle un pequeño susto a la chica.

Pero no lo haría. Porque él nunca tomaba esas decisiones.

Otros lo hacían por él habitualmente, ¿y para qué negarlo? No le importaba lo más mínimo que fuera así.

Menos preocupaciones para él.

Siempre pensó que el mundo ya era suficientemente complicado como para que su cabeza estuviera llena de pensamientos y decisiones inútiles.

Mejor ver, oír, callar y, por supuesto, actuar.

Así que le contaría lo de esa chica a la persona que decidía por él.

Y a partir de ahí, solo seguiría instrucciones, aunque no le importaría que lo enviara a hacerle una visita.

16

Alicia entendió que no era momento para paseos.

Eso implicaba que la mañana anterior, en su fugaz visita al centro neurálgico donde se suponía que llevaría a cabo parte de su trabajo durante los próximos días, aún no había visto el despacho asignado a la UDEV.

Solo la puerta ya le causó una grata sorpresa, pues todas tenían un distintivo de la unidad que trabajaba en el interior, pero enseguida se dio cuenta de que aquel letrero era distinto del resto. Sin embargo, lo que más llamaba la atención no era eso, sino la serigrafía de un enorme rostro de gato salvaje que sin duda sería la imagen distintiva de la unidad.

No era la primera vez que veía algo así; a las unidades o a los grupos les motivaba usar esa clase de símbolos para identificarse. Este, desde luego, no era el más curioso de todos los que había visto, pues llegó a haber una brigada de homicidios que adoptó la silueta de la parca como emblema.

Algunos pensarían que estaba fuera de lugar; otros, que más acertado no podía ser.

La segunda sorpresa llegó al atravesar el umbral y pasar al interior. Sobre todo porque el despacho era ligeramente más grande que el del resto de unidades. Desde luego, no le pareció nada mal, pues estaba harta de meterse en latas de sardinas en las que había que colocarlo todo como si de un puzle se tratara.

Contó cuatro hombres trabajando frente a los ordenadores. En cuanto a la mesa de Ana, estaba claro cuál era: la que se encontraba más al fondo de todas. Y no es que diera la nota solo porque era la única que seguía desocupada, sino porque lucía un aspecto ordenado e impoluto, al contrario que las otras cuatro, donde los detectives seguían enfrascados en sus tareas.

Tampoco pudo evitar pensar en cómo les sentaría que los liderase una mujer. Evidentemente, ya había conocido varias unidades que trabajaban en esas circunstancias, pero veía algo en Ana que le hacía dudar acerca de su autoridad a la hora de ser jefa de equipo. Una de dos: o ellos la respetaban tanto que daba igual como fuera, o ella ocultaba su verdadera personalidad bajo esos amagos de inseguridad que a Alicia le había parecido detectar en su compañera.

La voz de Ana haciendo presentaciones la rescató de esos pensamientos.

—Chicos, esta es la subinspectora Alicia Cruz, de la Unidad Central de Homicidios y Desaparecidos, estará con nosotros el tiempo que sea necesario echándonos una mano. Alicia, estos son el subinspector Solís —que la saludó desde su asiento— y los agentes Guardado —saludo—, ese es Fran —saludo— y ese otro, Montoya —saludo.

Ella respondió con una sonrisa a todos.

Lo siguiente que hizo Ana fue pedir una silla para que la subinspectora tomara asiento junto a ella.

Su petición no tardó en ser satisfecha, y tanto Ana como Alicia se sentaron detrás de la mesa.

Alicia pensó que, a pesar de lo enrevesado del caso, hasta cierto punto había sido una suerte que la autopsia se realizara al día siguiente, aunque fuera domingo, lo cual aceleraría considerablemente el camino hacia la resolución. Muchos no verían la fortuna de tal coincidencia, pero no hacía demasiado que se habían implantado las autopsias durante el fin de semana en la Comunidad Valenciana, pues hasta entonces —y el hecho de que fuera la única comunidad que no las practicase demostraba la excepcionalidad de la situación— no se realizaban desde el sábado a las nueve de la mañana hasta el lunes, con los contratiempos que de ello pudieran derivarse.

Dejando eso de lado, pues ya no podían hacer nada al respecto, y en vista de que el equipo de la Científica continuaba con sus labores de inspección ocular en la escena, decidieron que lo mejor era poner en común todas las averiguaciones realizadas por el equipo.

Solís fue el primero en hablar.

—Aunque no pueda asegurarlo con total certeza, por la propia complejidad del caso, me atrevería a afirmar que no ha podido salir del país por voluntad propia, pues no ha hecho uso de su pasaporte ni DNI en la aduana.

Ana intentó no cambiar de expresión cuando reparó en que se había olvidado de pedirle a Mario que comprobara si su pasaporte estaba en casa.

Aunque estaba bien que no lo hubiera utilizado, eso taparía su error.

—Tampoco logramos ubicar la señal de triangulación de su teléfono móvil, debido a que lo tiene apagado. Es extraño, porque no sé qué me han comentado de que existen varias opciones para conseguirlo, pero al parecer han hecho todo lo necesario para que sea ilocalizable. La señal se pierde en el Aljub, que es donde sabemos que desapareció sí o sí.

«Pues vaya...», pensó Ana.

—Según la UDEF —intervino ahora Fran—, tampoco ha hecho uso de sus tarjetas bancarias, y a no ser que llevara una enorme cantidad de pasta encima, es muy complicado que se mueva por ahí sin dinero.

La inspectora vio una oportunidad de resarcirse.

—El marido me ha confirmado que no, que Ana casi nunca llevaba dinero en efectivo, solo lo justo con que pagar algunas minucias. Para el resto siempre tiraba de plástico.

—Bien —convino Fran—, eso es bueno para nosotros, porque en caso de que la desaparición sea voluntaria, en algún momento tendrá que hacer uso de la tarjeta y eso la pondrá en el mapa.

—Perdonadme que discrepe —dijo Alicia—, pero incluso dando por sentado que haya sido ella quien ha montado todo este berenjenal, dudo mucho de que ahora sea tan tonta como para revelarnos su ubicación cometiendo un error de ese calibre.

—Bueno —ahora era Montoya el que hablaba—, mira a Al Capone la que lio, para que lo acabaran condenando por un error fiscal de evasión de impuestos.

—Ya, pero Al Capone era un hombre. Clara Carratalá es una mujer y, como experta en el género, debo decirte que somos mucho más calculadoras. Te aseguro que, si ella ha decidido marcharse, la decisión no la tomó la semana pasada. Insisto, no olvidemos la que organizó para no ser vista durante su desaparición.

—Ya, pero el homicidio del jefe de seguridad... —apostilló Ana.

—Sí, eso lo cambia todo. Una cosa es querer esfumarse, y otra bien distinta, matar a una persona para conseguirlo. El problema es que tampoco conocemos tanto a la chica como para asegurar que no sea capaz de llegar a tal extremo.

La inspectora quiso hablar. Quiso decir que sí, que tal vez sonara demasiado fuerte, pero que Clara era capaz de todo con tal de conseguir lo que se proponía. Ya lo había demostrado en más de una ocasión. Los genes de su padre latían con fuerza en su interior, eso ya lo comprobó ella años atrás.

Pero Ana nunca hablaba.

Y en el fondo agradeció ser como era, porque enseguida se sintió fatal por haber pensado algo así.

Puede que no estuviera tan mal eso de callarse siempre.

Ana volvió a concentrarse en las tareas pendientes.

—Fran, ya que has estado con los de la UDEF, vuelve allí y que revisen las cuentas del jefe de seguridad.

—¿En qué estás pensando? —quiso saber.

—En que alguien contactó con él para que interviniera las cámaras de seguridad, y que para evitar que se fuese de la lengua lo han borrado del mapa.

Todos los allí presentes estuvieron de acuerdo con la teoría desarrollada por la inspectora.

—Volviendo a la desaparición —intervino Solís—, creo que no podemos descartar la posibilidad de que se la hayan llevado. Puede que lo que acabas de plantear incluso refuerce esa posibilidad, Ana. Tendría todo el sentido. Ahora deberíamos preguntarnos quién sabía que estaría en el centro comercial a esa hora.

—Su marido, puede que su familia más cercana y quizá lo hubiera dicho en el entorno laboral o a sus amigos —respondió Guardado.

—A eso me refería, a lo del entorno laboral. ¿Quién nos dice que no ha sido secuestrada por alguien que odie mucho a su padre?

—¿Insinúas que alguien de la propia Diputación podría estar implicado? —preguntó sorprendida Ana.

—A ver, tengamos en cuenta que en ese lugar trabajan tanto afines a él como detractores.

—Ya, pero tan detractores como para llegar a eso... Al final solo son ideas políticas. Te recuerdo que después de pelearse todos contra todos de cara a la galería, siempre se van a comer juntos —comentó Fran.

—Bueno, hasta donde yo sé, el tío es un hijo de la gran puta. Así que el problema que se nos plantea es que seguro que hay más gente que odia al tipo que personas que lo idolatran, que también las habrá. Pero de entre estos últimos hay que descartar a todos los que se han acercado a él para sacar tajada. Los interesados abundan en todas partes.

—Entonces, señores y señorita —dijo Ana mirando a Alicia—, ¿estamos de acuerdo en que habría que tirar de ese hilo, a ver si suena la flauta?

Todos, sin excepción, asintieron.

—Bien —concluyó—, así pues, Fran, apunta una más para la UDEF. Sabemos que muchos secuestros suceden como venganza tras una deuda cuantiosa, así que podríamos averiguar si está metido en algo oscuro. No quiero pillarlo a él por nada de lo que esté haciendo y que no tenga que ver con nuestro caso; nosotros no nos dedicamos a eso, pero sí que quiero encontrar a Clara y a Hugo cuanto antes.

Y sus cuatro hombres, sin más, agacharon la cabeza y se pusieron manos a la obra.

Alicia miró satisfecha a Ana. Seguía pensando que cojeaba en ciertos aspectos de su personalidad, pero lo cierto era que tenía carisma a la hora de tratar con ellos. En cuestión de pocos minutos le había demostrado que era una buena jefa.

Con sus cuatro hombres a pleno rendimiento, la inspectora decidió que Alicia y ella rastrearían las redes sociales de Clara en busca de alguna señal digna de sospecha. No en sus fotos ni en sus stories de Instagram como tales, ya que ambas ya habían comprobado lo feliz que se la veía siempre en la red.

«El postureo, que ya sabemos cómo es», pensó Alicia.

Más bien querían comprobar los comentarios que salían en esas publicaciones. Puede que alguien le hubiera manifestado su odio, y de ahí se pudiera rascar algo. La gente a veces era tan torpe que no podía ocultar su animadversión; tan era así, que recientemente había resuelto un caso limitándose a examinar las redes sociales.

Y tras un rato de navegación, vieron que Clara congregaba tanto a gente que besaba el suelo que pisaba como a otros que no la podían ni ver. Pero, al fin y al cabo, su caso no difería demasiado del de cualquier persona que alcanzase cierta visibilidad en esas lides. Además, los comentarios no se salían del guion que cabía esperar. Aludían a su mal gusto en el vestir, a que la ropa era bonita pero ella no sabía lucirla, a que sus redes estaban repletas de seguidores falsos, a que se lo habían dado todo mascado por ser hija de quien era... Nada que no esperaran encontrarse.

Pero no por ello desistieron y, antes de dejarlo en manos de la Unidad Tecnológica, siguieron husmeando un rato en sus redes sociales sin perder la esperanza.

Los minutos siguieron pasando y Solís trajo una noticia decepcionante.

—La UDEF se ha puesto las pilas y me comentan que el presi está totalmente limpio.

—¿Ya lo saben? ¿Cómo pueden haber ido tan rápido? —inquirió Ana, que sabía que eso llevaba su tiempo.

—Porque su asesor de campaña es bastante listo, y por iniciativa propia les pidió a los de la unidad de Alicante que efectuaran un control preventivo de sus finanzas. Por si intentaban sacar algún trapo sucio en relación con su patrimonio. Así estaría cubierto.

—¿Me estás diciendo que han usado el cuerpo con fines políticos? —preguntó Alicia, sin poder dar crédito a lo que estaba escuchando.

Solís esbozó una sonrisa antes de responder.

—Como si fuera la primera vez... Se nota que no sabes que en Levante las cosas funcionan de otro modo. Aquí hay tanta mierda podrida que siempre usan todo lo que tienen a mano para llevarse el gato al agua.

—Entonces, ¿confirmamos que está limpio del todo?

—Tiene sus cosillas, que yo creo que hasta las dejan adrede para suavizar otras que harán vete tú a saber cómo, pero en lo referente a lo que buscamos, nada hace pensar que esté metido en un lío de los gordos, lo siento.

Ana respiró profundamente mientras valoraba las implicaciones de aquella noticia, pero Solís volvió a tomar la palabra.

—De todos modos, Ana, puedo ponerme ya con la Diputación. Allí trabajan tanto la chica como el padre. Es un nexo entre ambos, y... ¿quién sabe?

—Gracias, Solís.

De nuevo volvieron al trabajo. No había transcurrido mucho tiempo cuando la puerta del despacho se abrió.

Un tipo con buena planta, que según calculó Alicia tendría su misma edad, se asomó y dijo:

—¿Puedes salir, Ana?

Ella asintió y salieron afuera acompañados por Alicia.

Ana no tardó en presentárselo como García, uno de los agentes de la Unidad de Estupefacientes, que era de las que más trabajo tenía en aquella comisaría.

—Perdonad que os interrumpa, os he visto ahí a tope y por eso quería que salieras. Puede que llegue algo tarde con lo que os voy a decir, pero ya sabéis que nosotros estamos a lo nuestro.

—Lo sé, García, ¿qué querías comentarnos?

—Me acabo de enterar de lo que ha pasado con la hija de Carratalá porque los de la UDEF nos han preguntado, y no sé si os servirá de algo, pero nosotros sospechamos que Carratalá está relacionado con Xosé Castro.

Ana tardó unos segundos en ubicar al tal Castro, pero al fin acabó identificándolo.

—¿Te refieres al narco gallego?

—El mismo. No es la primera vez que los veo entrar juntos en algún lugar, pero estamos siguiendo a Castro, y te puedo decir que ayer entraron los dos, a la hora de comer, en el restaurante del Club Náutico. Puede que sea una casualidad, pero dada la naturaleza del caso, y teniendo en cuenta que Castro es un maldito loco capaz de lo peor, yo no dejaría de seguir esta pista.

El rostro de Ana se iluminó, pero aún le quedaban algunas dudas por despejar.

—Dices que te han llamado desde la UDEF, pero ellos acaban de decirnos que está limpio.

—Y así es. Carratalá está limpísimo en lo referente a sus cuentas, y eso es lo que te han dicho. Otra cosa es que nosotros sospechemos, sin prueba alguna, que se está en tratos con esa rata.

—Tiene sentido. Y, volviendo al Gallego, ¿sabes si tiene a algún ruso entre sus hombres?

—No, la verdad es que no nos consta, pero ese cabronazo está metido en muchos más fregados de los que podamos imaginarnos, así que no es descartable.

Ana no necesitó más para mirar a Alicia fijamente.

—Nos vamos al Club Náutico —anunció.

16.54 horas. Alicante

Ana no podía creer que hubiera tenido tanta suerte cuando encontró una plaza disponible en el aparcamiento gratuito que había a poca distancia del Club Náutico Alicante Costa Blanca. Desde luego, no era habitual aparcar el coche sin tener que pagar y sin apenas esfuerzo en una zona como aquella.

Las dos salieron del vehículo y se encaminaron al lugar en cuestión.

Nada más acceder al local, y procurando no dejarse llevar por la pomposidad —rancia, muy rancia según Alicia— del lugar, preguntaron al primer trabajador que vieron por el encargado del restaurante. Este último no tardó en aparecer tras el aviso de ambas.

Lo primero que las dos investigadoras notaron en él, y no es que fuera una simple apreciación ya que saltaba a la vista, fue la condescendencia no disimulada con la que las miraba.

Ana pensó que habría estado bien decirle un par de cositas, pero una vez más dio gracias a no hablar nunca de lo que se le pasaba por la cabeza.

No lo hizo, pero no por ello dejó de ir directa al grano.

—Inspectora Ana Marco y subinspectora Alicia Cruz, de la Unidad de Delitos Violentos, de la comisaría de Elche. Quería hacerle una pregunta y le pido que sea totalmente sincero.

Él se cuadró, como si ella le hubiera anunciado que era su capitana y él, un soldado raso que comienza el servicio militar.

—Dígame.

—Sabemos que ambos son clientes de este restaurante, pero ahora necesitamos saber si se relacionan entre sí. Xosé Castro y Francisco José Carratalá, el presidente de la Diputación.

El hombre pareció pensarse bien la respuesta. Eso no les pasó desapercibido a las policías.

—No sé quién es el primer hombre. Sobre el presidente, debo decirles que es un cliente magnífico y no tengo nada que decir de él que no sea eso.

—Permítame que le insista; dudo mucho de que no sepa de quién se trata el primero, porque no creo que sea de los que se dejan poco dinero en este restaurante.

—Ni idea —respondió sin variar su gesto, manteniendo las manos detrás de la espalda.

Ana lo miraba sin saber muy bien cómo presionarlo; la firmeza que mostraba no ayudaba en absoluto.

Fue Alicia quien, a su manera, encontró el modo.

—Escúchame, relamido de los cojones —Ana abrió mucho los ojos ante las palabras de su compañera—, no te hagas el idiota porque no estamos aquí por casualidad. ¿Quieres que nos vayamos al juzgado y te llenemos esto de policías? ¿Quieres justificarle a tu jefe que hoy va a tener cerrado el restaurante todo el día porque a ti no te ha dado la gana de responder una simple pregunta? ¿Eso es lo que quieres?

Ana sintió una enorme gota de sudor recorriéndole la espalda. ¿Se le había ido la cabeza a su compañera o es que siempre actuaba así? En la escena del Aljub había estado muy callada, y de algún modo intuía que era una chica impulsiva y que en realidad no era la del centro comercial, pero otra cosa era haberse salido por la tangente de aquella forma.

—¿Me escuchas, o te has quedado tonto? —insistió Alicia.

Si la gota de sudor de la espalda de la inspectora era enorme, lo que recorría el torso de aquel hombre era un torrente. Era como si quisiera hablar, pero algo le impidiera hacerlo.

—Está bien, tú lo has querido. —Y Alicia dio media vuelta y se encaminó hacia la puerta.

Fue la propia inercia la que hizo que Ana, aún desconcertada, la siguiera.

Nunca hablaba, pero en esa ocasión no pudo reprimir lo que le dijo en voz baja.

—¿Estás loca? ¿Qué has hecho?

—Espera y verás —contestó la muchacha.

—Por favor, un momento —dijo el encargado con la voz temblorosa.

Alicia miró de reojo a Ana, que no daba crédito a lo que estaba sucediendo, y dio media vuelta.

Ahora fue el encargado quien se acercó a ellas y dijo con un hilo de voz:

—Por favor, el problema que me puedo buscar...

—Hable.

El hombre miró hacia uno y otro lado. Y a continuación, hablando de nuevo entre susurros, les dijo:

—De verdad que no sé de qué hablan, pero sí sé quién es Castro y, sí, no es la primera vez que se reúnen en aquel reservado de allí —señaló con la cabeza, y las dos investigadoras miraron a la vez.

—¿Ayer se reunieron?

El hombre asintió.

—¿Y puede decirnos algo de ese encuentro?

El encargado pensó bien lo que iba a decir y, sobre todo, cómo decirlo.

—Solo sé que ambos salieron muy enfadados.

Ana y Alicia se miraron. Las palabras del encargado lograron que ambas sintieran ese gusanillo que tan a menudo las recorría por dentro. Algo les decía que habían dado con una de las claves para la resolución del caso. Intuían que, aun sabiendo que les quedaba mucho camino por recorrer, iban en la dirección correcta, y que volvía a haber esperanzas de que todo acabara en un final feliz.

—¿Es todo lo que tiene que contarnos? —quiso saber Alicia.

—Yo no suelo poner el oído en las conversaciones ajenas, eso podría meterme en problemas realmente serios —contestó el encargado con el rostro cada vez más desencajado a causa del mal rato que estaba pasando.

—No suele, pero esta vez lo puso. ¿A que sí?

El hombre miraba a la inspectora y movía la boca sin emitir palabra alguna. Era como si quisiera hablar, pero no llegara a atreverse.

—Suéltelo...

—A ver, era inevitable oír algunas cosas, porque la conversación iba subiendo de tono a cada minuto, pero mencionaron algo de ciertos cargamentos especiales, y de que Carratalá debía asegurar que entraran sin problemas en Alicante.

—Y Carratalá se negaba, ¿verdad?

—Totalmente. Le decía que era muy peligroso y que, además, no quería convertir Alicante en el mayor centro de cocaína de toda España. Y a partir de ahí todo fueron reproches. Castro le decía que otras veces no había tenido problema alguno en mirar a otro lado, y que ahora se estaba haciendo el digno. El presidente seguía en sus trece de que aquello era demasiado. De pronto la cosa derivó en una batalla campal de bajo tono, no sé cómo explicarlo, era como si dos gallos de corral estuvieran luchando por demostrar quién era el más macho.

Ana levantó la ceja sin dejar de mirar al encargado. Para no haberse enterado de nada, les había regalado una radiografía bastante definida de cómo había sido el encuentro.

—Está bien, muchas gracias. Y estese tranquilo, yo también le juro que sus palabras no saldrán de aquí —le aseguró la subinspectora mientras se daba la vuelta y comenzaba a andar hacia la puerta de salida.

Ana hizo lo mismo, sin salir de su asombro por cómo había conducido la situación Alicia. Aunque intentó que no se le notara en el rostro, como solía hacer.

Una vez fuera y todavía excitada por la información recibida, miró su reloj de camino al coche y valoró la situación. Había mucho que hacer, sí, pero se les estaba haciendo tarde, y las tripas, al menos a ella, le rugían como un león fiero. Se habían concentrado hasta tal punto en el devenir de los acontecimientos que incluso se habían olvidado de comer.

Pero antes de hacerle a Alicia una pregunta cuya respuesta ya se imaginaba de antemano, necesitaba saber otra cosa.

—Acabo de darme cuenta de que ni te he preguntado dónde te alojas. Si quieres, comemos algo y te llevo allí para que dejes tus cosas y descanses un poco. Nos esperan unas horas duras, por lo que veo.

—No sé, como quieras. No me importa ir cuando ya sea de noche. Y para que no se me olvide, me alojo en el hotel Huerto del Cura, llevo toda mi vida oyendo hablar bien de él y me apetecía comprobarlo.

Ana se detuvo y la miró sorprendida.

—Espera, ¿cómo que te quedas en un hotel? ¿Pero tú no eras de Mors? ¿No te quedas en tu pueblo?

El semblante de Alicia cambió. Ella quiso disimularlo, pero

fue tal el mazazo que sintió al oír aquellas preguntas que no pudo evitarlo. Ana se percató enseguida de su reacción, aunque trató de reconducir la situación de inmediato retomando la conversación.

—Bueno, perdona, te puedes quedar donde quieras. De hecho, ese hotel está muy cerca de la «comi», de modo que eso facilitará las cosas. A no ser...

Se paró de golpe.

—A no ser, ¿qué?

—¿Te quieres quedar en mi casa?

Alicia no supo qué contestar. No se esperaba esa propuesta.

—A ver —insistió Ana—, tengo una habitación de invitados, así que no vas a estar mal.

—No sé, Ana, no quiero molestar...

Alicia le dio aquella respuesta, pero en verdad le hubiera encantado decir que le gustaba estar a su bola. Y eso solía ser verdad casi siempre, pero lo cierto era que desde que había puesto un pie en la provincia aquella misma mañana, quería cualquier cosa menos estar sola.

—Ni se te ocurra decirme que molestas. Estoy encantada de ofrecerte mi casa. ¿Te animas?

Alicia asintió.

Y, sin preverlo, dos personas que en esos momentos evitaban contarse los motivos reales por los que necesitaban otra compañía que no fuera la soledad, decidieron estar la una con la otra a pesar de que solo hiciera unas horas que se conocían.

Eso les hizo muchísimo bien a ambas, aunque no lo supieron hasta pasadas unas horas.

17

Sábado, 11 de mayo de 2019. 20.44 horas. Elche

Alicia cerró la puerta de la que sería su habitación.

Nada más dejar la maleta sobre la cama, se lanzó sobre ella sin pensárselo ni un segundo.

Estaba realmente cansada. Quizá no físicamente, pero sí psicológicamente después de lo ocurrido antes de llegar a Elche. Trató de no pensar en ello.

Echó un vistazo a la estancia.

No era una fanática de la decoración, puede que años atrás sintiera una mínima atracción por la estética de un cuarto concreto o de una casa entera (aunque sabía reconocer cuándo algo impresionaba de verdad, como la casa de los Antón-Carratalá), pero, sinceramente, ahora le importaba bien poco qué objetos había y cómo estaban colocados. Sobre todo teniendo en cuenta que allí solo estaba de paso.

Y al parecer, eso precisamente era lo que había contribuido a que sintiera esa necesidad de ir de aquí para allá.

Cuando quiso entrar en la Unidad Central de Homicidios y Desaparecidos de Madrid, tuvo muy claro cuál sería la situación a partir de ese momento, de hecho, ya se lo habían advertido por activa y por pasiva. Pero una cosa era pensarlo, y otra bien distinta vivirlo. No es que se pasara todo el tiempo fuera, pero durante el año y medio largo que llevaba trabajando en la unidad se había recorrido casi todo el país yendo de un caso a otro. De un asesinato a otro. De una desaparición a otra.

Siempre en medio del mal.

Y los que pensaban que tras unos cuantos casos escabrosos lograría acostumbrarse a vivir con ello, sin duda se equivocaban. Sin embargo, la reconfortaba pensar que no era la única que intentaba dejar de lado los sentimientos (sobre todo la empatía con la víctima y sus allegados) a fin de conseguir dar el todo por el todo en una investigación, aunque no lograra conseguirlo al cien por cien. Ya no hacía falta pensar en alguien como Nicolás para encontrar un caso parecido, él era todo un mundo aparte; pero incluso alguien a quien todo parecía importarle bien poco, como a Alfonso (o como decía el propio Alfonso que era, pues ella sabía que todo era pose), conectaba de algún modo con lo que se estaba viviendo.

«Somos seres humanos», repetía Sara casi todos los días.

La parte negativa de la investigación en la que ahora se encontraba inmersa era que no estaba sintiendo algo tan natural como notarse rara, y eso que una de las presuntas víctimas de la desaparición era un niño de solo cuatro años. Ni siquiera porque un padre había perdido al resto de su núcleo familiar. Tampoco le afectaba que la situación se fuera complicando más y más a cada hora que pasaba y el asunto pintara realmente mal. Ni que las últimas horas en comisaría no hubieran servido absolutamente para nada, ya que, por mucha información que poseyeran acerca del narcotraficante, la verdad era que no podían sacar ni una sola gota de jugo para el caso en el que estaban inmersas.

Ni siquiera le despertaba la menor conmoción lo sucedido durante el día anterior, que ya sería motivo más que suficiente para no estar centrada en absoluto.

No, no era por eso.

Había otra razón en su cabeza.

Una razón que ni siquiera había contemplado que se manifestaría, pero vaya si lo estaba haciendo.

Pero ya no pudo seguir pensando en ello, pues unos leves golpes en la puerta interrumpieron la lucha que estaba librando contra sus fantasmas.

Afortunadamente.

—¿Sí? —respondió.

—¿Puedo pasar?

—Es tu casa —contestó, suavizando todo lo que pudo el tono de su voz para que sonara amable y jovial.

La puerta se abrió y Ana entró sonriente.

—Será mi casa, pero ahora mismo y hasta que te vayas este es tu cuarto, así que ¡qué menos que un poco de respeto a la intimidad!

—No te preocupes, las pajas llegan cuando no puedo dormir.

Ana se quedó mirándola fijamente, un poco ruborizada.

—Tranquila, Ana, que era una broma. Bueno, no del todo. Creo que deberías saber que soy un poco así; a veces contesto con burradas de este tipo para relajar el ambiente. Aunque a menudo no me doy cuenta de que debería medir mis palabras para no meter la pata, perdona.

—No, no. No te preocupes. Me has pillado desprevenida... Mmm... ¿Tienes hambre? No sé qué te gusta, pero aquí abajo hay un chino que nos proporcionaría comida en quince minutos.

—El chino está bien. Supongo que sabe igual que en todos los sitios —respondió sonriente.

—¿Alguna preferencia?

—Tallarines con pollo y el resto me da igual.

Reprimió la broma de que en verdad le daba igual, que todo era gato y sabía parecido, pero se vio a sí misma siendo tan cuñada como Alfonso y una oleada de preocupación se apoderó de ella.

—Bien —sentenció Ana—, no voy a pedir demasiado,

que luego las paso canutas en la cama. ¿Quieres ducharte? Si es así te saco una toalla limpia. La ropa sucia, si quieres, la puedes lavar sin ningún problema. Tómate estos días como si fuéramos compañeras de piso. Todo lo mío es tuyo.

Alicia asintió y agradeció el gesto con una sonrisa.

Ana se dispuso a salir en busca de la toalla, pero de pronto dio media vuelta y le dijo:

—Respecto a lo que decías de las pajas, acabo de recordar una cosa: habría que matizar eso que te he dicho de que todo lo mío es tuyo. No toques lo que hay en el cajón de esa mesita, porfa.

Y salió riendo.

Ahora la que se había quedado completamente descolocada fue Alicia, pero también esbozó una sonrisa. Le gustó esa faceta de la inspectora.

Puede que aquello de vivir unos días juntas funcionara.

21.14 horas. Elche

Mario agradecía, de verdad, el gesto de su suegra al haberle llevado algo de cenar.

Seguramente, y a pesar de que las tripas le rugían, no hubiera probado bocado si no fuera por la insistencia de la mujer. Él ni siquiera era capaz de oír a su cuerpo a pesar de que le estuviera enviando señales constantemente.

No había cocinado ella, eso estaba claro. Clara Sellés no sabía ni cómo se encendía un fogón, pero el gesto de haber pedido a su servicio que cocinara un rico pollo en salsa exclusivamente para él (ella sabía que ese, junto con el arroz con conejo y serranas, era su plato favorito) significaba mucho. De hecho, lo agradecía tanto que de nuevo le vino a la cabeza la estúpida idea que había tenido tantas veces de que su suegra lo trataba mejor que su propia madre.

No es que Laura Penalva pasara de él ni nada por el estilo, de hecho, era una madre tan buena como cualquier otra, pero es que Clara, desde el primer minuto en que Mario empezó a salir con su hija, lo adoptó como a uno más de su familia, rompiendo la barrera suegra-yerno para transformarla en madre-hijo.

Ojalá pudiera decir lo mismo de su suegro.

Con él las cosas siempre fueron diferentes. Definirlo como huraño solo sería un aperitivo a la hora de abordar los distintos aspectos de la personalidad de ese hombre. Desde el primer momento levantó una especie de muro entre ambos, que en algunos momentos Mario casi llegó a ver imposible de franquear. A pesar de ello, y sobre todo por el amor que sentía por Clara, lo siguió intentando. Aquel gesto pareció gustarle al propio Carratalá, que dejó un poco de lado la idea que Mario siempre supo que tenía de él (es decir, que se había acercado a su hija para aprovecharse del dinero de la familia) y trató de incluirlo cada día un poco más en lo que él mismo llamaba «su círculo de confianza». Un círculo en el que Mario, a juzgar por los detalles que había ido observando a lo largo de los años, ahora ya no estaba tan seguro de querer que se lo incluyera.

Sobre todo, viendo lo que ya suponía: que, por aquellas casualidades de la vida, su padrastro ahora era su rival político más directo, y él era un comodín perfecto en su carrera a la reelección.

¿Quién votaría a una persona de la que ni su hijastro se fía?

La jugada por parte del aún presidente era cristalina y brillante, desde luego.

Se sintió fatal por pensar algo así, pero la consternación que había provocado el trance por el que ahora estaban pasando había dejado los problemas electorales de lado y él, en el fondo, lo agradecía.

Un problema menos al que enfrentarse.

Saboreó el pollo y mojó pan en la salsa antes de echárselo a la boca.

«Madre mía, ¡qué bueno está!».

Mientras paladeaba el guiso, no pudo evitar que la cabeza comenzara a darle vueltas de nuevo a las últimas veinticuatro horas. En aquel preciso instante estaba visualizando con total claridad el momento exacto en que Clara se despidió de él, antes de entrar en la maldita tienda. Supo que su subconsciente desempeñaba un papel importante, exagerando sobremanera el gesto que observó en ella. En realidad, fue una breve apreciación por su parte. Quizá ni había llegado a suceder de verdad, y ahora su cerebro se estaba aferrando a ello con tal de obtener una explicación, lejos de ser racional todavía, pero que ofreciera una razón por la cual ahora mismo no estaban en la casa ni su mujer ni su hijo.

¿O acaso su mente lo estaba exagerando para hacerle entender que ese gesto sí había sido importante?

Y, aunque lo hubiera sido, ¿de qué servía darse cuenta?

Nada iba a revertir lo que había pasado.

Pero, siendo sincero consigo mismo, no era igual que hubiera desaparecido ella por su propia voluntad a que los hubieran hecho desaparecer.

En el primer caso, la pregunta de si Clara había estado rara en los últimos días cobraba un sentido importantísimo. El problema radicaba en que la respuesta que le había dado a la inspectora no había sido del todo sincera. Había ocultado esa, por llamarla de algún modo, torcedura de boca de Clara poco antes de desaparecer; pero aparte de eso era cierto que su vida había transcurrido con la misma normalidad de siempre.

Clara ni siquiera le había reprendido por determinadas reacciones suyas que hubieran merecido, cuando menos, un reproche. Y aunque seguro que a más de uno —aduciendo que en ocasiones Clara era más bien de trato difícil— le habría parecido que su actitud de aquel día no era normal, ella sabía que él estaba algo nervioso por temas laborales, y lo respetaba y comprendía perfectamente su comportamiento.

«Porque era eso, ¿no?».

Desde que se había marchado Rose de su casa, había intentado no pensar en la infidelidad de su mujer; pero ahora, al asociar ideas, no pudo evitar pensar que quizá todo había sido como una balsa de aceite por esa razón. Porque en el fondo estaba feliz, y no precisamente por él. Quiso arrancarse esas ideas de la cabeza, pero ahora atacaban con tanta fuerza que se le cerró el estómago y ya no pudo seguir cenando.

De repente, solo quería saber toda la verdad sobre esa supuesta relación. Pero ¿cómo?

«Su agenda», pensó sin dar crédito a su rapidez mental para hallar un atisbo de respuesta.

Clara era una mujer extremadamente organizada. No hacía nada en su día a día que no estuviera planificado con anterioridad, y Mario llegó a pensar (era algo disparatado, pero posible) que lo tendría anotado en su agenda.

Evidentemente no lo tendría como tal. Mario no creía que hubiera escrito abiertamente algo así como: «Encuentro romántico con Dimitri»; pero supo que de algún modo lo habría enmascarado. Y ahora solo quería saber cómo.

Se levantó de golpe, derribando el taburete de la cocina, y salió corriendo al lugar donde siempre dejaba su agenda, que era el cajón que había debajo de donde guardaban las llaves, en la entrada de la casa. Clara era muy organizada, pero también muy olvidadiza respecto a muchas cosas, así que la dejaba allí para acordarse siempre.

Abrió el cajón bruscamente, pero, para su sorpresa, no estaba.

«Calma. Puede que esté en su bolso de trabajo».

Cada día dejaba el bolso en el despacho de él. En un perchero que había oculto detrás de la puerta. Era de color gris y llevaba bordadas las iniciales CC. Era un regalo que apenas le había costado 20 euros a Mario, pero que a ella le había encantado, y ahora no se desprendía de él cuando iba a trabajar a la Diputación Provincial.

Rebuscó dentro con la convicción de que encontraría la agenda.

Pero no estaba.

Sorprendido hasta cierto punto (quizá se la había dejado en el trabajo, aunque eso sí que sucedía muy pocas veces), giró sobre sus talones.

«¿Ahora qué?», se preguntó.

No sabía por qué le estaba dando tanta importancia a aquella especie de libreta con anotaciones sobre su día a día, pero ese orgullo propio que jamás hasta entonces había sentido, ahora estaba llamando a su puerta. Y lo hacía con golpes muy potentes y muy sonoros. Necesitaba saber, y la desesperación se estaba apoderando cada vez más de todo su ser. La ansiedad (ahora sí que tenía muy claro lo que era) había vuelto a hacer acto de presencia, y no le daba la gana de resignarse pensando aquello de que «a veces es mejor que el corazón no sepa».

Porque él sí quería saber.

Él necesitaba saber.

¿Qué narices había pasado en su vida para que ahora no estuviera ahí con su hijo y con él?

Y de pronto cayó en la cuenta.

Puede que fuera una tontería, pero en ese momento su cabeza estaba funcionando tan a tope que todo le parecía importante.

Su ordenador estaba colocado de forma que le llamara claramente la atención. Incluso se había comprado un billete de avión que no se había llegado a usar.

¿Por qué?

Rose tenía la certeza de que era para ganar tiempo. Que lo

había hecho para despistar y dirigir las miradas hacia otro lado. No era algo descabellado. Clara era una persona muy inteligente, y en ningún paso de los que había andado en su vida había dado una puntada sin hilo. Eso era algo que le encantaba de ella. Pero...

«Joder, es una tontería, pero ¿y si lo ha hecho simplemente para llamar mi atención? ¿Y si lo ha hecho para que me percate de que hay algo muy raro en todo esto? ¿Y si supiera, incluso, que yo creería que lo tendría todo anotado en la agenda y así me daría cuenta de que no estaba en su sitio? Clara es así, si tuviera la intención de comprar unos billetes de avión tendría anotado el día y la hora del vuelo. O incluso un recordatorio de que tenía pendiente hacerlo. Algo huele mal en esta historia. Estoy seguro de que nada es casual».

Mario cerró los ojos y creyó que lo que estaba pensando era una soberana idiotez.

«Joder, ¡se me está yendo la cabeza! ¿Qué sentido tiene toda esta mierda que estoy pensando? ¡Eso no sería actuar con lógica!

»Aunque lo de los billetes tampoco la tiene.

»Lo lógico es que yo hubiera ido a la policía, y ellos tardarían dos segundos en comprobar que ella no ha cogido el vuelo con Hugo. Es imposible que pensara que eso nos despistaría. Tiene que haber algo más. Piensa. Piensa. Piensa».

Volvió a cerrar los ojos y respiró profundamente.

«Yo creo que sí lo ha hecho adrede para llamar mi atención. ¡Y ha escondido la agenda! Piensa dónde. Piensa dónde. Seguro que en la agenda está todo. Clara es así».

Se dio la vuelta echo un manojo de nervios y observó la estantería repleta de libros. Cualquiera que la viera pensaría que era un amante de la lectura, pero en cuanto hablase con él se llevaría un enorme chasco, pues no había leído ni uno solo de esos volúmenes. Y, de hecho, de todos los que allí había únicamente le importaba uno en concreto, uno que justamente no tenía la misma función que el resto: la ser de leídos y entretener. Este tenía una doble función que muy pocos podrían sospechar, y esa era, precisamente, su finalidad: hacer que ambos pareciesen más cultos, y también ocultar objetos no demasiado voluminosos.

Mario cogió el segundo tomo del *Quijote* y lo abrió de par en par. En su interior no había páginas, y en el hueco que quedaba había una cantidad considerable de billetes de cincuenta y de cien euros. Para los malpensados sería la parte en negro de lo que cobraba Clara en la Diputación, pero en verdad era una especie de asignación que seguía dándole de vez en cuando Carratalá a su hija, como si aún tuviera dieciséis años. De dónde lo sacara, era cosa suya. Aparte del dinero (y algunos papeles) encontró un objeto, y entonces su corazón comenzó a dar saltos dentro del pecho, como si tuviera la intención de llegar muy alto y salírsele por la boca:

La agenda de Clara.

18

Sábado, 11 de mayo de 2019. 21.24 horas. Elche

Mario respiraba con fuerza mientras pasaba las páginas hacia atrás.

La voz de la inspectora le resonaba intensamente en la cabeza.

«¿Su matrimonio va bien?».

Mario no necesitaba remontarse demasiado atrás para responder, sin vacilar, que sí. De hecho, fue justo lo que contestó cuando Ana le lanzó la pregunta. Y ahora se sentía como un sucio mentiroso, pues aquella afirmación no era para nada correcta.

Daba igual que en su favor pesara el detalle de que él no tenía ni idea de la supuesta doble vida de Clara. Que nunca hubiera sido capaz de imaginar que la mujer de su vida fuera capaz de hacerle eso. Todo lo demás le daba igual, porque ahora él pensaba de sí mismo que era un embustero, y la policía no disponía de toda la información. Y eso podría suponer la diferencia real entre que la historia tuviera o no un final feliz.

Ya habría tiempo de que los dos hablaran y solucionaran el tema del amante ruso. Eso era secundario, porque nada ensombrecía su ansia de poder encontrar a sus dos grandes amores sanos y salvos.

Todo eso lo pensaba mientras pasaba una a una las páginas hacia atrás mientras sostenía el teléfono móvil con la otra mano. La lógica lo había llevado a establecer el día anterior como punto de partida y, aunque trataba de concentrarse en hallar cualquier detalle en las anotaciones que le hiciera sospechar, por el momento no estaba teniendo la suerte deseada.

Y esa falta de suerte era la que le impedía marcar el teléfono de la inspectora para ponerla al corriente de sus averiguaciones. En realidad, también contaba que ya fuesen las tantas (aunque sabía que eso no era más que una excusa autoimpuesta), y que siguiera sin estar seguro de si la historia con la que había llegado la joven Rose a su casa era cierta o no. Porque, en caso de serlo, si de verdad también estaba implicado un narco en aquel embrollo, ¿qué podría pasarle a él si todo aquello lo pillaba en medio? Clara y Hugo habían desaparecido, pero había algo en su interior que le decía que, aunque el famoso gallego estuviera detrás de todo, seguro que no les había tocado un pelo a ninguno de los dos. No podía existir alguien capaz de cosas así en este mundo.

Ahora bien, ¿y si era él quien le estaba tocando las narices?

¿Qué podría pasarle?

Y, sobre todo, ¿a partir de qué momento se podía considerar en peligro?

No tener la respuesta a aquellas preguntas era lo que lo frenaba a la hora de poner en aviso a la inspectora Marco.

«¿Estoy obrando bien? ¿Y yo cómo coño voy a saberlo?».

Siguió en su empeño de encontrar algo, lo que fuera, que le llamara mínimamente la atención, pero los días seguían pasando en sentido inverso y su esperanza cada vez menguaba más.

Hasta que vio algo que activó una especie de alarma en su cerebro.

«Dr. Moliner».

Estaba anotado el viernes 12 de abril a las 10.30 de la mañana.

«Hace casi un mes...».

Contando mentalmente, Mario repasó *grosso modo* las conversaciones mantenidas con Clara, e intentó dar con alguna en la que se mencionara al tal doctor Moliner. O a algún médico en general.

No tenía constancia de ello, aunque todo le parecía envuelto en un halo de inseguridad; estaba tan nervioso que bien podrían haber hablado de algún asunto médico y no acordarse, dadas las circunstancias. Pero si se viera obligado a apostar, lo haría por el «no».

Antes de seguir pasando páginas hacia atrás se esforzó en recordar durante algunos minutos más. En un titánico esfuerzo, trataba de hallar el mínimo atisbo de aquel nombre en su memoria, pero no había manera. Juraría que no. La otra posibilidad era que se tratase de algo relacionado con su trabajo, que solo fuera una reunión más de las muchas que mantenía, pero estaba en su agenda personal, donde supuestamente solo anotaba asuntos que atañían a la Clara no laboral. Para los otros temas disponía de una agenda personalizada en el ordenador de su despacho de la Diputación.

Una agenda que en ese momento le parecía mucho menos importante que la que tenía en las manos.

Como no había forma de saber con certeza si ella había comentado o no lo de ese encuentro, trató de concentrarse en saber si ese aquel había ido a trabajar como cada mañana, o había sido una jornada diferente.

Para su pesar, comprobó que su cabeza era incapaz de revivir cada detalle, pero estaba seguro de que, a grandes rasgos, no había ocurrido nada extraordinario que hubiera alterado su rutina diaria durante al menos los últimos dos meses. No que él recordara.

Como no lograba sacar nada en claro, siguió pasando las hojas. Comprobó con sorpresa que solo hacía falta remontarse a dos semanas atrás para encontrar la misma anotación.

«Dr. Moliner».

Y la misma hora, también un viernes.

«¿Qué coño?...».

Dos visitas sí eran motivo de sospecha. Sobre todo porque cada vez estaba más convencido de que de haber ido al médico habrían hablado abiertamente del tema, y de que, de algún modo, él tendría conocimiento de esas visitas. Pero no tenía ni idea. La tercera anotación, dos semanas antes, repitiendo día y hora, solo acrecentaron su sospecha.

Sabiendo lo que ahora sabía de su relación extramatrimonial, no pudo evitar pensar que Clara no había mencionado la visita porque estaba tratando de ocultar algo que afectaba directamente a la pareja.

Como, por ejemplo, un embarazo no deseado.

«Pero ¿de verdad era tan tonta como para anotar en su agenda que iba a visitar a un médico con la intención de abortar, y así poder ocultar su aventura?».

A Mario le pareció algo totalmente descabellado. Vale que Clara era una mujer extremadamente olvidadiza en algunos aspectos, pero seguro que tendría grabado a fuego en su mente que ese día tenía esa cita especial, y no habría dejado constancia de ello en su agenda. Porque, por mucho que Mario nunca la mirara, existía esa posibilidad, y no concebía que su mujer fuera tan poco hábil.

Sobre todo, después de haber demostrado sobradamente en muchísimas ocasiones que sabía qué carta jugar en todo momento.

Siguió repasando la agenda, pero no encontró nada que mereciera dedicarle más de dos segundos, así que cerró el cuaderno. Con la mirada perdida, y sin dejar de pensar que tal vez él estaba equivocado y ella le había contado todo lo referente al doctor de las narices, se pasó la mano por la frente y los ojos y se apretó la nariz.

Sintió que necesitaba un poco de aire libre y salió de la

casa, no sin antes guardar la agenda en su escondite. Aquella pausa le sentó bien para aplacar un poco los nervios, que ya empezaban a pasarle factura, pero sus ideas seguían sin estar ordenadas y, sobre todo, no tenía nada claro cuál era el siguiente paso que debía dar.

Si es que debía dar alguno.

La tentación de llamar a sus padres, a sus suegros, a sus amigos y a la policía estaba ahí. ¿Por qué tenía que comerse él solo la cabeza, pudiendo pedir ayuda a los demás?

De nuevo la frase de Rose resonó en su cerebro:

«No te recomiendo en absoluto que vayas con el cuento a la policía».

¿Sería cierta aquella historia tan peliculera que le contó cuando irrumpió en su casa, y que lo obligaba a dejar al margen tanto a la familia (por razones obvias) como a la policía (al parecer, por razones más obvias todavía) y a investigar por su cuenta?

¿Cómo se hacía eso?

«¿Por qué cojones no aprendí a sacarme las castañas del fuego yo mismo cuando era mucho más joven? ¡Ahora sería una especie de Bruce Willis, capaz de buscar a mi familia y de encontrarla, rompiendo cuellos de malos con mis propias manos! ¿Por qué soy tan mierda? Si es que no me extraña que Clara se buscara a otro hombre. Ese sí que parece capaz de esas cosas y de mucho más. Joder...».

Volvió a pasarse la mano por la frente y por los ojos, y acabó de nuevo en la nariz.

Puede que no fuera ese superhéroe capaz de todo. Puede que ni siquiera le llegara a la suela del zapato a esa persona que debería ser. Pero, desde luego, si existía un momento para abandonar el mundo de comodidades en el que estaba instalado desde hacía tanto tiempo, si existía un instante apropiado para dar un paso al frente, sin ninguna duda era ese.

Solo no podía; sus limitaciones eran las que eran, pero no

perdía nada por confiar en esa muchacha y, aunque fuera una vez en su vida, echarle valor al asunto. Si alguien tenía que encontrar a su familia, ese era él.

Sacó el teléfono móvil del bolsillo y buscó el último contacto agregado.

Rose no tardó en contestar.

21.24 horas. Elche

Al final Alicia llevaba razón y todos los restaurantes chinos tenían un sabor muy parecido. Al menos los que ella había probado, ya que no era tan corta de miras como para creer que no los habría mejores y peores.

A pesar de todo, no había cenado mal, y la compañía de Ana no había sido del todo nefasta.

Sinceramente, había llegado a pensar que esos momentos más íntimos entre ambas serían un tanto incómodos. Creyó que no pegarían la una con la otra ni con cola, pero la inspectora la sorprendió con una conversación apasionante.

Apasionante para policías, claro, ya que le había estado contando, un poco por encima, algunos detalles del funcionamiento interno de la comisaría en la que trabajaba. Y a Alicia eso siempre le gustaba.

Sobre todo, porque rompía con el prejuicio de que todas las comisarías eran iguales. Ella también partió en su momento con esa idea, pero el tiempo, y en especial los viajes, habían cambiado por completo su visión, y finalmente había comprendido que lo único que tenían en común unas con otras era el nombre del edificio, ya que las historias que sucedían dentro y, en particular, las personas que trabajaban en ellas las hacían únicas. Y en este sentido la de Elche no se quedaba atrás.

Ana, por su parte, también estaba encantada de escuchar

las historias que le había contado Alicia acerca de sus vivencias dentro de la Unidad Central. Estaba fascinada con todo lo que salía de la boca de la subinspectora, porque para una persona que trabajaba en la UDEV esa unidad representaba lo máximo a lo que se podía aspirar dentro del cuerpo. Pero eso no significaba que todos los policías que trabajaban en Homicidios se murieran porque los destinaran a esa unidad (ella no se marcharía de su Elche ni por todo el oro del mundo), pero no por ello dejaba de reconocer que Alicia estaba en la cumbre de la Policía Judicial.

Escuchó con atención todas las anécdotas, pero si hubo algo que le llamó la atención fue la habilidad con que esquivó el caso del mutilador de Mors.

Ana no era tonta y sabía cuándo una pregunta incomodaba, así que no quiso insistir, a pesar de que se moría por saber todos los detalles del caso más famoso de toda la historia negrocriminal del país.

Ya estaban recogiendo la mesa, y cuando Alicia anunció que sus planes eran una ducha rápida y a la cama, Ana se detuvo de pronto, miró su reloj, lo pensó unos instantes y le dijo a la subinspectora:

—Sé que me has dicho que estás muy cansada, que puede que mañana nos espere un día intenso, pero, no sé, míranos: somos jóvenes y es sábado por la noche.

Alicia se quedó inmóvil y, levantando la ceja, miró a la inspectora.

—Ana, no sé qué vas a proponerme, pero te advierto que no me gustan nada las discotecas.

—No, no, a mí tampoco. Además, somos jóvenes, pero no tanto. ¿Nos tomamos algo en un lugar tranquilo?

Alicia necesitó unos segundos antes de responder. Durante ese tiempo maldijo a la inspectora jefe Sara Garmendia y a la inspectora Fátima Vigil por haberle impartido aquel curso intensivo de lectura de lenguaje no verbal. Las maldijo porque en la cara de Ana veía algo muy parecido a una llamada de socorro en plan «Necesito una amiga y la necesito ya. La necesito, aunque te vayas en unos días para seguir con tu vida en Madrid. Por favor, tómate algo conmigo y déjame sentir que tengo a alguien».

Así que por una vez dejó de ser la Alicia que la hubiera mandado a freír espárragos, ya que ella lo que quería era dormir, y contestó lo que Ana esperaba oír:

—Venga, me ducho igualmente y me llevas a donde quieras. Pero de tranquis, ¿eh?

19

Sábado, 11 de mayo de 2019. 23.44 horas. Elche

Ana pensó de nuevo en la suerte. En la facilidad con que se empleaba ese término para cosas tan triviales como encontrar aparcamiento dos veces en un mismo día, sin el menor esfuerzo y en sendas zonas complicadas para aparcar. Y el hecho de que fuese en la misma calle donde estaba ubicado el local, le añadía un plus.

La inspectora no era de salir demasiado, pero cuando lo hacía buscaba cierta tranquilidad (porque, en el fondo, encontrarla del todo en pleno centro de Elche y un sábado por la noche, era tarea imposible), y por eso le gustaba aquel pub en concreto.

Haciendo honor con su nombre a la calle donde estaba emplazado (Blas Valero) y al número que ocupaba (22), el BV22 era el típico lugar con un encanto difícil de explicar con palabras.

Alicia tampoco era de las que se pasaban los fines de semana de fiesta, la mayoría de las veces ni podía planteárselo por temas laborales, y cuando sí podía, sencillamente no le apetecía demasiado; pero, sin la menor duda, aquel tipo de locales iban con ella.

Nada más entrar, al ver su peculiar decoración, pensó que así era.

No es que desentonara mucho de otros pubs irlandeses que alguna vez había frecuentado, pero aquel desde luego reunía varios elementos que de algún modo lo hacían único. Para empezar, había una banda (más tarde se enteró de que era local) amenizando las consumiciones. Lo primero que agradeció de aquel detalle fue que el volumen de su música estaba dentro de los límites de lo aceptable. Un poco más alto que si hubiera hilo musical de fondo, pero lo suficientemente bajo para poder entablar una conversación sin ningún tipo de molestia. Otra de las particularidades del lugar era que por dentro estaba forrado por completo en madera. Tanto el suelo como las paredes. Pero si hubo algo que llamó su atención, y que le gustó en especial, fueron los bancos que rodeaban las mesas. No es que visualmente fueran espectaculares, pero en cada uno de ellos se podía ver el nombre de varios exploradores y aventureros tales como Shackleton, David Livingstone, Frank Worsley o Roald Amundsen.

Todo eso se entremezclaba con la típica decoración de pub irlandés, con el logo de la cerveza Guinness por todos lados, lo que hacía de aquel lugar un espacio realmente fascinante.

—Siéntate —le indicó Ana a Alicia—. ¿Tienes hambre?

—¿Hambre? Pero si acabamos de cenar.

—Hazme caso, en cuanto ves pasar por aquí a la gente con platos con comida te entra apetito y acabas picando. Es por adelantarme. ¿Qué bebes?

—Un refresco, el que tú quieras.

Ana levantó la ceja, pues pensaba que pediría algo con alcohol, pero enseguida se dirigió hacia la barra. No tardó demasiado en regresar con las bebidas; a Alicia le pidió una Coca-Cola y para ella, una pinta de cerveza negra. Tras dejarla sobre la mesa se acercó de nuevo a la barra y regresó con un plato de patatas fritas de bolsa acompañado de boquerones en vinagre y aceitunas rellenas de anchoa.

—Yo sé que al final como por gula —comentó nada más dejar el plato—, pero no lo puedo evitar. Es como las pipas, aunque no tengas nada de hambre siempre quieres comer.

Alicia sonrió. La vida en Madrid le había hecho olvidar lo típico que era aquel plato por la zona y enseguida se puso a picar. La inspectora tenía razón, hambre no tenía, pero qué bien entraba.

Ana echó mano a su vaso y bebió un largo trago de cerveza.

—¿No bebes alcohol? —preguntó nada más dejarla de nuevo sobre la madera.

—Habitualmente no, además la cerveza no va demasiado conmigo.

—¿Pero porque no te gusta?

—A ver, la puedo beber, pero no me llama mucho. Mi compañero de piso sí que no la soporta, le tiene fobia.

—Ah, ¿vives con alguien?

—Sí, vivo con dos hombres; pero, antes de que pienses nada, son como mis hermanos mayores. Son compañeros de trabajo, y te diría que hasta los considero mis mentores.

—No, no, tranquila. No soy muy de formarme opiniones precipitadas. Lo que sí que me llama la atención es eso de la fobia.

Alicia se rio.

—Sí, Nicolás es así. Y lo gracioso es que Alfonso es todo lo contrario, él es capaz de...

—Perdona, perdona que te interrumpa. Me vas a tomar por una loca, pero ese Nicolás no será...

—Sí, es Nicolás Valdés —comentó divertida.

No era la primera vez que le pasaba. De hecho, allá a donde iba por temas de trabajo trataba de no mentar a su compañero y casi hermano porque siempre provocaba la misma reacción. No era extraño, desde luego. En España no se recordaba la última vez que todo un país conocía el nombre de un policía, pero no podía ser de otro modo tras el caso que lo mantuvo ocupado durante ocho años.

Ahí debía reconocer que no había sido muy hábil, pues se le había escapado, pero por otro lado no se culpaba, porque de algún modo Ana la hacía sentirse a gusto.

«Transmite buen rollo».

—Perdona, puedo parecer una grupi, pero el inspector jefe Nicolás Valdés es toda una leyenda en el cuerpo y no me esperaba que me dijeras que no solo trabajas a su lado, sino que vives con él.

—Pues si quieres fliparlo de verdad, te gustará saber que yo estoy aquí de puro rebote, ya que Montalvo, de la Provincial, lo buscó a él para que se ocupara de este caso.

Ana puso unos ojos como platos.

—¿En serio? —Elevó el tono de su voz unos cuantos decibelios, lo cual hizo sonreír a Alicia.

—Siento que no pudiera venir —dijo.

—No, no, por favor, no me malinterpretes, pero es que no me imaginaba que, bueno, ya sabes, que una nunca se espera que...

—Tranquila, te entiendo. Es verdad que Nicolás es algo único, pero no hay que menospreciar al inspector Alfonso Gutiérrez. Personalmente me pone de muy mal humor porque es un «cuñao» de agárrate y no te menees, pero también es un policía que no tiene nada que envidiar al bueno de Nicolás. Así que, ya ves, él no ha podido venir y aquí estoy yo —dijo al tiempo que daba un sorbo a su vaso.

Ana la imitó, pero ingirió más volumen de bebida.

—¿Puedo ser indiscreta?

A Alicia le cambió levemente la expresión.

—¿Qué quieres saber acerca de lo que ocurrió en Mors?

—De lo que ocurrió sé bastante. Todo policía que trabaje en la UDEV se ha estudiado el caso casi como si fuera el manual del buen investigador. Lo podríamos considerar nuestra biblia.

Alicia sonrió al tiempo que negaba con la cabeza.

—No te creas todo lo que hayas leído. Entre hechos maquillados y cosas que no sucedieron exactamente como se cuenta, parece más una novela que un informe policial. Hubo muchas cagadas, al final todo se resolvió, pero se pagaron precios muy altos para que así fuera. Fue como una puta pesadilla.

La inspectora miraba a Alicia directamente a los ojos, y no se le escapó cómo el brillo de su mirada se iba a apagando a medida que pronunciaba cada palabra. Creía entender los motivos. No los conocía exactamente, pero a pesar de ello los entendía. Le decían que Alicia callaba mucho más de lo que hablaba respecto a aquel tema. Y solo por eso debía de haberlo dejado ahí, pero su curiosidad seguía latente y lo notaba en la aceleración de su ritmo cardíaco.

Recordaba perfectamente el día en que el caso comenzó. Diez años atrás ella trabajaba como agente de la UDEV en la misma comisaría que ahora y, casualidades del destino, no se vio involucrada en el caso por pura casualidad. La llamada procedente de la comisaría de Orihuela primero pasó por Elche, pero a su vez se delegó a la Provincial porque no había ningún efectivo disponible para hacerse cargo del caso. Pocos supieron que aquello no era cierto, pues el subinspector Molina sí estaba de servicio, pero estaba tan enganchado a la cocaína y sus jefes tan hartos de taparlo con la esperanza de que se solucionara, que prefirieron pasar de él. Molina nunca lo hizo, pero el resto ya vino solo.

Aunque no dejaba de pensar en qué habría pasado si hubiese sido ella la que hubiera acudido junto con un oficial para hacerse cargo del robo de unos ojos en un tanatorio. Un hecho tan simple que acabó transformándose en lo que se transformó.

Alicia sí que estuvo involucrada. Vaya si lo estuvo.

El destino, que no puede ser más caprichoso.

—De todos modos —Ana habló por fin tras un largo silencio—, no es acerca de eso de lo que te quería preguntar. O comentar, mejor dicho. Perdona que sea indiscreta, pero sigo dándole vueltas a que, siendo como eres de Mors, fueras a quedarte en un hotel de Elche. Ya sé que es más fácil todo si estás al lado del trabajo, pero es que en veinte minutos te plantas aquí.

El rostro de Alicia se agrió todavía más.

A Ana no le pasó desapercibido ese detalle, pero la cerveza ya se le estaba subiendo a la cabeza y en realidad era el alcohol el que hacía que pasara por alto esas señales y la animaba a seguir preguntando.

—No tengo dónde quedarme en Mors y, Ana, si no te importa, prefiero cambiar de tema.

Y tras aquella respuesta, ya no había cerveza de la que valerse como excusa.

La inspectora sintió un poco de vergüenza y, tras pedir perdón —¿o no lo hizo y simplemente lo pensó?—, tomó un último sorbo de su bebida y se la terminó. Se levantó sin decir una palabra y fue a por otra. Por el camino pensó en cómo había metido la pata sin pretenderlo. Estaba claro que el caso, de algún modo, la había afectado más de la cuenta, y era algo así como un tema tabú para ella. Eso le chocaba, pues la muchacha parecía un torbellino por su forma de expresarse, y de actuar en según qué ocasiones. Esa era una afirmación peligrosa en la mayoría de los casos, pero Alicia ya había demostrado tener un carácter fuera de lo habitual, lo cual hacía más extraño el hecho de que el caso Mors pudiera con ella.

De regreso a la mesa, ya con su nueva cerveza en la mano, decidió aparcar el tema. Tendría que refrenar el morbo que le producía conocer más detalles acerca del caso.

Nada más sentarse comprobó que Alicia ya se había rehecho del golpe encajado involuntariamente. La sonrisa había vuelto a su rostro, y la inspectora agradeció que así fuera. No le gustaban las situaciones incómodas.

—Yo ya te he contado algo de mi vida —dijo la subinspectora—, ahora te toca a ti. ¿Qué tal te va?

Ella nunca hablaba. Al menos no cuando iba sobria. Y ahora no es que se hubiera bebido hasta el agua de los estanques, pero a Ana le bastaba con una pinta para sentir un enorme mareo en la cabeza que ya no le permitía ser la misma de siempre. Así que, por una vez, sí que habló. Bueno, no exactamente.

Lo que hizo fue empezar a llorar.

Alicia, que no entendía nada, se echó hacia delante y extendió el brazo con la intención de comprobar que su compañera estaba bien.

—¿He dicho algo que no debía? —preguntó a modo de disculpa.

La inspectora negó con la cabeza.

—Si quieres dejamos de hablar de nosotras mismas y... yo qué, sé. ¿Te gusta la música que suena?

Ana necesitó unos segundos para recomponerse.

—Si es que soy imbécil —dijo—, soy una tonta enamoradiza.

—Ana, de verdad, que yo no...

—No pasa nada. Es mejor si lo suelto de una vez. Mi pareja se ha largado con gran parte de mi dinero, pero lo peor no es eso, es que no es la primera vez que me la clavan así.

—¿Te han robado más veces? —quiso saber, sorprendida.

—No, pero engañarme sí. Es que me fío de todo el mundo sin condiciones, y mira lo que me pasa.

—Pero eso no es malo del todo, Ana. Eso es ser buena persona.

—Eso es ser tonta del culo, Alicia.

—Ya, bueno, se puede ver desde muchos ángulos.

—Que no, Alicia, que solo hay uno, y estoy hasta los ovarios de que se rían de mí.

Alicia no sabía qué decir. De pronto se estaba viendo en una situación nada cómoda en la que su interlocutora esperaba escuchar unas palabras que ella no encontraba. Lo que sí hizo fue apartar a un lado la cerveza, pues todo parecía indicar que la bebida tenía la culpa de la situación tan incómoda en que se hallaban.

—Bueno, Ana —dijo al fin—. Reconocerlo es positivo, es mucho peor que se rían de ti, como tú dices, y que no seas ni capaz de darte cuenta. Un primer paso es reconocer que te han tomado el pelo. No te conozco mucho, pero me pareces una mujer inteligente. He visto a otras mujeres en puestos como el tuyo que han tenido que ganarse el respeto de los suyos con mano firme y a golpe de carácter, mientras que, en tu caso, y espero que no te lo tomes a mal, no he visto esa actitud. Lo considero muy buena señal, porque tus compañeros te respetan por lo que eres y por lo que haces. ¿Qué puede haber mejor que eso?

La inspectora la miraba con los ojos anegados en lágrimas.

—Lo pasado, pasado está —dijo sin darse cuenta de que ella misma no se aplicaba el cuento—. Estoy segura de que lo que te ha sucedido te servirá para que no se vuelva a repetir una situación parecida. Sé que suena a tópico, a una frase que valdría para ti y para cualquiera, pero insisto en que creo que eres una mujer que se ha ganado un trato de igualdad simplemente siendo como es. ¿Tú sabes lo difícil que es eso en el mundo en que vivimos?

Ana meditó aquellas palabras. Puede que Alicia tuviera razón, nunca había reparado en ello. ¿Por qué no se valoraba un poco más? ¿Por qué no se quería? Había escuchado cientos de veces que lo primero era quererse y respetarse a uno mismo, pero no era capaz de aplicárselo. Puede que fuera el momento de agarrar el toro por los cuernos, de tomar las riendas de su vida y de decir de una vez «aquí estoy yo».

O tal vez era el alcohol de la cerveza el que pensaba por

ella y el que estaba tomando decisiones que acabarían, como siempre, en el fondo de un saco con un agujero tan grande que no durarían ni un par de horas dentro.

También puede que fuera el alcohol de esa misma cerveza lo que la empujó a decir las siguientes palabras:

—Pero es que no solo es eso.

Alicia alzó una ceja. Si algo había aprendido en los últimos tiempos era a darse cuenta de cuándo una conversación pasaba de ser un lamento vacío, a convertirse en algo serio de verdad. Ana ya había captado su atención, pero a partir de ese momento dispondría de un plus.

—Este caso me está tocando las narices más de la cuenta, no me deja ver las cosas de manera objetiva y creo que ando un poco perdida por culpa de eso.

—¿Es por el niño? —aventuró Alicia—. Los casos con niños son muy complicados, sobre todo cuando son tan pequeños como Hugo.

—No, bueno, no del todo, no me malinterpretes. No es mi primer caso con un niño pequeño implicado, por desgracia. Eso me va a doler siempre, pero me hace esforzarme el doble si cabe. No es eso.

—¿Entonces...?

La inspectora se bebió todo lo que quedaba de la segunda pinta, y sin mediar palabra se levantó a por una tercera.

Alicia se temió lo peor, no por lo que le fuera a contar, sino porque, al parecer, la cerveza se le subía a la cabeza como a cualquier otra persona una bebida de alta graduación. Se la notaba bastante perjudicada y se vio a sí misma arrastrando a Ana a la cama.

Pero de algún modo dejaba entrever que lo necesitaba.

La subinspectora no era amiga, precisamente, de la ingesta de alcohol, y mucho menos a la hora de afrontar (o esquivar, según se mire) determinados problemas; sin embargo, un par de años atrás ya había visto cómo su compañero y amigo

Alfonso hacía lo mismo para afrontar el duro episodio que estaban viviendo con la ausencia de Nicolás, así que, de algún modo, ya estaba acostumbrada a ello.

Ana regresó a la mesa habiéndose bebido media cerveza por el camino. La dejó sobre la tabla, se pasó ambas manos por la frente y se echó el pelo hacia atrás, colocándoselo detrás de las orejas. Levantó la cabeza y miró a Alicia directamente a los ojos. La inspectora reparó en la angustia que reflejaba su mirada.

—Soy una mala persona —soltó de golpe.

—Venga, Ana, por favor, no me vengas con esas ahora y suelta lo que tengas que soltar.

—Yo lo pensaría de ti si tú me dijeras que te alegras de que Clara Carratalá haya desaparecido y de que su marido esté sufriendo por ello. ¿Cómo puedo pensar eso? ¿Y el niño qué? Y aunque no hubiera niño, ¿cómo puedo pensar eso?

De nuevo comenzó a llorar desconsoladamente. Los que ocupaban la mesa de atrás levantaban la cabeza de vez en cuando con la intención de saber qué estaba pasando.

—Ana, por favor, tranquila —le rogó Alicia, bastante apurada.

Prácticamente acababa de conocer a la inspectora y ahora la estaba consolando. ¿Pero qué clase de broma era aquella?

—¿Cómo puedo estar tranquila con lo mala que soy? —respondió, anegada en lágrimas.

Alicia miraba a un lado y a otro. La inspectora alzaba cada vez más el tono de voz, y ella, por muy egoísta que sonara, estaba pasando un momento verdaderamente vergonzoso. Solo el hecho de que no hacía ni veinticuatro horas que la conocía le impidió arrearle un bofetón para que, como decía su tía, llorara, pero con motivos.

Sin embargo, se contuvo. Por el contrario, se echó hacia delante, sobre la mesa, y le apoyó la mano en el hombro. Buscó en lo más profundo de su ser el tono más conciliador que fue capaz de encontrar y lo usó.

—Ana, escúchame. ¿No crees que será mejor que me lo cuentes, y así lo sacas de una vez? Puede que a mí no me parezca tan horrible. ¿Y si resulta que estás haciendo una montaña de un grano de arena? Venga, va, cuéntamelo.

Ana se enjugó las lágrimas, y estas fueron seguidas por otras que surcaban amargamente su rostro. Respiró profundamente varias veces, tratando de recobrar cierta compostura, y cuando creyó que lo había logrado, comenzó a hablar.

—Esto viene de lejos. ¿Has echado un ojo a sus redes sociales?

—Claro, ¿no recuerdas que las hemos visto juntas esta tarde en comisaría?

«Madre mía cómo va esta», pensó.

—Pues, para que te hagas una idea, desde bien chiquita ha sido así. Conozco a Clara desde siempre. Hubo una época en que fuimos las mejores amigas.

—Imagino que ese «fuimos» dice bastante de la situación actual.

—Sí, claro. Nuestra relación siempre fue rara. Digamos que yo no encajaba en su mundo perfecto, que era todo lo contrario de lo que ella buscaba y de las personas con las que le gustaba relacionarse; pero, aun así, no sé por qué le caía bien, y durante muchos años, aunque de forma algo discreta, fuimos casi como hermanas.

—¿Eso te ha ocasionado algún problema con el padre o la madre? ¿Qué saben ellos de cómo acabasteis?

Ahora Ana sonreía, aunque Alicia tuvo clarísimo que esa sonrisa era irónica.

—Como te he dicho, nuestra amistad fue totalmente discreta. Yo no encajaba en el mundo de Clara. Nunca fui a su casa, nunca se nos veía saliendo juntas a ningún lado. No sé cómo explicártelo. Era como si yo fuera una amante. La otra, ¿me entiendes?

Alicia asintió.

—Yo era lo que Clara necesitaba, la persona con la que podía ser ella misma. La que conocía sus más inconfesables secretos. Sus verdaderos sueños. No los que su familia o su círculo habitual querían para ella. Clara estaba destinada desde el momento cero a ser una megaestrella social, aunque ella en el fondo no quería nada de eso.

—Viendo sus redes, quién lo diría.

—Todo mentira, como viene siendo habitual en ese mundo. O incluso podría ser que de tanto vivir su propia mentira se la hubiera acabado creyendo. O, qué sé yo, puede que ya le gustara de verdad. Pero Clara por dentro no era así. De hecho, hubo un momento en que empezó a salir su verdadero yo, fue en el instituto.

—¿Y ya te mostraba como a su amiga?

—Sí y no. Al menos trató de integrarme en su grupo de fieles, porque amigas ya te digo yo que no eran. A veces incluso me llamaba para salir algún sábado por la noche con ellas aunque, si te soy sincera, rara vez lo hacía, porque a mí sus rollos no me gustaban. No sé si eso fue lo que lo estropeó todo.

Alicia escuchaba atenta. Dio otro sorbo a su bebida, aunque en verdad solo bebió un poco de refresco con mucha agua de los cubitos. Se hubiera levantado a por otra, pero la conversación resultaba demasiado interesante para interrumpirla.

—Fue ahí donde se torció todo. ¿Verdad?

Ana se limitó a asentir.

—Y tuvo que ser algo muy grave para que afirmes que te has alegrado de la desaparición de Clara. Y no solo eso. Mario también está implicado, porque has dicho que también te alegras de su dolor.

La inspectora repitió el mismo gesto.

—Pues..., ya que te has arrancado, no frenes ahora.

—A Clara le gustaban todos. A ver, no me entiendas mal,

no lo digo en el mal sentido, sino que, si un chaval era guapo, a por él. No se llegaba a quedar con ninguno. Yo, en cambio, llevaba más de dos años suspirando por Mario Antón. No era el más guapo. Ni el más chulo. Ni tenía ninguna de esas cualidades que una chica a esa edad considera interesantes. Mario era un chico bastante encerrado en su mundo, pero tirando a muy normal. De hecho, incluso había compañeros de clase que de vez en cuando le hacían eso que ahora se conoce como *bullying*. En esos momentos mi relación con Clara ya no estaba tan bien como antes. Sus amigas no me soportaban. No entendían por qué yo, una chica tan alejada de ellas, tenía que acompañarlas a todos lados. Era la nota que desentonaba claramente, y se lo hacían saber a la abeja reina cada dos por tres. Un sábado por la noche que sí salí con ellas decidí seguirles el rollo y beber. Ya has visto cómo me sienta hacerlo; la lengua se me calienta muy rápido.

Alicia asintió.

—Pues no se me ocurrió otra cosa que confesar que me gustaba Mario. Ese fue mi gran error. Las amigas de Clara aprovecharon para comerle la cabeza y gastarme una broma. En primer lugar, que Clara tenía que atraer a Mario hacia ella. Todo eso sin que yo lo supiera, claro. Mario no tardó en caer en sus redes. ¿La chica más guapa y popular, no solo del instituto, sino de todo Elche? Él ni se lo pensó; no lo culpo por eso. De lo que sí lo culpo es de haber entrado en el juego que ella le propuso, y que fue el de seducirme a mí y...

Alicia se puso en guardia de repente.

—Me cago en la puta hostia, Ana, me estás asustando. Mira que me levanto y me voy a buscarlo, pero ya.

—No, no, no es eso. Para mí fue grave, pero no pasó nada que no pase hoy en día sin llegar a..., ya me entiendes. El caso es que, aunque no llegó a tocarme ni un pelo, me dejó desnuda, porque iba a pasar lo que te imaginas en un descampado de aquí de Elche. Él se alejó con la excusa de que tenía que hacer pis y ya no volvió a aparecer. Eso sí, ellas estaban escondidas y tomaron fotografías de esa situación, que luego se encargaron de distribuir por el instituto. La verdad es que no se me veía nada y, como no se pudo demostrar de dónde salieron, nadie pagó por ello. Pero yo supe en todo momento quién estaba detrás.

Alicia apretaba fuerte los dientes. La rabia le corría desbocada dentro, pero al mismo tiempo sentía una gran empatía con Ana, a la que ya no veía como la inspectora de policía de la UDEV encargada del caso, sino como a una persona con un dolor indescriptible en su interior. Aquella mala pasada no llegó al extremo que Alicia se había temido en un principio, pero aun así tenía unas ganas horribles de pegarle un puñetazo a aquel tipo, y comprendió perfectamente que Ana se alegrase de lo que le había pasado a Clara Carratalá.

Pero no podía decirle eso. Ana esperaba escuchar otras palabras, y ella debía ofrecérselas, aunque no sabía muy bien cómo.

—¿Y qué pasó después? —probó a preguntarle.

—Ya digo, a ellos nada. Cosas de la vida, Clara utilizó a Mario para hundirme a mí la vida, y después, mira, casados, con una vida perfecta y un hijo. Yo me tuve que cambiar de instituto. No podía mirar a Clara a la cara después de lo que había pasado, y mucho menos a Mario. Sé que tendría que haberme armado de valor y cantarles las cuarenta, pero... no pude. Me cambié de instituto y puede que ese fuera un detonante para dedicarme a lo que me dedico. Quise ayudar a los demás del modo en que me fuera posible.

—Ana, como comprenderás, no te conozco mucho, pero sí sé que una inspectora de la UDEV lo hace. Tienes que quedarte con eso. Y, bueno, sé que este caso ahora es el doble de jodido por todo lo que te vincula a ellos, pero tienes que...

—Lo sé, Alicia. Lo haría aunque no estuviera Hugo de por medio, pero lo está. No he olvidado, ni perdonado; pero por mucho que piense que se lo merece, y aunque no debería hacerlo, pondré todo mi empeño en encontrarla sana y salva. No sé si el karma existe, pero si tiene que pagar por lo que hizo en el pasado, este no es el momento.

Alicia la miró sonriente. A Ana no le pasó desapercibido aquel detalle.

—¿Qué? —preguntó.

—Que si llevara sombrero me lo quitaría —respondió Alicia—. Yo sí que soy rencorosa de la hostia y no sé si pensaría como tú. Ana, sin duda eres una de las mejores personas con las que me he cruzado. Hagamos todo lo posible porque esa familia se reúna de nuevo, y, ya puestos, que ambos lo paguen como de verdad se merecen.

—¿Cómo?

—Pues con un buen herpes genital, que no veas cómo jode eso.

Ambas se estuvieron riendo un buen rato.

20

Domingo, 12 de mayo de 2019. 7.24 horas. Elche

Mario abrió los ojos.

Seguía con ese particular sentimiento de culpabilidad mientras probaba a dormir, pero por suerte la razón impuso su lógica y le hizo ver que necesitaba descansar, aunque fuera solo durante cortos periodos. Esta vez tampoco se acostó en la cama, sino que optó por echar alguna que otra cabezada sentado en la butaca del salón. Para él, aquello era como una especie de penitencia por no haber encontrado todavía a su mujer y a su hijo, cuando ya había transcurrido un día y medio de su desaparición.

Tampoco podía decirse que hubiera hecho demasiado por conseguirlo, pero sí era cierto que la rueda de su cabeza no dejaba de dar vueltas en busca de un camino que tomar. La opción de localizar al ruso era la única que parecía viable, pero para su mala suerte no disponía de los medios necesarios, así que no le quedaba más remedio que confiar en Rose. No hacía mucho, le había enviado un mensaje por teléfono móvil en el que le decía que ya estaba despierta y trabajando a tope para poder ofrecerle algo sustancioso en breve.

«¿Lo logrará? ¿Conseguirá llegar más lejos que la policía?».

Sus dudas eran comprensibles, y su reticencia a hacerse ilusiones estaba más que justificada, pero no se cerraba en banda, prefería mantener intacto ese débil halo de esperanza al que se aferraba.

Lo de no hacerse ilusiones para no llevarse una decepción era una cantinela que se había repetido muy a menudo a lo largo de su vida. Nunca fue muy de soñar despierto, por si la caída resultante de volar muy alto le hacía demasiado daño. De hecho, cuando comenzó a salir con Clara, se repetía todos los días que lo que le estaba sucediendo tenía que ser forzosamente un espejismo. ¿Cómo, si no, la chica más guapa y popular del instituto se iba a fijar precisamente en él? Siempre fue un chico solitario. La muerte de su padre cayó sobre él como una pesada losa y, aunque Ramón Valero fue como un regalo caído del cielo e hizo lo que pudo para suplir el papel de su progenitor, Mario no lograba reponerse de esa ausencia. Decían que el tiempo lo curaba todo, pero para él aquella máxima no era más que una vil patraña.

Pensó de nuevo en su padre. Pedro Antón era el eterno quiero y no puedo. Quería tener a su familia entre algodones, pero no llegaba. Su trabajo como técnico en una de las más famosas fábricas de calzado de Elche apenas le permitía llevar a casa lo justo para ir tirando. Y a pesar de ello, Mario jamás conoció la amargura en su rostro. Nunca faltó esa sonrisa que consolaba al niño que se moría por tener un hermano con el que poder jugar, pero que nunca llegó por razones que él desconocía, y que no eran otras que la decisión de sus padres de no tenerlo, pues apenas tenían lo justo para vivir los tres. En contrapartida, su padre, a pesar de salir a las tantas del trabajo todos los días —y eso que comenzaba su jornada laboral cuando aún no había salido el sol—, no se cansaba de jugar con él todo el tiempo que hiciera falta.

Luego vino lo del bicho en la cabeza.

Y finalmente partió.

Mario era demasiado joven para hacerse promesas a sí mismo; sin embargo, sí que hizo una: «Si algún día tengo un hijo, seré como mi padre. Seré ese apoyo invisible, esa persona que siempre está ahí cuando se la necesita. Mi hijo caerá, pero yo le enseñaré a levantarse».

Sintió una lágrima corriéndole por la mejilla.

De algún modo había faltado a su promesa.

Hugo no estaba, y no tenía nada claro si volvería a verlo. Necesitaba que todo regresara a la normalidad lo antes posible; necesitaba que Clara le siguiera leyendo cada noche el cuento del lobo.

Su teléfono móvil comenzó a sonar. Recibía llamadas cada poco —cuando no era su madre, era su suegra—, pero el nombre de Rose en la pantalla le aceleró el corazón.

Se enjugó las lágrimas y trató de recuperar la compostura antes de responder.

—Hola, Rose.

—Buenos días, Mario. ¿Cómo estás?

—Ya te puedes imaginar —contestó sin más.

—Ya, lo sé. No sabía si llamarte, porque la verdad es que aún no tengo nada jugoso que comentarte, pero supongo que si estuviera en tu situación me gustaría estar al tanto de todo cada cierto tiempo. He dedicado algo de tiempo a averiguar a qué nos enfrentamos si buscamos al ruso. Suponiendo que resida en Elche, la cosa no es tan complicada, porque el censo no supera las cuatrocientas veinte personas; ahora bien, puesto que nadie nos ha confirmado que esté censado aquí, supongamos que es de Alicante. Ahí la cosa se complica, pues en dicha ciudad hay censados —hizo una pausa— dos mil quinientos veintitrés individuos. Y en el caso de que residiera en Torrevieja, mejor ni te cuento.

—No sé qué decirte, Rose. Ahora mismo estoy perdido,

jodido y todo lo que termine en ido. Es como si mi cabeza estuviera flotando.

—Ya me imagino... Bueno, quería decirte que mis sospechas parten de la hipótesis más simple, es decir, que resida en Elche. Supongo que le resultaría más fácil actuar si conoce bien el terreno. No sé cuánto tiempo llevan urdiendo este plan, pero imaginemos que hace poco; si ese es el caso, no veo yo al Gallego enviando a alguien que se dedique a improvisar. Ha de ser un tipo que sepa lo que hace y cómo hacerlo.

—Perdona que te lo diga, Rose, pero todo eso no son más que suposiciones.

—Lo sé, Mario, pero hoy por hoy no puedo ofrecerte más. La parte positiva es que pronto podré confirmarte esta teoría, o desecharla, que ya es algo. Sé por dónde se movería un tipo de su ralea en caso de que residiera en esta ciudad, y por ahí es por donde voy a comenzar. Solo te pido un poco de paciencia, y que no pierdas la esperanza. Como quiero ser transparente contigo, te cuento lo que voy a hacer: simplemente voy a pedirle ayuda a alguien que, aun sin ser de Europa del Este, se mueve mucho en su ambiente. No quiero que te asustes, para mí es alguien en quien se puede confiar. Eso sí, estate tranquilo porque no voy a dejarlo para mañana, me pongo ya mismo con ello.

Mario estaba tan negativo que prefirió obviar la petición de la chica. Paciencia y esperanza. Era como si en lugar de un día y medio hubieran pasado siglos desde la desaparición, y ya se le habían agotado la una y la otra. A pesar de lo cual, tomó una de las pocas decisiones inteligentes de las últimas veinticuatro horas, y prefirió no hacer ningún comentario negativo; dejaría que la periodista prosiguiera con sus investigaciones. No había que cerrar ninguna puerta. Ojalá tuviera suerte.

De pronto recordó una pregunta que quería hacerle y estaba a punto de dejarse en el tintero:

—Por cierto, ¿has podido averiguar algo del tal doctor

Moliner? Yo he echado un vistazo en la red y he encontrado varios, pero ninguno de Elche o alrededores, así que voy bastante perdido.

—Sobre ese tipo no tengo absolutamente nada, lo siento. Me he centrado en el tema del ruso y esa parte la he dejado para cuando avance algo más. De todos modos, también te prometo que intentaré averiguar quién es o dónde pasa consulta. Puede que incluso me resulte más fácil que lo del tal Boris.

—Gracias, Rose. No sé cómo agradecerte lo que estás haciendo.

—Dámelas cuando te lleve una buena noticia.

—Está bien, te...

El sonido del timbre de la casa de Mario interrumpió su frase.

—Escucha, Rose, acaba de sonar el timbre. Te dejo, llámame cuando quieras con lo que averigües. Y... gracias de nuevo.

—Que sí, pesado. Te llamo.

Colgó.

Mario dejó el teléfono sobre el mueble de la entrada y se dispuso a mirar por la pantalla junto al telefonillo para ver quién era. Se decantó por tres posibilidades: sus padres, sus suegros o la policía.

Pero al mirar no vio a nadie.

Totalmente seguro de que el timbre había sonado y, extrañado por no ver a nadie, abrió la puerta de la casa y atravesó el porche con la intención de dirigirse hacia la puerta que daba a la calle, abrirla y asegurarse.

No supo por qué, pero de pronto algo muy parecido a la electricidad le recorrió el cuerpo desde el estómago hasta la planta de los pies. De un modo continuo, como si estuviera recibiendo un aviso.

Cuando abrió la puerta y vio lo que vio, la mitad de su corazón se detuvo mientras la otra mitad latía con más fuerza que nunca.

Ana estaba teniendo uno de los sueños más raros de toda su vida.

Se veía a sí misma en la posición exacta en la que estaba: tumbada en la cama.

Y hacía justo lo que estaba haciendo: dormir como un lirón.

Solo que en su sueño sonaba su teléfono móvil y ella, consciente del sueño que tenía, no lograba despertarse para coger el terminal, que descansaba sobre la mesita de noche, y contestar la llamada.

El tono cesó.

Y ella siguió soñando que estaba tumbada sin moverse. Solo dormía.

Y en el sueño el teléfono comenzó a sonar de nuevo, repitiendo el bucle anterior.

El problema vino cuando logró darse cuenta de que no era un sueño, de que en verdad el aparato estaba sonando y que con esa iban ya cuatro llamadas perdidas.

Cuando logró abrir los ojos y centrarse, se lanzó rauda a contestar, pero el aparato enmudeció de nuevo y mostró una nueva llamada perdida en la pantalla.

Medio dormida todavía, ahora fue ella quien marcó el número, bastante acelerada, al comprobar que quien la llamaba era el inspector jefe de Judicial.

—Lo siento —dijo a modo de saludo—, tenía el móvil en silencio y no me había dado cuenta de las llamadas.

—Marco...

—Sí, lo sé, no es momento de tener el móvil en silencio. ¿Ha pasado algo?

—¿Que si ha pasado?

En cuanto el inspector jefe le relató los hechos por teléfono y hubo colgado, Ana no pudo por más que tirar el aparato sobre la cama y salir corriendo de su habitación en busca de Alicia.

Durante el corto trayecto sintió que ya no existía la resaca ni el intenso dolor de cabeza con el que seguramente se hubiera despertado en caso de no recibir esa llamada. Eso sí, la boca seca no podía faltar, pasara lo que pasase.

Cuando Alicia, que también estaba durmiendo plácidamente, pero no a causa de una melopea, vio a Ana zarandeándola encima de la cama, medio desnudas las dos, el susto que se llevó fue tan grande que no le arreó un sopapo de puro milagro. Afortunadamente optó por escuchar lo que Ana tenía que decirle.

Una vez al corriente de la situación, saltó de la cama y sin mediar palabra empezó a buscar ropa con la que vestirse sin perder un segundo.

8.04 horas. Elche

Llegaron a casa de los Antón-Carratalá a tal velocidad que parecían salidas de un circuito de carreras de Fórmula 1. Ana no era de las que pisaban el acelerador, pero en esa ocasión le faltó poco para atravesar el suelo del coche de tanto que apretaba hacia abajo el pedal.

No tuvo reparos en dejar el vehículo aparcado de cualquier forma y ambas salieron corriendo y se precipitaron en la vivienda.

Todas las puertas estaban abiertas, por lo que no hallaron impedimentos para acceder a la casa e ir directas al salón.

Ana no pudo evitar lanzarle una mirada a Mario. Sus suegros y sus padres estaban alrededor de él, llorando igual que él, y con toda la razón del mundo.

Pero no de pena.

Al contrario.

Mario Antón abrazaba a Hugo como si alguien pudiera aparecer de pronto y arrebatárselo de nuevo. El pequeño, un poco cansado de tanto sobo, se hacía para atrás como diciendo «¿Otra vez?», pero su padre no estaba dispuesto a soltarlo ni por un leve descuido.

Ana y Alicia se miraron. Gracias a la llamada del inspector jefe ya sabían lo que había sucedido, pero esa era de ese tipo de cosas que uno mismo debía ver con sus propios ojos para poder creerlas. Ojos que, por cierto, ante la emotividad del momento no pudieron evitar que se les escapase alguna que otra lágrima. El momento hablaba por sí mismo, y era imposible no dejarse llevar.

La primera en recuperar más o menos la compostura fue Alicia. Tras enjugarse las lágrimas carraspeó, a sabiendas de que iba a romper un momento precioso, pero la ingente cantidad de preguntas que se agolpaban en su cerebro requerían ser respondidas cuanto antes.

Sobre todo, porque no entendía nada.

—Siento mucho interrumpir este bonito momento —empezó a decir—. Ante todo, quiero que sepan que nos alegramos muchísimo de que el pequeño Hugo esté aquí con nosotros, y al parecer sano y salvo. Creo que es una de las mejores noticias que podíamos recibir. Por desgracia, esto no ha acabado, y es fundamental que sepamos lo máximo posible acerca de lo que ha sucedido.

—Ha sucedido —Carratalá no dudó en tomar la voz cantante, como siempre— que alguien parece haber hecho el trabajo por usted...

—¡Francisco José, por favor! —le recriminó su mujer—. ¿En un momento así también vas a dedicarte a echar en cara cosas a la gente?

Para sorpresa de todos, el león se convirtió en gatito, y Carratalá se limitó a negar con la cabeza al tiempo que acariciaba con la mano la cabecita del niño.

—Perdonen a mi marido —dijo, retomando la palabra—, está un poco como todos.

—No se preocupe —intervino Ana, ya recuperada de la

emoción—, es comprensible. ¿Me puede contar usted qué ha pasado? —le preguntó, consciente de que para Mario no había nadie más en el salón que su hijo.

Ella levantó los hombros y sonrió, emocionada a su vez.

—Lo único que sabemos es que el timbre de la casa ha sonado y el niño estaba en la puerta.

—¿Sin más? —preguntó incrédula Alicia.

—Sin más. Yo... tampoco entiendo nada, pero, como comprenderán, me importa bien poco.

Y se lanzó a besar la cabeza del niño como una loca.

Mario seguía como en otro mundo, con los ojos cerrados y con el pequeño pegado a su pecho.

Ana y Alicia volvieron a mirarse. Un gesto de asentimiento por parte de la inspectora corroboró que ambas pensaban lo mismo: había que hacer la inevitable pregunta.

—¿Y de Clara? ¿No sabemos nada?

Carratalá, con los ojos caídos, negó con la cabeza.

—¿Nos disculpan un momento? —dijo Ana, indicándole a Alicia que se apartara un poco del resto para poder comentar con ella ciertos aspectos del caso.

Los allí presentes no se dignaron ni a hacer el menor gesto, así que la inspectora y la subinspectora salieron del salón.

A pesar de que sabían que no podían oírlas, decidieron hablar en voz baja.

—¿Tú también crees que ha podido ser la propia Clara quien ha entregado al niño en un gesto de arrepentimiento? —quiso saber Ana.

—Pero ¿qué sentido tendría eso? ¿Para qué montar todo este follón si al final acaba dando un paso atrás y dejando al niño con su padre? ¿Por qué no lo dejó desde un primer momento con él y entró ella sola en la tienda? Esto me huele muy mal, Ana.

La inspectora estuvo meditándolo unos instantes. Alicia tenía razón. Demasiadas incongruencias para que esa teoría pudiera sostenerse. Más aún si se tenía en cuenta el cadáver del jefe de seguridad del centro comercial. ¿Era necesaria esa muerte con el único fin de que Clara escapara y comenzara una nueva vida? Y, sobre todo, ¿qué había acerca de la conexión de Carratalá con el narco gallego?

Esta última reflexión dio paso a una pista para una teoría posible.

—¿Y si *quientúyyosabemos* los secuestró a los dos y ha liberado al peque como gesto de buena voluntad frente al otro *quientúyyosabemos*? —aventuró Alicia.

—Podría ser. De hecho, sería lo único que tendría cierto sentido de todo este sinsentido.

—Pues, si me lo permites, creo que deberíamos seguir navegando por estas aguas. Yo sé que anoche me dejaste ver cómo era Clara en verdad, y lo cierto es que parece capaz de todo, pero una cosa es una cosa y otra bien distinta otra, no sé si me entiendes.

—Perfectamente. Acompáñame.

Volvieron a entrar.

—Sé que este es un momento de máxima emoción, pero sabiendo que Hugo ya está a salvo, tenemos que centrarnos al doscientos por ciento en localizar a Clara —señaló Ana.

—¿Tienen alguna idea de dónde puede estar? —preguntó Ramón Valero.

—Estamos trabajando con distintas hipótesis —respondió Alicia sin poder evitar mirar a Carratalá—, pero, si me lo permiten, nos las guardaremos hasta que podamos darles consistencia.

—¿Cómo que no nos van a contar nada? —dijo Carratalá, al tiempo que se ponía en pie, con un tono de voz que tenía más de reproche que de interpelación—. ¿Quiénes se han creído que son para ocultarnos información?

Alicia dio un paso adelante, desafiante.

—Somos las dos investigadoras que andan tras la pista de su hija, señor. Me consta que está sometido a una gran tensión, pero no se le ocurra levantarnos la voz ni a mí ni a mi compañera. Se le informará cuando se le tenga que informar, como a cualquier ciudadano. No quiero que ni por un momento se le llegue a pasar por la cabeza que usted está por encima del bien y del mal, por ser quien es. ¿He hablado claro?

—Pero ¿cómo se atreve...?

—¿He hablado claro? —repitió Alicia.

Carratalá le sostuvo la mirada.

Ana, por su parte, sintió varias reacciones en el cuerpo. La primera, que de pronto le había desaparecido todo el color de la cara. La segunda, que su corazón dejaba de latir por unos segundos. La tercera, que sus piernas apenas podían soportar el peso de su cuerpo, y eso que no había mucho que soportar.

Alicia, en cambio, no pestañeaba mientras miraba desafiante a Carratalá. Este último tenía los nudillos blancos de tanto apretar los puños. Ana había oído infinidad de veces aquello de «si las miradas pudieran matar...», pero esa expresión jamás le había parecido tan acertada como ahora que estaba viendo la cara del presidente.

La subinspectora no se amedrentó ni un poquito, y al final la mirada furibunda se perdió, dando paso nuevamente al gatito que solo quería tocarle la cabeza a su nieto.

—Está bien —concluyó Alicia, en vista de que Ana, que ya de por sí nunca hablaba en situaciones como la que acababan de vivir, se había quedado petrificada—, llamaremos a unos efectivos para que vengan lo antes posible. Lo primero que tenemos que asegurar es la integridad del peque. Aparentemente está en perfecto estado de salud, pero han de entender que el protocolo dicta que es necesaria una revisión médica. Los acompañarán al hospital; será rápido. Una pregunta sin rodeos: ¿Hugo habla, se expresa con claridad habitualmente?

Por fin Mario pareció reaccionar.

—Lo normal en un niño de cuatro años recién cumplidos.

—También entenderán —siguió explicándoles Alicia— que es nuestro deber intentar que nos cuente qué ha vivido durante los días que ha estado ausente. No se preocupen, porque no seremos nosotras las encargadas; será la psicóloga de la comisaría quien se encargue de eso.

—Es muy buena —intervino Ana, que al fin parecía estar saliendo de su mundo—, ha tratado con muchos niños, y les prometo que no presionará a Hugo; además, podrán estar presentes, y así será más probable que el pequeño pueda contarnos algo. Es de vital importancia, como comprenderán, puesto que su testimonio podría facilitarnos alguna pista acerca de Clara. ¿Han entendido el procedimiento?

Todos asintieron, a excepción de Carratalá.

—Bien, nosotras ahora tenemos que marcharnos para realizar unas gestiones relativas a la investigación, pero los veré más tarde en la comisaría para lo que les hemos comentado. Por favor, escuchen a los compañeros que vendrán ahora y colaboren en la medida de lo posible. Y, de verdad, no saben cuánto me alegro de que Hugo esté aquí. Lo digo de corazón.

Casi todos los allí presentes le dedicaron una sonrisa más o menos natural a la inspectora.

Dicho lo cual, dieron media vuelta y se dispusieron a salir de la casa.

Ana, que tras el paro cardíaco ahora sentía en su pecho justo la reacción contraria —una endiablada taquicardia—, ni siquiera esperó a que hubieran salido para preguntarle a Alicia qué acababa de pasar allí dentro.

—Tía, ¿cómo se te ha ido tanto la cabeza para hablarle así a Carratalá?

Ella aguardó unos segundos para suavizar al máximo lo que iba a responder.

—No se me ha ido la cabeza, se cree el rey del mundo, ¿y quieres que te diga lo que acaban haciendo todos los que se creen los reyes del mundo?

—¿Qué?

—Me comen el coño.

21

Domingo, 12 de mayo de 2019. 9.34 horas. Elche

El doctor Juan Legazpi las acompañó hasta la salida.

Sin conocer el Instituto de Medicina Legal de Alicante, muchos podrían pensar que se trata de una puerta normal, como debe ser. Nada más lejos de la realidad: la entrada —que también es la salida— era una puerta de garaje por donde accedían los coches fúnebres, y que a su vez albergaba el aparcamiento para los trabajadores del tanatorio, los médicos forenses y las autoridades policiales.

El IML de Alicante era particular por muchas cosas, pero la que más llamaba la atención, sin duda, era que estuviera emplazado en la planta superior de un tanatorio alicantino llamado La siempreviva.

Los forenses que allí hacían su trabajo, cabalgando entre la risa y la queja, daban gracias a que al menos pudieran disfrutar de esas instalaciones y no tener que estar trabajando en el cementerio, como se había llegado a proponer. Veían incluso gracioso que la tercera provincia en cuanto a violencia criminal de España no tuviera un instituto de medicina legal propio, pero eso era otro cantar.

Por supuesto, no era la primera vez que Ana pisaba aquel

lugar. De hecho, ni siquiera era la primera vez aquel mes de mayo. Alicia, en cambio, nunca había estado allí. Tuvo la oportunidad hacía un año y medio, cuando se produjo el estallido final en Mors, pero por circunstancias de salud mental prefirió dejar a Nicolás solo la tarea de la autopsia mientras ella regresaba a Madrid, abatida por las circunstancias.

Por eso, cuando vio las pésimas condiciones en que trabajaban, su sorpresa fue mayúscula. La sala de autopsias en sí no se diferenciaba demasiado de otras, con su característico aspecto de quirófano, pero lo que más le llamó la atención fue que conservaran los cuerpos en unas cámaras frigoríficas que, según le contó el doctor Legazpi cuando le hizo un pequeño *tour* para mostrarle las instalaciones, antaño se habían empleado para conservar frutas y verduras, pues antes aquel edificio albergaba una gigantesca cooperativa frutícola. Ni rastro de esas cámaras individuales que salían en las películas, equipadas con camillas correderas, donde un forense con aire taciturno decía aquello tan manido de «¿Reconoce a su marido, señora?».

También era digno de mención hasta qué punto la personalidad del doctor Legazpi rompía el tópico del sombrío médico forense. Alicia no había estado nunca en el IML, pero sí había oído hablar del instituto en cuestión por boca de Nicolás. Más o menos ya estaba al corriente de que el doctor era un tipo singular, en las antípodas de lo que uno esperaría encontrarse (aunque ella había visto de todo a lo largo del país), pero, desde luego, aquel hombre rompía los esquemas, y era todo un personaje. La broma —siempre con buen gusto, sin ofender a nadie ni rozar la «cuñadez», que Alfonso siempre sabía soslayar— había estado presente en todo momento y eso contribuyó en cierta medida a destensar la situación, algo muy necesario dadas las circunstancias y el cariz que había tomado el caso. Una vez incluso llegó a sentir vergüenza cuando se rio a carcajada limpia de una broma que Legazpi le explicó que siempre les gastaba a los estudiantes cuando acudían, muy bravucones ellos, a presenciar su primera autopsia real. Una broma que, por supuesto, tenía que quedar entre ellos, pero que Ana ya conocía de sobra.

Aparte de eso, poco o nada sacaron en claro ambas investigadoras del informe preliminar de la autopsia que a duras penas presenciaron. Al haber transcurrido casi veinticuatro horas desde la muerte, habían aparecido los moretones en el cuello, lo cual prácticamente certificaba que la muerte se había producido por asfixia mecánica. Nada que no esperaran. Para reforzar esa teoría, el doctor les mostró las petequias en el rostro y, a falta de un examen interno y a la espera de los pertinentes análisis toxicológicos, se estableció el estrangulamiento como causa más probable.

Y con eso tenían de sobra, porque, por mucho que lamentaran aquella muerte, como lo harían con la de cualquier persona, no dejaba de ser un daño colateral dentro del entramado urdido alrededor de la desaparición de Clara Carratalá. No por ello dejarían de tratarla con el respeto que merecía cualquier ser humano que hubiera perdido la vida a manos de otro. De hecho, ya habían obtenido una serie de sustanciosos indicios, y cada vez tenían más claro cuál había sido el papel del jefe de seguridad en todo aquel embrollo, pero por desgracia no aportaba nada que ayudara a esclarecer el meollo de la cuestión: saber quién estaba realmente detrás de todo.

Gracias a la inestimable ayuda de la UDEF, Fran había localizado un movimiento sospechoso en la cuenta del finado, nada menos que de cinco mil euros, lo cual ponía de manifiesto que muy probablemente había recibido dinero por colaborar en la desaparición. Eso los llevó a pensar que el tal Félix podría ser un obseso de la seguridad en el centro comercial, pero en lo referente a su vida privada no podría decirse que fuera un lince, pues un ingreso en metálico de semejante cuantía acabaría levantando sospechas tarde o temprano.

¿A quién se le ocurriría recibir una considerable suma en pago a un acto ilícito y meter el dinero en el banco?, pensaron las dos a la vez.

Cuantas más pruebas, mejor, eso siempre; pero aquel asunto era tan turbio que acababa por traslucir la realidad que trataba de enmascarar.

Aunque, mirándolo desde otro punto de vista, el hecho de que cobrase en efectivo hacía imposible rastrear el dinero, detalle este que aún complicaba todo un poco más.

Eso sí, estaba claro que el pagador no había querido dejar ningún cabo suelto, porque a pesar de haber comprado su silencio se había asegurado de que no hablaría pasara lo que pasara.

Tampoco cabía la menor duda de que la mano que estaba detrás de todo el tinglado sabía cómo hacerlo y no era de los que dejan nada al azar.

A pesar de lo cual, todo lo anterior no tenía por qué considerarse necesariamente como algo negativo, pues el hecho de que se estuvieran moviendo esas sumas indicaba que el cerebro que movía los hilos manejaba importantes cantidades de dinero.

Y cómo no, una gran flecha luminosa seguía apuntando hacia el narco gallego.

Dejaron el tema aparcado, de momento no se podía rascar nada más, y cambiaron el chip. Pero en todos los sentidos. Por suerte ya no tenían que seguir pensando en una madre y su hijo, sino en una sola persona, lo cual lo mejoraba todo considerablemente.

¿La situación seguía bastante tensa?

Desde luego, pero con el niño a salvo la visión del caso cambiaba muchísimo.

Ahora tocaba centrarse en él y descubrir si en verdad podía aportar algo.

Para averiguarlo se montaron en el Megane de Ana y pusieron rumbo a comisaría.

10.24 horas. Elche

Ana tuvo que reconocer que Solís estuvo hábil cuando, sin pensarlo, se fue directo al comercio chino más cercano y compró varios juguetes para que el niño estuviera entretenido en comisaría mientras llegaban la subinspectora y ella.

¿Podría haber llevado él el peso del protocolo que debía seguirse con el niño una vez llegó a comisaría?

Por supuesto, pero en la unidad primaba el respeto, y Solís tenía muy claro que eso era tarea de la inspectora, por lo que decidió adoptar el papel de animador infantil para que Hugo no se sintiera un extraño en aquel frío lugar.

No cabe duda de que, todos estaban en ascuas por saber qué le habría pasado al pobre durante el tiempo que había estado ausente de su casa.

Nada más llegar, Solís se llevó aparte a Ana y le explicó que la inspección ocular y el reconocimiento del peque en el Hospital General no podían haber ido mejor. Donde fuera que estuvo, al niño no podían haberlo tratado mejor. No había ninguna señal alarmante en su cuerpo, y el análisis de sangre que le hicieron para saber si todo estaba dentro de la normalidad había salido perfecto. En conclusión: no le habían tocado un pelo y había sido alimentado correctamente. La cuestión era: ¿dónde había estado?

Ana entró en la sala acompañada de Alicia.

Aquello, más que una sala de uso policial, parecía la fiesta de cumpleaños de un niño de cuatro años, pero sin apenas niños y con la gran mayoría de los asistentes adultos. Desde luego, no era la situación soñada por la inspectora, y mucho menos por Alicia, que no soportaba la acumulación de gente en según qué momentos. Sin embargo, esta vez fue Ana quien tomó la palabra.

—Entiendo que es un momento complicado, pero agradecería que aquí dentro solo estuviéramos el menor número de personas. Les pido, por favor, que nos dejen un rato a solas con Hugo y su padre.

Ana miraba sobre todo a Carratalá, esperando algún tipo de desplante por su parte. Pero, en cambio, tanto él como su mujer, la madre y el padrastro de Mario asintieron y salieron sin rechistar de la habitación, dejando a las dos investigadoras con el pequeño y su padre. Como ese día en principio la psicóloga libraba, la espera fue un poco más larga de lo normal.

Pero al fin llegó. Durante los cinco minutos que transcurrieron desde que las dos investigadoras entraron en la sala hasta que apareció la psicóloga, trataron de entretener al pequeño con un peluche que imitaba, sin mucha fortuna, a un perro que formaba parte de una famosa patrulla televisiva. Ana se sorprendió de lo bien que se le daba a Alicia el trato con Hugo. Ella no sentía que tuviera el *feeling* necesario para ganarse la simpatía de un niño, pero en cambio Alicia sí había demostrado ir sobrada a ese respecto.

La psicóloga entró exhibiendo una amplia sonrisa.

—Buenos días —dijo nada más llegar, dirigiéndose a Mario—. Me llamo Gabriela Abad, y como ya le habrá contado mi compañera, soy la psicóloga de esta comisaría. Primero de todo quiero decirle algo obvio: que me produce una inmensa alegría tener aquí a Hugo con nosotros, sano y salvo. He visto en el informe de la inspección ocular del hospital que el niño está perfectamente, lo cual supone una doble alegría. ¿Cómo se siente usted?

A Mario le sorprendió que la primera pregunta estuviera dirigida a él. ¿Que cómo se sentía?

«Yo no sé cómo me siento. Feliz y triste. ¿Es eso posible?».

—Bien, muy contento, claro.

Tanto Ana como Alicia, al principio se sorprendieron por la sobriedad de la respuesta de Mario. Pero enseguida comprendieron que su cabeza seguía dando tumbos de un lado para otro, y no era extraño que se sintiera desorientado.

—No se preocupe si ahora no puede expresar con fluidez sus sentimientos, es normal dadas las circunstancias —le dijo la psicóloga, que también se había percatado de su bloqueo—. Ahora quiero decirle qué haré con Hugo. Es muy sencillo, soy consciente de la edad que tiene y en ningún momento querría presionarlo más de la cuenta. Pero a pesar de todo tengo que intentar hacerle varias preguntas. ¿Está de acuerdo con que sea así?

—Ya he firmado un consentimiento donde digo que sí.

—El consentimiento me da igual —insistió—. Pura formalidad. Ahora quiero saber si de verdad está de acuerdo. Usted es su padre.

Mario se limitó a asentir.

La inspectora le sostuvo la mirada a Mario durante unos segundos, antes de centrarse en el pequeño. Y a continuación se dirigió al niño, sonriéndole.

—Hola, Hugo, bonito, ¿cómo estás? —le preguntó—. Me llamo Gabi. ¡Huy, qué peluche tan chulo! ¿Puedo jugar contigo?

Hugo levantó la cabeza un segundo y miró a la psicóloga. Pero siguió a lo suyo.

Gabriela miró a Mario para que le confirmase si aquella reacción era normal en él.

El padre contestó enseguida.

—Supongo que está un poco..., no sé cómo decirlo.

—¿Sería usted capaz de afirmar con seguridad que no está como siempre? No es nada raro que un niño pase de un adulto al que no conoce.

—No, Hugo es muy parecido a su madre en ese aspecto. No le cuesta nada relacionarse con la gente. Es muy simpático.

La psicóloga asintió antes de volver a insistir con el pequeño.

—Hugo, ¿ese perrito sabe ladrar?

El niño volvió a mirarla y su rostro se iluminó con una

sonrisa. Pero no era una sonrisa natural. Si no tuviera solo cuatro años, cualquiera hubiera dicho que era una sonrisa forzada y de hastío.

—¿Y dibujar? ¿Te gusta?

Hizo un tímido gesto afirmativo con la cabeza.

—¿Si te consigo un folio y algo para dibujar haces uno para mí?

El niño torció un poco el gesto. Ella miró a Mario, como pidiéndole que interviniera.

—¿Le haces un dibujo a esta señorita tan guapa? —le dijo en tono afectuoso.

Pero el niño no mostró ningún tipo de emoción al oír las palabras de su padre.

Gabriela se quedó pensativa durante unos segundos.

—Esta desconfianza que muestra es natural. Es muy probable que el pequeño esté sufriendo un episodio de *shock* postraumático. Le pido, por favor, que no se asuste, porque el nombre es mucho peor que lo que en realidad le sucede. Es natural: Hugo ha vivido una situación que escapa de su cotidianidad y eso le afecta emocionalmente. Lo habitual es que tratemos a los niños como lo que son, niños; pero en este sentido son como nosotros los adultos. Si estamos acostumbrados a dormir en casa y una noche no lo hacemos, lo más probable es que no logremos conciliar el sueño. No quiero que me tome en sentido literal, solo intento ponerle un ejemplo. ¿Me entiende?

Mario tragó saliva y pensó bien lo que iba a decir antes de pronunciarse.

—Creo que sí —respondió al fin—. ¿Se refiere a que está extrañado por lo sucedido y eso le afecta emocionalmente?

—Sin duda —convino ella—. De todos modos, no quiero que se tome mis palabras al pie de la letra. La psicología es una ciencia menos exacta de lo que muchos puedan pensar, y está abierta a distintas interpretaciones, pero sobre todo hay que tener muy presente que no se puede emitir un diagnóstico si antes no se han realizado una serie de pruebas evaluatorias, y de momento no pienso someter al pequeño a esos exámenes. Jamás hay que perder de vista la edad de la persona.

—¿Y entonces?

—Sé que habrá entrado aquí convencido de que lo primero que le preguntaría al pequeño sería si sabe dónde está mamá. Y créame, entiendo su angustia por la situación tan confusa que estará atravesando, pero en lo que respecta a Hugo debemos dejar pasar un poco el tiempo para ver cómo evoluciona. Lo normal sería que en unos pocos días recuperara su naturalidad, en cuanto vuelva más o menos a su vida de siempre.

—Entonces, ¿cree que no le pasa nada? —insistió Mario—. ¿Cómo dice que se llama lo que tiene?

—*Shock* postraumático —repitió ella—. No es difícil de suponerlo porque, entre otras cosas, muestra indiferencia emocional. Le pido que esté al tanto de cómo duerme, porque no sería raro que estuviera un poco más inquieto que de costumbre; pero, ya digo, es parte de un proceso del que creo que se recuperará solo.

—Sí, vigilaré cómo duerme y se lo contaré.

—Bueno, respecto a eso quería sugerirle algo.

Mario la miró levantando una ceja. No le gustaba cómo sonaba el tono con que pronunció la frase.

—Verá. Cuando le he preguntado cómo está usted ha sido con toda la intención. No sé ni cómo calificar la situación que está viviendo, por lo que no sería nada disparatado que estuviera atravesando un periodo emocional complicado.

Mario quiso contestar que quién podría estar entero emocionalmente viviendo algo así, pero la psicóloga continuó hablando antes de que pudiera intervenir.

—Por eso pienso, y no me malinterprete, que ahora mismo usted no sería la persona más adecuada para acompañar y vigilar a un niño tan pequeño sometido a un *shock* postraumático.

Mario se puso blanco de repente. Por su cabeza pasaron

cosas horribles que tenían que ver con los servicios sociales y con una situación por la que no estaba dispuesto a pasar. Por ahí sí que no. La psicóloga, atenta todo el tiempo a sus reacciones, también se dio cuenta de ello enseguida, y se apresuró a matizar sus palabras:

—No quiero que piense nada extraño ni nada malo. Estoy hablando de que Hugo pueda estar tranquilo y bien para recuperar enseguida su forma de ser habitual. Para ello, podría ser interesante que se quedara unos días en casa de algún conocido suyo de confianza. Estoy al tanto del caso y, antes de que lo proponga, tampoco me parecería adecuado que fuera a casa de sus suegros; en determinados momentos ellos también podrían estar demasiado angustiados y no sería bueno para Hugo. ¿Puede que en casa de sus padres?

Mario pensó aliviado en aquella solución. No estaría mal que fuera así, aunque de pronto se le ocurrió otra cosa.

—¿En casa de unos amigos podría valer?

—Claro, si usted piensa que es mejor para su hijo, por supuesto.

—Bueno, Hugo nunca se ha quedado en casa de mi madre, por lo que quizá no ayudaría, como usted me ha dicho, pero tenemos una amiga que también tiene hijos pequeños y Hugo ya se ha quedado a dormir varias veces en su casa.

—Pues esa sería una solución perfecta, señor Antón —dijo Gabriela con una sonrisa—. Sobre todo, quiero que entienda que no le estoy pidiendo que se aleje de él, usted puede visitarlo a su conveniencia las veces que quiera, siempre y cuando usted mismo se vea capacitado anímicamente para ello. Supongo que entenderá que si está atravesando un episodio complicado no es lógico que vaya a ver al niño, precisamente por eso le estoy pidiendo este esfuerzo, así que dejo en sus manos el mejor modo de afrontar la situación.

—Está bien. El niño se quedará en casa de nuestra amiga Helena.

Ana torció la boca el escuchar aquel nombre. Conocía de sobra a Helena Olmos. Era una integrante más del séquito de Clara en la época del instituto. Una de las que más insistieron en humillarla. Ana se vio tentada de decir a viva voz que la tal Helena era una hija de la grandísima puta como pocas, pero se lo calló, porque ella nunca hablaba.

—¿Tengo que decirle algo? —quiso saber Mario.

—Nada. Simplemente deje que sea él mismo. También le ruego que no le haga ninguna pregunta relativa a lo sucedido y, como le he comentado antes, que vigile qué tal duerme. Por lo demás, me gustaría verlo mañana mismo otra vez. Si todo va como yo creo, seguro que estará mucho mejor, y entonces ya podríamos considerar hacerle alguna pregunta un poquito más complicada, pero nada garantiza que un niño de cuatro años nos dé las respuestas que buscamos. Quiero que tengan claro que en ningún momento voy a presionarlo.

Mario asintió agradecido. Claro que se moría porque Hugo contara todo lo vivido, con pelos y señales, y así todos los allí presentes pudieran llegar a entender qué narices había sucedido desde el viernes por la noche, cuando los perdió de vista. Pero sobre todo tenía claro que no quería que su hijo sufriera lo más mínimo; le importaba un pimiento que no fuera capaz de contar nada si ello había de provocar que se viera emocionalmente afectado. Lo primero era él, aunque sonara mal de cara a su mujer.

—Aquí tiene mi tarjeta —concluyó la psicóloga—. Supongo que se mantendrá al tanto del estado de su hijo a lo largo del día, así que, en caso de que su amiga notara algo que la indujera a sospechar que el niño no está bien, que actúa raro o cualquier otra incidencia, por favor, llámeme enseguida. Me da igual la hora que sea. Y si tiene alguna duda, también. Y, ¿por qué no? Si usted no supiera cómo gestionar algo de lo que está sintiendo, por supuesto estoy a su disposición.

Mario cogió la tarjeta y la guardó en el bolsillo sin mirarla.

Tras lo cual, Gabriela se despidió cariñosamente del niño y salió de la estancia, dejándolos solos.

A Alicia no se le escapó la cara que ponía Ana mientras miraba a Mario, que a su vez abrazaba a su hijo. Entendía la incómoda situación que debía de provocarle estar en un espacio tan pequeño como el que estaban compartiendo en ese momento. Como buena empatizadora, no dejaba de preguntarse cómo se sentiría ella en su caso y, desde luego, Mario no acabaría bien. Al menos físicamente.

Lo que su cabeza no era capaz de asimilar era que Mario no la recordara. ¿Cómo alguien pudo hacerle algo tan terrible a otra persona y haberlo borrado de su mente? ¿Era el perfecto cabronazo, se hacía el tonto o directamente era tan bobo que actuó bajo los hilos de su novia y ni siquiera es consciente de lo mal que obró?

En ninguno de los casos salía bien parado el chico, desde luego.

Para aliviar sus ganas de estamparle la cabeza contra la mesa, comenzó a despedirse de él, dando por terminado el encuentro.

—Señor Antón, ya sabe cómo están las cosas ahora mismo. Por nuestra parte proseguiremos con la investigación para aclar...

—¿Han avanzado algo? —las interrumpió sin dejar de mirar a su hijo.

—Sí, sinceramente sí. Pero no creo que ahora mismo su cabeza esté para procesar demasiada información. Si me permite un consejo, siga las instrucciones que le ha dado la psicóloga y trate de relajarse en su casa. El cincuenta por ciento del caso ya ha tenido un final feliz, confíe en nosotras para que la otra mitad también acabe bien.

Él se quedó mirando unos instantes a las dos policías. Sin decir nada, esbozó una media sonrisa, cogió a su hijo y, tras asegurarse de que no quedaba ningún juguete encima de la mesa, salió de la habitación para reunirse con sus padres y sus suegros.

Ana y Alicia se quedaron solas en la sala. La subinspectora retomó la palabra, en vista de que Ana seguía guardando silencio, como si el gato se le hubiera tragado la lengua.

—Ya sé que no sientes precisamente cariño por él. No te quito la razón, ¿eh? Pero no puedo evitar emocionarme al verlos juntos.

—Creo que Mario es un buen padre a pesar de todo —dijo Ana pensativa.

—Lo importante es que ahora cumplamos la promesa que le he hecho. Tenemos que encontrar a Clara y que esa familia se vuelva a reunir al cien por cien. Si son buena o mala gente, ya no es cosa nuestra, ¿no? —le preguntó, levantando la ceja, intrigada por la respuesta que pudiera darle la inspectora.

—Por supuesto. Sobre todo, después de ver a Mario con el niño, ahora tengo muchísimas más ganas de que todo acabe bien. No quiero que me malinterpretes por lo que te dije, yo...

—Ana —la interrumpió Alicia, apoyando la mano sobre la de su compañera—. No me des explicaciones. En serio. Te entiendo. Tenemos que encontrarla y punto. Eso sí: ¿ahora qué hacemos?

—Ahora mismo solo tenemos una opción. Para llegar hasta el narco hay que empezar desde lo más básico, desde abajo del todo. A partir de ahí haremos como siempre se ha hecho: tirar de los hilos hasta llegar al jefazo.

—¿Y qué sugieres?

—Ir al mayor punto de venta de droga de toda la provincia.

Alicia se quedó mirando a Ana muy sorprendida. Sabía perfectamente el lugar al que se refería.

—Hostia. ¿Allí?

—Sí, nos vamos a las Mil Viviendas.

22

Domingo, 12 de mayo de 2019. 11.34 horas. Elche

Mario entró en su casa dispuesto a que su paso por allí fuera veloz como una fuerte ráfaga de viento huracanado.

Y eso era porque, a pesar de que ya había dejado a Hugo con Helena y su marido, el niño no tenía allí nada de lo necesario para pasar un día, dos o los que hicieran falta en esa casa, y él quería llevárselo cuanto antes. No porque sin esas cosas el niño no pudiera subsistir, mucho menos teniendo en cuenta que había estado un día y medio quién sabía dónde y no le había hecho falta nada, sino porque, a pesar de que se había propuesto ser fuerte y alejarse de él lo necesario para no caer en el tremendo error de presionarlo, ya se estaba dando cuenta de lo mucho que le iba a costar perderlo de vista nuevamente.

Aunque estuviera a salvo.

Esperaba que tanto Helena como Rafa tuvieran la suficiente paciencia con él, porque su cabeza era un mar de contradicciones.

Según corría por la habitación de Hugo seleccionando ropa al azar, cayó en la cuenta de que no había puesto al día a Rose de las novedades. Por un momento se sintió tentado de mandar bien lejos a la periodista y seguir con lo único que le importaba: su hijo; pero en apenas unos segundos se dio cuenta de que había algo que también le importaba mucho y que la aparición inesperada del niño había eclipsado: la desaparición de Clara.

Ahí fue cuando comprendió que sí debía hacer esa llamada. Rose no tardó en contestar.

—¿Cómo te pillo? —dijo él a modo de saludo.

—De mal humor. Como te he dicho antes, tengo una ligera idea de por dónde podría moverse alguien como el que andamos buscando en caso de residir en Elche, pero no consigo localizar a la persona que necesito para que me ayude. Puede que anoche se metiera la juerga padre y ahora esté durmiendo la mona.

—Bueno, seguro que al final podrás dar con él. Tengo que contarte una cosa, no te lo vas a creer.

El silencio al otro lado le indicó a Mario que la periodista tenía toda su atención. Él decidió no alimentar la expectación y le contó rápidamente, pero con pelos y señales, todo lo que había sucedido después de colgarle el teléfono a ella la noche anterior.

Su reacción no se hizo esperar. Se debatía entre la alegría sincera, el nerviosismo y esa pequeña dosis de escepticismo lógica en alguien que no puede creer que haya sucedido algo así.

—¡Ay, Mario! —logró decir cuando más o menos recuperó la compostura—, ¡no sabes cuánto me alegro! Sé que la alegría no es completa, pero sinceramente creo que si yo fuera tú comenzaría a creer en Dios. Bueno, en caso de que no creas, que no lo sé. ¿Pero la policía os ha dicho algo? ¿Cómo puede haber sucedido algo así? Está ahí contigo, ¿no? No lo sueltes, tenlo siempre a la vista porque...

—Tranquila, tranquila. —Rose no lo vio, pero Mario sonreía ante la tormenta de preguntas y entusiasmo que estaba descargando la joven—. No está aquí conmigo.

Y le contó las razones, lo cual también lo llevó a ponerla al corriente de lo que había averiguado hasta el momento. Le resultó fácil, porque la palabra «nada» atajó al instante cualquier duda.

—A ver, visto en perspectiva, creo que tienen razón. Mejor no agobiar al peque, porque a saber por lo que habrá pasado. Lo importante es que recupere pronto su alegría y ya está.

—Lo sé, pero no es fácil. Es la única conexión que tengo ahora con el paradero de Clara. La inspectora y su compañera de Madrid no paran de decirme que avanzan, pero yo no veo nada de eso. Supongo si fuera verdad ya me habrían contado algo, ¿no? No hacen más que darme largas y decirme que sí, que tienen algunos indicios.

—Bueno, no es descabellado que no te cuenten lo que tienen. Tampoco querrán pillarse los dedos. No es raro. Pero si no confías en lo que están haciendo, razón de más para que tengas fe en que avancemos nosotros.

—¿Nosotros? Yo no estoy haciendo nada. Eres tú la que se está molestando.

—Te equivocas, querido. Yo habré encontrado al médico que Clara tenía anotado, pero tú has sido el que ha tenido la corazonada de buscar en su agenda. Lo uno por lo otro.

—Espera, espera. ¿Has encontrado el nombre del médico y me lo dices así, tan normal?

—En primer lugar, lo de Hugo está por encima de todo. Es lo que más importa ahora mismo. En segundo lugar, la verdad es que no ha sido tan difícil; conozco a un médico más o menos importante que me ha ayudado. La lógica me ha llevado a pensar que ese doctor también sería importante si trataba a tu mujer, así que le he preguntado a él por el tal doctor Moliner. Y, ¡bingo! Sabe quién es. Y según me ha dicho, lo conoce mucha gente en esta ciudad. Tiene una clínica ginecológica en Elche, luego te paso la dirección por WhatsApp.

—¿Ginecólogo? —preguntó entre confuso y decepcionado porque prácticamente se confirmaban sus peores sospechas.

—No saques conclusiones precipitadas. No sé si lo sabes, pero las mujeres nos hacemos revisiones ginecológicas de vez en cuando. Te parecerá una locura, pero yo también lo hago.

—La ironía sobra. No me extrañaría si fuera una simple visita, pero es que son varias, y muy seguidas.

—Vuelvo a insistir: no saques conclusiones precipitadas. Hasta mañana no podrás averiguar nada, así que no te comas la cabeza.

—Espera... ¿Quieres que vaya yo?

—No, si quieres lo hago yo todo, hombre. ¿Quieres que me acerque también a prepararte la cena? Joder, que ya tengo bastante con lo del ruso como para que me pongas más tareas, como si fuera tu chacha.

—Perdona, no quería decir eso. Mañana me acercaré yo. Lo que no sé es si querrán darme la información. La protección de datos...

—¿Siempre buscas excusas y lamentos para todo? Chico, apáñatelas por ti mismo. Lo único que está claro es que, si lo pides por las buenas, no te lo van a dar así que, tú mismo, ¡busca el modo de conseguirlo!

Mario trató de autoconvencerse por enésima vez de que tenía que echarle narices a la vida y afrontar y resolver sus propios problemas él mismo. Y casi lo consiguió, pero sabía que en el fondo iba a tener que trabajar duro consigo mismo durante la noche para, primero, reunir el valor necesario para hacerlo y, segundo, inventarse una buena excusa para lograr sonsacarles algo.

Pero lo tenía que conseguir sí o sí.

Colgaron tras prometerse que ambos tratarían de dar el cien por cien para descubrir la verdad. Mario se sintió estúpido por haber cortado la comunicación de nuevo sin hacerle la pregunta que ella no respondió el día anterior en su casa: ¿por qué ese interés desmedido en ayudarlo a encontrar a su mujer? O, mejor dicho, ¿qué interés tenía en su suegro y en el famoso narco gallego?

Porque Mario tenía claro que todo giraba en torno a ellos dos.

Con todo el trabajo que aún le quedaba por delante, terminó de coger la ropa necesaria para el niño (así como unos cereales que le encantaban, la bolsa con medicamentos esenciales y un par de juguetes más, entre ellos un lobo de peluche con el que Clara escenificaba su cuento cada noche) y salió de casa.

Se había propuesto firmemente no dejarse llevar por la ansiedad, pues eso desembocaría en una presión injustificada sobre Hugo para que contara dónde había estado y con quién.

Como si el niño fuera capaz de saberlo.

Pero el devenir de los acontecimientos no le dejaba demasiado margen para actuar con la cordura deseada. A pesar de ello, confió en que podría lidiar con la situación y subió al coche con la intención de ir a casa de Helena y Rafa.

Ojalá todo acabara de un modo tan, siendo realistas, improbable, que incluso pudieran asistir, como si no hubiera pasado nada, a la comunión del pequeño Rafa en siete días.

Aún no lo sabía, claro, pero eso no sería posible.

23

Domingo, 12 de mayo de 2019. 12.04 horas. Elche

Alicia estuvo callada durante casi todo el trayecto.

Eso ya habría sido motivo de sobra para que Ana se hubiera dado cuenta de que algo daba bandazos dentro de su cabeza, pero de vez en cuando la miraba de reojo y veía en su rostro un evidente gesto de desaprobación.

Lo cierto era que, solo con mirarla, no hacía falta preguntarle si le pasaba algo, pero la cortesía la pudo y, tras aparcar el coche en la calle Sierra de Pàndols, a escasos metros de la comisaría de la Policía Nacional que había dentro del propio barrio de la Virgen del Carmen, la inspectora le lanzó la pregunta.

—¿Ocurre algo, Alicia?

Lo que le iba a contar no era la verdad al cien por cien, quizá al noventa por ciento. No tenía muy claro por qué ese diez la asaltó de repente mientras se desplazaba a un lugar que nada tenía que ver con eso, pero decidió seguir guardándose esa porción y le contó gran parte de lo que la preocupaba.

—Aquí soy una invitada, Ana. Eso para empezar. Seguimos con que soy subinspectora y tú, inspectora, de modo que jerárquicamente estoy a tus órdenes. Continúo con que, aunque yo fuera inspectora jefe, te seguiría respetando en la toma de decisiones porque el caso es tuyo, yo solo te ayudo...

—Pero...

—No entiendo qué cojones hacemos aquí.

Ana se tomó unos segundos para contestar.

—Ya te he dicho que...

—Me he expresado mal —la cortó Alicia abruptamente—. No entiendo qué cojones hacemos aquí las dos solas. Más aún, cuando se te han ofrecido dos *estupas* de tu comisaría para que nos acompañen, que ellos conocen bien el terreno. Más aún, cuando después de haberlos rechazado y de haberte puesto en contacto con estos —señaló la comisaría que tenían cerca—, se han ofrecido también a acompañarnos por seguridad. Más aún, cuando va a venir un inspector a hablarnos acerca de las precauciones que deberíamos tomar. ¿Sigo?

—Alicia, no me malinterpretes, pero una chica lista como tú tendría que saber mis razones de sobra.

—¿Perdón? —preguntó enarcando una ceja, visiblemente molesta tras aquella afirmación.

—Lo siento, no me malinterpretes, pero esta gente ya conoce a todos los antidroga de toda la provincia de Alicante. ¿Tú sabes la de *aguadores* que hay en cada calle?

—Sé que todo está lleno de chivatos que se mantienen alerta, estuve una vez en la Cañada Real tras un pifostio que se montó, y por eso sé de lo que te hablo. De aquí no salimos vivas.

—Un poco exagerada, ¿no?

—Ana, por favor, íbamos de buenas para investigar dos muertes que podrían tener relación y salimos a pedradas de allí. ¿No entiendes que los polis somos personas *non gratas*?

—Alicia, no me menosprecies tú ahora. Ya sé lo que ocurre aquí, en Elche tengo experiencia más que suficiente en zonas muy complicadas. Por eso no quiero a nadie cerca de nosotras. ¿Tú sabes la de veces que me han contado los de Estupefacientes que han sorprendido a pijas por el barrio queriendo pillar algo de droga para una despedida o alguna otra fiesta similar?

—¿Y no les pasa nada?

—Generalmente no —respondió una voz que les habló desde detrás. Al volverse vieron a un hombre menudo, pero bien parecido, que se les acercaba. Cuando llegó a su altura les tendió la mano—. Inspector Robles, hemos hablado por teléfono hace unos minutos.

—Inspectora Ana Marco y subinspectora Alicia Cruz. —Ana cogió la batuta.

—Como decía, aquí en las Mil Viviendas no son estúpidos. No es un barrio seguro para una persona que simplemente se pasee por sus calles, pero sí para cualquiera que venga con la intención de comprar droga. Así amplían negocio y no se cierran puertas.

—Aun así, llevamos escrito en la cara que somos polis.

—Bueno, ella no tanto —puntualizó el inspector Robles—, pero a ti sí que se te nota, y como no te relajes un poco, sí que puede haber problemas.

—Yo me voy de aquí —dijo Alicia, dando media vuelta.

—¡Alicia, por favor! —exclamó Ana.

Alicia se detuvo en seco. Inhaló aire por la nariz muy despacio y lo soltó por la boca contando hasta cinco.

«Nicolás, menuda puta mierda de técnica es esta que, según tú, te prescribió la psiquiatra. Esto no me calma».

A pesar todo dio media vuelta. Se acercó a los dos policías de nuevo, sin decir nada.

—Si te relajas, no tiene por qué haber ningún problema —comenzó a decir el inspector—. De hecho, en caso de que os descubran, la mayoría de las veces lo único que hacen es lanzar lo que tengan a mano; ya digo que no son imbéciles.

—¿Y cuando sí hay problemas? —preguntó Ana para tener claras todas las situaciones posibles.

—Habitualmente pasa cuando sin querer nos topamos con alguien que está escondido por un requerimiento judicial. Ahí puede que os la líe algo más, pero tendríais que dar mucho el cante de que sois polis. Lo más grave que nos ha pasado fue cuando íbamos a hacer una redada a un narcopiso y justo al lado vivía una familia gitana que se había exiliado de su tierra por un delito de sangre. Cuando nos vieron llegar, se pusieron nerviosos porque creían que la cosa iba con ellos y hubo tiros y todo. Pero, a ver, íbamos todos uniformados. Yendo de incógnito lo máximo que ha ocurrido ha sido que nos reventaran la luna de un coche.

—Me quedo mucho más tranquila —ironizó Alicia.

—Lo digo muy en serio, no pasa nada siempre y cuando seáis dos simples muchachas que vienen a comprar droga. De hecho, dejadme las identificaciones y las armas, si las lleváis.

—Y una mierda —dijo la subinspectora—. No pienso entrar ahí desarmada.

—Tampoco creo que te vayas a liar a tiros. ¿No?

—No, pero solo enseñarla infunde mucho respeto. ¿No crees? —preguntó con retintín.

—Por vuestro bien debo insistir.

Ana no lo pensó y le entregó ambas cosas al inspector. Este último se quedó mirando a Alicia, que iba a protestar de nuevo, pero al final acabó desistiendo y pasando por el aro. También le entregó la placa y la pistola.

—Les he pedido a dos agentes de la Provincial, que son menos conocidos en el barrio, que echen un ojo por la zona por si así os sentís más seguras. Pero, de verdad, no va a pasar nada. No menospreciéis a la gente que vive en este barrio, porque no son tontos y tratan de evitarse líos innecesarios. Solo hay unos pocos que la lían más, y un domingo a estas horas estarán durmiendo la mierda que pillaron anoche. Y, sobre todo, es muy injusto pensar que toda la gente que vive aquí te la monta. Solo son unos pocos los que hacen ruido, aunque a veces es mucho ruido.

Ana agradeció con un gesto de asentimiento los consejos y comenzó a andar en dirección al barrio. Alicia, un poco cansada de ser la voz de la conciencia que invita a no cometer locuras como aquella (¿quién se lo iba a decir?), no dijo nada y la siguió. Pensó que llevar el miedo dibujado en la cara sería algo positivo, porque cualquier persona en su sano juicio estaría asustada, y eso eliminaría cualquier sospecha.

—¿Cómo me has dicho que se llamaba?

—¡El Toli! —gritó desde la distancia el inspector.

Ambas se encaminaron hacia el barrio. Alicia intentaba bajar la guardia a pesar de saber que sus recelos y, ¿por qué no decirlo?, el miedo que traslucía su rostro eran una reacción natural en cualquier persona que no soliera frecuentar ese tipo de barrios.

Lo primero que encontraron nada más dejar la comisaría a su espalda fue un corrillo de gente que jaleaba algo. Un hueco entre dos personas permitió ver a las dos policías que se trataba de una pelea de gallos en plena calle. Alicia miró a Ana sin entender nada, no pudo evitar preguntarle en voz baja:

—¿En serio están haciendo peleas de gallos enfrente de una comisaría de policía?

La inspectora no pudo evitar sonreír y, sin dejar de mirar hacia delante, respondió:

—Y si miras sus manos verás qué cantidad de billetes. No se cortan, no. Pero los compis no pueden hacer mucho con esto y prefieren dejar algo de manga ancha.

—Pero es ilegal.

—Claro que lo es. Y una salvajada sin sentido contra esos pobres animales, pero gracias a que los cabecillas de estas peleas saben que los compis los dejan un poco a su rollo, los compis a su vez obtienen ciertas informaciones que en ocasiones vienen de perlas.

—A ver, que yo no es que sea la persona más ética del universo, pero me sigue pareciendo una locura que les permitan hacerlo.

—Sea como sea, Alicia, nosotras ahora sabemos que el tal

Toli trabaja para el Gallego muy probablemente gracias a uno de esos que llevan los billetes en la mano. Llega un momento en que la balanza de la ética y los resultados tiene que inclinarse un poco más hacia los segundos. Por cierto, cuidado con eso.

Alicia miró hacia donde indicaba Ana, aunque si la vista le hubiera fallado, el olfato habría sido determinante para saber que estaban acercándose a lo que parecía ser un charco de aguas fecales.

—¿En serio? ¡Joder, qué asco! —exclamó Alicia.

—Muy bien, esa es la actitud: superpija —comentó Ana divertida.

A la subinspectora no le pasó desapercibido esto último, y no puedo evitar preguntarle:

—Oye, no te lo tomes a mal, pero parece que estás en tu salsa. ¿Cómo es que vas tan tranquila por un sitio como este?

—No es tranquilidad, es costumbre. Trabajo en la UDEV en Elche, ¿de dónde te crees que nos llegan gran parte de los avisos? Este puede que sea un poquito peor, pero en Elche tenemos Los Palmerales, San Antón... Además, casi al ladito de comisaría. Tengo un máster en este tipo de barrios y en la gente que los habita.

—Entonces, ¿para qué ha venido a instruirnos el inspector?

—Porque por teléfono parecía ansioso por mostrarnos que él es el hombre, y el que sabe de estas cosas, y yo he querido dejarlo volar. ¿Que quiere enseñarnos sus alas? Adelante, no seré yo quien destroce su hombría.

Alicia se quedó sin palabras mientras pasaban junto a un coche con toda la pinta de estar abandonado. La misma mujer que parecía callárselo todo por falta de valor a la hora de hablar, acababa de darle una lección que difícilmente olvidaría. El respeto que sentía por la inspectora aumentó un doscientos por ciento.

—Y ahora sí que te cuento yo un poco mientras llegamos

al sitio, tú no cambies la cara de asustada ni dejes de mirar en todas direcciones, porque eso refuerza nuestra coartada. Este es un poco como todos los barrios con cierta marginalidad; el inspector lo ha descrito muy bien: hay personas buenas y personas malas. Como siempre, son las malas las que dan mala fama, pero habitualmente aquí nos toparemos con personas que tienen que vender lo que sea por las calles para poder seguir adelante. Bueno, con eso y con muchos jóvenes desnortados cuya única preocupación es tener siempre un porro que fumar y algún motivo para poder alardear ante los amigos. Mucha gente piensa que aquí hay un tráfico de drogas muy a lo grande, pero cuando empiezas a rascar solo encuentras menudeo. Los grandes narcos no pisan estos barrios ni locos. Puede pasar que nos encontremos de golpe con alguno de esos fugados que, como ha dicho el inspector, son los realmente peligrosos, pero nosotras solo hemos venido a pillar un poco de coca para una noche loca, ¿no?

Alicia asintió sin dejar de hacer lo que Ana le había dicho. Y no lo hacía por disimular, es que le salía solo.

—Mira, ¿ves ese grupo de críos de allí? Vamos a preguntar por el Toli, porque nosotras no sabemos nada de él. ¿Okey?

—Vamos.

La inspectora y la subinspectora se acercaron al grupo. Más que de niños, se trataba de jóvenes de entre doce y dieciocho años. Tal como había aventurado Ana, todos fumaban porros, a cual más grande. Por el olor, ambas tuvieron claro que unos eran de hachís y otros, de marihuana. Ellos, al verlas, comenzaron a hacer comentarios machistas y a reírse, exagerando sus carcajadas.

Justo cuando llegaron a su altura, Ana siguió llevando la batuta de aquella obra.

—Hola, venimos buscando una cosa y nos han dicho que preguntemos por un tal Tali. ¿Sabéis quién es?

Ana había pronunciado el apodo mal adrede, así que ya se

esperaba una nueva y sonora carcajada de los muchachos, que se burlaban de las dos mujeres.

—¿Tali? —dijo uno de ellos, peinado con el pelo hacia arriba dibujando una cresta imposible de casi veinte centímetros de largo—. ¿No te valgo yo pa lo que tú quieras?

Un segundo chico intervino:

—Tú no vales pa na, que tienes más largos los pelos que la polla.

Otra sonora carcajada.

—¿Tú para qué quieres ver al Toli, si el Toli os ve y se os folla en dos minutos? —preguntó uno que llevaba una cazadora blanca de plumas, a pesar del calor que ya había empezado a apretar.

—Al menos él dura dos minutos —dijo otro—, cuando se entere el padre de la Desirée de que el otro día te la follaste no te va a cortar el cuello por bajarle las bragas, te lo va a cortar por correrte antes de meterla.

—¿A que te meto dos hostias, primo?

Ana, que seguía moviéndose como pez en el agua, no dudó en mostrarse incómoda y en retroceder un par de pasos, con las manos un poco levantadas.

—Perdonad, olvidad lo que os hemos dicho. Ya nos marchamos.

Al ver que ya estaban a punto de marchase, uno que no había hablado todavía, tras dar una enorme calada al cigarrillo de marihuana que fumaba, intervino.

—¿Qué queréis del Toli?

—Queríamos pillar coca; pero olvidadlo, no queremos problemas, ya nos íbamos.

—¿Quién os ha hablado del Toli?

—Otra amiga que vino hace poco, pero no me había dicho que iba a ser difícil y, de verdad, que yo respeto mucho que cada uno haga lo que quiera. Nosotras nos vamos y sin problemas.

—Yo te puedo llevar donde el Toli, pero ¿sabes qué pasa? Que una vez me la jugaron porque una tía, así con carita de buena niña, vino una vez y luego sacó una cámara para un programa. ¿Tú me la vas a jugar? —preguntó mientras sacaba una navaja que doblaba el tamaño de su mano.

Ana no estaba asustada, pero puso cara de pánico. Alicia, en cambio, sí que lo estaba y no tuvo que disimular.

La inspectora, muy hábil, metió las manos en los bolsillos y sacó el teléfono móvil, la cartera y las llaves del coche mostrándolos sin variar su expresión de espanto. Alicia hizo lo mismo.

—Mira, solo llevo esto, y es el dinero para comprar la coca. Seguro que ha habido una equivocación, por favor, me quiero ir.

—¿Y si le quitamos el móvil ese, primo? Ese aifon es mejor que el mío.

Ana dio un paso para atrás.

—¿Eres tonto, primo? —inquirió el que parecía ser el líder del corrillo—. Aquí no robamos. Luego dicen que si los gitanos somos malas personas. Yo os llevo con el Toli, pero no me la juguéis, que ya veis que aquí están muy locos.

Ana y Alicia se miraron sin dejar de poner cara de asustadas, y, tras unos instantes de aparente duda, asintieron.

—Venid, payas.

Y lo siguieron, dejando al grupo de críos a lo suyo: riendo, gritando y fumando como si ellas no hubieran pasado por allí.

No tuvieron que caminar demasiado para llegar al edificio donde supuestamente vivía el Toli. Ana, que ya manejaba aquella información de antemano gracias a su compañero García, de Estupefacientes, sabía que estaban en el lugar correcto.

El chico tocó uno de los timbres.

—¿Qué? —dijo una voz al otro lado del telefonillo.

—Abre, que soy el Chino.

El característico sonido eléctrico avisó de que ya podían pasar.

El interior del edificio, que por fuera ya era la antítesis de la modernidad y el buen estado en general, respondía totalmente a lo que esperaban. La escalera estaba literalmente hechas pedazos, y la suciedad imperaba por todas partes; incluso había unos pañales ya podridos tirados en el rellano de la entrada. Unas bragas visiblemente perjudicadas por el paso del tiempo las recibieron en el primer escalón.

El Chino, como se había hecho llamar, no pudo evitar disculparse frente a aquella visión.

—No os vayáis a pensar que todos los gitanos somos iguales. Aquí hay de todo, gente limpia y gente cochina. Teníais que ver mi casa; mi madre la tiene como si fuera de oro.

Ellas no dijeron nada, se limitaron a seguirlo mientras subían escalones sin agarrarse de la barandilla, pues parecía que fuera a desprenderse de un momento a otro.

—Nos han dicho que van a derribar este edificio y algunos más. A los que tienen su casa con papeles los van a poner en otros pisos nuevos, pero otros se van a quedar en la calle. No hay justicia, porque habrá críos que no tendrán dónde vivir. Esto es una mierda.

—La vida no es justa, no —acertó a decir Alicia.

—¿Pero vosotras qué sabéis de si la vida es justa o no? Si venéis con dinero a comprar droga como si esto fuera un supermercado. Y además venéis mirándonos con ojicos lastimeros. Luego os metéis la mierda que os lleváis de aquí, y, hala, con vuestra vida p'alante. Nosotros seguimos aquí luchando, hermanas. Nosotros siempre somos la mierda.

—De verdad que lo siento por... —dijo Ana.

—¿Tú qué vas a sentir? Esta es la casa del Toli.

Dio tres golpes con los nudillos.

Apenas unos segundos después la puerta se entreabrió lo

suficiente para que media cara se dejara ver a través de la rendija. Por lo que pudieron observar, los ojos de aquel tipo debían de pertenecer a alguien que o bien iba muy colocado, o se acababa de levantar de una siesta de unos cuatro o cinco días.

—Estas quieren tema —dijo el Chino.

—¿Son de fiar?

—¿Estarían aquí si no, primo?

El Toli soltó una inmensa bocanada de aire y abrió del todo la puerta.

—Pasad.

—¿Entro yo también? —preguntó el muchacho desde fuera.

El Toli valoró aquella opción apenas unos segundos, durante los cuales escudriñó de arriba abajo tanto a Ana como a Alicia.

—No.

—Pues me voy p'abajo, primo. Que si no controlo a esos... —dijo el Chino a modo de despedida.

—Tira.

El Toli cerró la puerta de nuevo y retiró una cadena en la que ninguna de las dos policías había reparado. Tras lo cual, volvió a abrir y les indicó que pasaran con un movimiento de cabeza.

La primera sensación nada más poner un pie dentro del domicilio fue la de trasladarse a otra dimensión. Sobre todo porque el interior de la casa no tenía nada que ver con aquella escalera medio derruida ni con el lamentable estado del edificio. No es que fuera la cuna de la vanguardia y el diseño, pero sin duda el aspecto de la vivienda reformada, con las paredes recién pintadas y con todo tipo de caprichos y comodidades por todos lados, impresionaba. Evidentemente, la reina de aquel conjunto era una televisión de infinitas pulgadas, cuya pantalla mostraba en aquellos momentos una partida en pausa de un juego de la Playstation 4.

Todo aquello llamaba la atención, sin duda, pero nada comparado con la imagen del Toli andando por el piso, limpiándose las legañas, en calzoncillos y con una camiseta de tirantes llena de manchas marrones y amarillas.

—¿Qué queréis? —preguntó sin volverse mientras seguía caminando.

—Eh... —la voz impostada de Ana sonaba insegura—, cinco gramos de cocaína, por favor.

Él se detuvo de repente, giró la cabeza y alzó tanto la ceja que parecía que fuera a descoyuntarse.

—¿Pa qué quieres tú tanta nieve?

Ana sonrió como si fuera tonta.

—Hoy es mi cumpleaños y quiero invitar a todas mis amigas esta noche.

El Toli no dejaba de mirarla sin bajar la ceja. Al cabo de unos segundos negó con la cabeza y siguió andando.

—No toquéis na —dijo.

Las dos policías se miraron. Durante el trayecto hacia el barrio, en los pocos segundos en los que Alicia habló, fue para discutir el plan que pondrían en práctica una vez estuvieran allí dentro. Vale que la inspectora había vivido muchas más situaciones que ella en las que había tenido que lidiar con aquella clase de ambientes, pero no por ello estaba de acuerdo con que, valiéndose de la astucia, le hicieran un pedido imposible con cualquier pretexto para lograr sonsacarle quién le suministraba la droga y cuál era su procedencia. Ana argumentaba sutilmente que esa era la única forma de que aquel energúmeno no diera el aviso de que andaban tras la pista. Alicia contrarrestaba aquel argumento con la lógica: puede que el Toli fuera un camello de poca monta, pero eso no lo convertía automáticamente en una marioneta con la que poder jugar psicológicamente a los pocos segundos de conocerlo.

Ahora habían vuelto a enzarzarse en una discusión, pero solo con las miradas. La aparición del tipo interrumpió aquel extraño debate. Traía consigo cinco bolsitas de un color verdoso.

—¿Llevas los trescientos pavos? —le preguntó, ocultando la mano con las bolsas tras la espalda.

—¿Trescientos? ¿No eran doscientos cincuenta? —preguntó Ana sorprendida.

—Claro, si vienes de lunes a sábado. Si te presentas un domingo por la mañana en mi casa, algún tipo de recargo tendrá que haber. ¿No, paya?

—Pero... es que solo llevo encima doscientos cincuenta...

Eso podría haber formado parte de su teatro, pero era la pura verdad. García le había dicho que aquel tipo vendía la cocaína a cincuenta euros el gramo.

—Pues te llevas menos. Tendrás que invitar a tus amigas a malibús con piña.

—Venga, enróllate y cóbranosla a cincuenta el gramo. Nos han hablado muy bien de ti.

—Pues entonces os habrán dicho que no me chupo el dedo. Mira, bonita, por mucho que tú me digas ahora, si te hago una rebaja cuando no toca, otros también querrán el descuento. Y a mí me da igual, pero hay gente que se puede enfadar mucho, y eso no es bueno.

—Te prometo que nosotras no hablaremos.

—Ya te he dicho que no.

—Vale..., pues me llevo cua...

—¿Y no podríamos hacer algo para poder llevarnos los cinco gramos? —preguntó Alicia, interrumpiendo a su compañera. Llevaba unos segundos decidiendo si intervenir o no. En circunstancias normales no lo habría hecho, pero el cariz que había tomado la negociación le recordó uno de los peores momentos de su vida. Ahora mismo no veía a Ana negociando con el Toli, sino a Nicolás mediando con su peor pesadilla.

Eso fue lo que la decidió finalmente a dejar la razón a un lado y a actuar, olvidándose del miedo que seguía atenazándola.

La cara del Toli cambió de inmediato. La de Ana también, pues intuía con pavor que Alicia estaba a punto de meterse en un jardín demasiado frondoso, y eso no le gustaba un pelo.

—¿Algo como...?

—No sé... —Se acercó un poco más al camello—. Algo.

El Toli tragó saliva. Ana también.

Alicia no se cortó y apoyó la mano en sus calzoncillos.

—¿Hacemos un trato de cinco gramos por doscientos cincuenta euros? —preguntó mientras le pasaba la mano por encima de la ropa interior.

El chico estaba a punto de responder, pero no pudo, porque la subinspectora le apretó los testículos con tanta fuerza que se quedó sin habla. Tampoco ayudó que Alicia se situara a su espalda con un rápido movimiento, con lo que aumentó aún más la presión que estaba ejerciendo sobre su zona púbica, mientras que con la otra mano le tapaba la boca y tiraba de su cabeza hacia atrás.

La forma en que lo tenía sujeto por detrás no era determinante para mantener inmovilizado al individuo, pero sí la fuerza con que apretaba su zona baja, que lo dejaba totalmente indefenso, como si sus piernas no fueran capaces de sostener el peso de su cuerpo.

—Ahora escúchame bien. No vayas a pensar que esto es una redada antidrogas, porque va mucho más allá. Me importa una mierda lo que hagas aquí, siempre y cuando me ayudes a saber una cosita —le dijo al oído—. No creo que seas tan imbécil como para intentar jugármela, porque no sería la primera vez que me quedo con unos cojones ensangrentados en la mano. ¿He sido lo bastante clara? ¿Vas a colaborar?

Él no podía contestar, pero no fue necesario, porque con un movimiento de cabeza indicó con toda claridad que estaba dispuesto a hacerlo.

Alicia respondió a su vez propinándole una patada en la corva, lo que hizo que todo el peso del Toli se venciera hacia el suelo. Ella, prevenida, lo acompañó en el trayecto sin soltar en ningún momento la parte que más le interesaba seguir manteniendo bien sujeta. Una vez en el suelo, con la misma rapidez de antes le incrustó una rodilla en el cuello, impidiendo que el aire pasara y logrando que el tipo se pusiera más tenso todavía.

Si es que eso era posible.

Ana asistió paralizada al espectáculo. Jamás se hubiera imaginado que Alicia actuaría de ese modo, y mucho menos después de haber visto la cara de extrema incomodidad que se le puso en cuanto pisó aquel lugar. Fuera como fuese, ahora mismo no podía contener a su compañera; si lo hacía, y encima no obtenían ninguna información, las consecuencias podrían ser dramáticas. Lo que verdaderamente despertaba su curiosidad era saber cómo pensaban salir de allí sin que las mataran. Porque después de una agresión a uno de los suyos como la que estaba presenciando, tenía muy claro que la respuesta no iba a ser nada agradable.

Por si acaso, estaba preparada para intervenir. No podía dejar que Alicia cruzara ciertos límites, aunque a ojos de cualquier persona de la calle ya los hubiera sobrepasado con creces.

—A lo mejor antes no me he explicado bien —insistió la subinspectora—. O no lo has pensado tú de la forma correcta. ¿Te lo has pensado mejor?

Ahora la señal sí fue afirmativa.

—Vale, primero de todo: ¿ves su teléfono móvil por ahí? —le preguntó a su compañera. La inspectora dio media vuelta y lo localizó encima de una mesa de cristal un poco sucia. Lo cogió—. ¿Tiene bloqueo? —Ana lo comprobó. No lo tenía—. ¿Cómo te comunicas con la persona que te suministra la coca? Te voy a soltar la boca para que me lo cuentes. Te repito: como intentes jugármela, hoy acabarás en urgencias para que te cosan los huevos.

El Toli ardía en deseos de lanzar mil improperios, pero prefirió ser sumiso y salir del atolladero como fuera.

—WhatsApp.

—¿Cómo lo tienes puesto?

—Q.

—Búscalo, Ana.

—No tienes conversaciones con él —comentó la inspectora.

—Las borro después de cada pedido. No soy imbécil.

«Claro, porque no existen unos servidores de los que podemos pedir un registro y de los que no se borra nada. En fin...».

—¿Cómo tramitas los pedidos? Invéntate que necesitas una cantidad importante y que la quieres para hoy. No admito excusas.

—No necesito inventar nada. Yo pido, él me la trae. No hay preguntas.

—Vamos, dime qué pongo.

—Escribe cien.

—¿Solo?

—¡Él entiende, coño!

—Escríbelo, por favor.

Ana obedeció.

Esperó unos segundos. Nada.

No era momento para tener paciencia, así los treinta segundos que tardó en aparecer «en línea» se les hicieron eternos. Un solo mensaje confirmó que la transacción se llevaría a cabo sin problemas.

—Trece treinta.

Y se desconectó.

—Ahora dime dónde es el intercambio. Te vuelvo a repetir que, si quieres colaborar, la cosa no irá contigo. Pero como no quieras...

—Colaboro... Quedamos en la calle Vicente *Alexnosequé*, al lao del parque Lo Morant.

—¿Qué coche suele llevar?

—Un Kadett gris. No hay que llamar la atención, paya.

—Bueno, vamos a hacer las cosas más fáciles. Te vienes con nosotras y te dispones a hacer el intercambio con total normalidad.

—¿Estás chalá? ¡Me van a volar la cabeza!

—Tranquilo, que nosotras te exculparemos ante ellos.

—¡Que no, coño! Que ya estoy muerto namás por haber ma´ndao el mensaje. Me estáis cavando la tumba.

Alicia no había pensado en eso. Ana la quiso matar a ella por haber armado aquel follón sin pensar en las consecuencias. Odió más que nunca no decir lo que pensaba.

—Te voy a soltar y te quedas en el suelo. Ana, busca algo con qué atarlo.

—Pero ¿cómo puedes estar tan jodidamente loca? —preguntó él, al borde de las lágrimas.

Alicia ejerció más presión sobre su punto de equilibrio.

—No grites, o te los reviento del todo.

Él asintió.

—Por favor —le insistió a Ana—, busca algo con lo que atarlo.

Sin poder creer lo que estaba haciendo, obedeció a Alicia. Cuando todo aquello pasara, puede que fuera la primera vez que le cantara las cuarenta a alguien, aquello no podía ser.

Localizó un par de cinturones. Otra cosa mejor no tenía a mano. Se los pasó a Alicia sin perder un instante.

—Te voy a atar, pero no va a ser real. No te voy a dejar atado. Como bien has dicho, si no te saco del lío en el que te hemos metido, estás muerto. Así que ahora tienes que colaborar.

—¿Pero qué coño quieres ahora? —Él seguía mostrándose tan angustiado que se le escapaban las lágrimas.

—Que te calles y colabores.

El Toli cerró la boca. Parecía no tener más fuerzas para protestar, así que se dejó hacer.

Alicia lo maniató por detrás con uno de los cinturones.

Con el otro hizo lo mismo en los pies. Lo acomodó en el suelo y le hizo una foto con el móvil.

Se la enseñó.

—Mira, nos llevamos tu teléfono. Le diré que sabemos las consecuencias que tiene que alguien se vaya de la boca, y que todo te lo hemos sacado bajo tortura.

—Se te va la puta cabeza...

—Es lo mejor que tenemos, así que confía en que saldrá bien.

—Estoy muerto..., estoy muerto...

—¡Que te calles, que no lo estás! Yo sé cómo resolver estas mierdas. Ahora bien, por tu propia seguridad quédate aquí quieto hasta que te encuentren. Nosotras enviaremos a alguien lo antes posible. Te lo juro, si haces el tonto no arreglo nada y que te maten. ¿Entendido?

Él se limitó a asentir. Ya le daba igual, quería que todo se resolviera.

—Dejaré tu móvil en la papelera más cercana al punto de encuentro, por si luego lo quieres recuperar. Te prometo que todo va a acabar bien. Pero necesitamos esa información, y esta es la única manera.

Ana seguía mirando a Alicia mientras notaba cómo una gran cantidad de sudor le recorría la espalda. Ya parecía haber recuperado parte del sentido común, pues en su rostro se reflejaba una gran preocupación, ahora que empezaba a ser consciente de lo que había hecho. Lo que no llegaba a explicarse era qué había provocado que la muchacha pasara de un extremo a otro. ¿Cómo se le había podido ir la cabeza de aquel modo?

Sumida en aquellas cavilaciones salieron de la vivienda del camello. Aún les temblaban las piernas a ambas tras aquella experiencia, pero también tenían la convicción de que, pasara lo que pasara, su única opción era seguir adelante. No quedaba otra.

Salieron del edificio.

Alicia aún no había acabado de tomar decisiones inesperadas, pues, de pronto, optó por una ruta inesperada para Ana: volvió sobre sus pasos, en dirección a donde habían visto al grupo de chavales un rato antes. Ana quiso protestar, pero una vez más guardó silencio. No tenía más opción que seguir a su compañera.

—Hola, Chino —saludó Alicia, poniendo una voz que Ana tampoco se esperaba—, dice el Toli que a las trece treinta te acerques a su casa, que quiere enseñarte una cosa.

—¿Una cosa? —preguntó extrañado.

Ella se encogió de hombros.

—Bueno. Luego iré.

Alicia comenzó a andar con Ana a su lado.

Cuando se hubieron alejado lo suficiente, esta vez fue la inspectora quien por fin tomó la palabra.

—Alicia, por favor, necesito que me expliques lo que acaba de suceder en la casa de ese tío.

—No lo sé, Ana. Me he dejado llevar, pero ha salido más o menos bien, ¿no?

—¿Que podamos acabar en una cuneta significa que ha salido más o menos bien?

—Lo hecho, hecho está, Ana. No creo que nos metamos en ningún lío si logramos que esto llegue a buen puerto. ¿Que nos meten dos expedientes por haber llegado al fondo de la cuestión satisfactoriamente? Yo firmaría ya mismo.

—Yo también, pero esto aún no ha acabado, y más nos vale que vayas pensando un plan que no contemple agarrar a nadie de ahí abajo. No sé con quién nos vamos a encontrar ahora, pero seguro que no será como el Toli.

—Yo tampoco lo creo, así que más nos vale que vayamos a recuperar nuestras armas. Por si acaso —concluyó Alicia, tragando saliva.

24

Domingo, 12 de mayo de 2019. 13.24 horas. Elche

Así como Alicia no había abierto la boca en todo el trayecto hasta el barrio de las Mil Viviendas, ahora era Ana la que estaba callada.

Eso no quería decir, ni mucho menos, que ahora era ella a quien se le estaba yendo la cabeza. Podrían pasar muchas cosas, pero Ana tenía la seguridad de que nunca en su vida actuaría como lo había hecho la subinspectora.

Que Ana estuviera callada tampoco era algo inusual, pues no se caracterizaba precisamente por ser la alegría de la huerta, pero tampoco se podía decir de ella que fuera una persona seria. Fuera como fuese, aquel silencio traspasaba la línea de lo normal, y eso no le pasó desapercibido a Alicia.

No se lo había preguntado antes porque la cuestión en sí era bastante tonta. Tenía muy claro por qué estaba así, pero al final no pudo evitar comentarlo.

—No hablas mucho...

La inspectora movió el cuello y sacudió la cabeza. Dicen que hay miradas que matan, y aunque la de Ana no llegaba exactamente al extremo de poder aplicarle esa frase, sin duda poco le faltaba.

—Ya lo sé, Ana. Se me ha ido un poco de las manos.

—No entiendo cómo, después de lo que acaba de pasar, todavía empleas la expresión «un poco».

—Lo que te he dicho hace algunos minutos es verdad, te lo prometo. No voy interpretando a Harry el Sucio por ahí como si tal cosa. Todo lo contrario.

Ana echó un nuevo vistazo a la calle mientras seguían disimulando con los teléfonos móviles en la mano, sentadas en el banco. Ni rastro del esbirro del narco.

—Entonces, ¿qué ha pasado?

Alicia se encogió de hombros.

—Es que no lo sé. Te lo prometo. Se me ha nublado la vista y las palabras me han empezado a salir solas.

Ana la miraba, intentando encontrar la respuesta adecuada. La inspectora nunca hablaba, pero la situación que había presenciado en la casa del Toli la había impactado hasta tal punto que por primera vez en su vida las palabras luchaban por salir a la superficie.

No dijo lo que pensaba exactamente, pero al menos no se quedó callada.

—Lo siento, pero no me entra en la cabeza. Todo me suena a excusa. ¿No te das cuenta del giro que ha dado todo en apenas unos minutos?

—Eso tampoco tiene por qué ser algo malo.

—Lo es. ¿Tienes algún plan a partir de ahora? Porque el mío era, primero, sonsacarle sutilmente la información, y, una vez obtenida, contar con la ayuda de otros compañeros para llegar hasta el fondo. Si les cuento lo que ha pasado, nos la vamos a cargar. Eso sin contar con que les hemos fastidiado soberanamente. ¿No te acuerdas de lo que te he dicho acerca de que con esa gente siempre hay que mantener el equilibrio? Hemos traspasado una línea que va a romper muchas cosas.

—Te lo digo en serio —ahora sí se mostraba molesta—: no voy a justificar lo que he hecho. No me siento orgullosa, pero viéndolo con perspectiva, mira adónde hemos llegado.

—Sin ayuda.

—Sin ayuda, pero aquí estamos. ¿Cuánto habríamos tardado si hubiéramos seguido tu plan?

—No se trata de una carrera, Alicia. Te estás equivocando completamente.

—Vale, lo siento. Ya no sé qué más decir para disculparme.

—Es que no te habías disculpado hasta ahora, Alicia. Te empeñas en seguir adelante con la cabeza agachada. ¿Te crees que yo no meto la pata? Todos lo hacemos. Y es normal que me moleste. No esperarías que ahora estuviera aplaudiendo lo que ha pasado. Alicia, todo eso que nos han dicho de que no tendría por qué pasarnos nada se ha ido al garete. Podría habernos pasado allí. Podría pasarnos ahora.

—No quiero que te enfades más por lo que te voy a decirte, pero creo que lo único que nos queda es tirar hacia delante con todo.

—Lo que más me fastidia es que ya lo sé. En estos momentos no podemos echarnos atrás porque no serviría de nada. Lo peor de todo es que ahora ese tipo podría denunciarnos.

—Vuelvo a repetirte que eso me trae sin cuidado. No lo digo en plan «mira qué poli más dura que soy»; pero te juro que en lo único que pienso es en encontrar a Clara con vida. Entiendo por lo que están pasando, pero no soporto esas miradas que te dicen «no estáis haciendo nada».

—Alicia, te prometo que cada vez me estás sorprendiendo más y más. ¿Te das cuenta de que ahora estás hablando como una novata?

—¡Joder, ya lo sé! ¡No sé qué coño me pasa!

Ana no esperaba que su compañera se echara a llorar de repente. Eso no tenía nada que ver con lo ocurrido en el piso del camello. Al menos, no directamente. Ahí había algo más, pero por desgracia no era momento de indagar en las causas. Ahora tenían un problema un poco más importante que resolver.

—Tranquilízate, por favor. Yo también estoy algo histérica ahora mismo —dijo Ana, suavizando el tono—. De hecho, dudo de que el Toli nos denuncie, ni siquiera creo que llegue a abrir la boca sobre lo sucedido. ¿Qué va a decir? ¿Que dos chicas desarmadas lo han agarrado por los huevos y lo han dejado atado? No le conviene que se sepa. Y en cuanto a lo ocurrido, a veces nos dejamos llevar y ya está. Yo estoy hablando y... ¿quién sabe si no se me hubiera podido ir a mí la cabeza y ahora fueras tú quien me estuviera echando el rapapolvo?

Alicia la miró sabiendo que ni ella misma se creía lo que acababa de decir; pero, pese a que había sido bastante torpe, agradecía aquel intento de consuelo.

—De verdad que te pido perdón por lo que he hecho. No quería fastidiar la investigación, pero en el momento me he dejado llevar sin pensar en las consecuencias. Lo siento.

—No pasa nada. Ahora toca, como hemos dicho, seguir adelante. No sé si llegaremos hasta el narco o no, pero tendremos que confiar en que sea cierto eso que dicen de que no son tontos y no van a matar a un policía.

A Alicia no le gustó cómo sonaba eso. Sobre todo porque sabía que tenía razón; era lo único a lo que podían aferrarse.

Mientras se lamentaban, vieron un Opel Kadett del mismo color que les había descrito el Toli acercándose lentamente por la avenida. Ambas sintieron cómo arreciaba ese cosquilleo que suele sobrevenir cuando se está muy nervioso.

Ana miró al frente y respiró hondo.

—Solo se me ocurre ir a por todas.

Alicia la miró.

—Nos acercamos al coche, yo por el lado del piloto y tú por el del copiloto, y cuando estemos a la altura le apuntamos. Confiemos en que no le salga la vena heroica, y se limite a salir con los brazos en alto.

Esperaron a que el coche se detuviera, y, en cuanto lo hizo, Ana pronunció la palabra mágica:

—Vamos.

Las dos se levantaron del banco, procurando aparentar la mayor naturalidad. Alicia no podía ni imaginarse cómo estaría Ana, pero si estaba la mitad de temblorosa que ella, entonces es que había serios motivos para preocuparse. La inspectora inició una conversación con Alicia para acercarse al vehículo sin levantar sospechas.

Mirando con disimulo, Ana comprobó que ni el coche ni su ocupante hacían ningún movimiento que activara sus alertas. El tipo miraba hacia delante, como absorto, con la cabeza en sus cosas. Puede que, si seguía así y ellas lograban sorprenderlo, aquella parte tan disparatada del plan que habían trazado sobre la marcha saliera bien. Después ya verían qué pasaba. Deseó no tener que tirar de plan B, porque no lo tenían.

Conscientes de que ya estaban a punto de meterse en la boca del lobo, ambas investigadoras hicieron como que se despedían y que el coche era el indicador donde sus caminos se separaban. En cuanto Alicia y Ana estuvieron cada una frente a su ventanilla correspondiente, sacaron las armas con un rápido movimiento y apuntaron directamente al hombre, que no dudó en levantar las manos en clara señal de rendición.

Tanto Ana como Alicia respiraban agitadamente con cierta sensación de triunfo porque no hubiera sucedido nada extraño, pero la dicha duró poco: de pronto las dos puertas laterales traseras se abrieron como un relámpago, y, con la misma rapidez, del interior salieron dos hombres que se situaron estratégicamente tras la inspectora y la subinspectora y les apuntaron directamente a la cabeza con sendas armas.

Ana dejó de respirar durante unos segundos. Alicia, en cambio, respiraba muy despacio, como si le fuera imposible hacerlo de otro modo.

El que conducía bajó los brazos y esbozó una sonrisa mientras salía con aire triunfal del vehículo.

—Hola, inspectora y subinspectora. ¿Nos acompañan a

dar una vueltica? —preguntó retóricamente con un claro acento sudamericano.

El Toli las observaba a una distancia prudencial. Cuando las vio subir al coche por la fuerza, sonrió y emprendió el camino a su casa acompañado del Chino.

Ana no se atrevía a mirar a Alicia. Si lo hubiera hecho, habría visto que su rostro expresaba terror y resignación al cincuenta por ciento. Ella nunca había vivido una situación similar. Como policía se había visto en situaciones un tanto complicadas para el ciudadano de a pie, pero nunca ante algo tan grave como que le estuvieran apuntando con un arma, sin saber si en los próximos cinco minutos seguiría con vida. Para Alicia, en cambio, no solo era cuestión de sentir el frío del cañón del arma en la sien, había algo mucho más profundo que transcendía el angustioso momento que estaba viviendo.

Al igual que le había sucedido en el piso del camello, sin pretenderlo, se trasladó un año y medio atrás en el tiempo. No a mucha distancia de donde ahora se encontraba. No con cualquiera.

Estaba con él.

No sabía si cerrar los ojos empeoraría aquella palpitación que la distanciaba por completo de lo razonablemente humano, pero acabó cerrándolos. Pasara lo que pasara, no podía permitirse perder de nuevo la compostura y la razón como le había sucedido en casa del Toli. Ese era un pobre diablo al que había pillado desprevenido; esos, al parecer, eran sicarios profesionales que habían sido enviados para sacarlas de la circulación. Ana y ella estaban en clara desventaja, pues lo primero que hicieron ellos, al subirlas al coche, fue quitarles las armas. Por consiguiente, sus posibilidades de salir indemnes de aquella situación se habían reducido al mínimo.

Hacía un rato, cuando le estaba pidiendo perdón a Ana por haber actuado de aquella manera en el piso, lo había hecho en serio. Sabía que de algún modo su acto acarrearía consecuencias, pero hasta que no se vio inmersa en la situación actual no fue consciente de hasta qué punto había metido la pata. ¿De verdad creía que ellas solas podían ir por la vida de justicieras? No estaba actuando como ella misma y, aunque tenía claro que tras aquel comportamiento tan alejado de lo que se esperaba de ella había razones de peso que se remontaban a cierta experiencia vivida en el pasado, no había excusa que pudiera justificar que ahora estuvieran dentro de un viejo coche camino de cualquier lugar donde, casi con toda seguridad, les infligirían un castigo fatal.

Como era lógico ante una situación de extrema gravedad como aquella, su cerebro iba por libre, y se le ocurrían los más disparatados planes para salir del atolladero. Pero el hecho de que uno de los matones la estuviera apuntando con la pistola pegada a la cabeza, y que el otro, desde el asiento delantero, hiciera lo mismo con Ana, aunque algo más separado de la inspectora, no ayudaba a poner en práctica ninguna de sus descabelladas ideas. Los seguros del coche estaban echados y, aunque no hubiera sido difícil anularlos, no era tan rápida como para realizar las dos acciones que se requerían sin que le alojaran una bala en el cerebro.

Y luego, claro, estaba Ana. No era una situación propicia para que sus mentes estuvieran en perfecta sincronía, así que no podía intentar nada: aunque la huida era más que improbable, en caso de lograrlo dejaría en la estacada a su compañera, y eso sí que no lo haría jamás.

De modo que debía apartar de su cabeza las acciones heroicas y apechugar con el desenlace hacia el que se encaminaban lentamente, y a la vez mucho más deprisa de lo que ella hubiera deseado.

Pero como el día iba de sorpresa en sorpresa, el coche se adentró en la ciudad de Alicante en lugar de alejarse de la urbe por la avenida de Alcoy.

Ana seguía sin volver la cabeza para mirar a su compañera, por si acaso. Su mente no albergaba ningún reproche hacia la subinspectora por haberse visto abocada a esa situación, fruto de la absoluta falta de cautela con que actuó en la casa del quinqui. No, a pesar del momento de crisis en que estaban inmersas, solo se sentía decepcionada por no haber podido llegar hasta el final del caso. Ciertamente, el hecho de que se estuvieran adentrando en Alicante arrojaba cierta esperanza, y tal vez el asunto pudiera llegar a resolverse sin acabar con una bala en el cuerpo, pero no quería albergar demasiadas esperanzas porque en verdad la cosa pintaba muy fea.

Entre cavilaciones y conjeturas pasaron diez minutos, durante los cuales, de nuevo inesperadamente, dejaron de apuntarles directamente a la cabeza y pasaron a hacerlo con mayor discreción; ahora, una de las armas apuntaba al costado de Alicia, y la otra, al pecho de Ana.

Hasta que no estuvieron a punto de llegar a su destino, no fueron conscientes de adónde las conducían: la Marina Deportiva del Puerto de Alicante.

«¿Nos van a matar a bordo de un barco?», se preguntó Ana.

Por si aquel destino no era lo bastante curioso, a la inspectora se le cayó el alma a los pies cuando observó cómo los guardias de la garita, que debían autorizar la entrada del vehículo, levantaban la barrera a pesar de ver claramente que había algo que no cuadraba.

Ana aprovechó aquellos instantes para echar un vistazo hacia su lado izquierdo y así poder comprobar el estado anímico de su compañera. Al verla, no es que sintiera mucha tranquilidad. Su cara reflejaba el horror de la situación que estaban viviendo; pero había algo más, aunque no sabría explicar en qué lo notaba.

Siguieron avanzando varios metros hasta que el conductor, el chico sudamericano, detuvo el coche al lado de un yate de aspecto majestuoso. De esos que quitan el hipo a cualquiera. De esos que invitan a soñar a toda persona que no puede permitírselo con la esperanza de que un día poseerá uno parecido.

—Bajen sin hacer ninguna tontería. —Esas fueron las primeras palabras que oyeron desde que las habían subido al coche, y fue precisamente el conductor quien las pronunció.

Obedecieron sin oponer ninguna resistencia. Ahora era el turno de Ana en cuanto a pensar estúpidas actuaciones a la desesperada; pero una vez más la razón se impuso, y concluyó que, si aún no estaban muertas, era porque sin duda no les iban a hacer daño. No por ello iba a bajar el escudo a partir de ese momento, pero algo le decía que podía rebajar en medio punto el grado de tensión que estaba soportando.

—Suban —les ordenó el conductor, mirando en dirección a la pasarela que daba acceso al yate.

Fue en ese preciso instante cuando, sin haber visto aún lo que les esperaba en el barco, Ana cayó en la cuenta de lo que iban a encontrarse una vez a bordo. En cuanto obedecieron las instrucciones del conductor, pudo comprobar que no se equivocaba.

Desde la garita, uno de los guardias comprobó que el dependiente no le había mentido el jueves anterior cuando se acercó con la intención de comprar un móvil con un buen zum. No le importaba lo que costase, pues no lo pagaba él.

Después de hacer la foto la envió a la dirección de correo que le habían dado. Acto seguido siguió las órdenes que había recibido: restauró por completo el terminal e introdujo otro usuario completamente distinto, que no era el acordado.

—Espero que *os meus homes* las hayan tratado con la amabilidad que merecen, *inspectores*.

Sin saber muy bien qué decir, Ana miró a Alicia, que ya parecía estar regresando al mismo mundo que ella habitaba y estaba mirando fijamente y sin pestañear al tipo que tenían enfrente.

Delgado, menudo, parecía sacado de los años ochenta, pues vestía como un padre el día que toda la familia entera se iba a merendar al campo. Pantalones cortos de tenis, de color azul; camisa blanca antigua abierta de par en par mostrando el pecho peludo y chanclas cangrejeras de color beige eran el *outfit* elegido por el Gallego para recibirlas en su yate. Porque antes de subir al barco tenían claro —o cuando menos Ana sí lo tenía— que sería él quien las esperaba, pero en cualquier caso su acento les había confirmado su identidad.

—Por favor, pónganse cómodas y díganme qué quieren beber. No me salgan con esa *parvada* de que están de servicio, que a un *galego* no se le rechaza una copa.

—Lo que usted quiera —respondió Ana, tragando saliva.

—Que sean tres orujos. Malo será que estos sean los únicos que bebamos.

Uno de los hombres del Gallego corrió a satisfacer la demanda de su jefe. Al cabo de un instante les ofreció los vasos al narco, a la inspectora y a la subinspectora.

El primero no dudó en beber un buen sorbo.

Las otras dos, trataron de imitar la acción con un nudo en la garganta, pero apenas les pasaba el líquido por el cuello.

Tras observar unos instantes el vaso casi vacío, el Gallego comenzó a hablar.

—¿Saben? Creo que de los que estamos aquí nadie es *parvo*, y todos sabemos un poquito a lo que me vengo dedicando. Es por eso por lo que están aquí, ¿*non*?

Ana y Alicia se miraron sin saber bien si aquello era una pregunta trampa. Ambas sentían esa falsa seguridad de estar en un lugar prácticamente público donde no creían probable que les sucediera nada, pero las dos admitían que la situación era rara de narices, y ante eso no había que dar nada por hecho.

—Hablemos a las claras —insistió—. El Carratalá ese es un *rabudo* y reconozco que tengo mis más y mis menos con él. Tampoco me cuesta decirles que me conviene que crea que estoy metido *no allo*, pero la situación está pasando de castaño a oscuro y creo que ya no me conviene tanto. Yo no tengo nada que ver con lo de la rapaza.

—No quiero parecer descortés —intervino una Alicia que parecía haber recuperado el norte de golpe, segura de que Ana no diría lo que ella estaba a punto de decir—, pero tiene que entender que nos cueste creerlo. Todo apunta a usted.

—Entonces, ¿por qué no sacan esas pistolas que mis hombres les han dejado portar y directamente me llevan preso? —preguntó desafiante.

—Porque no las tenemos. Nos las han quitado.

—¿*Como é iso?* ¿No fueron claras mis instrucciones de que son invitadas?

Los hombres se apresuraron a devolverles las armas a las policías.

Ellas se las quedaron mirando sin saber muy bien qué hacer.

—Ya las tienen. Ahora procedan como crean que tienen que proceder.

Ahí ambas reaccionaron a la vez. Guardaron las armas.

—Yo ya se lo he dicho, señoras, tengo mis más y mis menos con el *trapalleiro* ese, pero no levantaría tanta polvareda. Me gusta ser más discreto, no sé si me entienden.

—¿Tan discreto como para haber tenido hasta el más mínimo detalle planificado, y que ahora mismo estemos aquí, hablando con usted? Usted lo tenía todo calculado —dijo Alicia.

—Me halaga, señora. Ya me gustaría a mí ser tan *intelixen-*

te, pero no lo soy. Yo simplemente me adecuo a cómo vienen las cosas, y si primero me vienen al restaurante donde como a preguntar por mí y luego a la zona donde algunos hombres míos trabajan, lo mínimo que puede pasar es que me pongan en aviso. En cuanto pusieron un pie en la casa del *Talli* ese, dejé que pensaran que llegarían a mí sin problema. Mejor así para poder hablar con ustedes de un modo discreto.

—¿Él ya lo sabía? —preguntó Ana muy sorprendida.

—Ese tipo será un camello de poca monta, pero no es tan *parvo* como para hacerme una *chafallada* así. Le podían haber arrancados los cojones, porque no hablaría. Sabe que lo que yo le haría sería peor.

Ana y Alicia se sintieron aliviadas al mismo tiempo, porque al final el encuentro en el piso no había sido para tanto, ya que todo había sido orquestado por el Gallego. Dejando eso de lado, ninguna de las dos sabía qué pensar o, mejor dicho, si creer o no en la palabra de aquel hombre vestido como un Pablo Escobar de saldo.

Podrían acogerse al tinglado que había montado únicamente con la intención de exculparse o, precisamente, tomar eso como una señal de que ocultaba algo y que así lograba quitárselas de encima.

Fuera como fuese, debían de dar gracias a la vida porque lo que podría haber sido un desastre absoluto al final no había resultado serlo.

—Digamos que lo creemos —comentó Ana—, pero me ha parecido que ha dicho que se ha aprovechado de la situación para hacerle creer a Carratalá que usted está detrás de todo. ¿Es así?

—Pues claro. ¿Quién no lo haría?

«Yo, por ejemplo», pensó Ana.

—El Carratalá este me está poniendo la zancadilla con algunos temas, y yo pensé que si creía que yo tenía a su *filla* él movería ficha para... cosas. *Pero non foi así*. De modo que yo me desmarco ya. No quiero saber nada de este asunto porque ustedes están poniendo el foco en mis cosas. *E iso non me gusta.* ¿Me entiende?

—Está bien —dijo al fin la inspectora tras pensarlo unos segundos—. No sé demasiado de usted, pero parece un hombre de palabra, y se la pienso tomar. Solo me gustaría pedirle un favor.

—Pida sin miedo. Si puedo, *fare lo que poida. Polo mal momento.*

—Le pido que, por favor, si averigua algo nos lo haga saber. Le digo la verdad: no me importa a qué se dedique porque no eso no es lo que me preocupa ahora. Quiero que esa chica vuelva sana y salva con su marido y su hijo, independientemente de quién sea su padre y de las cosas que haga o deje de hacer. —Ana metió la mano en el bolsillo y extrajo la cartera. Sacó una tarjeta. Se la dio al Gallego.

—Aunque no me crea, eso es lo que queremos todos. Ahora *os meus homes* las llevarán a donde ustedes les pidan. Gracias por escucharme y buena suerte con la búsqueda de la rapaza. Yo también tengo *fillos*, y si no encontrara... No sé.

—Gracias.

Alicia y Ana dieron media vuelta con la sensación de casi haber cerrado un capítulo de la investigación, pero al mismo tiempo con el mal sabor de no haber resuelto nada en realidad, porque estaban como al principio. Aunque...

—Señoras —dijo el Gallego antes de que llegaran a la pasarela que les permitía bajar del yate—. Me han pedido colaboración y acabo de caer en algo. Puede que no fueran mal encaminadas y el culpable sea alguien del entorno del *trapalleiro*. Yo le echaría un ojo al Soria ese, que parece un tipo leal, pero cuando le enseñas un billete lo olvida todo. El *foi* el que me convenció de aprovechar la situación para presionar a su jefe.

... Ahora sí que tenían por dónde continuar.

25

Domingo, 12 de mayo de 2019. 18.34 horas. Elche

Mario pulsó el botón rojo de la pantalla del teléfono y lo guardó de nuevo en el bolsillo.

«¿Qué querrá ahora esta?», se preguntó.

Tenía razones de sobra para que en esos momentos no le apeteciera estar con prácticamente nadie; pero, de todas las personas que habitaban el universo, su cuñada Cris era la segunda a quien menos desearía ver.

La primera era su suegro, cómo no.

La idea de salir a pasear había sido bastante buena. Su cabeza ya no soportaba más el encierro en casa y, a pesar de la constante comunicación que mantenía con Helena (casi excesiva, pero le daba igual porque quería saber en todo momento que Hugo estaba bien), sentía que de un momento a otro podría perder la cabeza, e incluso el jardín se le quedaba pequeño para airear sus pensamientos.

Necesitaba cambiar de ambiente.

El lugar elegido fue el mismo de siempre.

El Huerto de Sempere estaba ubicado más o menos a un kilómetro de su casa. Entre los privilegios de vivir en su zona, se encontraba el de estar rodeado de lugares tranquilos como aquel, donde poder despejar una cabeza aturullada. Había muchos y muy bonitos, pero en su ranking personal el primero de todos era ese lugar, por donde llevaba ya un buen rato paseando.

En realidad, no era nada del otro mundo. La belleza no se medía por sus flores coloridas ni por ser un paraje idílico donde perderse. No. De hecho, en la zona por donde más le gustaba pasear solo había palmeras. Sobre todo, merecían una mención especial las llamadas «pipas», una raza de palmeras que por razones especiales habían crecido casi de forma paralela al suelo en vez de perpendicularmente, que es lo habitual. Toda una rareza que a él le encantaba admirar durante un buen rato cuando su cerebro estaba tan al límite como en esos momentos.

Aunque, para ser justos, los problemas con los que iba a pasear por aquel lugar eran casi los propios de un niño de cinco años, comparados con el estado en que ahora se encontraba su mente.

Y para colmo ahora iría ella, para rebasar el límite.

Lo malo de no saber decir que no era justo lo que iba a suceder: que no podría escapar de una charla que no le apetecía en absoluto. Puestos a no saber hacerlo, ni siquiera había sido capaz de reconducir la situación para haber ido él a su casa en vez de encontrarse allí, y de ese modo al menos estaría más cerca de su vivienda y podría dar con una excusa para regresar a su hogar cuanto antes.

Porque Cristina era muy pesada, y encima solo le faltaba en plan «aquí me tienes para lo que necesites, te acompaño a casa».

Al que sabía cómo las gastaba, quizá ya no le colara esa actitud, pero aquellos que la conocían más a fondo tenían clarísimo que uno no podía esperarse nada de ella, pues a la primera de cambio lo desbarataba todo.

«En fin, espero que se largue pronto y me deje en paz. Lo necesito».

No tuvo que esperar demasiado tras colgar el teléfono para que su cuñada apareciera por aquel lugar.

La primera sorpresa vino cuando la vio llegar vestida de un modo totalmente distinto de como solía hacerlo. Eso no habría sido tan raro si no se hubiera vestido exactamente como Clara solía hacerlo. Tanto era así, que cualquier persona las habría confundido sin dudarlo. Mario no, por supuesto; él las distinguía sin problema, pero eso no minimizó el estado de alerta que se declaró en su interior.

¿Por qué iba vestida así?

La efusividad de su saludo fue la segunda sorpresa. El abrazo fue totalmente inesperado y pilló a Mario varios metros fuera de juego. Lo cogió tan desprevenido que la única que lo estrechó entre sus brazos fue Cris. Él permaneció inmóvil, con los brazos caídos.

—¿Por qué no me has llamado en cuanto ha aparecido Hugo? —preguntó con cierto tono de reproche mientras se separaba de él.

«¿Huele como Clara?».

Mario intentó recomponerse de inmediato, y hasta cierto punto lo logró.

—Lo siento, Cris, esto me está dejando KO mentalmente y no soy capaz de hacer nada como debería.

Ella lo miró sin abandonar aquel rictus de preocupación que Mario sabía que no era real.

—Menos mal que me ha llamado mi madre. No sé por qué os empeñáis en dejarme fuera de todo esto.

—No es eso, es que...

—Olvídalo —zanjó—. Lo importante es que mi sobrino esté bien, porque lo está, ¿no?

Mario asintió.

—Ay, por favor, ¡qué bien! —exclamó elevando exageradamente el tono de voz—. Ahora solo falta que mi hermanita aparezca sana y salva.

Mario trató de no alzar la ceja, pero no pudo. Él no era de los que le reprochan nada a nadie, todo lo contrario, pero no pudo evitar decir lo que pensaba, porque no podía con todo aquel teatrillo que estaba interpretando su cuñada.

—Venga, Cris, no me fastidies. ¿Por qué estás haciendo esto?

—¿A qué te refieres?

—A todo, ya lo sabes. ¿Por qué finges que te importa el crío? En cuatro años apenas has venido a visitarlo ni has preguntado por cómo estaba ni, ni..., yo qué sé...

—No sé a qué viene esto; me he comportado como lo haría cualquier tía con su sobrino.

—¡Mentira! Ni te has acercado por casa. Aunque, mira, mucho mejor, porque uno nunca sabe a qué atenerse contigo.

Ella lo miraba muy sorprendida. Desde luego no esperaba una reacción así.

—¿Quieres saber por qué?

—Prueba a decírmelo y lo mismo te creo.

—¡Porque era ella la que me prohibía acercarme a vosotros!

Mario se dio la vuelta al tiempo que sonreía irónicamente y negaba con la cabeza.

Ella no quiso darle tregua y rápidamente se situó de nuevo enfrente de él.

—¿Por qué te ríes así?

—Porque eres una maldita embustera. Siempre igual. Yo puedo entender tus problemas mentales, los comprendo y por ello me muerdo la lengua, pero, Cris, no me vengas con gilipolleces como esa, porque no pienso permitir que te inventes que Clara te prohibía acercarte a nosotros.

—Tú no conoces a mi hermana.

—Claro, yo no conozco a mi mujer. ¿Y tú sí?

—Pues mira, sí. Sabía que te ponía los cuernos con un puto ruso. Sabía que no te quería. Podría haber ido con el cuento para que le cantaras las cuarenta, pero era consciente de que estabas tan enamorado de ella que incluso serías capaz de perdonarle eso. No quise meterme en vuestras cosas.

—¿Y cómo sé yo que no eras tú la que le azuzaste al ruso?

—¿Qué? —preguntó con sequedad.

—Lo que oyes. ¿Cómo lo sé? He visto fotos en las que apareces tú hablando con él.

Ahora fue ella quien sonrió irónicamente.

—Me acerqué a él para ofrecerle dinero a cambio de que se alejara de ella. Sabía que tú harías lo posible por seguir a su lado y pensé que lo mejor era allanarte el camino.

—¡Oh! ¡Vaya! Ahora va a resultar que eres un cacho de pan. ¿Qué hago? ¿Te doy las gracias?

Cristina negaba con la cabeza.

—Piensa lo que te dé la gana. Yo siempre quise lo mejor para ti.

—¿Para mí? Venga ya. Lo que me faltaba por oír. Hazme un favor y pide que te revisen la medicación, porque no te está haciendo efecto.

—¿Eso a qué viene ahora?

—¿Te has mirado en un espejo? ¿Has visto lo que pareces vestida así?

Ella se miró de arriba abajo.

—Te has vestido como tu hermana —siguió diciendo él— porque quieres ser como ella, y no le llegas ni a la suela de los zapatos. Lo que haya hecho Clara con ese ruso es cosa nuestra. Si me apetece resolverlo con ella, lo haré. Si no, igual. Pero ahora no me importa nada de eso, ¿me entiendes? Ahora solo quiero que aparezca sana y salva. Después ya veremos.

Cris estalló en llanto. Se cubrió el rostro con la mano y, cuando la retiró, al cabo de unos instantes, tenía los ojos arrasados en lágrimas. Lo miró con dureza, como con rabia, y le dijo:

—¿Sabes por qué me he vestido así? ¿Sabes por qué me he vestido como lo haría ella?

—Sorpréndeme.

—Porque ya no sé qué hacer para que te fijes en mí. Toda mi puta vida he estado llorando por las esquinas porque tú no me hacías caso. La muy hija de puta sabía que tú me gustabas ya en el instituto y aun así fue a por ti. Ella no se había fijado nunca en ti, ¡mira qué casualidad! Y, claro, tú babeaste por ella desde el primer momento. Por doña Perfecta.

Mario, que se había envalentonado como nunca antes, de pronto se sintió amedrentado. Sabía que en aquella época estuvo enamorada de él. O que simplemente le gustaba, nunca creyó que la cosa había ido más allá, pero ¿aún seguía con eso? ¿Todavía estaba pensando en cosas que sucedieron hacía más de quince años?

—Cris, yo... —logró decir.

—Da igual. Si es que tú la tienes en un pedestal, y no me extraña. Pero a veces me gustaría que supieras quién es de verdad Clara Carratalá. Lo que me hizo a mí de algún modo me lo esperaba, toda la vida fue igual estando con ella; pero lo que le hizo a su amiga, eso sí es ser una hija de la gran puta. Aunque tú tampoco te quedaste corto. No sé cómo aún sigue en la investigación después de verte la cara.

Mario se quedó paralizado. ¿De qué estaba hablando Cris? Y, lo más importante, ¿de quién?

—No me mires con esa cara —siguió diciendo—, sabes perfectamente de lo que te hablo.

—La verdad es que no...

—¿En serio? No puede ser. ¿Tú qué haces, borras lo que te apetece de tu memoria? ¿No recuerdas a Ana Marco? ¿La inspectora que está llevando el caso?

Y de pronto todo le vino a la cabeza. Claro. Nítido. Como si estuviera sucediendo de nuevo en tiempo real.

Dio varios pasos hacia atrás. Era como si se le hubieran paralizado distintas zonas del cuerpo.

Aquello no podía ser real. Cristina tenía razón. ¿Cómo

había podido olvidarlo si, probablemente, había sido el episodio más bochornoso de toda su vida? ¿Jamás pudo estar más arrepentido tras lo que hizo, y puede que Cris estuviera en lo cierto: hizo cuanto pudo por olvidarlo. Desde luego, no había sido consciente de que, de algún modo, eso era exactamente lo que había hecho. Lo peor de todo era que, a pesar de que habían transcurrido unos cuantos años, Ana estaba prácticamente igual, y él no había sido capaz de reconocerla. ¿Cómo era posible? La explicación de que estaba tan obcecado con lo de Clara que todo lo demás quedaba al margen no le valía. ¿Cómo podría mirar ahora a esa mujer a la cara? Y, lo más importante, ¿cómo era posible que ella quisiera ayudarlo después de aquello?

Vale que estuviera anteponiendo su profesionalidad a cualquier otra consideración, pero pensó seriamente en si él sería capaz de hacerlo. Y, siendo sincero consigo mismo, lo dudaba mucho.

Cris le hablaba, pero sus oídos no la oían. Para no haber pasado nunca por un estado de *shock*, era la segunda vez en pocos días que lo experimentaba, y aquello ya empezaba a resultar verdaderamente molesto. No era que no quisiera moverse o reaccionar, sino que su cerebro se negaba a enviar señales a los músculos para así poder seguir inmóvil.

«¿Ahora qué? ¿Esto cambia algo? ¿Tengo que hacer algo? ¿Podría hacer algo?».

Las preguntas se le agolpaban en la cabeza y pugnaban entre sí por dirimir cuál de ellas tenía menos sentido.

Y, entretanto, Cris seguía a lo suyo.

Hasta que su cuñada no dejó de hablar, se acercó a pocos centímetros de él, lo agarró por los hombros y lo sacudió como a un cojín, Mario no logró recobrar la conciencia de dónde se encontraba y de qué estaba sucediendo. Entonces se percató de que Cris había roto en llanto y seguía con su retahíla de lamentos por no haber sido ella la elegida.

Dejando aparte el llanto (y que parecía estar pasándolo verdaderamente mal), en otras circunstancias Mario incluso podría haberse sentido halagado. Jamás se habría imaginado que había sido el centro de todo un cuarteto amoroso, y su orgullo viril se habría visto muy reforzado. Pero no podía. Su cerebro solo era capaz de pensar en que Ana Marco era la persona que estaba tratando de encontrar a su mujer con vida, y todo aquello le provocaba muy malas sensaciones.

—Lo siento muchísimo, Cris. Tengo que marcharme. Hablaremos en otro momento, ¿vale? —El tono de su voz ya no era tan duro como hacía unos momentos.

De algún modo, volvía a ser el Mario que se alejaba de todos los conflictos. El Mario de hacía unos minutos tan solo era un espejismo.

Y la dejó allí, con una expresión de total incredulidad en el semblante. Estaba a un kilómetro de su casa y tenía que regresar andando, de modo que apretó el paso todo lo que pudo mientras sacaba el teléfono móvil del bolsillo.

Cris lo vio alejarse con la cara surcada de lágrimas.

Pero en cuanto lo perdió de vista, se enjugó la cara, recuperó de pronto la compostura y también sacó su teléfono móvil.

Marcó un número y esperó.

Alguien contestó.

—No he podido entretenerlo más. Va hacia su casa. Espero que hayas terminado.

Una voz respondió afirmativamente.

Mario caminaba deprisa, muy deprisa.

No tenía muy claro qué hacer a continuación, pero su cabeza le decía que tenía que llamar a la inspectora y pedirle perdón cuanto antes. No podía permitir que una rencilla del pasado influyera poderosamente en la búsqueda de Clara. Cada cinco segundos cambiaba de parecer en cuanto a si él estaría al cien por cien si fuera Ana Marco, así que necesitaba escuchar con sus propias palabras que todo estaba bien, que fue una chiquillada y que ahora estaba centrada en cumplir con su labor correctamente.

Y por eso había intentado llamarla dos veces sin recibir respuesta.

Evidentemente, al no saber que en esos momentos Ana estaba disfrutando de una ducha reconfortante —y liberadora de tensiones— tras el extraño día que había vivido, pensó que la inspectora no se lo quería coger, y su nerviosismo no hizo sino aumentar.

¿Qué podía hacer ahora?

La única opción viable era llamar a la única persona de la que parecía poder fiarse.

Buscó el número de Rose, y cuando iba a pulsar el botón de llamada la vio en su calle. Avanzaba tan deprisa y tan ensimismado que ni siquiera se había dado cuenta de que ya estaba llegando a su casa.

—¡Rose! Te iba a llamar ahora mismo.

—Yo también necesito hablar contigo. —Su cara era un poema.

—¿Qué pasa?

—Mejor entramos, no quiero que nadie me vea aquí.

Mario asintió y abrió la puerta exterior.

Ella lo siguió, mirando a un lado y al otro, con el corazón algo acelerado.

Los dos se encaminaron hacia la puerta principal de la casa y pasaron al interior.

Mario no necesitó andar ni dos pasos para darse cuenta de que algo raro ocurría en la vivienda. Tampoco es que hiciera falta mucho más, pues el cajón que había en el mueble recibidor estaba entreabierto y su contenido, esparcido por el suelo. Automáticamente sintió el impulso de comprobar el resto de la casa. El salón estaba hecho un desastre. Era como si hubiera una barrera invisible en la entrada, porque Mario no pudo poner un pie dentro. Miraba todo aquel desorden respirando atropelladamente y con el corazón luchando por salírsele de la caja torácica.

De pronto le fallaron las piernas, y Rose tuvo que echar mano de todos sus reflejos para evitar que se cayera al suelo.

Lo arrastró como buenamente pudo hasta dar con una silla que sirvió para que no llegara la cosa a mayores.

La situación era bastante evidente, pero la periodista no pudo evitar hacer la innecesaria pregunta:

—¿Qué ha pasado aquí?

Mario era incapaz de decir nada y, a pesar de que las piernas no podían sostenerle el peso del cuerpo, de pronto fue como si le hubieran salido alas: se levantó sin más y empezó a inspeccionar el resto de la casa.

Todo igual. O allí dentro había habido un tornado local que había arrasado con todo, o alguien había entrado con la intención de encontrar algo.

Cuando terminó de inspeccionar todas las estancias, Mario tuvo que volver a sentarse. Ya no podía más. Aquella situación lo estaba superando con creces. Antes de entrar se había guardado el teléfono móvil en el bolsillo, y ahora lo sacó de nuevo con la intención de hacer una llamada.

Pero, para su sorpresa, no pudo, Rose se lo arrebató de las manos, y él no pudo por más que seguir girando en aquella rueda de sucesos inesperados.

—¿Qué haces? —logró articular el chico.

—¿A quién vas a llamar? —quiso saber ella.

—A la policía, ¿a quién si no? Aunque la inspectora no me lo coge, puede que la haya cagado mucho con ella.

—Espera, esto es jodido, lo sé —dio media vuelta y echó un

vistazo al estado del salón—, pero tienes que confiar en mí. No llames a la policía, y muchos menos a la inspectora Marco.

A Mario, que luchaba consigo mismo por no desmayarse, ni siquiera le quedaban fuerzas para preguntar por qué. Pero aun así lo logró.

—¿Por qué?

—¿Recuerdas que te dije que con el Gallego de por medio no podías confiar en la ayuda policial?

Mario se limitó a asentir con la cabeza.

—Lo que te voy a enseñar no te gustará.

—¿Tú no sabes decir otra cosa? —le espetó, sin creer lo que había dicho, pero la verdad era que ya estaba harto de todo.

Ella hizo caso omiso de su grosería y sacó su teléfono móvil.

—Esto me lo ha enviado uno de los guardias que hay en la garita de la Marina Deportiva del Puerto de Alicante. Allí tiene un yate el Gallego, y sé que los domingos los pasa allí. Mira quién ha ido hoy a hacerle una visita.

Y le mostró una fotografía en la que se veía a dos chicas subiendo a un barco acompañadas de tres hombres. La imagen no era del todo clara, no tenía la nitidez que le hubiera gustado a Rose, pero desde luego no había lugar a dudas de que era la inspectora Marco la que subía por la pasarela acompañada de la policía que había llegado de Madrid.

Mario no dijo nada. Se sentía tremendamente cansado. Con ganas de cerrar los ojos y dormir profundamente. O de morirse. Ya no sabía qué pensar. Ni cómo sentirse.

—Te dije que llevaras cuidado con esta gente. El Gallego lo controla todo a su antojo. Siento decirte que no te van a ayudar, Mario. Estás solo. Bueno, me tienes a mí.

Mario la miró sin hablar todavía. Si hubiese podido le habría dicho que, visto lo visto, tampoco tenía tan claro que ella estuviera de su lado, que ya no se fiaba ni de su propia sombra; pero no tenía fuerzas para eso.

—Escúchame. Creo que aquí no estás seguro. ¿Por qué no te vienes a casa conmigo? Si te llaman para localizarte puedes inventarte cualquier excusa. ¿Qué te parece? Allí podemos pensar con calma qué podrían estar buscando. ¿Te parece?

Él no solía rechistar, pero ya estaba cansado de transigir con todo y con todos, así que, por una vez en la vida, aunque no sirviera para gran cosa, decidió dar un golpe sobre la mesa.

—No me pienso mover de aquí. Me da igual quién haya entrado a revolverlo todo. Me da igual lo que estuviera buscando. No voy a salir corriendo. Si me quieren matar, que me maten, pero yo de aquí no me muevo.

Rose lo miraba muy sorprendida. No es que conociera mucho a Mario Antón, pero desde luego no se esperaba una respuesta como aquella.

—¿Puedo al menos quedarme contigo? —preguntó ella.

—Haz lo que te dé la gana —respondió mientras se levantaba de nuevo.

—¿Adónde vas?

—A ordenar este desastre y a comprobar si falta algo.

26

Domingo, 12 de mayo de 2019. 19.44 horas. Elche

Rose se sintió tentada de llamar a sus compañeros de piso para contarles que esa noche no regresaría a casa. Seguramente, como cada domingo, estarían por ahí bebiendo como si no existiera un mañana y ni se darían cuenta de que ella no aparecía por la vivienda. Pero no podía evitar debatirse sobre si hacerlo o no. En cuanto a lo de que siempre estuvieran de fiesta, envidiaba esa capacidad que tenían para salir de jueves a domingo, ponerse hasta las trancas de todo y seguir al día siguiente como si nada hubiera pasado.

Ella no era así. Nunca lo fue, de hecho.

Siempre cumplió con el rol que sus padres le impusieron de niña buena y que, de algún modo, había calado tanto en ella que ahora no le salía actuar de otro modo. No es que no probara el alcohol nunca y, de hecho, fumaba como un carretero, pero esos eran los mayores actos de impureza de una vida marcada desde el mismo momento de su nacimiento.

Una vida que, también era importante recalcarlo, le gustaba y aceptaba sin ningún problema.

«No todos tenemos por qué luchar contra el camino que se nos ha marcado», pensó en más de una ocasión.

Rizando un poquito más el rizo, antes ni siquiera fumaba, pero después de lo que sucedió, era un poco como su vía de escape.

Raro, pero efectivo.

Ya llevaban un buen rato ordenando todo lo que se habían encontrado revuelto. Rose veía a Mario agobiado porque no conseguía saber qué habría podido llevarse la persona que había estado allí dentro en su ausencia. Como era lógico, lo primero que comprobó fue el escondite secreto donde estaba oculta la agenda de Clara, pero estaba intacto. No lo habían tocado, aunque no sabía si se debía a que no les interesaba o porque pasó desapercibido. Reflexionando un poco más, se dio cuenta de que tampoco tenía mucho sentido que se la hubieran llevado, porque, aparte de las citas con el tal doctor Moliner, no había nada más de interés en ella.

Desanimados por no estar sacando nada en claro, siguieron ordenándolo todo.

Mario, por su parte, no se sacaba de la cabeza la foto de la inspectora subiendo al yate del narco. ¿Cómo había sido capaz? Hasta que Cristina no le recordó quién era, apenas había vuelto a pensar en Ana Marco; pero ahora que sí conocía su identidad, no paraba de recordar detalles acerca de ella, y nada permitía intuir que acabaría siendo una poli corrupta.

Sin embargo, visto desde la óptica de alguien a quien le fastidiaron la vida de aquella manera, no había nada que pudiera darse por sentado, lamentablemente.

Cuando ya hubieron acabado, ambos se sentaron en la cocina. La conversación no es que fluyera demasiado, así que Rose quiso romper un poco el hielo preguntándole a Mario si tenía hambre.

La respuesta fue negativa por parte de él.

—¿Puedo comer yo algo? Estoy todo el día pegada al ordenador intentando averiguar cosas y no he comido nada.

—Claro —respondió él con desgana—. No sé si tendré algo por ahí. Sírvete, estás en tu casa.

Rose no tardó en dar con algo que echarse a la boca. En la nevera había una ensalada de esas que ya vienen preparadas a falta de aliño y, tras comprobar la fecha, decidió que era la opción más rápida y cómoda. Volvió al salón con el plato. Mario estaba como absorto mirando a ninguna parte.

—Sigues pensando en lo que buscaban, ¿verdad? —preguntó ella.

—Es que no me lo puedo explicar. Vale que aquí hay muchas cosas, pero creo conocer bien lo que tenemos y no se me ocurre nada que puedan llevarse.

—¿No piensas que simplemente podrían haber entrado a robar, como en cualquier casa?

—¿De verdad, con la que está cayendo, lo crees?

Rose se encogió de hombros.

—A ver, las casualidades existen, pero ya sería increíble que también sucediera esto ahora.

—Bueno, puede que estuvieran encima de ti tras saber lo que ha pasado. Hay gente muy hija de puta que se nutre del mal ajeno para sus intereses.

Mario miró a Rose. De verdad que quería tener esa especie de visión «positiva» que trataba de transmitir ella. Con más o menos tino, pero lo intentaba. A él no le salía nada de eso. Él lo veía todo cada vez más negro. Y cuando ya pensaba que no podría reinar más la oscuridad, siempre llegaba algo que le demostraba que sí. Un nuevo golpe cuando aún no había terminado de encajar el anterior. Pero a pesar de ver las cosas de ese modo, hizo un tremendo esfuerzo por aceptar la teoría de la periodista.

—Podría ser. De hecho, alguna que otra vez habían intentado entrar, pero no habían podido.

—¿Tienes alarma? —preguntó Rose mientras se echaba

un trozo de lechuga a la boca y miraba el techo buscando detectores. Los vio, pero Mario quiso confirmárselo.

—Sí, hay alarma. Pero no estoy seguro de haberla conectado al salir de casa. Solo quería dar un paseo para despejarme.

—Lo único que parece estar claro es que esa persona te ha estado observando y ha decidido entrar cuando te has marchado de aquí.

—Pues me tranquiliza muchísimo saber que me están vigilando.

—A ver, Mario, entre tú y yo. Aquí ya tenemos bastante claro que lo que está sucediendo escapa a toda normalidad. No podemos esperar que nada de lo que está ocurriendo entre dentro de la racionalidad.

—Pues llámame idiota, pero yo sigo creyendo que en algún momento aparecerá un atisbo de esa racionalidad que dices. Será que mi cerebro no es capaz de asimilar nada de lo que está pasando.

—Te entiendo, no creas que no. Por cierto, ¿adónde has ido a pasear? ¿Al menos has logrado despejarte?

Mario negó con la cabeza.

—He ido aquí al lado, al Huerto de Sempere. Y puede que sí que lo hubiera conseguido si no hubiera aparecido por allí mi cuñada.

—¿En serio? Madre mía... ¿Qué te ha dicho?

—Si te lo cuento no te lo vas a creer...

—Prueba.

Mario le relató todos los detalles del encuentro.

Rose, tras escucharlo, dejó el bol de la ensalada sobre la mesa. De pronto se le había quitado el apetito.

—Me puedes llamar lo que quieras —dijo Mario, que se había dado cuenta de ese detalle—. Me digas lo que me digas no me vas a hacer sentir peor de lo que me siento.

Rose necesitó tomar un par de bocanadas de aire antes de hablar.

—A ver... ¿Qué puedo decirte? Probablemente merezcas una paliza por eso; pero, visto en perspectiva, hace muchos años que sucedió y, bueno, no sé qué pensarás en realidad, pero se te ve arrepentido.

—Es que lo estoy. Y avergonzado. No sé cómo voy a poder mirar a la inspectora a la cara la próxima vez.

—Bueno..., en vista de las fotos, parece ser que de algún modo se está vengando, así que puede que estéis empatados ahora mismo.

—¿De verdad piensas que se está vengando por lo sucedido?

—Asegurártelo no puedo, pero las fotos...

—Ya.

—De todos modos, me gustaría romper una lanza en su favor. Ojo, que de lo que te voy a decir dudo hasta yo, pero puede que lo que esté haciendo con el narco no tenga nada que ver contigo. Perdóname, pero dudo de que seas tan importante como para que se meta en un lío así solo por fastidiarte.

—¿Qué quieres decir?

—Que supongo que todo vendrá de atrás. No me pega que una policía de Elche esté en tratos con un tipo que opera principalmente en el puerto de Alicante, pero algo tiene que haber detrás del asunto, y no creo que seas tú.

—Sinceramente, esto no es que me tranquilice mucho.

—Es que no sé qué decirte. Ojalá tuviera un botón que al pulsarlo me mostrase la clave correcta. Pero todo lo que estamos hablando aquí se basa en suposiciones.

Mario inspiró profundamente por la nariz. Le dolía tanto la cabeza que parecía que fuera a explotarle de un momento a otro. Sabía que era producto de la tensión, pero también era consciente de lo difícil que le iba a resultar relajarse.

—Así pues, ¿qué hago? —quiso saber. Estaba perdido de verdad.

—No lo sé. Cada nuevo indicio que descubro me aleja

más de su paradero. La parte positiva es que he hablado con mi contacto y ya se está moviendo para localizar a nuestro ruso. No sé si eso es bueno o malo, pero es lo único que tenemos. Eso y lo de mañana. Lo de la clínica puede ser una pista definitiva.

—O no. Vamos, Rose, si tiene cara de gato, cuerpo de gato y maúlla como un gato, ¿qué es?

—Soy de las que piensan que podría ser una gata.

Mario sopesó aquella posibilidad. La respuesta de Rose podría considerarse como un zasca, pues era cierto que hasta cierto punto desmontaba la teoría de que Clara habría acudido a la clínica de todas todas para abortar. Pero no lograba avanzar más allá. ¿Amante y clínica donde se practicaban interrupciones de embarazo? No quiso seguir con las analogías; si lo hubiera hecho, habría pensado aquello de que «blanco y en botella...». Aunque Rose le habría contestado que también podría ser horchata.

—Sea como sea —dijo al fin Mario—, ni siquiera sé si quiero ir. Imagina que tengo razón y ha ido a interrumpir un embarazo. O a hacerse el seguimiento si considero que es una gata en vez de un gato. ¿De qué valdría eso?

—Mi profesión me ha enseñado que todo vale, Mario. TO-DO.

—Mañana veré qué hago. Y también cómo enfoco lo de la policía. Ana Marco no puede seguir al frente de la investigación si tiene relación con el Gallego ese.

—Ahí me temo que vas a poder hacer menos. Ese mundo es más complicado de lo que te piensas. No quiero ser negativa, pero por ese lado estás vendido.

Mario apoyó los dedos en las sienes y comenzó a estirarse la piel. Repitió el movimiento durante unos segundos y al fin se detuvo. En cuanto recuperó la visión tras la instantánea ceguera que le producía aquel masaje, miró a Rose de hito en hito.

—¿Puedo hacerte una pregunta?

—Dispara —respondió ella.

—Ayer al final no me contaste por qué estás haciendo todo esto.

Ella entrecerró los ojos por un instante, aunque no tardó mucho en volver a abrirlos.

—¿Te importa que fume?

Mario se sintió tentado de decirle que sí, pero lo hizo de nuevo pensando en Clara. Sin embargo, y para su pesar, Clara no estaba, así que por una vez se saltó las normas y negó con la cabeza.

Rose se levantó a coger todo lo necesario para liarse un cigarrillo. También cogió su teléfono móvil. Antes de comenzar con lo del cigarrillo, buscó una foto en su teléfono y, una vez localizada, dejó el terminal sobre la mesa, de cara a Mario. Tras lo cual, se puso a liar tabaco.

Mario observó la fotografía. Era Rose, con unos pocos años menos, abrazando y sonriendo a un chico de pelo moreno. De no haberse fijado en un importante detalle, cualquiera hubiera pensado que podría tratarse de una feliz pareja de enamorados tomándose una foto, pero los personajes que aparecían en la instantánea tenían la misma cara.

—Es mi hermano —le confirmó—. No quiero presuponer cosas, pero dada la vida que llevas me da por pensar que en el fondo somos un poco parecidos. Mi padre fue un famoso periodista inglés. Incluso ganó varios premios, y, bueno, eso le permitió vivir una vida bastante cómoda en el aspecto económico. Durante sus años en activo fue corresponsal de la BBC aquí, en España. En Madrid, concretamente. Allí se enamoró de mi madre. Él siempre nos recalcaba la importancia de una vida sobria y recta para poder llegar a donde él llegó. Mi educación fue muy estricta y, de verdad, no soy de las que ahora se lamentan por eso. Me gusta cómo me educó y los valores que me inculcó. Supongo que eso también va con la personalidad, ya que yo soy igualita a él. Mi hermano mayor, en cambio, es más parecido a mi madre. Mi padre supongo que tenía un tope en cuanto a permisividad con quien no se tomaba la vida en serio, y mi madre lo copaba, de modo que con mi hermano las cosas siempre fueron complicadas. Recuerdo muchas peleas y muchas historias que no vienen al caso. Él no quería estudiar, pero llegó a una especie de acuerdo con mi padre según el cual cumpliría su voluntad de labrarse un futuro estudiando una carrera, pero tendría que ser lejos de él y de su mundo de rectitud, lejos de Madrid.

—¿Vino aquí a Alicante? —preguntó Mario.

—Sí. Se vino aquí. Esa liberación del yugo paterno fue también un poco su perdición. Mi hermano no había tenido la típica adolescencia tonta cargada de rebeldía, así que aquí estalló. Menos estudiar hacía de todo y...

Rose hizo una pausa. Una lágrima surcaba su rostro.

—No sigas si no quieres, ya imagino el resto de la historia.

—Ese puto gallego...

Rompió a llorar.

Mario nunca se había sentido así, pero puede que la experiencia de haber estado a punto de perder a un hijo fuera lo que lo empujó a levantarse, olvidarse de sus problemas durante unos segundos y abrazar a una muchacha que buscaba justo eso: un hombro sobre el que poder llorar.

De hecho, la abrazó fuerte, muy fuerte. Buscó en su interior las palabras que pudieran aportar un poco de consuelo a alguien que tanto parecía necesitarlo, pero se reconoció bastante torpe en aquel menester. Sobre todo porque en su cabeza solo resonaba aquello de que «en realidad, la culpa no fue del Gallego, sino de tu hermano. Él metería la droga en la provincia, pero si no hubiera sido él, habría sido otro»; así que prefirió guardar silencio y seguir abrazando a la periodista.

Cuando más o menos se sintió con fuerzas para continuar, la chica se separó de Mario, se levantó y se dirigió a la cocina para buscar un poco de papel con el que poder enjugarse las lágrimas.

Al regresar de la cocina, comprobó que Mario la miraba con ojos paternales. Eso no fue lo que la hizo sentirse bien, sino haber logrado, de algún modo, soltar algo de lastre contándole lo que le había sucedido a su hermano y por qué estaba haciendo lo que hacía. Su intención era hallar alguna prueba contra el narcotraficante que le hiciera pagar en parte todo el daño que había causado. Aunque fuera por algo que no tuviera nada que ver.

«Bueno, eso y otra cosa que no te puedo contar, pero que pienso solucionar hoy mismo».

El teléfono de Mario comenzó a sonar, con lo que interrumpió el momento de complicidad que se había creado entre ambos.

Cuando vio el nombre en la pantalla, sintió un nudo en la garganta.

Era la inspectora Marco.

—¡Mierda! —exclamó él.

—Sé que es difícil, pero intenta disimular que sabes lo que sabes.

Él tragó saliva y cogió el terminal. Se lo puso en la oreja tras apretar el icono verde.

—¿Sí? —dijo a modo de saludo.

—Perdone, señor Antón, he visto que me ha llamado hace un rato, pero estaba ocupada y no he visto la llamada.

—Nada, no se preocupe. Era..., solo quería saber si había alguna novedad.

—Sí y no. A ver si me explico bien... Hemos descartado una vía, por lo que en la investigación hemos dado un paso importante, pero me temo que para darle buenas noticias no me sirve.

—Bueno, imaginaba que me habría llamado en caso de tenerlas.

—Ni lo dude. Por cierto, ¿qué tal está Hugo?

—Perfectamente, voy llamando con regularidad a la amiga que lo tiene en su casa y él está bien, un poco en su mundo como esta mañana; pero, como ha dicho la psicóloga, ya irá mejorando.

—Seguro que sí. ¿Y usted está bien?

—Yo... —Mario se sintió tentado de contarle la verdad. Que no estaba bien. Que su cuñada estaba a punto de volverlo loco. Que alguien había entrado en su casa buscando no sabía muy bien qué y que no confiaba nada en ella como investigadora por varias razones, pero lo peor era que, por encima de todo, se sentía terriblemente culpable. Pero no podía decirle nada de eso—. Sí, dentro de lo que cabe sí.

—Muy bien, pues, si no le importa, lo dejo. Mañana hablamos y le cuento un poco cómo va todo. Ojalá le diera alguna buena notica.

—Ojalá. Gracias.

Y colgaron.

Mario se quedó mirando durante unos segundos el terminal que acababa de dejar encima de la mesa. No necesitó más para decidir lo que haría a continuación.

—Creo que me voy a ir a dormir.

Rose miró su reloj. En circunstancias normales hubiera dicho algo acerca de lo temprano que era, pero dada la situación que estaba viviendo aquel hombre, mejor tener la boca cerrada.

Así que asintió.

Mañana sería otro día.

¡Y menudo día!

27

Domingo, 12 de mayo de 2019. 20.54 horas. Elche

Ana dejó el teléfono móvil sobre la mesa, pensativa.

No podría decirse que fuera una experta en psicología humana, pero haber tratado con tantas personas a lo largo de su carrera, sobre todo en situaciones que a nadie le gustaría vivir, le había enseñado a ver un poco más allá de las palabras.

Y desde luego, tras las de Mario había algo más de lo que cabría suponer.

No le gustaba la paranoia en ninguna de sus vertientes. Odiaba a la gente que se montaba películas de la nada, pero si algo detestaba era montárselas ella misma sin tener un motivo de peso para hacerlo. Y ahora lo estaba haciendo tras la llamada al afligido esposo.

La suposición de que Mario no era de los que ocultaban información desapareció al instante en cuanto recordó lo que le había hecho en el instituto. Trataba de dejar atrás aquello, era lo más sano y ella lo sabía, pero también era consciente de que la cabeza no hay quien la controle, y cuantas menos ganas tenía de recordar aquel episodio, más presente lo tenía.

Eso le hizo comprender que quizá lo que necesitaba eran las herramientas necesarias para aprender a pasar página. Para bien o para mal, el caso no iba a durar eternamente (sabía que si pasaba demasiado tiempo acabaría en una carpeta cogiendo polvo, por muy hija de Carratalá que fuera), y quizá aquel fuera un buen momento para admitir que la ayuda profesional era la mejor solución. Incluso para aprender a decir lo que pensaba y sentía en todo momento.

También era verdad que el episodio límite que habían vivido a lo largo de aquel día había servido para que por fin mostrara parte de sus pensamientos, pero seguro que era mejor no tener que atravesar otro infierno semejante para que así sucediera, y que pudiera decidir ella misma cuándo hacerlo y cuándo no.

Al menos quisiera tener esa posibilidad de elección.

Otra que sin duda había caminado sobre las llamas, por llamarlo de algún modo, era Alicia. Ana podía ser muchas cosas, pero no tonta, y se había dado cuenta de que el momento del coche, con amenaza de arma de fuego incluida, no le había sentado nada bien.

«Aunque, sinceramente, ¿a quién podría sentarle bien?».

Pero sin duda estaba rara —más rara de lo habitual— desde entonces y, aunque tenía claro que la experiencia no había sido agradable en absoluto, lo que más desconcertaba a la inspectora era que no parecía haber sentido el mismo alivio que ella al comprobar que su vida no corría peligro.

Había algo más.

A todo ello había que añadir forzosamente su comportamiento en el piso del camello. Era como si dos personas distintas hubieran estado presentes en todo momento y, desde luego, aquello no era nada positivo para la investigación. No poder poner la mano en el fuego por ella la estaba llevando por el camino de la amargura.

Se quedó embobada durante unos segundos mientras Alicia salía del cuarto de baño con una toalla enrollada en la cabeza. Imaginó que la ducha le había sentado tan bien como a ella, aunque, solo con la mitad de bien, ya podría darse por satisfecha.

Tras observar su rostro detenidamente se confirmaron sus sospechas: le pasaba algo. Y lo que le pasaba no tenía nada que ver con la investigación.

La parte negativa era que no sabía cómo enfrentarse a una situación como aquella. Y mucho menos cuál era el momento adecuado para abordar algo así. Su inexperiencia en lo referente a expresar sentimientos salió a relucir y le recordó que en realidad no tenía ni idea de cómo tratar con ciertas personas.

—¿Quieres cenar algo? —se limitó a preguntar.

—No tengo mucha hambre —contestó la subinspectora, deteniéndose de golpe—. Pero tú no te cortes, tengo el estómago algo cerrado.

Ana asintió sin dejar de mirarla cuando la chica dio media vuelta y se dirigió a su cuarto provisional. Le inquietaba mucho la razón por la que estaba tan apagada. Conocía a Alicia apenas hacía dos días y ya pensaba de ella que era una de las personas más desconcertantes con las que se había topado en toda su vida. Nunca sabía a qué atenerte con ella. Era capaz de responder con una naturalidad pasmosa, casi deslenguada y grosera. También, de agarrar a un camello por los testículos para hacerlo cantar como a un canario. Pero también podía encerrarse en sí misma y vagar como un alma en pena, con la cabeza en otra parte, como estaba haciendo en ese momento.

Quizá la mejor opción sería dejarla a su aire y que ella se abriera si le daba la gana. Lo malo de eso era que no le valía de nada una investigadora mustia, y para eso prefería estar sola.

Un pensamiento harto egoísta, sí, pero en esos momentos era incapaz de verlo de otro modo.

«Será mejor que me deje de pajas mentales y me ponga a cenar, que yo sí tengo hambre».

Abrió la nevera y, antes incluso de plantearse qué comería, sacó una cerveza y comenzó a bebérsela. Las posibilidades no eran muchas: pizza fresca caducada y pizza fresca sin caducar.

Optó por la segunda opción sin tirar la otra a la basura.

Encendió el horno para precalentarlo y siguió dándole a la cerveza.

Miró la puerta de la habitación de Alicia. Estaba cerrada a cal y canto. Le pareció curiosa la analogía entre la puerta y la mente de su compañera por unos días y volvió a plantearse mil teorías estúpidas acerca de qué le pasaría. Sabía que una de sus incontables cábalas era la que tenía más papeletas de ser la buena, pero por mucho que elucubrara eso le servía de bien poco si ella no quería contarle la verdad.

Puede que fuera una buena idea preguntarle qué le pasaba ya mismo.

Dio un paso al frente con la intención de dirigirse a la habitación de Alicia, pero no tuvo tiempo de nada porque en ese instante la subinspectora salía del cuarto.

—Se han cagado en mis muertos, pero ya me han pasado desde Madrid los datos del tal Soria —dijo nada más aparecer.

Ana no entendía nada. ¿Otra vez se le había levantado el ánimo?

—¿Y bien? —acertó a preguntar.

—Nada de nada. Ese tío está limpio como una patena.

—Es decir, que o bien tenemos a una buena persona, o al perfecto cabrón que sabe ocultar sus movimientos.

—¿Tú qué piensas? —quiso saber Alicia.

Ana inspiró profundamente y se encogió de hombros.

—Mójate —insistió.

—Creo que el Gallego nos ha dicho la verdad. Creo que en cierto modo se ha visto pillado y no ha querido que esta historia le llegue a salpicar de verdad, porque podría fastidiarle otros negocios. En cualquier caso, no descarto que debamos investigar un poco más a fondo al tal Soria. Porque supongo que solo les ha dado tiempo a escarbar en la superficie, ¿verdad?

—Claro, es imposible que hayan podido ir más allá. Habrá que involucrar de nuevo a la UDEF.

—Estoy de acuerdo. ¿Y tú qué piensas, por cierto?

—Tengo claro que el Gallego quiere el foco lejos de él. Y eso me induce a pensar que hemos sido un poco tontas metiéndonos en semejante berenjenal.

—Explícate —dijo Ana.

—Es sencillo. ¿Cómo no habíamos caído en que un narco jamás haría una jugada así? Un camello de barrio como el Toli sí; tal y como me dijiste tienen poco que perder y mucho que ganar siempre. Pero un narco del nivel del Gallego no. Por mucho pique que tenga con Carratalá, es inimaginable que levante tanta polvareda secuestrando ni más ni menos que a su hija.

—No me malinterpretes, pero eso es muy fácil decirlo ahora que te ha hecho verlo él con sus propias palabras. Antes ni tú ni yo lo hemos sabido ver.

—Ese es el problema. No vemos todo este asunto con perspectiva. Nos obcecamos en una sola vía y mira cómo nos va.

—No lo sé, yo no veo tan fácil eso de explorar todas las alternativas a la vez —comentó Ana mientras metía la pizza en el horno, sorprendida de no estar dándole la razón, como hacía siempre con todo el mundo. Ya iban dos en un mismo día—. Creo que en muchas ocasiones no podemos dar lo que se nos exige, lo que se espera de nosotras. Creo que vernos solo como investigadoras nos aleja demasiado de la realidad en la que nos movemos.

—Ya lo sé, no eres la primera con la que tengo la charla de que solo somos personas y blablablá. Pero sí que pienso que debemos estar al nivel de lo que se nos exige. Estar a la altura.

—Ya..., respecto a eso..., ¿te puedo hacer una pregunta?

Alicia la miró enarcando una ceja.

No respondió, pero Ana siguió adelante, aprovechando que estaba en racha.

—¿Te puedo preguntar qué te pasa?

—¿Qué me pasa de qué?

—Estás muy seria, como muy ensimismada. Desde que llegaste has ido variando de carácter tanto que me descolocas. No logro pillarte el punto.

—¿El punto? ¿Qué piensas que soy, una emisora de radio antigua?

—No es eso, pero...

—Pero nada, Ana. No me pasa nada. Ya estoy hasta el coño de que una persona que no me conoce ni hace dos días tenga que opinar sobre mí. ¿Me has tratado antes como para saber si estoy distinta de como suelo ser?

—Yo...

—Yo, no. Trabajamos juntas, pero no somos amigas. Yo a mis amigos los cuento con pocos dedos de una mano. No te equivoques conmigo, porque entonces sí que vamos a acabar mal.

—Perdona...

—Déjame en paz.

Dio media vuelta, regresó a su habitación y cerró con un violento portazo.

Ana se quedó helada. Puede que fuera la primera vez en su vida que le preguntaba a otra persona qué le sucedía, porque estaba claro que algo le sucedía, y se había llevado aquel sonoro portazo.

Igual le interesaba seguir como siempre, porque durante toda su vida le había ido relativamente bien.

Eso si olvidaba las veces que la habían engañado. O estafado. O humillado.

«¿A quién pretendo engañar? No, no me ha ido bien. Pero entonces no entiendo qué es lo que debo hacer...».

Sumida en sus cavilaciones, dio media vuelta y fue a comprobar el estado de la pizza dentro del horno. Se le había quitado el hambre de repente, pero no por ello pensaba quemarla.

De hecho, ni se la iba a comer.

Apagó el horno dispuesta a sacarla y a tirarla a la basura.

—¿Ya está lista? —preguntó Alicia a su espalda, dándole un susto que casi le cuesta un infarto—. Perdona —dijo con un tono de voz que nada tenía que ver con el de hacía unos segundos—, no tengo derecho a hablarte así...

Ana pensó que no, que no lo tenía. Pero después del corte que se acababa de llevar volvía a ser esa inspectora que nunca hablaba, así que guardó silencio.

—Porfa, dale de nuevo al horno y me como unos pedazos, si no te importa. Estoy muy nerviosa y se me ha ido todo de las manos.

La inspectora asintió y volvió a encender el horno. Apenas tuvieron que esperar unos minutos más para que la pizza de queso y jamón de York estuviera lista.

Durante el intervalo no hablaron. Las dos miraban el horno como si eso fuera a enmendar el incómodo momento que acababan de vivir.

Cuando la hubo sacado del horno y cortado en porciones chiquitas, la puso encima de la mesa. Después, cada una se agenció la bebida que le dio la gana y se dispusieron a cenar.

Alicia solo le había dado un bocado, suficiente para comprobar que quemaba demasiado, cuando comenzó a hablar.

—Lo de que me perdones va en serio. Es verdad que no tengo la cabeza en mi sitio, yo no soy así como me estás viendo.

—¿Así, cómo? Ya he visto muchas caras. —A Ana no le importaba que quemara. Le gustaba así.

—No sé cómo no soy, pero sí te puedo decir que soy más como la impulsiva descerebrada y mal hablada que ha surgido en varias ocasiones. Aunque, si te soy sincera, todo era un poco impostado. Como si quisiera encontrarme a mí misma.

—Alicia, si no quieres hablar de ello, yo te...

—No, no —insistió—, estoy segura de que me vendrá bien. Sara siempre insiste en que es muy saludable hacerlo, aunque consejos da que para ella no quiere, pero ese es otro tema.

—Pues si te sientes mejor, habla.

Alicia sopló exageradamente la porción que tenía sobre el plato. Cuando lo creyó conveniente le dio un bocado.

—Son dos cosas las que me mantienen lejos de aquí. La primera y más importante es que acaba de morir mi tía.

Ana abrió mucho los ojos.

—¿Ahora mismo? Lo siento mucho.

Alicia esbozó una sonrisa.

—No, murió el viernes por la noche. Me enteré momentos antes de que me llamara Nicolás para pedirme el favor de venir aquí.

—Pero ¿él sabía esto?

—No —repitió—. Está metido en algo que ni yo misma te sé explicar. No quise preocuparlo.

—¿Y estabas muy unida a tu tía?

Alicia asintió mientras mordía la pizza. Ana vio que se le llenaban los ojos de lágrimas y comprendió que aquel bocado era más disuasorio que otra cosa. Esperó unos instantes a que se recompusiera.

—De verdad que lo siento.

—Ella era como mi madre —dijo—. Me crio porque..., bueno, es una historia larga, pero digamos que casi mejor que lo hiciera ella. Mi madre fue la que ayudó a Fernando Lorenzo en su regreso a Madrid.

Ana dejó caer el trozo de pizza en el plato. No podía hablar. No le salían las palabras. Un enorme nudo le oprimía la garganta.

—Sí, creo que ya estás atando varios cabos.

—Si tu madre fue la que ayudó...

—Sí —la interrumpió—. La respuesta a lo que estás a punto de decir es sí.

La inspectora comprendió muchísimas cosas.

—Por eso no querías contarme lo de Mors anoche.

Alicia asintió.

—¿Tan duro fue? Es verdad que sé por informes que la cosa se les fue mucho de las manos, pero no sé hasta qué punto.

—Ni te imaginas cuánto.

—Quizá si me lo cuentas podré entenderte mejor.

—Nicolás y yo fuimos los que estuvimos en el mismísimo final del caso. Como te he dicho, ya habrás intuido que Fernando era mi hermano. Asistí en Mors a cómo se volaba la cabeza con un arma. Vi sus sesos desparramarse por todos lados.

Ana se levantó y sin pensarlo fue directa a abrazar a Alicia. No imaginaba cómo tuvo que ser vivir algo así. Ahora entendía perfectamente por qué no quería poner un pie en el pueblo. Por qué había decidido quedarse en un hotel cuando tenía su localidad de nacimiento a tan pocos kilómetros. Y, sobre todo, por qué tenía tantas idas y venidas emocionales. De hecho, la admiró por mantener la entereza con todo lo que debía de estarle pasando por la cabeza. La admiró muchísimo.

—Por favor, volvamos a lo de tu tía —insistió Ana, que se atrevía de nuevo a hacer preguntas personales—. ¿Era muy mayor?

—Según se mire. No era una jovenzuela, pero tampoco una anciana a la que le hubiera llegado la hora.

—¿Y estaba... malita? —preguntó con suavidad.

—No que yo supiera. Pero era capaz de ocultármelo con tal de no preocuparme. Ha sido todo muy repentino.

—Discúlpame, Alicia. Lo que no entiendo es qué haces aquí habiendo pasado esto. ¿Ella vivía en Mors?

—No, bueno, antes sí pero ahora no. Estaba viviendo en Santander con unos familiares que yo ni conozco. Se mudó tras los primeros crímenes en Mors. Y, en cuanto a lo de qué hago aquí: no pienso ir a llorar ante un féretro. ¿De qué sirve eso?

Ana no supo qué responder. No estaba preparada para una pregunta tan trascendente. Ni siquiera sabía si creía en un más allá o en un más acá. No era de las que plantean cosas así. El problema era que una chica que acababa de perder a un familiar tan querido y que arrastraba un trauma, al parecer gigantesco, relacionado con el pueblo en que nació, esperaba unas palabras de consuelo que ella no era capaz de encontrar. Se maldijo por su torpeza, pero pensó que quizá lo mejor sería decirle la verdad.

—No sé qué decirte, Alicia. Me has pillado descolocada. Yo no sé ni cómo estaría actuando en tu lugar. Ni siquiera te puedo aconsejar.

—Tranquila, no busco consejo. Te lo he contado porque soy consciente de hasta qué punto te sientes liberada cuando lo haces. Aunque, si te digo la verdad, ahora mismo no noto nada de eso. Lo único que sé es que necesito estar metida en este caso porque me ayuda a sobrellevar el dolor. No me malinterpretes, lo digo por eso de tener la cabeza ocupada. El problema es que están pasando cosas que me están destrozando por dentro. Hoy, cuando nos han metido en el coche, me he visto en una situación muy parecida a la que viví cuando Fernando se quitó la vida. He sentido que otra vez estaba allí. Incluso en el piso. La negociación con el camello... es que todo me recuerda eso. No sé cómo salir de Mors. No doy con lo que debería hacer para pasar página. Aunque si te soy franca, no había experimentado todas estas cosas hasta que volví a pisar la provincia. No había vuelto aquí desde que acabó todo.

Ana se mordió el labio y sintió que empatizaba a tope con ella. Estaba claro que necesitaba pasar página, como ella decía. Se sorprendió a sí misma por la rapidez con que pensaba las cosas. O eso quería creer. Era evidente que con lo de su tía no la podía ayudar. Ahí sí que se encontraba totalmente perdida. Tampoco era que tuviera una solución clara para el otro tema que le oprimía el pecho, pero una idea le rondaba por la cabeza —una parte de ella misma quería ayudarla desinteresadamente, mientras que la otra lo hacía movida de nuevo por el egoísmo, pues de ese modo quizá Alicia lograra centrarse más en el caso— y pensaba ponerla en práctica.

Aunque tendría que esperar al día siguiente.

28

Lunes, 13 de mayo de 2019. 9.04 horas. Mors

Alicia no era tonta.

Supo desde el primer momento hacia dónde se dirigían nada más sentarse en el asiento del copiloto del Renault Megane de Ana.

También sabía que lo estaba haciendo con la mejor intención, y aunque era una fiel defensora de la psicología y de todos los aspectos relacionados con esta, no creía en la terapia de choque para según qué cosas.

No, porque lo que sentía ella hacia su pueblo natal, Mors, no era fobia, era mucho más.

En aquellos momentos miraba por la ventanilla del coche. Hacía solamente unos minutos que habían dejado atrás el cartel que anunciaba el nombre del pueblo. Un cartel sobre el cual escuchó una vez pronunciarse a Nicolás, refiriéndose al letrero en cuestión como el anuncio de que estabas entrando en el infierno.

Tanto ella como él sabían que aquella comparación era un tanto injusta. El pueblo, su pueblo, era precioso.

Quizá no con esa belleza que aparece en los programas de televisión y que atrae cada año a cientos de turistas dispuestos a dejar el trasiego de la gran ciudad en busca de la tranquilidad rural. No tenía esas casas de piedra que parecían sacadas del medievo. Para nada se podría encontrar una plaza mayor rodeada de bares donde tomarse una tapita sin oír un solo claxon. No había grandes senderos verdes por los que hacer una ruta que desembocara en un arroyo cristalino. No era eso. La hermosura que destilaba era la propia de la zona en la que se encontraba: la Vega Baja de Alicante, y que era muy difícil de describir, pues los ojos de cualquiera que no supiera apreciarlo lo único que verían sería un pueblo como otro cualquiera, con sus casi cinco mil habitantes, donde nunca pasaba nada.

Hasta que pasó.

Y lo que pasó era, precisamente, lo que había llevado a Alicia a no querer volver a pisarlo jamás.

Esa especie de promesa absurda se había roto gracias a Ana, que la miraba expectante, atenta al momento en que se animase a abrir la puerta del vehículo y a poner los pies en el suelo de Mors.

La verdad era que podía haberse negado a subirse al coche, porque sabía adónde iban, pero si accedió fue para probarse a sí misma. A su capacidad seriamente puesta en duda por ella misma de dejar sus problemas atrás. De poner en práctica aquello de «venga, voy a por ello», aquel impulso que Alicia creía perdido para siempre.

Y ahora estaba allí.

Había perdido la noción del tiempo que llevaba mirando la pizzería que había al lado de la plaza de España, un negocio que, pensó de pronto, era incapaz de recordar cuántos años llevaba ahí.

Ana había aparcado en aquel punto exacto a petición de Alicia. No le había sido difícil localizarla, porque allí también estaba emplazado el quiosco al que ella iba de pequeña cuando visitaba el pueblo de su abuela. Un quiosco que ya no existía. Disfrazaron el motivo de su desaparición con mil excusas, pero la realidad era que el quiosquero había sido asesinado por el monstruo y ya nadie quiso tomar las riendas del negocio. En Mors seguía la vida, pero, por desgracia, ahora había una serie de lugares que sus habitantes consideraban malditos. Y eso era lo que más o menos le sucedía a Alicia con toda la extensión del municipio, algo que Ana comprendía perfectamente.

Los minutos seguían pasando; la inspectora respetaba el ritmo de Alicia hasta que, por fin, esta última propuso:

—¿Bajamos?

Ana asintió y no tardó en apearse del vehículo. Alicia fue un poco más lenta.

Una de las cosas que más temía de su reencuentro con su pueblo natal no tardó en suceder. Mors no era un deambular constante de gente, pero algunas personas sí que pasaban caminando de vez en cuando, y una de ellas reconoció enseguida a la subinspectora. Las dos esbozaron una tímida sonrisa, como si tuvieran miedo a saludarse de verdad, como si Alicia sintiera el peso de la maldición del pueblo en su mente, pero a la vez la gente de Mors la viera a ella como parte del maleficio.

Es más, como si todo hubiera sucedido por su culpa.

Y, de hecho, Alicia se sentía así muchas veces. Lo llevaba incrustado en el cerebro, y a pesar del tiempo transcurrido no lograba arrancárselo. Aunque ese era otro cantar.

Sentía que las fuerzas —en especial la voluntad— le flaqueaban, pero no por eso quiso darse por vencida y trató de alzar la cabeza lo más alto posible sin parecer idiota. Hizo un gesto de asentimiento y comenzó a caminar hacia la plaza.

Ana la siguió, expectante por ver cómo reaccionaría la subinspectora. No la conocía tanto como para hacer una afirmación tan rotunda, pero seguía convencida de que Alicia era como un petardo de mecha corta.

Un explosivo cuya potencia de deflagración, una vez reventaba, le resultaba imposible de calcular. El episodio en casa del Toli le había dejado entrever ciertas actitudes que no llegaban a convencerla del todo. Alicia aseguraba que no era así, que todo había sido producto de la tensión y del momento; pero Ana sospechaba que la muchacha era como una olla a presión que ya llevaba demasiado tiempo en el fuego.

Ojalá aquello actuara como un necesario revulsivo que le permitiera sujetar los caballos, y que la joven pudiera contribuir a la resolución del caso con la brillantez que Ana intuía en ella.

De todos modos, para ser justos, si algo definía a la inspectora era su escasa capacidad para trazar los perfiles psicológicos de las personas con las que tenía un trato más o menos cercano. En lo profesional no es que fuera una lince, pero se defendía lo suficiente a base de realizar varios cursos en los que le enseñaban cómo pensaba un criminal. Pero en su día a día no tenía ni idea de cómo hacerlo. De haber sido buena en eso, no le hubieran tomado el pelo tantas veces.

—Ahí estaba la jefatura de la Policía local —dijo, señalando con el brazo—, ahora trabajan en otra calle más al sur, pero hace diez años estaba aquí. Sé que lo justo sería decir que todo comenzó en la casa de Fernando Lorenzo padre, pero de algún modo yo siento que no fue así. Aquí fue donde llegó Carlos, alentado por el jefe de la Policía local.

—¿El que...? —preguntó Ana sin querer terminar la frase.

—«El que» —respondió tajante Alicia, dando a entender que existía una perfecta comunión entre sus pensamientos.

—Vaya...

—Sí, fíjate si la cosa comenzó enrevesada desde un principio. Ya digo: si tuviera que elegir un comienzo para relatar la historia sería este.

—Ahora que caigo, ¿sabes que el chaval ese que vimos en comisaría, el escritor, creo que hizo una novela inspirada en lo que pasó aquí?

Alicia sonrió irónicamente.

—Lo que me faltaba por oír —dijo—. ¿La has leído?

—¿Me tomas por loca? Le he cogido tanta manía de tan pesado que es que no me leería un libro suyo ni aunque estuviera forrado en oro. Menuda turra tiene que ser.

Esta vez, Alicia sí que sonrió con naturalidad.

—¿Puedo preguntarte una cosa? —le dijo Ana.

—Adelante.

—Mira, soy muy propensa a meter la pata. Unas veces porque callo, otras porque lo que digo no es lo que procede. Mi pregunta es si te molesta que te pregunte cosas que se me van ocurriendo.

—En realidad no me molesta. Hay ciertas cosas de las que me cuesta hablar abiertamente, pero puede que sea mejor si pruebo a hacerlo.

—Si ves que me paso, o que toco algo que no debería..., prefiero que me lo digas sinceramente a que se cree un momento incómodo.

—Nada, no te preocupes.

—Venga, pues ahí va la primera. Por lo que tengo entendido, Fernando Lorenzo padre vivió muchos años aquí en el pueblo. ¿Llegaste a conocerlo?

Habían dejado la plaza y ahora caminaban por una calle perpendicular al ayuntamiento (que estaba en la plaza). La calle en cuestión desembocaba en un edificio con los bajos de color marrón claro, donde también se podían ver tres cocheras pintadas de gris, y toda la parte superior revestida con ladrillo visto de un color entre rojizo y marrón.

—¿Ves ese edificio? —respondió Alicia con otra pregunta. Ana asintió.

—Pues es donde vivía Fernando Lorenzo padre, en la casa de abajo, la de la triple cochera. Ahora lo verás cuando lleguemos, pero el bar que hay justo al lado pertenecía a mi tía. Y la casita de al lado fue donde crecí, junto a ella.

Pronunciar aquellas palabras hizo que se pusiera triste.

Los recuerdos de haber crecido ajena a todo el embrollo que acabó explotando años después le provocaban grandes dosis de ternura. Nunca tuvo una vida de excesos ni de caprichos. Sabía que a su tía le iba bastante bien en el bar, pero a pesar de ello no era una gran derrochadora y le inculcó que la vida estaba para disfrutarla, pero con cierta mesura. Evidentemente, no le faltó de nada nunca, pero aprendió a no pedir nada si no era necesario, y gracias a eso valoró cada cosa que tenía un poco por encima de como lo hacían otros niños de su generación que capricho que querían, capricho que tenían.

También pensó en la de veces que durante los últimos años había dudado sobre si echarle o no en cara a su tía que le hubiera mentido acerca de sus orígenes. Nunca llegó a hacerlo, aconsejada por Nicolás, que no creía que fuera algo positivo reprocharle haber hecho las cosas como las hizo. Nadie podía negar que la guiaba su instinto protector a la hora de ocultarle la realidad, la verdad era demasiado dolorosa, pero había una parte de Alicia a la que le hubiera gustado saber que la historia de la muerte por enfermedad de su madre había sido un invento que trataba de enmascarar el dolor.

Alicia se dio cuenta de lo ensimismada que estaba con sus pensamientos cuando miró a su izquierda y comprobó que Ana seguía esperando una respuesta. Avergonzada por haberse ausentado mentalmente, respondió:

—Sí lo conocía; de hecho, tanto mi tía como yo teníamos una relación genial con él. Nunca supimos..., bueno, nunca supe, porque mi tía sí lo sabía, por qué se le agrió tanto el carácter los días previos a su suicidio. Fue un cambio radical.

—Perdona, pero me sorprende que tu tía supiera que era tu padre y actuara como si tal cosa.

—Supongo que le sentó bien que decidiera venirse cerca de mí para poder, de algún modo, cuidarme. Cuando me enteré de quién era en realidad, me sentí fatal por no haberlo sabido antes. Me hubiera gustado darle las gracias por ello, aunque, bueno, la historia es tan compleja que no sé si le habría dado un abrazo o una hostia.

—Madre mía, parece un culebrón.

—Ahora no me extraña que se haya puesto por escrito, aunque sea una turra, como dices.

Las dos rieron tímidamente, pero a Alicia le cambió de golpe la expresión. Llegaron a la curva que separaba el antiguo bar de su tía de la casa de Fernando Lorenzo.

Ana quiso pensar que no se estaba sugestionando, porque ella también sentía un nudo tan grande en la garganta que apenas dejaba pasar el aire hacia sus pulmones. ¿O era el aire de aquel punto exacto el que estaba tan cargado que traía consigo esa sensación? Fuera como fuese, lo sentía. Vaya que si lo sentía. Y si ella estaba así, no quería imaginar cómo estaría Alicia, que lo vivió en primera persona.

Miró a Alicia. Volvió a repetirse a sí misma que no era experta en adivinar las emociones o los pensamientos de las personas que tenía cerca, pero veía tan claramente definida la angustia en su rostro que hasta ella podía darse cuenta. En su cadena de aciertos añadió un nuevo eslabón al determinar que lo suyo era consolar a la muchacha sin ser demasiado exagerada.

Le pasó el brazo por los hombros.

Ese fue el detonante para que Alicia comenzara a llorar. No de un modo exagerado, pero sí con la suficiente contundencia como para dar a entender que estar ahí la rompía por dentro.

Ana se dejó llevar y la atrajo hacia sí para abrazarla sin concesiones. Alicia no hizo nada para impedirlo; realmente necesitaba abrazar a alguien en esos momentos.

No estuvieron demasiado tiempo así, pero sí el suficiente para que parte del lastre que cargaba la chica se soltara de golpe y cayera al suelo. No supo explicar en qué lo notaba, pero lo sentía. La herida aún escocía; de hecho, seguiría haciéndolo durante mucho tiempo, pero al menos sentía que, con los cuidados necesarios, podría llegar a cicatrizar. Siempre quedaría marca, pero en cualquier caso podría seguir adelante sin que aquel capítulo de su vida lo condicionara todo.

Antes de tomar la decisión de abandonar de nuevo el pueblo y comenzar a investigar a fondo a Soria, la supuesta mano derecha de Carratalá, se palpó el bolsillo trasero del pantalón.

La cartera estaba ahí, en su lugar. Por tanto, la llave que abría la casa también. Pero no se sentía tan fuerte como para entrar; ese paso tendría que darlo otro día. Por ese día ya estaba bien.

No se dijeron nada, pero coincidieron mentalmente en que ya era la hora de ponerse en marcha; dieron media vuelta y empezaron a andar de nuevo hacia la plaza. En ese preciso instante el teléfono móvil de Ana comenzó a sonar. Y fue entonces cuando la pesadilla empezó de verdad.

Porque el mensaje que le transmitieron tras descolgar era el peor de todos.

29

Lunes, 13 de mayo de 2019. 9.44 horas. Elche

Mario echó la cabeza ligeramente hacia atrás.

Le hubiera resultado muy complicado inclinarla más, pues el reposacabezas del asiento del coche hacía de tope. A él le bastaba. Cerró los ojos sin dejar de golpetear los dedos con un ritmo acompasado sobre el volante.

Llevaba ya un rato haciendo lo mismo. Repetirlo una y otra vez no lo calmaba, pero quiso engañarse a sí mismo obligándose a pensar que evitaba que sus nervios siguieran aumentando en intensidad.

No había cambiado de opinión respecto a que sentía que en el fondo no quería salir del coche y enfrentarse al episodio de la clínica. No quería, porque creía conocer el final, y lo que no tenía tan claro era cómo dicho final podría arrojar algo de luz sobre los verdaderos motivos de la desaparición de su mujer.

Sobre todo, porque aún desconocía si su ausencia era voluntaria o forzosa.

Miró el reloj. Aún disponía de margen hasta la hora en la que habían acordado con la psicóloga de la Policía Nacional que esta le haría una nueva evaluación a Hugo.

En cuanto al niño, tenía el corazón dividido.

Por un lado, unas ganas inmensas de abrazarlo como si no hubiera un mañana. De acercarlo tanto a su pecho que el pequeño sintiera que nunca más le fallaría como padre. Por otro, el miedo que le provocaba desconocer totalmente por qué estaba sucediendo todo aquello. No saber si, por el mero hecho de estar a su lado, su hijo corría un verdadero peligro o no.

Lo que más le fastidiaba era que los segundos iban pasando y él seguía en esa especie de limbo, sin tener claro qué papel desempeñaba en toda aquella historia.

Si es que desempeñaba alguno.

Dejó de golpear el volante con los dedos para sacar el teléfono móvil del bolsillo. Rose se había marchado temprano de casa, pero él, a pesar de que aún seguía teniendo miedo, pensó que sería mejor así, porque tanto su madre como sus suegros podían plantarse allí en cualquier momento, y a ver cómo explicaba la presencia de una muchacha joven cuando hacía tan poco que su mujer había desaparecido.

Ellos no atenderían a razones y, como haría casi cualquier persona, pensarían que la chica estaba en la vivienda por otros motivos muy alejados de la realidad.

Y la realidad era que al final Mario salió al poco rato de haberse acostado con intención de comer algo, charlaron un rato más acerca del hermano de la periodista e hicieron un poco de piña, estimulados por el dolor que, aunque de naturaleza distinta, los unía de algún modo. Eso sin olvidar la conversación durante la cual ella le hizo comprender que, de algún modo, él no formaba parte de ese macabro juego que se había montado a su alrededor. Llegaron a la conclusión de que alguien buscaba algo, de eso no había duda, pero había esperado a que Mario no estuviera en casa para tratar de hallarlo sin provocar daños personales. Por una parte, eso suponía un alivio para él; por otra, hacía que aún se sintiera más desconcertado.

Después ella se quedó dormida en el sofá.

Mario insistió hasta la saciedad en que él apenas sería capaz de descansar durante la noche, que era una pena desaprovechar la cama y que ella podría aprovecharla para dormir unas horas, pero no hubo modo. Se aferró a que quería estar en el salón y de ahí no la sacaba nadie.

Tal como esperaba, el cansancio acumulado no sirvió de nada, y Mario solo logró descansar apenas unos momentos dispersos. En su habitación imperó la vigilia. Durante todo ese tiempo en el que ni siquiera lograba cerrar los ojos, su cabeza no hacía otra cosa que darle vueltas a lo que habría de enfrentarse a partir de entonces.

Hasta ese momento nunca se había planteado cuánta verdad encerraba aquella máxima que dice: «Ojos que no ven, corazón que no siente»; pero ahora creía más que nunca en ello. Su cabeza tenía muy claras las respuestas que podría encontrar en la clínica que visitaría al día siguiente, pero en los más profundo de su ser albergaba el deseo oculto de que no se lo confirmaran. «Hasta que no me lo digan, no será verdad».

Pero Rose seguía empeñada en que todos los datos sumaban, y aunque ahora quizá no lo supieran, tal vez en un futuro esa visita abriría puertas o ventanas que hasta ese momento parecían clausuradas.

Mario ignoraba si sería como ella decía, pero había que reconocer que sin la chica andaría tan perdido como al principio. Y, además, la esperanza de poder encontrar ese mismo día al ya omnipresente ruso lo empujaba a dejarse de titubeos y a bajarse de una vez del coche.

Aunque, volviendo de nuevo al ruso, Mario no cesaba de plantearse una y otra vez la misma cuestión:

«No sé qué haré cuando sepa dónde está. No me atrevo a ir a por él».

Trató de dejar de pensar en el después y se centró en el ahora.

Bajó del vehículo.

Localizó la escalera de acceso al exterior y salió del aparcamiento.

La clínica estaba apenas a unos doscientos cincuenta metros, pero, a pesar de que había tan poca distancia, Mario tuvo tiempo de pensar todo tipo de cosas.

Desde cómo actuaría una vez entrara hasta dar media vuelta y salir por patas de allí. Incluso se le pasó por la cabeza coger al niño, largarse bien lejos y dejar atrás todos los problemas. Esconder la cabeza en el agujero, como había hecho tantas veces. Pero no podía hacerle eso a Clara. Ella nunca le haría algo parecido.

¿O era eso precisamente lo que había hecho?

Se maldijo mil veces por estar tan nervioso y tuvo claro que así no podía entrar. De modo que en cuanto vio la fachada se detuvo y respiró profundamente varias veces. Le sudaban las manos, las palpitaciones debían de oírse en varios metros a la redonda, y la cabeza le dolía horrores. Pero tenía que calmarse. No podía entrar así.

No fue fácil, pero pasados un par de minutos, durante los cuales casi llega a la hiperventilación, lo consiguió más o menos.

Un último suspiro algo exagerado sirvió para que su valor emergiera.

Se acercó a la puerta acristalada y esta lo recibió abriéndose sola.

Al entrar, lo primero que notó fue que quizá tenían el aire acondicionado un poquito alto para su gusto. El resto hablaba por sí mismo. Las paredes, blancas como la nieve, aportaban a la recepción de la clínica un toque distinguido y señorial. El mostrador, revestido de cristal opaco de color blanco, solo veía mancillada su inmaculada pureza por el diseño del logo del centro médico. Tras el mostrador había dos muchachas que probablemente no llegarían a los treinta años, vestidas del mismo color corporativo.

Una de ellas, de larga melena rubia recogida en una coleta alta, hablaba por teléfono, sonriente. Mario apenas se quedó quieto un par de segundos, pero le dio tiempo a escuchar un fragmento de la conversación, y captó que le estaba explicando a un posible cliente las maravillas de uno de los tratamientos de concepción que ofertaban en la clínica. La otra, no tan rubia como la primera, pero sí con más tonalidades claras en su cabello, lo miraba sin pestañear, igual de sonriente. Al fin, Mario reaccionó y anduvo los pasos necesarios para situarse frente a ella.

—Hola, bienvenido a la clínica Teseo, ¿en qué puedo ayudarle?

—Hola —Mario trató de que no se le notara el temblor que casi con toda seguridad había en su voz —, quería hablar con el doctor. ¿Sería posible?

—Me temo que el doctor aún no ha llegado.

—¿Sabe si tardará mucho?

—No sabría decirle, lo siento. En su agenda no tiene a nadie hasta las doce. Podría llegar mucho antes si considera que tiene trabajo pendiente que adelantar, pero el doctor pasa consulta también en otros centros, incluidos los hospitales generales de Elche y Alicante, aunque esa agenda no la llevamos nosotras. Solo sabemos cuándo tiene trabajo aquí.

Mario se quedó pensativo. La opción de quedarse a esperar estaba descartada; tenía que ir con el niño para la evaluación psicológica, pero quizá cuando acabara podría acercarse de nuevo a la clínica y probar suerte.

—De todos modos —siguió diciendo la recepcionista—, si yo puedo ayudarle en algo no dude en decírmelo. El doctor es una persona ocupada y a veces...

—Sí puede —la interrumpió Mario, cambiando de golpe su estrategia sin pensar demasiado en lo que hacía, algo de lo cual se sorprendió a sí mismo—. Mi esposa ha venido varias veces a la clínica y quería hablar con el doctor sobre el motivo de sus visitas. Es muy importante.

La chica se quedó mirando a Mario, pero ahora la expresión de su rostro había cambiado por completo. Pasó de una inmensa sonrisa a una incredulidad absoluta.

—Lo siento mucho, señor, entiendo que sea su esposa, pero no estamos autorizadas a facilitarle esa clase de información. La privacidad de nuestros clientes prima, y yo...

—Le pido, por favor, que me lo diga, es muy importante.

—De verdad, insisto, no estamos autorizadas a hacer algo así. Y dudo de que el doctor acceda sin el consentimiento de su esposa. ¿Por qué no lo habla con ella e intenta llegar a un entendimiento?

Mario se dio la vuelta, sintió que le faltaba el aire, como si algo le oprimiera con fuerza la garganta. Se debatía entre las ganas de llorar, salir corriendo de allí o quedarse a guerrear para conseguir lo que pretendía. Algo, esto último, en lo que, por cierto, no tenía experiencia alguna por falta de práctica a lo largo de toda su vida. Optó por hablar, pero como apenas le llegaba el aire a los pulmones, exhibió de nuevo un exacerbado nerviosismo.

—Porque mi mujer ha desaparecido. Es Clara Carratalá, hija del presidente de la Diputación. No sabemos dónde está, ni siquiera si aquí me pueden contar algo útil para entender qué está pasando. Pero no sabía que había venido varias veces a esta clínica y necesito saber por qué.

Ahora la que no podía hablar era la muchacha. No esperaba esa respuesta. La otra, que no había podido evitar poner el oído en lo que estaba sucediendo a pesar de estar hablando por teléfono, pidió disculpas a la persona que tenía al otro lado de la línea y colgó sin contemplaciones.

Miró durante unos segundos a Mario. Respiraba muy rápido y estaba al borde de las lágrimas. Se quedó pensativa unos instantes y por fin se atrevió a hablar.

—Señor, ¿cómo se llama?

Él se quedó mirándola. No creía que fuera a hacerle caso.

—Mario, Mario Antón —respondió a duras penas. El nudo apretaba demasiado.

—Está bien, señor Antón. Lo que le ha dicho mi compañera es verdad. No sabemos a qué hora llegará el doctor. Pero déjenos su número de teléfono y le prometo que lo llamará en cuanto esté aquí. Yo me encargaré personalmente de que lo haga.

A Mario le costaba sostener la mirada de la recepcionista. Por una parte, comprendía su cambio de actitud; había pensado en jugar la carta de la desaparición de su mujer en caso de que, también comprensiblemente, se negaran a compartir con él la información que solicitaba, pero no contaba con que fueran a acceder tan fácilmente a ayudarlo tras revelarles el motivo de su petición. Más aún, viendo la cara de preocupación que ahora tenía la chica del pelo rubio claro.

Tragó saliva y asintió con la cabeza.

No se le ocurría mejor solución que aceptar y darle el teléfono.

Después de hacerlo, se sintió tan incómodo que solo fue capaz de darle las gracias tímidamente y salir de allí con una sensación que no sabría decir si era de victoria o de derrota.

Desde el interior, las dos muchachas lo miraban con una expresión aparentemente similar, aunque en sus rostros podían apreciarse matices diferenciados. La que habló con él primero, estaba sorprendida por el giro que había dado la historia tras contarle que su esposa había desaparecido. La segunda, también, pero a ello cabía sumar la preocupación añadida de saber los motivos reales por los que Clara había acudido a la clínica. Y, sobre todo, el mal cuerpo que le había quedado de pensar que dichos motivos pudieran haber desencadenado una tragedia.

Mario, por su parte, mientras caminaba de nuevo hacia el aparcamiento trataba de recomponerse. Ahora le tocaba esperar la prometida llamada del doctor. Lo que no podía sospechar era que esa mañana también recibiría otra llamada. Ni que todo estaba a punto de dar un giro de ciento ochenta grados.

30

Lunes, 13 de mayo de 2019. 10.44 horas. Elche

Ahora era Alicia la que no le quitaba el ojo de encima a Ana.

¿En cuántas ocasiones durante los últimos días habían cuidado la una de la otra sin apenas conocerse? Era extraño, desde luego, pero a ambas les salía de un modo natural.

En verdad se sentía extraña a su lado. No en el mal sentido, al contrario. Ana era todo un enigma para ella en ciertos aspectos, en otros no, por que provocaba sensaciones muy distintas de las que alguien podría esperarse de una persona como la inspectora.

A Alicia no le gustaba juzgar sin conocer; pero Ana, a pesar de que le costaba sacar a relucir su verdadero yo, era una persona que a veces se mostraba tan clara que abrumaba. Puede que ella pensara que se había construido una fachada que le permitía mantener a raya, al menos en su trabajo, a todos aquellos que pudieran pensar que era un ser frágil e inseguro. Pero la subinspectora tenía muy claro que no lo había conseguido y que, casi con toda probabilidad, su equipo la respetaba tanto porque debía de ser una magnífica policía, a pesar de todas las carencias que según la inspectora se le podían achacar...

Pero, en el fondo, Alicia no veía esas supuestas carencias

como tales, al contrario, le gustó que al fin dejara de ocultar su verdadero yo, que no era otro que el de una persona absolutamente maravillosa que se preocupaba antes por los demás que por ella misma.

Muy Nicolás en ese sentido. De hecho, era un calco del inspector jefe.

Volviendo a lo de sentirse extraña, era justamente eso lo que la hacía percibir cierta sensación de bienestar a su lado. Durante el trayecto estuvo pensando en qué había sido lo que la había hecho sentirse tan bien durante la fugaz excursión que las dos habían realizado: si el hecho de romper con sus miedos y pisar lo que para ella era suelo prohibido, o haberlo hecho junto a una persona como Ana.

Ojalá hubiera sido capaz de expresar con palabras las razones por las cuales creía que la segunda opción era la ganadora, pero no podía. Aunque no por ello aquel pensamiento perdía fuerza.

Y esa sensación de bienestar que le transmitía era la que ahora quería devolverle de algún modo. Porque Ana estaba muy tensa y, por qué no decirlo, angustiada tras la llamada que había recibido en Mors.

Lo peor era que entendía lo que sentía, y en cierto modo hasta empatizaba con ella. En el interior de la inspectora debía de haberse desatado una tormenta de emociones enfrentadas.

Y no se equivocaba.

Ana sentía eso y mucho más. Pero como a pesar de haber dado algunos pasos positivos en ese aspecto nunca hablaba, no fue capaz de contarlo.

Cuando bajaron del coche, se enfrentaron a algo que Ana ya sabía pero que Alicia no se esperaba: el terreno era de muy difícil acceso. Sin embargo, esta vez la suerte estaba de su lado: ambas llevaban un calzado cómodo que les facilitaría la aproximación.

Ana, que era quien conducía, para llegar hasta allí había

tenido que dejar la CV-8615 y adentrarse en un camino de piedras bastante complicado, que iba casi pegado el río Vinalopó. Pero llegó un momento en que el coche no podía seguir avanzando para acceder al lugar donde las estaban esperando, y les tocó seguir a pie. No fue ella quien decidió el punto exacto donde aparcar, sino los numerosos zetas que se agolpaban en la zona. Una furgoneta que reconoció enseguida le indicó que no solo habían llegado agentes uniformados hasta la zona, sino también los compañeros que se encargaban de una labor que ella consideraba complicada y, en ciertos aspectos, tediosa: la inspección ocular de la escena del crimen.

No sin ciertas dificultades —y con algún que otro resbalón incluido—, lograron llegar al punto de máxima actividad.

Alicia repartía sus miradas al cincuenta por ciento entre el grupo allí congregado y la inspectora Marco. La primera tenía un miedo atroz a que la segunda se rompiera de un momento a otro. La mente humana nunca mantenía un rumbo fijo, y aquel podría ser uno de los caminos que tomara inconscientemente, por lo que estuvo atenta a su reacción.

Pero aguantó el tipo.

Al llegar al lugar exacto, la inspectora tiró de galones para agilizar el trabajo.

—Hola, compañeros. ¿Qué tenemos?

Uno de los dos uniformados que tenía cerca fue el que habló.

—Hola, inspectora. Hemos recibido el aviso de unos jubilados que estaban practicando senderismo. Nos han comunicado el hallazgo del cuerpo de una mujer sin vida oculto entre esos árboles de ahí.

La inspectora miró por detrás del hombro del policía que le hablaba. Desde su posición no se apreciaba bien lo que su compañero acababa de describirle, pero sí era capaz de ver con cierta dificultad el cuerpo de una mujer. Estaba boca abajo. Los compañeros de la Científica se habían desplegado a su alrededor y habían empezado a hacer su trabajo.

Ana inhaló y espiró una bocanada de aire por la nariz.

—¿Es ella?

El otro policía fue el que respondió.

—Todo apunta a que sí. La descripción coincide y, aunque está boca abajo y en no muy buen estado, me atrevería a confirmarlo.

Ana volvió a mirar. No pudo ver más de lo que había visto la primera vez, pero su cabeza le decía que sí, que la que estaba allí tirada era la que un día fue su mejor amiga. La que un día le hizo sentir la peor humillación de toda su vida y cuya muerte, sin embargo, lloraría largamente. Alicia, pese a que no la conocía de nada, sintió lo mismo. Había llegado a Elche con la esperanza de encontrar a madre e hijo con vida. Cierto que la segunda parte, quizá la más dolorosa en caso de que hubiera sucedido lo peor, se había resuelto satisfactoriamente. Aunque ellas no habían tenido nada que ver. Pero la visión del presunto cuerpo sin vida de Clara Carratalá le provocaba un inmenso sentimiento de fracaso.

Ana trató de reponerse de aquella incipiente sensación de dolor haciendo lo que mejor sabía hacer: su trabajo.

—¿Está avisada la comisión judicial?

Era una pregunta más bien tonta que hacía siempre, pues siempre la avisaban, y el asentimiento del policía se lo confirmó.

—Bien, esperaremos a que lleguen.

Tanto Ana como Alicia sabían que la espera podía conllevar ciertas dosis de impaciencia añadida. Los que tendían a pensar que el juez y el forense llegarían de forma inmediata, sobre todo el primero, a veces se daban de bruces contra una inmensa pared, pues en ocasiones pasaban horas hasta que el magistrado se personaba para hacerse cargo de la investigación y seguir el protocolo que se iniciaba tras el hallazgo de un cuerpo sin vida con aparentes signos de violencia.

Eso, si es que decidían presentarse, pues a ambas les había sucedido en más de una ocasión.

Para sentirse útil durante la espera y con tal de evitar la tentación de acercarse al cuerpo hasta que la zona estuviera asegurada y libre de indicios, Ana decidió que era una buena idea ampliar el cordón policial que delimitaba la escena. Alicia atribuyó aquella iniciativa de Ana al estado de turbación en que se hallaba, pues en una zona apartada como aquella, de tan difícil acceso, no creía que ampliar la zona acordonada fuera tan importante, aunque decidió no decirle nada.

A pesar de tener la casi total certeza de saber quién era la persona que yacía entre la vegetación, no repararon en que por tratarse de quién se trataba, en un caso así, el juez no tardaría nada en llegar. Así que cuando lo vieron aparecer acompañado de la forense de guardia no pudieron evitar cierta sorpresa. Tampoco esperaban aquella expresión en su semblante.

—Por favor, díganme que no es ella —dijo a modo de saludo.

—Me temo que no estoy en posición de hacerlo, señoría. No tengo la certeza, pero por lo que he podido ver desde la distancia podría tratarse de Clara Carratalá.

—¿No se ha acercado a comprobarlo?

—Discúlpeme, señoría, pero ya sabe que no debería hacerlo hasta que...

—¡Tonterías! ¿Sabe que su padre me tiene frito? He pasado un fin de semana horroroso por su culpa, y necesitamos saber cuanto antes a qué atenernos.

—Lo siento, yo...

—¡Vamos! ¡Haga su trabajo! —le ordenó.

Ana, que por un lado quería cumplir la orden del juez pero por el otro debía respetar el protocolo de actuación, miró de reojo a la forense, que no dudó en asentir con la cabeza indicándole que la acompañaría para tratar de comprometer lo menos posible la integridad tanto del cuerpo como de la investigación.

Las dos se equiparon con trajes estériles para poder acercarse al cadáver. Alicia decidió quedarse al margen.

Tras avisar a los compañeros de la Científica de que iba a reunirse con ellos, y pedirles que dieran el visto bueno a la ruta que pensaba tomar para aproximarse, forense e inspectora se acercaron despacio al cadáver. Tal como se temía, la descripción que le había proporcionado Mario de la ropa que vestía su mujer en el momento de la desaparición, coincidía con la que ahora tenía enfrente. Pantalones vaqueros claros y una camiseta de manga corta azul también muy claro. El pelo también era como el de Clara, y tenía su misma altura y complexión.

Ana no necesitaba verle la cara. Sabía que era necesario para obtener una confirmación plena de la identidad del cadáver, pero no lo necesitaba. Aquella era Clara Carratalá y, aunque se necesitase igualmente una identificación positiva por parte de un familiar directo, para ella no cabía la menor duda.

La forense, a pesar de tener la orden directa del juez para identificar cuanto antes el cuerpo, tenía que hacer bien su trabajo para no perder ningún detalle que pudiera resultar determinante para la investigación.

Extrajo su grabadora de bolsillo y pulsó el botón de grabación.

—Hallado cadáver de mujer en posición de decúbito ventral. Brazo izquierdo semiextendido hacia delante, brazo derecho pegado al cuerpo. Raza caucásica, complexión delgada y unos ciento sesenta centímetros de estatura, aproximadamente. Completamente vestida con vaqueros, camiseta y zapatillas. Sin signos aparentes de violencia sangrienta en la posición en la que se halla. En las zonas visibles de la piel, que son cuello, manos y tobillos, se aprecia un veteado venoso, por lo que podría llegar a pensarse que el cadáver se encuentra en fase cromática de putrefacción.

No era el momento ni el lugar para ello, pero Ana no pudo evitar acordarse de la primera vez que escuchó aquello, recién ingresada en la UDEV, y de la confusión que le causó su desconocimiento de que esa fase se iniciaba alrededor de las cuarenta y ocho horas posteriores a la muerte. Por entonces pensaba erróneamente que un cuerpo necesitaba mucho más tiempo para comenzar el proceso de putrefacción.

Así que lo que acababa de decir la forense reforzaba la idea de que sí era Clara la que estaba boca abajo. Esa chica había muerto hacía más o menos unos dos días.

Ana ya había dejado de escuchar los datos que iba escupiendo la forense al aparato que llevaba en la mano. Estaba centrada en mirar fijamente el cadáver, y solo cambiaba de posición esporádicamente para observar los alrededores, donde no se apreciaba ninguna señal que indicara que la chica había luchado por su vida. Por supuesto, nadie daba por hecho que hubiera tenido oportunidad de hacerlo, y en cuanto se supiera la causa de la muerte podrían llevarse una buena sorpresa; pero si hallaban algún signo de violencia en el cuerpo, entonces tendrían la certeza de que no había muerto en aquel lugar, sino que había sido trasladada.

Alicia, que en un primer momento había decidido mantenerse al margen, se acercó con el equipo adecuado al punto en que se encontraban Ana y la forense. Quería dejarle espacio a la inspectora, pero por otro lado pensaba que estaba allí para ayudar, y quedándose atrás no resultaría de ninguna utilidad.

Nada más llegar imitó un poco a Ana y miró a su alrededor.

—Es un lugar relativamente oculto —observó—, pero no creo que sea la elección más acertada para dejar un cuerpo sin vida.

—¿A qué te refieres? —quiso saber Ana.

—Mira a tu alrededor; es una zona de difícil acceso, pero no imposible. Nos han dicho que la han encontrado un par de senderistas, ¿sería descabellado suponer que es una zona de paso para gente a la que le gusta practicar este deporte?

Ana no supo qué decir; no tenía ni idea de si era así realmente.

—Lo es —confirmó uno de los técnicos de la Científica que estaban en las inmediaciones recabando indicios—. Yo mismo he pasado por aquí un montón de veces. Es una ruta común para desconectar.

Alicia no dijo nada. Se limitó a mirar a Ana, que parecía darse cuenta de lo que quería decirle.

—De algún modo, el asesino quería que encontrásemos el cuerpo. Lo ha escondido lo suficiente para no dar el cante, pero no como para que no sea encontrada.

—Eso, o es torpe de cojones —añadió Alicia.

—No lo creo —dijo la forense, que estaba agachada junto al cuerpo—. Cuando pueda voltearla un poco confirmaré lo que creo, pero por la ligera equimosis que observo en el lateral del cuello diría que la han estrangulado.

—Pero eso no confirma que no sea torpe, ¿no? —preguntó la subinspectora.

—Como digo, la marca es muy sutil, de lo cual deduzco que la persona que le ha arrebatado la vida sabía cómo apretar. Una persona inexperta vacila y suele provocar signos externos que no veo ahora mismo. Lo que yo digo: sabía cómo y dónde apretar.

—Ya, es muy pronto para decir que murió asfixiada, ¿no, doctora? —El retintín en la voz de Alicia era evidente.

—De ahí que haya dicho que cuando le dé la vuelta lo sabré —respondió aún con más retintín la forense.

Alicia se sintió avergonzada; era cierto que lo había dicho.

La doctora siguió a lo suyo y observó durante un par de minutos más posibles signos externos dignos de mención sin tocar el cuerpo. Debido a que en la televisión recreaban estas situaciones de forma totalmente disparatada, muy pocos sabían que los forenses trataban de manipular un cuerpo inerte lo menos posible, a fin de no alterar presuntos indicios, y muy rara vez, como esta en la que un juez lo pedía expresamente, se le daba la vuelta a un cuerpo. La inspección ocular completa del cuerpo se llevaba a cabo la inmensa mayoría de las veces en la mesa de autopsias y no en el escenario del crimen.

Pero como se lo habían pedido, la forense solicitó ayuda a uno de los técnicos de la Científica para darle la vuelta al cuerpo de la chica, asegurándose, previamente, de que no comprometían nada.

Ana estaba nerviosa. Aunque pudiera parecer lo mismo, para ella no tenía nada que ver contemplarla así, boca abajo, que al revés. De algún modo era como confirmar la evidencia, y eso le estaba haciendo más daño del que creía cuando empezó a considerar esa posibilidad, que fue casi desde el principio. Pero en ese momento, en ese lugar, todo estaba siendo diferente.

Alicia no dejaba de mirarla. Sabía que Ana era un embalse repleto de emociones sin gestionar a punto de desbordarse. No era capaz de saber sus pensamientos concretos, evidentemente, pero tenía muy claro que por mucho daño que en su día le infligiera esa mujer que ahora yacía sin vida en el bosque, ella era tan buena que sentía su muerte del mismo modo que si siguiera siendo su mejor amiga.

No pensaba quitarle ojo, pues temía que reaccionara como un volcán al entrar en erupción.

La forense y el técnico comenzaron a darle la vuelta. Puesto que previsiblemente habían transcurrido alrededor de cuarenta y ocho horas tras la muerte (a juzgar por los fenómenos cadavéricos tardíos descritos por la forense, que ahora podían observarse mucho mejor), el cuerpo no presentaba rigidez y no les resultó demasiado complicado girarla. Una vez modificada su posición, la forense quiso ser lo más respetuosa posible y le colocó los brazos en una posición mucho más natural. En cuanto vio su rostro, hinchado, deformado y con las venas tan marcadas que toda la cara parecía haberse teñido de color azul, Ana dio media vuelta y comenzó a andar en dirección al juez.

Alicia, que se esperaba cualquier reacción menos aquella, fue tras ella, dejando con la palabra en la boca a la forense, que en ese momento estaba confirmando su teoría acerca de la asfixia mecánica tras presenciar un punto de cianosis más evidente sobre la zona de la tráquea.

—Ana, espera. —La subinspectora casi hablaba en susurros, no quería que todos se dieran cuenta de que a Ana le pasaba algo.

La inspectora se iba despojando del traje estéril y de las calzas a medida que se alejaba del cuerpo. Y, una vez más, Ana volvió a sorprender a Alicia cuando se detuvo justo a la altura del juez, que la miraba expectante.

—¿Es ella? —preguntó cuando la tuvo enfrente.

—Lo es. No hay duda. Se precisará la confirmación por parte del marido, pero le aseguro que es ella.

El magistrado cerró los ojos y sintió que el corazón se le aceleraba. No era de esos a los que les daba igual encontrarse frente a un cuerpo sin vida, porque con el tiempo y la experiencia habían logrado construirse una barrera emocional que les evitara implicarse emocionalmente. Era justo lo contrario. Pero aquel caso en concreto lo obligaba a ir más allá. Sobre todo, porque tendría que ser él quien se encargara personalmente de llamar a Carratalá para darle la funesta noticia.

Por su parte, Ana se despidió de él con la excusa de querer ponerse en marcha para acabar con el protocolo de búsqueda y activar el de resolución de su asesinato. Para lo primero dependía de muchos factores, y a menudo se sentía como una mera espectadora de los acontecimientos, casi como le estaba ocurriendo con este caso. Pero en cuanto a lo segundo, era implacable.

No se le escapaba nunca un asesino.

Y esta vez no iba a ser menos.

31

Lunes, 13 de mayo de 2019. 11.04 horas. Elche

Mario había puesto el teléfono en silencio.

Estuvo dudando de si lo hacía o no, pues esperaba ansioso la llamada del doctor Moliner, pero pesó más su deseo de que no lo interrumpieran mientras estaba con su pequeño en la segunda evaluación de la psicóloga. En su decisión también influyó que las únicas personas que le importaba que pudieran localizarlo trabajaban justo en el lugar donde se encontraba en ese momento.

En cualquier caso, no recibió ninguna llamada, pues en los planes de Ana no se encontraba contarle el funesto desenlace de la desaparición de su mujer vía telefónica; lo haría en persona, e iría a su casa tras pasar primero por comisaría.

Volviendo a Mario, aunque se hallaba en medio de la nueva evaluación de su hijo con la psicóloga, su cerebro estaba a otra cosa. Era consciente de lo importante que era que Hugo se recuperara satisfactoriamente, para él eso era lo primordial, pero estaban sucediendo tantas cosas, y tan rápido, que aún no había sido capaz de encontrar ese botón en su cabeza que activara el doble procesamiento de datos.

Observaba cómo la especialista seguía ganándose la confianza del pequeño. No sabía a ciencia cierta si el plan de ella consistía en que el niño la viera como a una amiga y acabara contándole con pelos y señales dónde había estado y, sobre todo, con quién. En caso de que fuera así, le deseó suerte, porque a pesar de que todos los padres consideran que sus hijos son unos fuera de serie en todos los campos, dudaba mucho de que su pequeño fuera capaz de proporcionar una información tan clara y relevante.

O a lo mejor él era un malpensado, y lo único que realmente pretendía aquella chica era asegurar el bienestar mental de su hijo, cosa que sin duda le agradecería profundamente.

Sobre lo de ser un malpensado, no tenía muy claro a qué podía obedecer. Jamás en su vida se había visto a sí mismo como alguien que recelara de las Fuerzas y Cuerpos de Seguridad del Estado, pero Rose había sembrado en él esa semilla de duda que ahora no le permitía verlos con los mismos ojos.

«Ahora todos me parecen lobos con piel de cordero».

Puede que estuviera errado al pensar de ese modo, pero lo que vio en las últimas fotos que le había enseñado la periodista había disparado su desconfianza hasta unos límites que nunca hubiera imaginado.

Miró a Hugo y le pareció verlo más contento que el día anterior; sin duda, pasar el tiempo con Helena y sus hijos le estaba resultando beneficioso. Dio gracias por ser tan sumiso con cada petición que le hacían y no haber discutido la proposición que le había hecho la psicóloga el día anterior. Ya no se trataba de que pudiera presionarlo o no inconscientemente, de hecho, siendo consciente no lo haría, lo que pasaba era que su mente variaba cada cinco minutos, y eso se volvía peligroso.

Así que, definitivamente, era mejor que estuviera unos días en otro sitio.

«Ojalá todo esto acabe pronto y los tres podamos irnos bien lejos a perdernos durante una temporada».

Mientras le daba vueltas a esa idea le vino a la cabeza un

pensamiento que trataba de evitar a toda costa desde que habló con Rose la primera vez y ella le reveló la infidelidad de Clara con aquel maldito ruso.

¿Perdonaría a Clara por lo que le había hecho?

Una parte de él le decía que sí. Esa misma parte solo pensaba en un final feliz, en el que era más importante abrazar a Clara que pensar en lo que había hecho. En el que visualizaba esa vida, supuestamente idílica, que tenían los tres juntos. Una vida en la que también, para qué negarlo, anhelaba seguir como si nada hubiera pasado. En la que prefería olvidar los problemas a enfrentarlos, un poco como siempre.

Pero también estaba la otra parte.

Una parte que nunca creyó tener. Una parte en la que quería reprocharle cómo había podido hacer algo así. En la que pensaba echarle en cara que había destrozado una familia. En la que quería preguntarle si él no había estado siempre ahí, a su lado, a su manera, pero a su lado. En la que le cuestionaría si alguien, alguna vez, podría quererla como él.

«Una parte en la que te mande a tomar por culo, hija de puta. Porque eso no se hace».

Mario cerró los ojos y trató de tranquilizarse. No quería pensar en ello precisamente por la gravedad de lo que estaba sucediendo, porque no quería que ese lado oscuro ganara al de la luz. Quería convencerse de que lo mejor era mirar para otro lado y ya está, pero su otra mitad comenzaba a presionar con fuerza. Pasara lo que pasara, lo único que tenía claro era que quería a Clara con toda su alma y que tendría que pensar mucho en lo que haría, pero ahora no. Ahora lo único que importaba era que su mujer apareciera. Y que Hugo se recuperara del todo.

—¿Me escucha, señor Antón? —insistió la psicóloga al comprobar que Mario estaba a lo suyo.

—Perdone —contestó al darse cuenta—. Se me ha ido el santo al cielo.

—No se preocupe, es normal dadas las circunstancias. ¿Ha podido seguir con atención lo que he hablado con Hugo?

Mario negó con la cabeza, un poco avergonzado.

—Se lo volveré a repetir; no se preocupe. Le resumo: psicológicamente observo un cambio significativo en la actitud de Hugo. Esto es muy bueno, ya que parece que el *shock* postraumático ha enraizado en él menos de lo que pensaba ayer mismo. Me parece que, en unos pocos días, para él todo habrá quedado en una anécdota.

Mario no pudo evitar exhibir un exagerado gesto de alivio.

—Pero ¿ha conseguido que le cuente algo?

—Sí lo ha hecho, aunque..., no sé cómo decirlo, no nos sirve de mucho. Ha repetido en varias ocasiones las palabras «hombre grande», «mamá» y «casa».

Mario abrió mucho los ojos. Gabriela interpretó su reacción como algo dentro de la normalidad, por la sorpresa que debía de haberse llevado, pero no sabía que en verdad era porque Mario imaginaba quién podía ser ese hombre grande y por qué había mentado también a su «mamá». Lo de la casa no lo tenía tan claro. ¿Habría estado todo ese tiempo, como si nada, en una casa junto a su madre y el omnipresente ruso?

—Por supuesto —siguió diciendo la terapeuta—, esto no sirve de mucho, como digo, pero tampoco podemos pretender basar una investigación en lo que ha vivido un niño tan pequeño. Ya le dije que soy contraria a eso. A mí lo único que me importa es que Hugo esté bien mentalmente, porque sin duda lo está, y que se recupere por completo de este episodio. También estoy segura de que lo hará.

—Entonces..., ¿tiene que seguir viniendo?

—Si he de serle sincera, no lo creo conveniente. No veo que aporte nada al niño y, como le digo, usted mismo comprobará que Hugo vuelve a ser el mismo en muy pocos días. Si quiere, como tiene mi tarjeta, si le parece que no evoluciona como le he comentado u observara algún cambio negativo en él, lo cual no creo que pase, llámeme enseguida, sin dudarlo; pero de verdad creo que lo mejor para él es que siga a su aire.

—Entonces, según usted, ¿debería seguir en casa de mi amiga?

—Un par de días más, al menos. No quiero que me malinterprete, estoy segura de que la recuperación de Hugo sería más efectiva si usted estuviera a su lado, pero no en la situación personal en la que se encuentra. Son días difíciles y...

—No, no, estoy de acuerdo con usted —la interrumpió Mario, aliviado por no tener que mentirle a Helena para que siguiera con Hugo en casa; no pensaba llevárselo con él después de lo que sucedió la tarde anterior—. Son días complicados y estoy más nervioso de lo normal. Quiero lo mejor para Hugo, y puede que la situación cambie, de algún modo, en los próximos días.

—Me alegra que lo entienda así —respondió sonriente la psicóloga—. Por cierto, siguiendo el hilo de la investigación, y sin querer darle más importancia de la que realmente creo que tiene, ¿usted sabe a qué ha podido referirse con las palabras que ha dicho? Ayer usted me contó que el niño solía ser un poquito más locuaz, así que, en su opinión, ¿a qué cree que se refiere?

Mario se encogió de hombros y trató de que su rostro no reflejara la pseudosospecha con la que lidiaba su cerebro. Una sospecha que, por otra parte, tampoco es que fuera demasiado útil, ya que la casa que mencionaba Hugo podría ser cualquier casa. Como Gabriela no vio en él ningún atisbo de duda, dio por terminada la sesión.

— Pues por mi parte hemos acabado. Ya digo: estoy para usted y para Hugo en lo que necesiten. Es mi trabajo, así que no vacile en pedirme ayuda.

—Gracias.

Dicho lo cual, Mario cogió a Hugo y los animales de juguete que había llevado para que se entretuviera y fue en busca de Helena, que los estaba esperando fuera. Los tres juntos salieron al exterior para que la amiga de Clara se llevara a Hugo de vuelta a su casa.

Gracias a la psicóloga, el coche de Helena, un Mercedes Clase E familiar, estaba aparcado en el lugar reservado para las autoridades. Mario había dejado su Audi a una buena distancia de la comisaría, pues resultaba muy complicado aparcar cerca de esta por encontrarse en una zona concurrida. Tras darle una docena de besos y con la promesa (innecesaria, ya que Helena sabía que lo haría sin tener que decírselo) de que llamaría varias veces para ver cómo estaba y si necesitaba algo, se despidió de su hijo con la seguridad de que estar con la familia de Helena era lo mejor para Hugo.

Los vio marchar sin moverse de su sitio.

Tras perderlos de vista, sacó su teléfono móvil y comprobó que no tenía ninguna llamada perdida. El médico se estaba haciendo de rogar.

Nada más guardarlo vio que, casualmente, la inspectora Marco llegaba a la misma plaza que acababa de desocupar Helena, acompañada de la policía esa que había venido de Madrid para ayudarla.

El cúmulo de sensaciones que experimentó Mario al verla resultaría difícil de explicar.

En primer lugar, sentía vergüenza por no haber recordado quién era desde el momento en que la vio, en el centro comercial, y por lo que le hizo en el instituto. Si bajaba del coche y le arreaba un guantazo directamente, se lo tendría más que merecido.

En segundo lugar, sentía un runrún en el estómago, provocado por la foto que había visto el día anterior. Volvió a hacerse la pregunta que más veces se había repetido mentalmente durante las últimas horas: ¿de verdad Ana se había vendido al narco gallego del modo que pretendía hacerle ver Rose?

No tenía una respuesta clara para eso, por mucho que la imagen que había visto resultara incontestable, pero la idea de que no estuviera esforzándose lo suficiente en localizar a su mujer como una forma de venganza ejercía tal presión en su cabeza que hasta dolía. Cuando las dos bajaron del coche y vio que los ojos de Ana traslucían algo que no tenía buena pinta, aparcó de golpe todos aquellos pensamientos.

Ella fue a decirle algo, pero no le salieron las palabras. Alicia, atenta desde hacía un rato a todas las reacciones de su compañera, fue quien intervino.

—¿Nos acompaña, por favor?

Mario obedeció como un perrito fiel y las siguió hasta el interior de la comisaría con las piernas temblorosas.

«Me cago en la puta, ¿qué coño pasa?».

La suerte o la casualidad hicieron acto de presencia, porque no pensaban contar con Gabriela para lo que debían hacer, pero al cruzársela, Ana no dudó en pedirle que los acompañara.

Mario, asustado, sintió algo de alivio y pensó que querrían preguntarles a ambos qué tal había ido con Hugo, ya que lógicamente no sabrían nada de cómo se había desarrollado el encuentro.

El Mario más positivo salió cuando menos tendría que haberlo hecho.

De todos modos, la sensación de alivio no duró mucho, al contrario, menguó considerablemente en el momento en que pasó, acompañado solo por Alicia, a la sala en la que hacía unos minutos había estado con su hijo. Ana cogió del brazo a la psicóloga antes de entrar y la obligó a detenerse. Cerró la puerta para que los que estaban dentro de la sala no pudieran escuchar nada.

Mario quiso preguntarle qué pasaba a la subinspectora, pero, como empezaba a temerse lo peor, se le formó tal nudo en la garganta que las palabras parecían haberse esfumado de su boca para siempre. Sentía las palpitaciones del corazón en cada parte del cuerpo, como si estuviera sufriendo descargas continuas y muy sonoras. También volvió a sentir aquella punzada en el estómago que tantas y tantas veces había experimentado desde el viernes, y que ahora ya estaba pasando de ser una molestia a convertirse en un dolor insoportable.

El tiempo real que transcurrió mientras estuvo con Alicia en aquella sala fue más bien breve, pero a él se le hizo eterno, hasta que por fin la puerta se abrió de par en par.

Entraron primero Ana y después Gabriela.

Solo con ver la cara de la inspectora habría bastado para saber lo que había sucedido, pero la expresión de la especialista hizo que al fin estallara la bomba y él empezara a gritar y a llorar sin control.

—¡NO! —repetía cada pocos segundos, con la cara anegada en lágrimas y la voz completamente rota.

Alicia y Ana fueron rápidas a la hora de abalanzarse prácticamente sobre él para tratar de brindarle un consuelo que a todas luces no serviría de nada.

Mientras lo reconfortaba, Ana lloraba también, no tanto como él, pero le resultaba imposible contener el torrente de lágrimas que ahora surcaban sus mejillas. Hasta Alicia, que estaba algo menos implicada emocionalmente en el caso, sintió que los ojos se le llenaban de lágrimas al ver a aquel hombre roto por entero llorando la muerte de su esposa.

La psicóloga esperaba con paciencia a que llegara su turno para poder hacer su trabajo. Había vivido escenas muy parecidas en muchas más ocasiones de las que le gustaría admitir, así que tenía muy claro cuándo era el momento de intervenir.

Lo que ninguna de las tres se esperaba era lo que sucedió a continuación.

Mario se apartó de ellas, revolviéndose, y levantó la cabeza. Las lágrimas no habían desaparecido, ni mucho menos, pero ahora sin duda su mirada era otra. Alzó el brazo derecho y, como quien lanza una acusación en firme, señaló con el dedo a la inspectora.

—¡Todo esto es culpa tuya! —gritó—. ¡Te sigue doliendo lo que pasó hace años y has dejado morir a mi mujer! ¡No has hecho tu puto trabajo porque estás despechada! ¡Pero pienso ir a por ti, porque mi mujer ha muerto por tu culpa!

Hubo una competición entre las tres policías por ver quién abría más los ojos, sorprendidas ante lo que acababa de ocurrir. Mario agachó la cabeza de nuevo y volvió a hundirse en su abatimiento, como era de esperar.

Alicia, que fue la primera de las tres en reaccionar, sujetó a Ana de un brazo y la sacó afuera, dejando a la anonadada psicóloga sola junto a Mario.

Entendió que era mejor aquella alternativa que dejar que la traca siguiera explotando.

Ahora estaban en la sala de espera contigua, donde hacía unos minutos Helena esperaba paciente a que acabara la evaluación psicológica de Hugo.

Ana intentó hablar, con la cara empapada en sus propias lágrimas, pero Alicia la interrumpió al instante.

—Ni se te ocurra entrar ahí de nuevo.

—Pero...

—Sí, sabe perfectamente quién eres, y ahora me jodería pensar que lo sabía desde un principio y se ha hecho el tonto. No es que me dé igual que acabe de perder a su mujer, pero la cosa cambiaría bastante para mí si nos hubiera estado tomando el pelo.

—Ya, pero...

—Pero nada, coño. Déjame a mí con esto, si no, aún nos acabará explotando en la cara. Ve arriba y haz lo que tengas que hacer para que nadie te vea así. Yo me ocupo, ¿vale?

Ana la miró sin saber qué hacer. Sentía el impulso de entrar de nuevo en la sala, lo malo era que, una vez dentro, después de lo que acababa de suceder, no tenía ni idea de cómo actuar o qué decir. Aquello era peor que una montaña rusa. Pero la mirada de Alicia, que no pestañeaba, le indicaba que lo que tocaba en ese momento era hacerle caso, por mucho que estuviera un rango por debajo jerárquicamente.

Así que recobró la entereza perdida y dio media vuelta para seguir el consejo-orden de Alicia.

Esta última la observó marcharse y decidió agarrar el toro por los cuernos entrando de nuevo en la sala. Pero antes inspiró una enorme bocanada de aire.

Una vez dentro, comprobó que la situación apenas había cambiado. Gabriela seguía poniendo el hombro para que Mario llorara, pero algo en su rostro parecía estar exigiendo una explicación en cuanto lograran calmar a Mario.

Para que eso sucediera, teniendo en cuenta la conmoción que generaba una noticia como aquella, tuvieron que pasar casi quince minutos, durante los cuales la especialista hizo gala de una magnífica profesionalidad, pues logró convencer a Mario de que aceptara que dos agentes y ella misma lo acompañaran a casa, tras vencer su inicial resistencia a quedarse allí todo el tiempo que hiciera falta hasta que se hubiera calmado en la medida de lo posible.

Cuando por fin salió, acompañado por los dos agentes, Alicia cogió a la psicóloga del brazo con la intención de retenerla unos instantes.

—¿Qué haces? —preguntó Gabriela, evidentemente molesta.

—Necesito hablar contigo.

—Mira, será mejor que me sueltes, porque ahora, como puedes ver, tengo algo más importante que hacer.

—Solo será un segundo.

—¿¡Qué!? —exclamó, más que preguntó, sin variar el tono de su voz.

—Eso que ha dicho Mario no es cierto. Es verdad que

existe un trasfondo mucho más complejo que ahora no puedo explicarte, pero es mentira que Ana haya estado investigando a medio gas. Eso te lo aseguro.

—Perdona, pero no te conozco, y lo que tú me asegures me da igual. Evidentemente, tengo que dar parte de esto al comisario.

La psicóloga se volvió, dispuesta a marcharse. Pero Alicia la sujetó de nuevo del brazo.

—Si me vuelves a tocar, la vamos a tener —dijo la psicóloga.

—Escucha, no es por nada, pero no te gustaría tenerla conmigo, te lo advierto. Y ahora vamos a dejarnos de tonterías y escúchame.

—Te estoy escuchando, pero me da igual lo que digas.

—¿Desde cuándo conoces a la inspectora?

—Yo que sé, hace años.

—¿Y todavía pones en duda su profesionalidad?

Gabriela pareció dudar.

—Es que eso que cuenta es muy grave.

—Lo sería si tuviera razón, pero no la tiene. Concédele el beneficio de la duda. Haz lo que tengas que hacer con él, pero no metas la pata con Ana, por favor. Si alguien puede llegar al final de este túnel es ella. Luego hablamos las tres si quieres y te ponemos al corriente. Pero de verdad te pido que confíes en la inspectora. Sabes más que nadie que Mario está roto por lo que acaba de suceder y habla con las vísceras. Piénsalo.

La psicóloga se quedó mirándola unos segundos sin decir nada. Y por fin dijo:

—Más vale que tengas razón.

Y salió de allí para cumplir con su deber. Iba a ser difícil.

32

Lunes, 13 de mayo de 2019. 12.54 horas. Elche

Mario miraba por la ventana del salón.

De haber tenido la cabeza en su lugar, hubiera pensado en lo curioso que era el cerebro humano. En cómo podía pasar de un estado a otro, de manera inconsciente, y que a su vez fueran tan opuestos que pareciera imposible. No supo determinar cuánto tiempo había transcurrido desde que recibió la noticia. Ni siquiera sabía dónde ni el modo en que había aparecido muerta su mujer, aunque tampoco le importaba.

¿Qué más daba?

Lo único que sentía en esos momentos era un vacío tan grande que parecía absorberlo a él también. ¿Cómo era posible? Hacía un rato solo quería llorar y gritar, y ahora ni siquiera le parecía que pudiera tener fuerzas para hacerlo. Como si estuviera flotando sobre el suelo que aparentemente pisaba. Como si en vez de Clara, el muerto fuera él.

No hacía demasiado que la psicóloga y los policías se habían marchado de su casa. Había logrado que Gabriela dejara de insistir en que no era buena idea que se quedase solo recurriendo a una mentira.

No pensaba, como había prometido, llamar a su madre y

a Ramón para que fueran a hacerle compañía en un momento tan duro; pero, claro, para evitarse tonterías, lo mejor había sido decir que sí, que lo haría. Tampoco se tomaría esas pastillas que le había recomendado. ¿Para qué? Ahora estaba muy tranquilo. Demasiado. Casi como ausente de este mundo.

El teléfono móvil seguía vibrando. Hacía un rato que dejó de mirar la pantalla para ver quién era. ¿El doctor? ¿Su madre? ¿Sus suegros? ¿Rose? ¿La policía? Le daba igual. No quería saber nada de nadie.

Solo mirar por la ventana.

Sobre sus suegros y sus padres sí había pensado varias cosas. ¿Sabrían ya lo que había pasado? Supuso que sí; la psicóloga había estado tratando de tranquilizarlo a ese respecto, le había dicho que no se preocupara, que ellos solían encargarse de tan indeseable quehacer. A él tanto le daba.

Solo quería mirar por la ventana.

Y quizá desear que una explosión se llevara todo el planeta por delante.

A la primera de todos, a Ana Marco.

«Ojalá muera. Y ojalá lo haga de una forma lenta y dolorosa».

Encontrar una parte positiva a aquella situación resultaba muy complicado, casi imposible, pero quizá por el estado de negación en que se había sumido tan de repente, incluso llegó a sonreír pensando que, si sentía de aquella manera, como si no perteneciera a este universo, puede que fuera porque en verdad era así.

Incluso puede que estuviera viviendo una maldita pesadilla.

Lo malo era que aquel pensamiento le duraba poco. Aquello era real. Muy real. Demasiado real.

El teléfono volvió a vibrar y él volvió a ignorarlo. Mirando por la ventana comprobó que la puerta de fuera se abría sola y que por ella entraba su madre. Atravesó la zona ajardinada con premura y un evidente gesto de dolor en la cara. Abrió también la puerta de la casa con la llave que su hijo le dio un día para emergencias. Después entró corriendo en el salón.

No dijo nada, solo se lanzó a abrazar a Mario por la espalda. A él le hubiera gustado reaccionar, pero no podía. Estaba tan ausente que ni tan solo era capaz de ordenar a sus músculos que se movieran. En aquella rueda de partes del cuerpo que ignoraban mandatos, también estaban los oídos. Oír, oían, pero no escuchaban. En cambio, los ojos sí lograron interpretar que ahora que su madre le había dado la vuelta, movía la boca sin parar a la vez que lloraba amargamente.

A lo mejor el abrazo de una madre era idóneo para curar lo incurable, pues Mario comenzó a poner los pies sobre la tierra de forma gradual. Aprovechando tal circunstancia, su madre lo guio hasta que ambos se sentaron en el sofá y se apoyó la cabeza de su hijo sobre el pecho.

En ese momento, Mario volvió a llorar, como si de pronto hubiera recordado los motivos por los que estaba así.

Consciente de que su hijo no había escuchado ni una sola palabra desde que ella había entrado, volvió a repetirle algunas de las cosas que le había dicho.

—Hijo, no sé ni qué decirte, lo siento muchísimo.

Él, evidentemente, no pudo contestar nada. ¿Qué se dice en una situación como esa?

«¿Ya sé que lo sientes?».

Fuera como fuese, Mario seguía sin poder articular una sola palabra.

—Ay, por favor, ¡qué desgracia! —exclamó, llorando a su vez—. No me lo puedo creer, no me lo creo todavía. Tiene que ser imposible.

Y haciendo una nueva demostración de que la mente es imprevisible, Mario logró hablar y lanzó una pregunta que ni él esperaba.

—¿Lo saben mis suegros?

Su madre asintió con la cabeza antes de responder.

—Los dos han necesitado asistencia en cuanto se lo han dicho. Tu suegro en su casa, a ella se la han tenido que llevar porque le ha dado un ataque de ansiedad y no podían ni sujetarla. Ramón... Bueno, no importa mucho, pero Ramón me ha acompañado hasta aquí y ha pedido que lo lleven a casa de tu suegro. No me creo que haya salido de él algo así, pero estoy orgullosa. Lo importante ahora es la familia, no la asquerosa política.

Mario no contestó. En circunstancias normales hubiera valorado el gesto de su padrastro, pero el trance por el que estaba pasando era cualquier cosa menos normal.

En sus muchos desvaríos, ahora su cabeza estaba ocupada por el trago que habría de pasar cuando tuviera que explicarle a Hugo que nunca más vería a su mamá. Que se habían acabado sus mimos al levantarse y al acostarse. Sus regañinas suaves que apenas duraban unos segundos, porque enseguida caía rendida ante la mirada del niño. Su constante comprarle ropa que luego ni le ponía. Su eterno pensar en él. Solo en él.

Y, sobre todo, que ya nunca más le contaría el cuento del lobo.

Clara podría haber hecho lo que fuera en su matrimonio, podría haberlo roto solo un poco o para siempre, pero con Hugo era la madre perfecta, y él no podría tenerla cerca nunca más.

Los ojos se le volvieron a llenar de lágrimas y necesitó abrazar a su madre muy fuerte. Como si él mismo ahora fuera Hugo, y Laura ya no fuera Laura, sino Clara. Necesitaba recrear aquel abrazo que nunca más se produciría. Estaba roto. Completamente roto de dolor. Y eso una madre siempre lo notaba, por lo que se dejó abrazar con ese ímpetu inusual que ahora mismo había en Mario.

Cerró los ojos y, simplemente, dejó pasar el tiempo.

El teléfono de Mario vibraba encima de la mesa, pero ninguno de los dos fue capaz de darse cuenta.

Ramón Valero miraba por la ventanilla del coche.

Su gesto era impasible, como si además de no mover las piernas tampoco pudiera mover los músculos faciales.

El timbre del teléfono lo sacó de aquel estado de letargo en el que había entrado al partir de la casa de su hijastro. Miró la pantalla del terminal y resopló con fuerza.

«¿Otra vez? ¿Cuántas veces necesita llamarme y que yo ignore ese reclamo?».

No era momento de cogerle el teléfono.

No porque el conductor fuera a escuchar la conversación. Eso le daba igual. De hecho, una de las cosas de las que hacía alarde de cara a la galería era que solo usaba a aquel hombre en casos absolutamente necesarios, como el que ahora le ocupaba, pero la realidad era bien distinta. Gaizka era su fiel escudero, un hombre leal que aprendió, desde el primer día que empezó a trabajar para él, que lo mejor era ver, oír y callar. Y que, sobre todo, no era oro todo lo que relucía. Pocas veces se los veía juntos, porque Ramón Valero tenía que conservar su imagen austera, pero no había día en que Gaizka no estuviera al lado de su jefe, testigo de las cosas buenas y de las que no lo eran tanto.

Por eso Gaizka no era la razón por la que no contestaba. Era porque sabía lo que querían, y no era el momento.

Por su cabeza pasó la opción de apagar el aparato, pero pronto cayó en la cuenta de que no era posible aislarse del mundo en un momento como ese.

La cara de Laura al saber que, sin el menor miramiento, iría a casa de su máximo enemigo para apoyarlo era la prueba de que aquella había sido una de las mejores decisiones de su vida política. Mucho mejor todavía que la que involucraba a la persona que no cejaba en su empeño de contactar con él vía telefónica.

Y fue justo ese empeño lo que le hizo replantearse las cosas:

«Si no se lo cojo, seguirá insistiendo y, sin duda, el peor lugar del mundo donde puede aparecer esa llamada en la pantalla es en la casa del hijoputa ese. Joder...».

Así que, tras la enésima llamada, descolgó.

—¿Qué? —preguntó directo y seco.

—¿Por qué no me respondes?

—Porque no es momento.

—Precisamente te llamo por eso. Porque no es momento. Yo me bajo del carro en marcha.

Ramón valoró lo que iba a decir antes de hacerlo.

—Ten mucho cuidado, porque si te bajas con el carro en marcha, el golpe puede ser impresionante.

—¿Crees que, llegados a este punto, me pueden importar tus amenazas?

—Tú verás, pero me prometiste algo que todavía no tengo. Y si no lo tengo, mi grifo se cierra y deja de salir agua. Y sin agua no hay vida. ¿Estamos?

La otra persona respiraba aceleradamente al otro lado. Estaba un poco hasta las narices de las analogías, pero en verdad la culpa había sido suya por comenzar con lo del carro.

—Tú verás —sentenció Ramón Valero.

Y colgó.

Miró a Gaizka por el espejo retrovisor. Seguía a lo suyo, como si aquella llamada no hubiera sucedido. Ojalá la persona que estaba al otro lado de la línea fuera como Gaizka, pero como él solo había uno y con eso debía contentarse. Además, utilizarlo a él para aquel menester no hubiera tenido el mismo resultado.

Tiró el teléfono sobre el asiento. No estaba seguro de que la otra persona fuera a continuar; era un peligro real que ya había contemplado cuando comenzó con su plan, pero dado el punto en el que se encontraba la situación, ya tanto daba.

Eso sí, su amenaza sí era real y pensaba cerrar el grifo.

Para siempre.

Cristina lloraba.

No recordaba haber llorado así en toda su vida. Al menos no con la amargura con que en ese momento lo hacía.

¿Cómo había podido acabar así todo?

Giró sobre sus talones y comprobó el destrozo que había provocado en su casa. El arrebato de ira que acababa de sufrir no se lo esperaba. Quizá porque no había contemplado aquel final.

¿Cómo hacerlo?

Se sentía utilizada, como una simple marioneta en un juego que, desde luego, se le había ido por completo de las manos y ya no solo se había engullido a su hermana, sino que poco a poco también se la estaba tragando a ella.

Cogió de nuevo el teléfono móvil. Aún funcionaba, el golpe contra la pared no había sido tan eficiente como pensaba, aunque la pantalla estaba hecha añicos.

Buscó su número. A pesar de tenerlo camuflado bajo otro nombre, borraba la llamada cada vez que hablaba con él por miedo a ser descubierta.

Pulsó el icono de llamada.

De nuevo el teléfono emitía un sonido extraño que demostraba que la línea no estaba en servicio. No la suya, sino la de él.

—¡Me cago en tu puta madre, ruso de mierda! ¿Dónde coño te metes? —le gritó al teléfono antes de volver a lanzarlo contra la pared, ahora sí con más fuerza, pues el aparato saltó, roto en varias partes.

Se echó las manos a la cabeza y se dejó caer de rodillas en el suelo. Y entonces lanzó un grito desgarrador.

No es que estuviera recuperando el control sobre sí misma, pero en cuanto logró serenarse, más o menos, pensó en dar el paso definitivo. Todavía estaba a tiempo de redimirse.

Para su hermana ya no había tiempo. No lo habría nunca.

Quizá tampoco justicia. ¿Cómo dársela?

Pero al menos podría limpiar parte de su conciencia.

Aunque había algo que se lo impedía.

Una fuerza invisible que la retenía y que le agarraba fuerte de las piernas.

Ojalá pudiera salir y andar los metros que separaban su casa de la de su cuñado.

Ojalá.

33

Alicia se cansó de esperar.

Ana llevaba ya un buen rato fuera de juego y, aunque era consciente de que necesitaba un respiro, ya era hora de retomar el caso. Siempre se decía (y ella lo suscribía) que las primeras horas eran cruciales, y ellas ya habían dejado atrás las cuarenta y ocho previas durante las cuales creían en la posibilidad de que Clara Carratalá siguiera viva.

Si estuviera en Madrid, en el despacho de la unidad, habría dado un golpe en la mesa, porque ya la conocían y se lo permitían todo, casi como si fuera la niña mimada de Homicidios, pero allí no podía hacerlo, ya que el resto del grupo (salvo Ana) ya estaba ocupado con los prolegómenos de una investigación de ese calibre.

Así que se limitó a rozarle el hombro.

Alicia no se imaginaba que sería tan fácil sacarla de su letargo. Fue como si estuviera esperando aquella señal para activarse de nuevo.

Se levantó de su asiento al instante y se dirigió a la pizarra blanca que tenían en la pared.

Con gran pesar borró todo lo que seguía escrito. Estaba

repleta de datos que ya no servían de nada, porque Clara, la que fue su mejor amiga, había aparecido muerta.

—¿Todo fuera? —preguntó Solís, observando atentamente lo que hacía su jefa—. ¿No crees que deberíamos conservar algunos datos que nos sirvan?

—No —respondió tajante—. Hasta ahora lo hemos hecho todo mal. Hemos tenido los ojos vendados durante dos días, y eso nos ha hecho perder muchísimo tiempo.

—La venda nos la han puesto, Ana —intervino Alicia—. Hay que reconocer que sea quien sea el que está detrás de todo esto, se lo está montando muy bien. No te fustigues por eso.

La inspectora hizo caso omiso de aquellas palabras de aliento y cogió el rotulador negro.

—Olvidemos todo lo de atrás. No quiero dar nada por sentado, porque mirad cómo nos ha ido hasta ahora. Imaginemos que las últimas cuarenta y ocho horas no han existido. Esta misma mañana hemos recibido una llamada alertándonos de la aparición de un cadáver. ¿Qué tenemos?

—Una mujer de unos treinta a treinta y cinco años. Podría ser Clara Carratalá por...

—Es Clara Carratalá. —Ana cortó sin contemplaciones a Montoya, que la miraba con un evidente gesto de sorpresa—. Antes de nada, me gustaría contaros algo. Clara y yo fuimos amigas durante un tiempo, hace muchos años. Nos alejamos por cosas que pasan, pero lo fuimos. Creo que es conveniente deciros esto porque si todos vamos a una, vamos a una. Además, también me sirve para confirmaros que sí que es ella. Le he visto la cara y no me cabe la menor duda.

Alicia la miró muy sorprendida. ¿Esa era la misma Ana de la noche anterior? La pregunta se contestaba sola, así que inmediatamente pensó en los motivos que habían inducido a la inspectora a dar un giro tan radical en su manera de afrontar ya no solo el caso, sino de gestionar su propia personalidad.

Tuvo muy claro que no solo era la muerte de Clara lo que tenía que ver con eso, sino también el desencuentro de hacía un rato, abajo, con Mario y la psicóloga. Evidentemente, no podía decirle nada en ese momento, pero aplaudía su forma de enfrentarse a aquel duro revés.

—¿Por qué no nos lo habías dicho antes, Ana? —preguntó Solís.

—Porque no creo que tenga nada que ver en el modo en el que investiguemos el caso. Me parece que está de más que os diga que vivimos en Elche, una ciudad grande y pequeña al mismo tiempo. ¿Cuántas veces hemos tenido a alguien que conocemos implicado en una intervención? Sinceramente.

El asentimiento del subinspector lo decía todo. Ana tenía razón. Nunca habían dado importancia al tema de las implicaciones emocionales ya que, hasta el día presente, jamás se habían dejado llevar por eso.

El tema quedó zanjado.

—Bien —continuó Ana al ver que Solís claudicaba—. Como bien dice Montoya, se ha encontrado el cuerpo de Clara Carratalá sin vida. Estaba vestida y sin signos de haber sido forzada sexualmente, aunque la autopsia es mañana, bueno, en realidad estamos presionando al juez para que se realice hoy. A ver qué nos dice. A primera vista parece haber sido estrangulada. Venga, datos importantes.

—Es hija del presidente de la Diputación.

Todos miraron a Fran con un gesto que venía a decir: «¿En serio?».

—¿Qué? —dijo él—. Habíamos dicho de empezaríamos de cero.

—Vale, sí, tiene razón. Tomo nota. Para ir avanzando anotaré cosas que tenemos claras, como lo de su desaparición en el centro comercial, lo de que está casada con Mario Antón y lo del episodio del niño.

Los demás asintieron.

—Ahora que sabemos quién es y que conocemos un poco su entorno familiar, quiero motivos para que alguien le haga daño.

—Está de más decir que el peso de que su padre sea quien es es un motivo más que importante. Puede que alguien quiera hacerle daño directamente a él.

Alicia y Ana se miraron. La primera asintió con un discreto gesto.

—Chicos, creo que es justo que os cuente algo. Como sabéis, la subinspectora y yo seguíamos una línea de investigación que contemplaba esa posibilidad. —Fue directa a su mesa y buscó en una de las muchas carpetas que se amontonaban encima. Extrajo una foto—. Y como también creo que sabéis, la persona implicada es esta: el Gallego, un narcotraficante que opera en la ciudad de Alicante y que podría ser responsable de prácticamente toda la entrada de cocaína a la provincia.

Les mostró la foto y la colocó en la pizarra con un imán.

—Ana, creo que todos sabemos quién es el Gallego —dijo Guardado, y el resto de los presentes estuvo de acuerdo.

—Ya, pero como ha dicho Fran, estamos empezando de cero.

«*Touché*», pensó Alicia.

—Pero ¿al final habéis comprobado si tiene relación con Carratalá?

—La tiene. Y andan a la gresca.

—Pues ya está...

—No, no está. Lo que tengo que contaros es que, como decía, la subinspectora y yo hemos llegado lejos en este sentido, y casi que podemos asegurar que este hombre, a pesar de su asqueroso negocio, no tiene nada que ver con el caso.

—Aun así, no podemos descartarlo del todo —intervino Alicia.

—No, no podemos, pero tú misma me darás la razón en cuanto a que parecía decir la verdad.

—De lo que parezca a lo que sea... —apostilló la subinspectora.

—Un momento, un momento, ¿cómo lo habéis averiguado? —quiso saber Solís enarcando una ceja, perplejo.

—Luego os lo cuento —sentenció Ana—. Lo importante es que hay alguna posibilidad, como apunta Alicia, pero ahora mismo no tiene demasiada fuerza. Vamos a centrarnos en otras.

—En su entorno familiar hay cositas —dijo Fran—. ¿A que no sabíais que Clara Carratalá tiene una hermana gemela?

Ana sintió una enorme vergüenza por no haberse acordado. ¿Cómo había podido olvidar un dato como ese? No es que conociera demasiado a Cristina Carratalá, pero sí sabía de sobra de su existencia, pues también iba a su mismo instituto. Ni siquiera podría decirse que frecuentaran grupos distintos. Ana quizá no estuviera donde le correspondía a una persona con su personalidad; pero el caso de Cristina era más grave, ni siquiera se relacionaba con nadie, era una persona totalmente solitaria. Incluso las poquísimas en las que Ana estuvo en casa de Clara ni siquiera se cruzaban, pues dormían en habitaciones distintas y la hermana apenas salía de la suya. Y cuando lo hacía, ni saludaba.

Puede que por eso la hubiera borrado de su mente, porque apenas se hacía notar. Aunque eso no era excusa para no haberla tenido en cuenta.

—¿Y a que no sabíais que está loca? —siguió explicando Fran.

—¿Cómo que loca? —quiso saber Alicia.

—Tiene diagnosticado un trastorno de bipolaridad.

—Joder, Fran... —le espetó Montoya.

—Que sí, que no se les puede llamar locos a los locos.

—No, Fran, que mi hermano también lo tiene y no está loco —le recriminó de nuevo.

—Vale, pido perdón —se disculpó, alzando las dos manos—. El caso es que es bipolar, y supongo que eso habría que tenerlo en cuenta.

—No sé si estás sugiriendo que puede haberla matado ella solo por ser bipolar —insistió Montoya, visiblemente molesto—, pero te recuerdo que en el informe de la inspección ocular previo se indica que no hay señales de arrastre ni de lucha alrededor del cuerpo. Alguien la dejó allí, y ese alguien la llevó a peso. Ya tiene que ser grande la hermana para hacer eso.

—¿De verdad estamos obviando la muerte del jefe de seguridad del centro comercial? —intervino Alicia—. Estoy alucinando de ver cómo estamos menospreciando esa muerte y centrándonos solo en la niña pija. Y siento llamarla así porque está muerta, pero es que me toca las narices.

—No lo obviamos, Alicia —terció Ana—, pero es inevitable pensar que los principales indicios giran en torno a ella, y la muerte de aquel pobre hombre es un daño colateral.

—Un daño colateral... Madre de Dios —insistió Alicia.

—De todos modos, esa muerte viene a confirmar un poco lo que dice Montoya. No es que descarte a la hermana, pero tampoco veo motivos para incluirla en la lista de sospechosos solo por ser bipolar. Además, como decía, la muerte de ese hombre y, sobre todo, el testimonio que nos dio la limpiadora, indican que en ambos casos está implicada una persona muy grande. Ella aseguró que tenía aspecto de ruso o de ser de Europa del Este. No veo descabellado que esté detrás de ambas muertes.

—Y no podemos olvidar toda la parafernalia que rodea su desaparición —apuntó Solís.

—Es imposible hacerlo —dijo Alicia—. Tendríamos que plantearnos varias preguntas, como, por ejemplo, si quería matarla, ¿por qué no abordarla en un momento en que le resultara más fácil hacerlo? ¿De verdad tenía que montar todo aquel jaleo en el centro comercial?

—Creo que eso ya lo hablamos, Alicia. Con ello ha ganado tiempo. Nos ha tenido dando vueltas buscándola y creyendo que podría haberse ido por su propio pie. Voluntariamente.

—Pero, si al final iba a aparecer muerta, ¿por qué tanto lío? —preguntó Guardado.

—Porque así tiene tiempo de borrar sus huellas y no dejar cabos sueltos —dijo Alicia—. Cuarenta y ocho horas dan para mucho.

—También la podrían haber encontrado antes y no haber tenido tanto tiempo.

Alicia se quedó pensativa unos segundos, pero no tardó en encontrar una respuesta.

—Clara murió hace aproximadamente unas cuarenta y ocho horas, pero nadie ha dicho que el cuerpo esté allí tirado desde entonces.

—¿Perdón? —dijo Ana.

—Yo no conozco la zona, pero tú misma me has dicho que es un lugar de paso para muchos senderistas. ¿Es así?

—Claro.

—¿Y durante el fin de semana nadie ha caminado por allí?

La inspectora cayó enseguida.

—Tiene lógica lo que dices... Entonces, podríamos pensar que la persona que la mató se la lleva del centro comercial, a ella y al niño, la mata a ella, pero sigue haciéndose cargo del niño. Se asegura de que no puedan quedar cabos sueltos y entonces «libera» —dibujó unas comillas en el aire— el cuerpo. ¿Por qué hacer esto último?

—Remordimiento por afectividad —dijo sin pensar Alicia.

—Querían que encontráramos el cuerpo porque ya no hay nada que inculpe a la persona, pero al mismo tiempo querían que sus seres queridos pudieran llorarla de un modo, digamos, normal —comentó Ana, comprendiendo por dónde iba Alicia.

—Eso reforzaría la teoría de que la persona que está detrás de su muerte es alguien más o menos cercano a ella —añadió Solís.

—¿Qué hay del marido? Demasiado bien parado está saliendo de todo. ¿Quién nos dice que no deberían darle un Óscar a la mejor interpretación de esposo afligido? A ver: la mujer desaparece en sus narices, le devuelven al chiquillo en perfectas condiciones... ¿Soy el único que ve algo raro ahí? —comentó con cierta sorna Montoya.

Tanto Alicia como Ana quisieron rebatir su argumento. En cierto modo no veían claro del todo que hubiera sido capaz de tener algo que ver, pero dado el desarrollo del caso, ya nada podía descartarse así como así.

De modo que Ana dio por válida aquella interpretación y anotó su nombre en la pizarra como posible sospechoso.

—¿Y el suegro? —preguntó de sopetón Alicia, pillando desprevenidos al resto.

—¿Valero? —respondió a su vez con una pregunta Fran—. Es imposible. Valero es un tipo honrado, lo veo incapaz de hacer nada solo por joder a su rival. Eso es demasiado.

—Esos son los peores, deberíais saberlo. ¿Un político con buenas intenciones? Eso es incompatible con la vida misma. Pensadlo bien, porque reúne las condiciones. Primero, tiene el suficiente poder para pedir a ese ruso que actúe por él. Eso lo aleja del foco, por lo que es perfecto. Segundo, lo de dejar que aparezca con tanta facilidad respondería a la parte afectiva que he dicho antes. Al fin y al cabo es su nuera. Tercero, ¿quién sabe qué clase de historias habrá detrás del aparente matrimonio perfecto entre Mario Antón y Clara Carratalá? Eso, al igual que los políticos con buenas intenciones, no existe. Puede que la vida de su hijo fuera un infierno, y así hubiera acabado de un plumazo con ello. Además, le estaría asestando un golpe muy duro a su rival.

—No creo que sea así, Alicia. Una cosa son los tejemanejes que se traen entre ellos para hacerse daño y otra bien distinta acabar con una vida humana, no creo que lleguen a tanto. Además, piénsalo: ¿no crees que la muerte de su hija beneficiaría al propio Carratalá de cara a las elecciones? La gente sentiría lástima...

—¿Estás sugiriendo que...? —preguntó sorprendido Solís.

—¡No, por Dios! —Ana se dio cuenta de cómo habían sonado sus palabras y al instante se arrepintió de ello.

—Bueno, no es descabellado decir que de cara a la galería esto es algo que lo beneficia —añadió Montoya.

Tanto Ana como Alicia sopesaron a la vez aquella posibilidad. Era increíble el nivel de sincronización que habían alcanzado sus cerebros, pues, solo con mirarse, tuvieron clara la conclusión a la que había llegado la otra. Ambas se miraron y asintieron, en señal de que tenían que contarlo.

—Puede que sea verdad que, aunque sea duro de asimilar, en cierto modo la muerte de Clara podría beneficiar políticamente a Carratalá, aunque puede que no sea cosa de él; no lo veo tan sumamente desalmado como para matar a su propia hija. Lo veo impensable.

—¿Entonces? —preguntó Guardado.

Tomó de nuevo su carpeta y extrajo una fotografía. No se veía demasiado bien porque estaba en un segundo plano. Mientras caminaba de nuevo hacia la pizarra, Ana se dio cuenta de que aquella última idea cobraba cada vez más sentido dentro de la teoría que ahora estaba adquiriendo forma en su cabeza.

—Os presento a David Soria, asesor de campaña de Francisco José Carratalá. La línea de investigación sobre el Gallego nos ha llevado a sospechar que Soria no es un tipo del que poder fiarse. Con tanto revés no nos ha dado tiempo a investigar nada sobre él, apenas nos han mandado un informe desde Madrid que sugiere que está totalmente limpio, pero solo en la superficie. Quizá ahora sea el momento de poner el foco en Soria, porque cumple muchos requisitos para ser la mano que maneja los hilos. Todos sabemos lo que hay que hacer, ¿no?

Sus hombres y Alicia asintieron, así que, sin mediar más palabras, mientras Ana colgaba la foto en la pizarra y la miraba atentamente, todos comenzaron a trabajar.

34

Lunes, 13 de mayo de 2019. 16.54 horas. Elche

—Deja de pensar en eso —comentó Alicia en voz baja.

—¿Cómo?

—Que dejes de pensar en eso —insistió.

—¿Qué es eso? —quiso saber Ana.

—Lo que sea ese «eso» que no te deja ver las cosas con claridad. No te centras, y no es buen momento para no estar centrada.

—No pienso en nada que no sea el caso.

—Ya, y para mí pasear por Mors ha sido como remar dentro de una balsa —contestó irónica mientras miraba si el resto de los policías les prestaban atención.

Pero Montoya interrumpió la conversación de repente.

—¡Ya está! ¡Lo tengo! Con lo que ha pasado, el juez está concediendo a toda hostia órdenes que en otras circunstancias no habría autorizado ni de coña —comentó mientras agitaba una hoja recién impresa.

—¿Son las cuentas de Soria? —preguntó la inspectora.

—Sí, fliparéis con la pasta que mueve. El mes pasado cobró tres mil pavos.

—A ver, para nosotros es un pastizal, pero tampoco creo

que sea una barbaridad teniendo en cuenta el cargo que ostenta —comentó Alicia.

—¿El de asesor? Sí, bueno, eso es ahora, en campaña, pero no trabaja todo el año en lo mismo. Tiene que dedicarse a otra cosa, y eso es lo que no tengo claro, porque los ingresos son abultados, pero no creo que el pipiolo sea tan estúpido como para cobrar cantidades como estas por cositas ilegales.

—Se dedica a la consultoría de empresas —añadió Solís sin dejar de mirar su pantalla.

—Vale, eso me aclara mucho. ¿Y a qué coño se dedican esos? —insistió Montoya.

—Pues a consultar empresas, yo qué sé —le respondió de nuevo Solís—. Son esa clase de trabajos que parecen importantes y ya está. A mí me da igual, porque eso no nos dice nada.

—Solís tiene razón —recalcó Ana—. Intentamos encontrar algún resquicio que nos permita acercarnos a él con un motivo.

Alicia guardaba silencio, pensativa. El plan que seguían hacía aguas en algunos puntos, eso estaba claro, pero a veces no había otra que seguir adelante; tenían que confiar en sus habilidades policiales para llegar de algún modo hasta él y, una vez frente a frente, hacer uso de sus dotes para lograr arañar en un hipotético interrogatorio.

No es que lo viera claro, pero la idea que acababa de tener podía funcionar.

—Una cosa, el Gallego nos dijo que nos fijáramos en él.

—Podría ser una maniobra de distracción, que el Gallego ese de tonto no tiene un pelo —dijo Fran.

—Partamos de la base de que es sincero. De que de verdad quería ponernos sobre una buena pista...

—¡Qué buena persona es! —exclamó Fran. Alicia hizo caso omiso y siguió explicándose.

—¿Y si lo conociera de su faceta como consultor?

Ana valoró aquella posibilidad. No necesitó pensarlo mucho para darse cuenta de que Alicia podría tener razón. El Gallego sabía moverse, y para justificar su alto nivel de vida tenía que demostrar unos ingresos medianamente legales tras la pantalla de alguna empresa. Y en esa empresa podrían haber necesitado a un consultor. Y por ahí podrían relacionarlos a uno con el otro y, con suerte, pedirle a un juez que autorizara un interrogatorio por otro tipo de actividades que en ese momento a ellos no les importaban, pero que al menos les permitiría tener un cara a cara con él.

—Montoya —dijo por fin—, llama otra vez a la UDEF y pide un listado de empresas tras las que ande el Gallego. Luego trata de cruzar las que tengas con la consultoría en la que trabaja Soria. Puede que no sea mucho, pero confiemos en que esto nos traiga suerte.

—Ya me odian en la UDEF, pero vale.

Montoya descolgó el teléfono y cumplió el requerimiento de su jefa.

Mientras esperaban los resultados, Ana miró su reloj. Ya era hora de que su gente se fuera a su casa. Algunos a disfrutar de su familia, otros a, simplemente, gozar de su tiempo libre, pero ninguno de los allí presentes movió un dedo y eso, de algún modo, la hizo sentirse orgullosa.

No era, ni de lejos, el caso más difícil al que se habían enfrentado, pero sí, quizá por sus características y las peculiaridades que lo envolvían, uno de los más delicados, sin la menor duda. Y sus hombres lo habían entendido. La aparición del cuerpo sin vida de Clara Carratalá lo había puesto todo patas arriba. La presión a la que estaban sometidos para obtener algún resultado inmediato apretaba tanto que incluso llegaba a ahogar.

Ana maldijo su mala suerte, porque no solo se trataba de que hubieran hallado muerta a la hija del presidente de la Diputación de Alicante. Alicia tenía razón: la inspectora no podía dejar de darle vueltas a algo tan estúpido como que no había llegado a tiempo de poder salvarle la vida. De poder demostrarle que, aunque en su momento le destrozara la vida, ella no le guardaba rencor por eso, e incluso haría lo imposible por ponerla a salvo y llevarla de nuevo junto a los suyos. Pero eso no había podido ser, y ahora sentía esa culpa sin sentido por no haber logrado cumplir con su cometido. No había podido demostrar que su traición no había sido tan importante como sin duda creyó en su momento. Que había sido capaz de convertirse en toda una inspectora de policía con las aptitudes necesarias para poder salvarle la vida. Ya no tendría la oportunidad de igualar el marcador.

Y lo que más le dolía de todo era que, además, era consciente de lo tremendamente egoísta que estaba siendo al pensar idioteces como esa en semejante momento.

Montoya aún no había recibido la llamada de la UDEF con los datos requeridos, pero la puerta de la sala se abrió y entró un agente uniformado.

Era Manu Pérez, que habitualmente se ocupaba de poner orden en las colas que solían generarse en el exterior con toda la gente que acudía a diario para renovarse el DNI y el pasaporte, y que a aquellas horas, por lo que fuera, tampoco había acabado su turno y aún seguía rondando por la comisaría.

—Inspectora —dijo sin saludar—, hay un tipo abajo que quiere hablar con usted.

—¿Un tipo? —preguntó extrañada—, ¿sin nombre ni apellidos?

—Sí, me ha dicho que se llamaba... ¿Cómo era? David No sé qué.

Ana se levantó de golpe del asiento.

—¿David Soria?

—¡Eso! Perdone, pero oigo demasiados nombres cada día y ya me cuesta no mezclarlos.

Pero la inspectora ya no lo escuchaba. Se había levantado

y corría fuera de la sala junto con Alicia, que no dudó en seguirla.

—¿Abajo dónde es? —preguntó Alicia justo al pasar al lado del agente.

—Está fuera. No ha querido entrar. No sabía si molestarlas o no, pero el tipo tiene mala cara y yo...

—¡Gracias!

Solís, Guardado, Fran y Montoya sintieron la tentación de seguir a su jefa tras la sorpresa inicial, pero prefirieron dejar a la inspectora a su aire, tan extrañados como ella de aquella intempestiva visita.

Ana bajaba los escalones de dos en dos. Alicia intentaba imitarla, pero la inspectora corría tanto y tan rápido que le era imposible. Quizá no fuera el mejor momento para pensar en algo así, pero recordó a varios de sus compañeros burlándose de ella por estar en tan baja forma física.

Enfilaron el último tramo de escalera y llegaron a la entrada, que servía como recepción de la comisaría. Apenas quedaban un par de metros para salir por la puerta cuando oyeron un estruendo que sonó estremecedor incluso allí dentro.

El instinto hizo que ambas se tiraran al suelo y se cubrieran la cabeza con los brazos. No fueron las únicas que sintieron que algo iba tremendamente mal, pues otros dos agentes que pasaban a su lado también se agacharon.

Sin tener ni idea de lo que acababa de suceder, Ana levantó la cabeza y comprobó que en el vestíbulo de la comisaría no había sucedido nada.

El problema era que conocía de sobra aquel tipo de estruendo, y lo que había sonado eran disparos. Muchos disparos, para ser más exacta.

Y se temió lo peor.

Sin tener muy claro si debía salir por lo que pudiera suceder, pero impaciente por saber qué estaba pasando, asomó la cabeza a través de la puerta y vio que se había formado un gran revuelo en la entrada de la comisaría.

Había personas corriendo. Otras seguían agachadas en una posición similar a la que Alicia y ella habían adoptado momentos antes. Había gente chillando, otros lloraban mirando en todas direcciones mientras señalaban algo y se tapaban la boca horrorizados.

Alicia se unió a Ana y fue la primera en salir al exterior. Lo hizo con el arma en la mano. Ana la imitó y también alcanzó la calle. Las personas que estaban asistiendo al que seguramente sería el peor infierno de sus vidas, aún se pusieron más nerviosas en cuanto vieron salir a las dos policías con la pistola desenfundada. Y la cosa todavía fue a peor cuando tras ellas irrumpió una marabunta de policías armados.

Los ojos de Ana fueron directos al punto en el que sabía que había sucedido la tragedia.

En efecto, Soria estaba caído en el suelo, en medio de un charco de sangre.

No movía ni un solo músculo.

La primera reacción lógica de Ana, tras comprobar que, aun habiendo sucedido lo inimaginable, ya no había peligro, y que quien le hubiera disparado a David Soria ya se había esfumado, fue sacar el teléfono móvil para llamar una ambulancia. Pero al instante su cerebro le envió el mensaje de que sería más rápido emplear la centralita que había en la comisaría, así que volvió a guardarlo, todavía bajo los efectos de la conmoción que le había provocado el tiroteo. Sin embargo, acabó desechando por completo la idea de pedir ayuda, puesto que ya nadie podría hacer nada por salvar la vida de aquel hombre. Varias balas de habían atravesado el cuerpo, y al menos dos de ellas le habían destrozado por completo la cabeza.

David Soria estaba muerto.

35

Lunes, 13 de mayo de 2019. 17.54 horas. Elche

Alicia tardó en encontrar a Ana.

La había visto apartarse de la escena al poco tiempo de tenerlo todo más o menos controlado. El perímetro de seguridad ya estaba delimitado y los de la Científica habían tardado bastante en llegar porque, a pesar de haber ocurrido todo en la mismísima puerta de la comisaría, los de allí aún estaban en el lugar donde habían encontrado a Clara Carratalá, y les tocó llamar a los de la Provincial de Alicante.

El ofrecimiento de los inspectores de la UDEV para echar una mano en el caso fue rechazado, pues en opinión de Ana y de su equipo para llegar al fondo del asunto no necesitaban más medios, sino un milagro.

Antes de desaparecer del todo, Ana se había pasado por la sala de control y había echado un vistazo rápido a las cámaras de seguridad. La escena se veía con gran nitidez, y aunque para algunos la calidad de la imagen ya se habría considerado un triunfo en sí mismo, a la inspectora no le servía de nada, pues solo aparecía un tipo vestido con un traje de motero que detenía su moto detrás de Soria, sacaba de una mochila algo muy parecido a una automática (eso sí que no se veía claro, pero por la forma en que las ráfagas salían del arma había poco espacio para la duda) y acribillaba al ya exasesor de campaña de Francisco José Carratalá.

Ahora todo era un mar de incógnitas, por si antes ya había pocas, de modo que por desgracia solo podían trabajar con suposiciones. La primera de ellas era que, desde luego, Soria estaba metido de algún modo en el ajo. ¿Por qué, si no, iban a acabar con él de esa forma? La segunda era que, probablemente, la persona que lo había matado había estado en su bando hasta poco antes, pero se había enterado de que iba a cantar como un pajarito. Porque si no era así, que alguien les explicara qué hacía Soria en la puerta de la comisaría. Otra posibilidad sería que la persona que había apretado el gatillo fuera el famoso ruso, que ahora parecía estar hasta en la sopa. El arma no se distinguía con claridad, pero Ana apostaría por un subfusil PP-91 KEDR. No es que fuera una experta en armas, pero sabía que era un arma habitual entre las mafias rusas que operaban por la costa levantina. Además, en cuestión de armamento, los rusos eran muy suyos y casi siempre empuñaban piezas de fabricación patria.

Pero por culpa del casco con visera oscura no podían saber nada más acerca de su identidad. Tal vez lograsen rascar algo entre los testigos acerca de la matrícula de la moto, aunque con toda probabilidad solo serviría para confirmar que se trataba de un vehículo robado. Esa gente no solía dejar nada al azar. Y ese tipo mucho menos, ya lo había demostrado con creces.

Después de obtener todos aquellos datos que no llevaban a ninguna parte, Ana había desaparecido dentro del mismo complejo policial y Alicia tardó en encontrarla.

Pero finalmente lo consiguió. Solo tuvo que pensar adónde hubiera ido ella en caso de no poder salir de allí, pero al mismo tiempo sintiera la necesidad de respirar tranquila. Sola.

Decidió que no respetaría aquella última condición en cuanto abrió la puerta de la terraza situada en la última planta.

Y, en efecto, allí estaba la inspectora.

Estaba dándole una calada a un cigarrillo y, a juzgar por las tres colillas recientes que había junto a ella, no había sido el único que había encendido.

—No sabía que fumaras —dijo a modo de saludo.

—No fumo —contestó con sequedad.

—¿Y esto? —preguntó, señalando los cigarrillos consumidos.

—He entrado en el despacho y le he cogido el paquete a Solís. Luego le daré los dos o tres euros que cueste. —Miró el cigarrillo y frunció el ceño—. No sé cómo a la gente puede gustarle esto.

—Pues, bonita, llevas cuatro seguidos según veo.

—Quiero saber si es verdad que esto calma los nervios.

—Los calma si a ese cigarrillo le echas cositas verdes —comentó Alicia con una sonrisa más bien forzada.

A Ana no le hizo ninguna gracia. En vista de lo cual, Alicia se dejó de bromas.

—No, en serio. Calma porque crea la necesidad de fumar cuando ya estás enganchada. En sí no relaja nada.

—Es asqueroso.

—Desde luego que lo es —respondió Alicia sin saber si se refería a los cigarrillos o a la situación que estaban atravesando.

Fuera como fuese, la respuesta valía para los dos casos.

—¿Sabes? —siguió diciendo la subinspectora—, eso mismo que estás haciendo tú, yo también lo hice en cierta ocasión. Necesitaba calmar mis nervios y salí a la terraza de mi tía a fumarme un cigarrillo sin ser fumadora. ¿Y sabes quién me acompañaba?

—¿El inspector Valdés? —preguntó, sinceramente interesada. Era nombrarlo (aunque lo hiciera ella misma) y ya le brillaban los ojos de admiración.

—No, ahí no conocía aún a Nicolás hasta ese punto. Estaba conmigo Carlos, mi hermano.

Ana se quedó helada. No supo por qué, pero se visualizó a ella misma pasando por lo mismo que pasó Alicia en su momento y un escalofrío le recorrió todo el cuerpo.

—La vida es una puta locura —añadió Alicia—, pero, si lo piensas, creo que son las mismas situaciones repitiéndose una y otra vez. ¿Cuántas veces has tenido la sensación de que el caso al que te enfrentas es el más importante y el peor de toda tu carrera?

Ana pensó en lo que acababa de decirle.

—No te quito la razón —dijo—, pero sí que podría decir que este es el peor al que me he enfrentado nunca. Jamás me he visto en medio de algo que nos explota en la cara cada dos por tres.

—Tiene gracia, hace un rato yo he pensado lo mismo. Que era el más difícil.

—Y después te has acordado de lo de Mors.

Alicia se rio, ahora sin forzar.

—Exactamente. ¿Puedo decirte una cosa antes de que nos enredemos con otro tema?

—Adelante.

—No te he dado las gracias por lo de esta mañana. Al menos yo no lo recuerdo. Pero te digo de corazón que me ha servido mucho esa visita que hemos hecho al pueblo. No creía que sintiera su efecto tan rápido, te lo prometo.

—¿Es eso, o que lo que hemos vivido en unas horas no te deja pensar en otra cosa? —preguntó Ana con cierta sorna.

—¡Anda! ¡Pero si sabes ser irónica! Yo pensé que nunca decías las cosas, y mucho menos que empleabas tonitos.

—Créeme. La primera sorprendida soy yo...

—A mí no me pilla tan a contrapié.

—¿Por...?

—Porque lo que sí que tengo claro es que hay situaciones

que nos cambian a marchas forzadas. Habrás vivido decenas de casos. O cientos. Pero en ninguno de ellos la víctima era tu mejor amiga. Seguro que en ninguno estaba implicado un chico que, de algún modo, te marcó en lo sentimental y que a su vez te humilló como nunca antes había hecho nadie. Seguro que en ningún otro caso le habían metido una ráfaga de balas en la puerta de la puta comisaría al tipo que ya considerábamos como el principal sospechoso. Esto es un maldito caos, Ana, y no es de extrañar que nuestra visión del mundo cambie de manera radical. Es un poco adaptarse a los medios, como decía Darwin.

—Un poco exagerada la comparación, ¿no? No creo que insinúes que estoy evolucionando como hizo un pájaro para poder comer.

A Alicia le hizo gracia la ocurrencia.

—No, tonta. Mira, ¡casi te prefería cuando no hablabas y no eras sarcástica!

Ambas se rieron.

—Digo —prosiguió Alicia— que te estás adaptando para no caer en un pozo que poco a poco se está cavando. Porque no vas a caer, ¿verdad?

Ana la miró extrañada. Tiró el cigarrillo que se había consumido entre sus dedos con la certeza de que no encendería otro. Aparte de un asqueroso sabor de boca y un olor en los dedos que le resultaba insoportable, no había conseguido nada más.

—¿A qué te refieres?

—Mira, Ana, siento derivarlo todo a lo mismo, pero he vivido varias experiencias en las que alguien tragaba y tragaba hasta que acababa reventando. Yo me alegro de que ya comiences a expresarte como debería hacerlo cualquier persona normal, eso es buenísimo para ti y para los que te rodean; pero no quiero que todo lo que está pasando acabe pudiendo contigo. Con Nicolás viví algo parecido, y el resultado no fue muy alentador. Me gustaría que me dijeras si estás al borde del colapso, porque podríamos poner remedio antes de que sucediera algo gordo.

Ana guardó silencio durante unos segundos. En ellos, en vez de quedarse paralizada, por una vez hizo el esfuerzo de mirar dentro de sí misma y tratar de entender lo que sucedía en su interior. No era una experta en emociones, pero no vio nada dentro de ella que sugiriese que debía de echar el freno porque estuviera a punto de estamparse contra un muro. Así que respondió con la mayor sinceridad de la que fue capaz.

—Ahora mismo estoy bien. He subido a respirar sola porque creo que me hacía falta después de lo que acababa de suceder. Es verdad que esto agota mentalmente, pero me siento preparada para lo que venga y muchísimo más. Con ello no quiero decir que estoy deseosa de que pasen más cosas, por favor...

La subinspectora sonrió y la miró a los ojos.

—¿Me dejas decirte una cosa? Puede que te suene un poco rara.

Ana enarcó una ceja y contestó:

—Adelante.

—Si te digo todo esto, lógicamente es por el bien del caso. Quiero que quede claro, porque para eso estoy aquí; pero podría decirse que yo tampoco es que sea una persona demasiado abierta con el resto de las personas. De hecho, tengo fama de ser un tanto asocial con los que no pertenecen a mi círculo.

—¿Y...?

—Que me has caído de puta madre, Ana. Y en muy poco tiempo. Tampoco quiero decir que contar con mi estimación sea un gran logro, pero soy como soy y los hechos son los que son. Y si me has caído tan bien es porque eres una persona maravillosa. Con tus cositas, como todos, pero una persona maravillosa. Y te prometo que, y aquí viene lo raro, si te viera caer me dolería como verme caer a mí misma. No lo hagas, por favor. Aquí tienes a una amiga a la que le puedes contar lo que sea. No soy muy de jurar, pero te juro que cuando esto acabe me seguirás teniendo. Aunque esté en Madrid.

Ana sonrió muy emocionada. No fue consciente del momento en que los ojos se le anegaron en lágrimas, pero no le pareció tan extraño que sucediese, pues hacía mucho tiempo que no se sentía querida por nadie.

Le salió de forma espontánea, se acercó a Alicia y ambas se fundieron en un abrazo. Mientras estaban abrazadas la emoción no le permitía concentrarse, pero le pareció que Alicia le susurraba al oído estas palabras:

—No caigas nunca, Ana.

Estuvieron abrazadas un buen rato, hasta que al final las dos se separaron. No hacía falta ser un experto para darse cuenta de que a ambas les había cambiado el semblante. Las dos necesitaban un momento como el que acababan de vivir.

Ana miró su reloj y caviló durante un par de segundos antes de hablar.

—Supongo que el cuerpo de Clara ya estará en Medicina Legal. Voy a llamar de nuevo al juez para ver si al final nos concede la autorización y así nos quitamos esto de encima. Dudo de que aporte nada nuevo, pero ¿quién sabe?

36

Lunes, 13 de mayo de 2019. 17.54 horas. Elche

Mario levantó la mirada de nuevo hacia su teléfono móvil.

La tentación de apagarlo seguía ahí, acechándolo inexorablemente. La única llamada que había contestado era de Helena, a la cual, entre lágrimas, le había dicho que si no surgía nada importante con el niño no lo volviera a llamar, al menos durante el resto del día. Necesitaba no hablar con nadie y solo contestaría una llamada suya.

Ni siquiera de su madre o de Ramón, y mucho menos de sus suegros, aunque todo indicaba que no iban a ser capaces de usar un terminal móvil durante un buen tiempo.

Había olvidado por completo el motivo de su visita al centro ginecológico de aquella misma mañana, y hasta era posible que alguna de las veces que había vibrado el aparato la llamada proviniera de allí. Pero en esos momentos a Mario ya no le importaban los motivos por los que su mujer había visitado aquel lugar.

¿Había ido a abortar?

«Pues vale. ¿Qué más da ya?».

Evidentemente, no entendía ni media de medicina, pero quién sabía si al realizarle la autopsia hallarían algún indicio que confirmara que había albergado un feto y ahora no estaba. Si existía esa posibilidad y así había sido, se acabaría enterando de todos modos.

Así que no contestaría el teléfono a no ser que fuera la amiga de su mujer.

Si la policía quería algo de él, que se acercara a su casa y punto. Volvió a repetirse lo mismo:

«Ya, ¿qué más da?».

Su madre se había marchado en un taxi casi obligada por él. Se suponía que Ramón estaba en Alicante consolando a su suegro, y no le apetecía esperar a que este regresara para poder quedarse solo. Necesitaba estar solo. Volviendo a Ramón, no pudo evitar pensar que había tenido que suceder una tragedia de esa magnitud para que ambos se dejaran de tonterías y de juego sucio y enterrasen su estúpida hacha de guerra.

De todos modos, no tenía tan claro que el agradecimiento que sentía hacia Ramón por haber tenido aquel gesto, también lo hubiera experimentado si hubiera sido a la inversa. Si Francisco José Carratalá hubiera decidido dejar a un lado sus rencores para apoyar a su consuegro y rival político ante una situación como la que estaban viviendo. Albergaba serias dudas al respecto, sobre todo después de ver los tejemanejes que su suegro era capaz de urdir, hasta el extremo de volverlo en contra de su padrastro, como quedó demostrado con el mensaje del jueves por la noche, cuando trató de captarlo para su campaña.

Pero ya daba igual. Le importaba bien poco lo que fuera a suceder en adelante con la carrera política de ambos. Clara estaba muerta, y eso lo único que no podía quitarse de la cabeza.

¿Qué sería de él a partir de entonces?

No sabía hacer otra cosa que estar junto a ella.

Su madre, tal como solían hacer todas las madres, le había repetido en más de una ocasión que había perdido su juventud por emparejarse tan pronto. Empezaron a salir a los dieciséis años. Mario no era tonto, y sabía que había algo raro en el hecho de que una chica como Clara, que no solo era la más popular del instituto al que ambos asistían sino de todo Elche, se hubiera fijado en un don nadie como él. Había algo raro, claro, pero ¿iba a ser tan tonto de no disfrutarlo? Tal vez durase horas, puede que días, semanas, en el mejor de los casos, pero pensaba saborear cada momento que la superestrella le permitiera estar a su lado.

Obviando el episodio —que le producía una vergüenza infinita— con Ana, nada fue como él se esperaba en un principio, pues aquella relación prosperó contra viento y marea. Nunca supo qué fue lo que hizo que Clara se enamorase de él, pero sucedió, y no quiso darle más vueltas, solo disfrutarlo.

Aunque todos decían que él era una simple marioneta para ella. Puede que en cierto sentido tuvieran razón; no podía negarlo, ella era la directriz que le indicaba por dónde y cómo caminar, pero él estaba encantado de que fuera así porque Clara merecía la pena. Porque era la mujer de su vida. Porque él sabía que él también lo acabó siendo para ella. Y porque todo lo que intentaba cambiar de él lo hacía para convertirlo en una mejor persona. En una mejor versión de sí mismo.

Aunque según fue pasando el tiempo hubiera cosas que deseaba recuperar.

El sueño de ser guionista siempre estuvo ahí. Aún recordaba el día que decidió contárselo a su mujer. Llevaba poco tiempo trabajando como director de aquella fábrica de zapatos, pero el suficiente para saber que, aunque Clara estuviera encantada con su puesto, aquello no era lo suyo. En su cabeza solo había diálogos, personajes, situaciones, tramas inverosímiles... Y muchos giros. Giros tan grandes como el que quería dar a su vida y que, tras mucho meditarlo y de dar algún que otro traspié, por fin se decidió a completar.

Y lo más gracioso es que nada sucedió como él pensaba. Le contó a Clara lo que quería hacer, lo que necesitaba en su vida. Y ella lo entendió. Sin más.

Entonces se culpó a sí mismo por ver a su mujer como un ogro, por pensar que pondría el grito en el cielo y que le echaría en cara que el tren de vida que ambos llevaban provenía en un ochenta por ciento de la gran fortuna que poseía su familia. No, nada de eso, lo animó a dejarse llevar por su sueño y a intentarlo.

Era verdad que le estaba costando demasiado tener suerte, y que eso había originado alguna que otra discusión. Clara no veía resultados, y se le agotaba la paciencia. Pero no la culpaba por eso. Ahora no podía culparla por nada. Ni siquiera por su presunta infidelidad.

«¿Me lo busqué yo? ¿Estaría haciendo infeliz a mi mujer? ¿Acaso ella no se merecía mucho más que un tipo que vivía de un sueño imposible? Ya nunca lo sabré».

Mario no bebía alcohol. Al menos no habitualmente, solo en contadas ocasiones y, la verdad, casi nunca le sentaba bien. No sabía manejar correctamente esa especie de bloqueo que sufría su cabeza cuando tomaba alguna copa. Clara lo toleraba mejor, pero tampoco es que estuviera habituada a beber. A pesar de eso, ambos tenían un mueble bar que podría haber sido la envidia de muchos, y que solo utilizaban cuando iban visitas. Visitas que, por cierto, estaban encantadas de que los anfitriones invirtieran su dinero en buenos brebajes y no en productos de destilería baratos.

Mario se levantó y se acercó hasta el aparador. No sabía lo que era necesitar una copa. No, del modo que debería saberlo, pero si había alguna ocasión para quemarse el gaznate, sin duda era aquella. Al abrir el mueble analizó cada una de las botellas sin saber muy bien cuál elegir. Ya no se trataba de si se emborrachaba más o menos, lo que pasaba era que no soportaba demasiado los sabores fuertes, y no quería meter la pata.

Levantó la comisura del labio y visualizó a Clara riéndose de él por su falta de resolución.

La alucinación apenas duró un instante.

Eligió la botella de Macallan.

Quizá no fuera la más acertada en cuanto a lo de los sabores fuertes, pero no se veía bebiendo un sorbo de ginebra a palo seco, de modo que el whisky quizá fuera la mejor elección.

Tomó uno de los vasos cuadrados y fue directo a la cocina, al congelador. Trató de no mirar las fotos imantadas en las que aparecían Hugo, Clara y él haciendo el idiota. No tenía fuerzas para mirarlas, ya lo haría más adelante. Abrió la puerta del electrodoméstico y echó un par de cubitos en el vaso.

Regresó al mueble bar y vertió una cantidad que a él le pareció la idónea.

Prefirió no olerlo antes de probarlo, por si acaso.

Se lo llevó a la boca.

No estaba mal. No sabía demasiado. Mucho menos de lo que esperaba.

Mario no sabía que ello se debía a que esa no era la forma de degustar aquel mágico elixir —según la opinión de algunos—, pero a él le daba igual, lo había visto en las películas y quería tomárselo así. El problema era que la sensación que provocaba el alcohol puro quedaba neutralizada por el descenso de temperatura que provocaba el hielo, y Mario le pareció que aquello no iba a subírsele a la cabeza con la suficiente brusquedad.

Iba a tomarse otro sorbo cuando sonó el timbre de la puerta. No el de fuera, el de la valla, sino el de la puerta principal de la casa.

¿Se habría dejado la puerta exterior abierta y alguien había accedido sin impedimentos hasta la puerta de la vivienda? Se asomó por la ventana y comprobó con extrañeza que la puerta estaba como tendría que estar.

Pero el timbre de su casa seguía sonando.

Tal insistencia provocó que la sangre le fluyera a mayor velocidad por el cuerpo, y que el corazón bombease a un ritmo fuera de lo normal. No se atrevía a abrir la puerta, por si acaso, pero necesitaba saber quién había logrado colarse en su propiedad. Se detuvo a pensar un momento y llegó a la conclusión de que si quisieran hacerle daño no estarían llamando al timbre.

Así que se dejó de tonterías y se dirigió hacia la puerta.

Cuando miró por la mirilla se dijo que había sido muy tonto por no imaginarse que tenía que ser ella.

Abrió la puerta y comenzó a andar de vuelta hacia el salón. Rose lo siguió.

—¿Por qué no me coges el teléfono? —le preguntó. Por el tono de su voz, intuyó que sabía lo que había pasado, porque carecía de ese matiz reprobatorio que debería acompañar una pregunta como aquella.

—¿No se te ha ocurrido que no quería hablar ni ver a nadie?

—No sé qué decir...

Ahora ya estaba claro que lo sabía.

—Da igual —dijo al sentarse en el sofá mientras se limpiaba las lágrimas. Todavía no era capaz de hablar sin llorar.

—Mario, yo...

—¡Que te he dicho que da igual! ¿Qué quieres?

—Solo saber cómo estás. No me imagino...

—Pues ya ves cómo estoy. ¿Te puedes marchar y dejarme solo?

—De verdad que lo siento, Mario. Si necesitas cualquier cosa me la pides.

Y dio media vuelta con intención de marcharse.

—¡Espera! —dijo él.

Rose se volvió.

—¿Has localizado al maldito ruso?

—Ya casi lo he conseguido, estoy a punto de...

—Pues hazme un favor: acércame ese vaso con whisky y vete. Vuelve cuando sepas dónde está.

—¿Qué piensas hacer?

—Dame el vaso, por favor.

Ella obedeció, y cuando estuvo lo bastante cerca volvió a insistir.

—¿Qué piensas hacer?

—Eso es cosa mía.

Ahí había cierta dosis de embuste, pues daba a entender que tenía un plan cuando en verdad no era así. De todos modos, necesitaba saber dónde se escondía aquel miserable.

—No te voy a contar una mierda, Mario. Mira, lo mejor es que vaya a la policía en cuanto tenga la información; me da igual que estén untados, tú no...

Mario la agarró del brazo y la atrajo hacia sí, de forma que la cara de ella quedó a escasos centímetros de la de él.

—Te he dicho que me lo cuentes a mí. No creerás que después de haberme calentado tanto la cabeza ahora vas a dejarme a medias.

Y mientras estaban en esas, sosteniéndose la mirada, de pronto oyeron el tintineo de unas llaves abriendo la puerta principal. Mario, asustado, se levantó de golpe y dio dos pasos adelante.

Se volvió hacia Rose y dijo:

—Escóndete, que...

Pero no había ni rastro de Rose. ¿Cómo había sido capaz de esconderse tan deprisa?

Mario aguardó a que la persona que había hecho uso de esas llaves hiciera acto de presencia. Solo había tres posibilidades, y algo en su interior le decía quién tenía que ser.

No se equivocó.

Su cuñada Cristina apareció en escena.

Tenía los ojos muy rojos, sin duda había estado llorando durante un buen rato.

—Mario, tenemos que hablar.

37

Lunes, 13 de mayo de 2019. 18.14 horas. Elche

Cristina y Mario se esforzaban en mirarse directamente a los ojos, pero no les resultaba fácil.

A ella le temblaban mucho los labios; a él, todo el cuerpo.

Aquella sensación se debía en parte a que no esperaba verla ahí, en ese lugar y en ese momento, pero lo que más le afectaba, sin duda, era que de algún modo veía a su mujer hablándole junto al umbral de la puerta, y eso era mucho más de lo que podía soportar.

Así que retrocedió hasta que logró sentarse, aunque lo hizo de la manera más torpe posible, llegando a derramar algunas gotas del dorado líquido sobre el sofá.

Cristina seguía mirándolo desde su posición, sin moverse.

Permaneció así unos segundos, hasta que por fin se decidió a hablar.

—¿Puedo acercarme?

Posiblemente era aquel pequeño sorbo de whisky que había tomado el que hablaba por él, pero Mario no pudo evitar pronunciar las siguientes palabras:

—¿Alguna vez has necesitado tú permiso para algo?

Ella no mostró la menor reacción frente al golpe que acababa de recibir, y se limitó a acercarse a su cuñado.

Mario la miraba como si deseara estar equivocado y que todo formara parte de una oscura conspiración en la que su mujer y ella se habían cambiado los roles durante un día, y la que ahora estaba allí era Clara y no Cris; pero a pesar de que todos las confundían, salvo sus padres y los más allegados, él no veía ninguna señal que indicara que no era su cuñada la que estaba ahí. No había la menor duda.

—Lo primero que quiero que sepas —comenzó a decir ella— es que entiendo que después de todos estos años no te creas lo que voy a contarte, pero estoy totalmente destrozada por lo que ha sucedido.

Clara decía de él que, de puro bueno, la mayoría de las veces era tonto, pero en esta ocasión decidió que no sería así. Y, de pronto, otro yo desconocido hasta entonces empezó a hablar en su lugar.

—Pues claro que no te creo, Cris. De todas las personas en el mundo que me dieran sus condolencias por lo de Clara, tú serías a quien menos creería.

Ella, lejos de amedrentarse insistió.

—Por favor, Mario. Todo lo que voy a decirte no tiene sentido si no me crees. Sé que nunca te he dado motivos para que confíes en mí. Sé que mi enfermedad no contribuye en nada a que ahora pienses que digo la verdad...

—Una persona bipolar no es mentirosa —le espetó él—. No te estigmatices a ti misma, porque no me gusta que vayas por ahí. Si eres una mentirosa es por otros motivos, no por ese.

—Perdona, tienes razón. Reconozco que uso el victimismo en muchas ocasiones, pero ahora quiero dejar atrás esa actitud. No sé por qué o por quién quieres que te lo jure, y aunque sin duda seguirías sin creerme, si existiera, te lo juraría por lo que tú quisieras. Jamás en mi vida he hablado más en serio. Me duele que haya tenido que pasar esto para darme cuenta de cuánto quería a Clara, y de que no soporto que todo haya acabado así.

—Cris, no me hagas hablar.

—¡Habla, por favor!

—¿Sientes su muerte? ¿En serio? —preguntó, levantándose hecho una furia y haciendo rodar el vaso por el suelo—. ¿Sientes su muerte, o que hayas tenido algo que ver con ella?

—¿A qué te refieres? —preguntó muy sorprendida.

—No te hagas la tonta, no lo soporto. Lo que me contaste del ruso al que, según tú, pagaste para que se alejara de Clara es una puta mentira.

Cristina cerró los ojos.

—Ah, sí, esas fotos que viste.

—Sí, las fotos que vi.

—Te las enseñó ella, ¿no es así?

Mario se quedó mirándola, sin poder ocultar su sorpresa.

—¿Quién es ella? —quiso saber.

—La que está escondida. Esa chica rara. La periodista.

Mario no pudo contestar. Rose apareció detrás del sofá, también muy sorprendida.

—¿Cómo sabías...? —acertó a decir ella.

—Del mismo modo que tú sabías lo mío. ¿O acaso crees que todo es unidireccional? ¿Tú puedes saber de mí, y yo de ti no?

Ahora la que no podía contestar era Rose. Aquello la había pillado en fuera de juego.

Vista la situación que se había generado, y por una vez en su vida, fue Mario el que decidió tomar las riendas.

—Quiero que las dos os calléis un momento. Tú —le indicó a Rose—, siéntate ahí. —Señaló un sillón cercano—. Y tú —dirigiéndose a Cristina—, ahí. —Donde estaba el otro sillón—. Habla tú, Cris.

Ella necesitó unos segundos para recuperar la calma. Y al fin comenzó a hablar.

—Es cierto que mi relación con ese maldito ruso no es la que te dije, soy consciente de que te mentí, pero si lo hice fue porque de verdad no creí que nada de esto fuera a acabar de esta manera.

—¿Y cómo esperabas que acabase, Cris?

—Con mi hermana lejos de aquí, pero con vida. No sé si te llegué a decir que fue él quien se acercó a mí, pero en cualquier caso te lo cuento ahora, y te prometo que es la pura verdad. Me dijo que estaba enamorado de Clara, pero que ella no le daba mucha cancha. Me pareció extraño que viniera a contarme algo así, pero cuando me dijo que mi hermana era demasiado escrupulosa y que no había manera de acceder a ella para lograr que se fijara en él, supe que me decía la verdad. Reconozco que dudé sobre si estaría realmente enamorado de ella o si solo quería su dinero, pero en el fondo me daba igual.

—Porque así te la quitarías de en medio.

Cris miró a Rose y asintió.

—Yo lo único que hice fue contarle cosas de ella: sus gustos, sus manías... Todo lo que yo creía que tenía que saber para conseguir que ella se fijase en él.

—¿Qué cosas le decías?

—Que era una apasionada de la decoración, de la fotografía... También que estaba harta de que tú fueras tan inmaduro y que no afrontaras los problemas como te correspondería. Le dije que tenía que ser el hombre que ella deseaba que fueras tú. Reconozco que quería que se enamorara de él y que se fuera, pero que se marchara bien lejos. Necesitaba que desapareciera de mi vida, pero no de este modo, te lo vuelvo a repetir. Yo no podía saber que pasaría esto, Mario; tienes que creerme.

—¿Y Hugo?

—Hugo estuvo conmigo. El ruso me contó que ella había decidido que ambos jugarían al despiste para que le diera tiempo a marcharse bien lejos, incluso sacaron unos billetes falsos desde tu ordenador para que pensaras que se había largado a Italia con el niño; pero lo de Hugo era un problema. Según él, Clara tenía muy claro que no quería arrancarlo de tu vida. Que eras muy buen padre. Entonces el bestia aquel le contó que lo llevaría con una hermana de él durante un día, y que después lo dejaría en tu puerta, tal como pasó.

—Solo que la hermana, en verdad, eras tú —comentó Rose, que ya empezaba a comprender cómo había sucedido todo.

—¿Y Clara aceptó dejar al niño con una desconocida para poder fugarse? —preguntó Mario, enarcando una ceja—. Lo siento, pero no me trago que ella actuara así. Clara no se fiaría de nadie.

—Clara estaba encoñada con él. El ruso lo consiguió a base de pico y pala. Fue en muy poco tiempo, sí, pero reconozco que ese tiparraco sabía cómo engatusar a la gente. A mí me la ha jugado, con eso te lo digo todo.

Mario meditó sus palabras. No quería creerla, pero sonaba convincente y reconocía estar pasando por el aro.

—Entonces, ¿Hugo estuvo contigo? —preguntó Rose.

—Sí, el niño estuvo conmigo. Pensó que yo era Clara todo el día que estuvo conmigo. Cuando vine a verte el sábado, él dormía plácidamente. Sé que estuvo mal que lo dejara solo..., pero tenía que aparentar normalidad. En cuanto me lo indicó, lo dejé en tu puerta.

—Así que Hugo no tenía ningún *shock* ni nada parecido. Para él todo había sido normal, pues creía estar con su madre.

Cristina asintió.

—Por eso le repetía a la psicóloga aquello del «hombre grande», refiriéndose al ruso; lo de «mamá», refiriéndose a ti; y lo de «casa», porque tu casa es muy parecida a la nuestra... —dedujo Mario.

Su cuñada volvió a asentir.

—¿Fue el ruso el que entró aquí ayer por la tarde? —quiso saber Mario.

Cristina asintió por tercera vez.

—Ayer me llamó por la mañana. Yo creía que ya había acabado todo, y de pronto me suelta que mi hermana no tenía el pasaporte para poder largarse, que debía de habérselo dejado en casa y él necesitaba entrar. Le dije que yo tenía una llave y me vino de perlas que tú estuvieras en el parque, así que te entretuve el tiempo que pude mientras él se suponía que lo buscaba.

—¿Su pasaporte? —preguntó Mario pensativo.

Cristina, una vez más, movió la cabeza afirmativamente.

Mario se levantó sin decir una palabra y salió del salón. Se oyó el sonido de un cajón abriéndose. No tardó en entrar de nuevo.

—¿Este pasaporte? —dijo, mostrándoselo.

Su cuñada no supo qué decir, estaba claro que el ruso mentía, porque su hermana ya estaba muerta.

—El pasaporte —añadió Mario— estaba en uno de los cajones que abrió. Sin duda lo vio y lo dejó donde estaba. Buscaba otra cosa.

—Mario, eso ya lo sé —replicó ella.

—Entonces, ¿por qué has ayudado al hombre que posiblemente ha matado a tu hermana? —le espetó.

—¡Porque no lo sabía! Porque de verdad me creí su historia. Porque vi una oportunidad de perder de vista a doña Perfecta y de tener mi oportunidad contigo. Porque quería que se fuera, pero que siguiera viva.

—¿Y cómo coño quieres que me crea eso? ¿Cómo sé que no es cosa tuya también que ahora Clara esté muerta? ¿Cómo quieres que no llame a la policía y que le cuente todo?

Cristina comenzó a llorar, pero prefirió no hablar hasta haber controlado el llanto.

—Porque lo harías y sabrías que te estoy contando la verdad. Porque ya no sé cómo decirte que no te estoy contando una milonga. Que me da igual mi historial, Mario, que una cosa es mentir por cosas sin importancia, y otra bien distinta, que ese hijo de puta le haya quitado la vida a mi hermana. ¡Que la ha matado, coño!

Ahora sus lágrimas ya no eran fingidas. Mario sintió el impulso de abrazarla, pues una pequeña parte de él la creía. Era cierto que Cristina Carratalá se la había jugado demasiadas veces, aunque ahora notaba algo distinto en ella.

Pero ¿y si se trataba de otra jugarreta?

—¿Dices que hablaste ayer con el ruso? —le preguntó Mario.

—Sí, pero hoy, en cuanto se ha sabido lo de Clara, he intentado llamarlo para pedirle explicaciones y es como si su número no existiera.

—¿Y tu móvil?

—Lo he reventado contra la pared de mi casa.

—Vaya..., qué casualidad —dijo con sarcasmo.

—Mario, deja de decir tonterías, por favor. Tengo los contactos en iCloud, déjame tu ordenador y te daré su número. Prueba a llamar, y verás por ti mismo lo que pasa. Pero déjate ya de putas conspiraciones, que te estoy diciendo la verdad.

Él se quedó mirándola un buen rato. Cada vez tenía más ganas de creerla, pero un resquicio de duda seguía planeando en el ambiente. Y siempre seguiría estando.

—¿No tienes ningún dato más sobre él? ¿Algún modo de localizarlo? ¿Dónde vive o algo así?

Ella negó con la cabeza.

—Lo único que me dijo era que vivía en Elche. No sé más. Te prometo que me tragué su historia de la A la a Z.

—Yo ya te he dicho que, si me das unas horas más, te digo dónde vive. Casi lo tengo —intervino Rose.

—¿Y cómo lo vas a sacar tú? —inquirió Cristina desafiante.

—Tengo contactos, querida.

Cristina esbozó una sonrisa irónica.

—Tiene narices, Mario, que a mí me pongas en duda y que te creas a pie juntillas lo que te cuenta esta niñata. Aparece de la nada, le abres tu casa, ¿y todo lo que te cuenta va a misa? Venga, no me fastidies.

—Me parece que ella es bastante más de fiar que tú, Cris.

Rose cerró los ojos. La afirmación de Mario fue un terrible mazazo para ella. Ya no pudo más, y se decidió a hablar.

—Ya que vamos de confesiones, a mí también me gustaría contar algo.

Mario abrió mucho la boca antes de decir:

—Venga, Rose, no me jodas que tú también...

—Antes que nada, no te asustes —alzó las manos—, yo no he tenido nada que ver con la desaparición de tu mujer, ni con el ruso, ni con nadie. Pero digamos que mis intenciones no eran del todo sinceras cuando te abordé.

Mario cerró los ojos, indicándole a Rose que hablara cuando le diera la gana, que él ya no podía más.

—Hay varias cosas que te conté que eran verdad. Lo mío gira todo en torno al Gallego, lo que te expliqué de mi hermano es cierto, pero solo cambia el final.

—¿Qué final?

—Creo que te di a entender que mi hermano está muerto. No lo está, pero casi, como si lo estuviera. Ahora mismo está interno en Programa Humano.

—¿Lo de los drogadictos? —preguntó Cris.

—Sí, lo de los drogadictos. No preguntes cómo, pero él vino a mí, y no sé cómo lo hizo, pero me dio igual, porque se ofreció a hacer un generoso donativo a la asociación con la condición de que mi hermano tuviera un trato especial y de que dispusieran de todos los medios para que se recuperara de su adicción.

—¿Quién ofreció ese generoso donativo? —quiso saber Mario.

—Ramón Valero, tu padrastro. Sabía que yo andaba detrás del Gallego para pillarlo, y él a su vez quería relacionar al narco con Carratalá, así que, a base de donativos, me ha tenido pillada por el cuello para que intente obtener información que pueda relacionarlos y él ganar la campaña con facilidad. Por eso seguía a tu mujer, por eso descubrí lo del ruso, y te juro que creía que podía ser un hombre del Gallego. Hoy he llamado a Ramón y le he dicho que no quería seguir. Me ha amenazado con cortar los donativos a la asociación, pero me temo que puede haber más detrás de esa amenaza. Me da miedo que expulsen a mi hermano y que acabe otra vez en el fango.

A Mario le volvía a doler la cabeza, como ya era costumbre, pero mucho más que en toda su vida. Siempre pensaba lo mismo, que esa vez le dolía más que el resto, pero ahora ya no cabía la menor duda: era la peor.

Demasiada información que asimilar, toda ella aderezada con que su mujer había muerto. O, mejor dicho, la habían asesinado.

Ahora sí que sabía que necesitaba una copa. Dejó a las dos mujeres allí, mirándolo fijamente, y fue a servirse otro Macallan con hielo.

38

Lunes, 13 de mayo de 2019. 19.04 horas. Elche

Ana miraba a Alicia y esperaba pacientemente.

Ella ya estaba vestida de forma adecuada para acceder a la sala de autopsias, donde estaban a punto de comenzar el examen *post mortem* del cuerpo de Clara Carratalá. La subinspectora, por su parte, hablaba por teléfono con semblante serio. Gesticulaba mucho y andaba de un lado para otro con el terminal pegado a la oreja.

Con la frase «Vale, ya me cuentas», le indicó a la inspectora que la llamada había llegado a su fin.

Cuando se acercó hasta ella, que estaba pegada al carrito sanitario con la ropa quirúrgica para poder pasar a la sala, la nueva Ana no pudo evitar preguntarle:

—¿Va todo bien?

Alicia pareció pensarse la respuesta.

—No demasiado. Algo se ha complicado hasta un punto que no esperábamos y..., bueno...

—¿Tanto se ha torcido la cosa? —quiso saber sin atreverse a meter las narices donde no debía.

—No te haces una idea. De hecho, creo que, en comparación, esto que estamos viviendo aquí es una balsa de aceite.

No me han pedido ayuda directamente, pero parecía una llamada de socorro.

—Entonces, ¿te vas?

—Ni de coña. No me verás tú a mí nunca dejar un caso a medias. De aquí me voy con el culpable en Fontcalent.

Ana sonrió. No había reparado en la situación que acababa de describirle su compañera. Puede que en otros puntos del país estuvieran sucediendo cosas incluso peores que los que estaban viviendo esos días, pero ella estaba sufriendo un particular calvario con la investigación, y reconocía que sin Alicia no sería lo mismo. Ya no era por lo que aportaba profesionalmente, que a su juicio era mucho, sino porque a pesar del poco tiempo que hacía la conocía se había convertido en una especie de apoyo que en ese momento necesitaba.

Así que, egoístamente, se alegraba de que su forma de ser le impidiera marcharse de allí hasta que el caso no se resolviera.

Pensando en todo ello no se dio cuenta de que la subinspectora ya se había equipado también y ahora era ella quien la estaba esperando.

Ana no dijo nada y abrió con suavidad la puerta.

Entrar en aquella sala siempre le impresionaba. Era curioso que, teniendo en cuenta que en muchos casos en los que intervenía había muertes de por medio, ver a una persona tendida sobre la fría plancha metálica siempre le provocara un escalofrío. De nuevo no sabía explicarlo con palabras. No sabía decir por qué, a pesar de sentir lo que sentía al ver un cadáver, seguía trabajando en la Unidad de Delitos Violentos de la Policía Nacional. Estaba claro que esa necesidad de formar parte del proceso de impartir justicia tenía mucho que ver con ello, pero a veces se planteaba si merecía la pena, comparado con la sensación que experimentaba cada vez que se encontraba frente a un cadáver. Y si en los escenarios ya le resultaba difícil, en la mesa de autopsias ya se convertía en algo insoportable.

En la escena había factores que todavía la ayudaban a ese exceso de empatía, y que tenían mucho que ver con querer hacer bien su trabajo. Incluso aunque no fuera su cometido, no podía evitar que sus ojos se repartieran entre el cuerpo y la búsqueda de indicios durante la inspección ocular. Hasta algo tan desagradable como unas manchas o salpicaduras de sangre lograban que apartara durante unos pocos segundos la mirada y el pensamiento del ser humano que estaba tirado en el suelo, y así podía centrarse más o menos en otra cosa.

Pero allí, en la sala de autopsias, no había nada que lograra desviar su atención de lo que tenía delante.

Una persona sin vida.

Y de nuevo el martilleo de siempre: el inevitable pensamiento de que hasta no hacía mucho aún respiraba, pensaba y sentía. Que tenía unos padres. Que alguna vez fue pequeña y, sin la menor duda, tenía sueños, ilusiones y, sobre todo, inocencia. Una persona que había obrado bien o mal, «todos obramos bien o mal», pero que con toda seguridad no merecía acabar de esa manera. Siempre le ocurría lo mismo cuando las observaba, y Ana siempre salía de las escenas y de la sala de autopsias imbuida del típico pensamiento positivo que le decía que la vida había que disfrutarla a tope, por si acaso. Aunque ese pensamiento ya se había evaporado por completo antes de volver a subir al coche.

Y a ese problema de empatía ahora cabía añadir que el finado en cuestión era Clara Carratalá. Clara, su amiga Clara. La que tantas cosas buenas y, a la vez, tantas malas le hizo vivir. La persona a la que un día decidió abrirle su corazón, la misma persona que más tarde decidiría romperle la vida en mil pedazos.

Pensó en la de veces que había deseado que estuviera muerta. Eran pensamientos de cría, por supuesto, pero pensamientos al fin y al cabo. Y ahora que la tenía enfrente hubiera dado todo lo que tenía por insuflarle vida. Aunque después hubiera seguido enfadada con ella. No quería tomarse unas cañas con su antigua amiga; quería que se levantara de aquella mesa y siguiera con su maravillosa existencia junto a su marido y su hijo.

Pensar en todo ello le hizo plantearse que, quizá, no era tan mala persona como pensaba de sí misma.

—La madre que os parió, hacía mil siglos que no hacía una autopsia a las siete de la tarde. Veo que esto se nos complica a pasos agigantados —dijo el doctor Legazpi a modo de saludo—. Si os parece, nos dejamos de tonterías y vamos directos al grano.

—Perdona, ¿puedo hacerte una pregunta antes? —quiso saber Ana.

—¿Es sobre lo que me has comentado por teléfono acerca de realizar las dos autopsias al mismo tiempo?

La inspectora asintió.

—Me temo que no dispongo de los medios. Al menos hoy. Solo tengo a la forense de guardia conmigo, y ha salido a certificar otra muerte. Era una persona joven y no hay signos de violencia, pero ¿quién sabe? De todos modos, aun teniendo aquí a toda la plantilla, me temo que no es viable lo que me propones. Esta autopsia —señaló a Clara— me llevará unas cuantas horas. El cadáver presenta el proceso de putrefacción propio de haber pasado más de cuarenta y ocho horas desde que murió, por lo que deberíamos andarnos con cuidado si queremos saber la causa real de la muerte, aunque ya me he hecho una idea.

—¿Asfixia? —preguntó a quemarropa Alicia.

—Diría que sí. Acabo de hacerle una radiografía completa y el hueso hioides está claramente fracturado. Aprovecho para confirmar que no tiene nada más roto.

—Hablando de eso, ¿qué tal las uñas? —quiso saber Ana.

—Parecen limpias cual patenas, querida inspectora mía. A pesar de los pesares he mandado los hisopos a examen, pero todo me hace pensar que la pobre no pudo defenderse.

—No me extrañaría si el asesino es quien pensamos que es. Al parecer se trata de una bestia parda —añadió Alicia.

—Pues si tuviera que apostar lo haría a favor de un tipo con una fuerza descomunal. El hioides no es un hueso imposible de romper, eso está claro, pero la víctima es una mujer relativamente joven, lo que hace muy probable que tenga un hioides todavía bastante flexible. La presión sobre la zona debería hacerse así —gesticuló—, de delante hacia atrás y con mucha presión. Esa presión quedaría justificada por estos puntos que aquí vemos muy marcados. Todo concuerda. Además, mirad aquí. —Señaló el rostro de Clara con el dedo. Ahora estaba un poco menos hinchada que cuando la encontraron, pero aún se veía bastante deformada.

A Ana le costó horrores seguir mirándole la cara.

—Las petequias típicas —movía la mano por varios puntos del rostro— ya comienzan a desaparecer, pero todavía están por ahí, como veis. Asfixia al noventa y nueve por ciento.

Como si hubieran decidido hacerlo a la vez, ambas investigadoras visualizaron en la mente cómo Clara Carratalá era atacada por su agresor y cómo, poco a poco, iba perdiendo la vida. Al mismo tiempo, la reconstrucción de cuáles habían sido sus pasos desde el mismo momento en que entró en la tienda del centro comercial iba adquiriendo consistencia.

Entró en el establecimiento, dio una vuelta fingiendo que iba a comprar algo y, aprovechando que a aquella hora ya no había mucha gente, se coló en el almacén con el niño. El omnipresente ruso la esperaba fuera. Él ya le había procurado una zona segura de paso haciendo que todas las cámaras por las que pasaba se fueran a negro, y que las puertas tuvieran la alarma desconectada. Para ello había sobornado con una jugosa suma de dinero al jefe de seguridad del centro comercial, al que luego acabó matando para no dejar cabos sueltos.

Después, tanto el ruso como Clara y el niño se marcharon en un coche sin un destino que ellas pudieran saber. Clara descubrió que había sido engañada y fue asesinada esa misma noche. El ruso se quedó con el niño hasta el domingo para prolongar la ilusión de que se habían escapado madre e hijo, pero lo acabó devolviendo a su padre.

¿Por qué? No tenían ni idea de aquel cambio repentino.

Llegados a ese punto a Ana le surgía otra duda.

—¿Crees que el cuerpo ha sido conservado en un arcón congelador?

—La verdad es que no. Las fases de la putrefacción son tan claras como complicadas de determinar en ciertos casos. Por ejemplo, no hace falta que os diga que un cuerpo a la intemperie no se conserva igual si está sometido a temperaturas extremas que si la temperatura es suave. Ahora mismo estamos en este último escenario por el mes en que nos encontramos, pero creo que el cuerpo ha sufrido el proceso natural de putrefacción tras el tiempo aparentemente transcurrido.

—Gracias, doctor, pero, con todos mis respetos, decirnos eso y nada es lo mismo —le dijo Alicia.

—Tengo ascendencia vasca y gallega. Es lo que hay.

Ana estuvo observando el cuerpo de Clara unos segundos más. Quien viera a la inspectora, por la expresión de su rostro y su profundo estado de concentración, pensaría que buscaba visualmente alguna clave que ayudara a dilucidar cualquier aspecto relacionado con la investigación, pero no podría estar más equivocado. No pensaba en nada, tal cual. No supo cómo lo hizo, pero tenía la mente en blanco mientas miraba a la que un día fue su amiga. Tampoco es que estuviera así mucho tiempo, pero cuando logró salir de su ensimismamiento tuvo la sensación de haber permanecido eternamente en aquel estado.

Por fin dijo:

—¿Habría algo más que destacar, Juan?

—En este caso no. A pesar de todo, el tipo de muerte ha sido bastante simple, si se me permite la expresión. Ni en el sendero ni cuando he fotografiado el cuerpo he encontrado nada raro. Tampoco en la revisión de su ropa. Todo normal, salvo que no le permitieron seguir respirando, y me temo que esa es la causa de que hoy esté aquí. De todos modos, como os he dicho, aún queda mucho trabajo por hacer en cuanto comience a abrir. Desde el juzgado se me ha pedido que aplique varios parámetros que no se suelen tener en cuenta, y eso alargará el examen. En cualquier caso, si doy con algo interesante os llamaré lo antes que pueda. Por ahora me temo que no tengo más.

Las dos entendieron que el doctor las estaba invitando a abandonar la sala educadamente. Ellas no rechistaron; tampoco les apetecía demasiado contemplar el procedimiento forense en todo su esplendor.

Tras la despedida de rigor, salieron de la sala y arrojaron sus ropas al cubo de desechables, tomaron el ascensor y bajaron.

Ya solo les quedaba subirse al coche y marcharse de allí con las ideas aún no demasiado claras.

39

Lunes, 13 de mayo de 2019. 20.54 horas. Elche

Rose no le quitaba el ojo de encima a Mario; estaba preocupada por él.

Como también había desconectado la vibración del teléfono móvil, ni Cristina ni él se dieron cuenta de que acababa de recibir un mensaje.

El Mensaje.

Habitualmente, su cerebro, era un constante ir y venir de pensamientos. Algunos lúcidos, otros no tanto. Pero en esos momentos, aquella autopista repleta de carriles estaba copada por un único tema.

Y ahora se encontraba en una encrucijada.

«¿Se lo digo?».

Cualquiera que hubiera observado a Mario más de tres segundos lo habría tenido bastante claro. Lo malo de aquello era que, de haber tenido aquella misma duda hacía unas cuantas horas, se hubiera decantado por la otra opción, la de contárselo sin problemas.

Pero tal como estaba en esos momentos, totalmente ebrio, no pensaba hacerlo.

No veía al chico capaz de según qué cosas, pero tampoco

quería contribuir a que lo que ya era una desgracia de por sí, se tornara en debacle.

Mario, por su parte, se dedicaba a mirar el vaso de whisky. La sensación que estaba experimentado era totalmente nueva para él, pero no estaba tan mal, después de todo.

¿Seguía pensando en Clara?

Por supuesto. ¿Cómo no hacerlo?

¿Había algo en su interior que parecía refrenar esa angustia que hasta no hacía tantos minutos lo embargaba?

También. Y eso no se lo esperaba.

El problema de su cabeza, posiblemente como consecuencia de la ingesta de alcohol, era que ahora atravesaba la fase de plantearse y debatir consigo mismo si aquello estaba bien o no. Si había hecho bien en valerse de componentes externos, con los que no estaba familiarizado, para refrenar los caballos que querían desbocarse en su interior.

¿No sería mejor dejarlos libres, y si tenía que pasarse cinco horas más llorando las pasaba y listo?

Sumido en aquella vorágine de pensamientos inconexos miró a Cristina. El alcohol no solo estaba provocando en él ese ir y venir de disparates mentales, también estaba logrando que cada vez se tomara más en serio a su cuñada. A decir verdad, bebida espirituosa aparte, nunca la había visto tan afligida por algo. Era cierto que Cris tenía un don para engañar a los demás y llevarlos a su terreno, pero no sabía explicar por qué esta vez le parecía distinto. Era como si estuviera aplicando la famosa frase «No sabes lo que tienes hasta que lo pierdes» en sus propias carnes, y el resultado lo estuviera presionando con una fuerza inusitada.

Ojalá pudiera entrar en su cabeza para averiguar la verdad, pero por ahora solo contaba con su propia decisión de creerla o no. Y, fuera por lo que fuese, por una vez decidió apostar por ella.

Reconoció que una de las razones en las que se basaba era

bastante tonta, pero el hecho de que se hubiera pasado las últimas tres horas allí, aguantándolo y consolándolo cada vez que el torrente de sus emociones se desbordaba, había contribuido a que bajara el escudo con el que se protegía de ella. Era la vez que más tiempo habían estado juntos en los últimos...

Ni se acordaba.

Sin embargo, esperaba que ella no se diera cuenta de que él no dejaba de mirarla, pues, sin duda por culpa de la aflicción que lo consumía, al hacerlo veía en su rostro el de su propia esposa. Mucho más allá del evidente parecido que ambas compartían debido a su parentesco. Era la primera vez en toda su vida que no veía ni una gota del mal que sabía que residía en su interior, porque sin duda el mal estaba en ella, y en cambio podía percibir a la persona oculta tras la máscara. Y esa persona se parecía mucho a su mujer.

Bebió un nuevo sorbo del vaso con la esperanza de dejar de pensar en tonterías. No estaba demasiado seguro de que esa fuera la táctica que debía seguir, pero tenía el cerebro tan abotargado que no era capaz de aferrarse a nada con todas las garantías de que hacía lo correcto.

Cristina, por su parte, no miraba a ninguno de los dos. Al menos no de forma directa.

En cierto modo sentía vergüenza por lo que pudieran estar pensando de ella. Aquella maldita sensación de paranoia no desaparecería nunca. La había acompañado desde bien pequeña, ¿por qué marcharse ahora? Entendía las reticencias de ambos a que en ese momento estuviera allí, junto a ellos. Las de la muchacha periodista, como era lógico, le importaban bastante menos que las de su cuñado, pero no por ello dejaba de sentir vergüenza —un sentimiento que desconocía hasta ese momento— por lo que estuviera pensando de ella. Le dolía que, en tan poco tiempo, y delante de una desconocida, ya se hubiera hecho merecedora de semejante fama. ¿Tan mal lo había hecho a lo largo de su vida para que así sucediera?

Una breve mirada a Mario (al que, por cierto, sorprendió observándola) le bastó para saber que sí. Y tanto que se lo había ganado, y a pulso. Y lo más curioso de todo no era que eso fuera lo que más le dolía, qué va, sino que hubiera tenido que sucederle algo así a su hermana para que se diera cuenta.

¿Cuántas veces le había deseado el mal?

¿Cuántas, además, con el agravante de que ella misma había deseado acabar de ese modo?

Lo que había sucedido, ¿lo habían provocado esos fatídicos deseos?

¿Era eso lo que hacía que se sintiera tan culpable?

¿Pensaba realmente que la muerte de Clara había sido culpa suya?

Para eso último tenía una respuesta obvia: sí.

Podría tener sentido o no. De hecho, si lo analizaba se daría cuenta de que era una estupidez, y la balanza del no acabaría decantándose a su favor. Pero innegablemente necesitaba sentirse culpable. Era una penitencia, su penitencia. Tantos años actuando mal debían de pagarse de algún modo, aunque fuera de una forma tan egoísta como lo era el creer que ahí la que lo estaba pasando mal era ella. No Mario, ni siquiera su hermana, que era a quien ella había perdido.

Ella.

Solo ella.

El silencio que reinaba en el salón comenzaba a resultar bastante incómodo. A Rose le empezaban a quemar los pensamientos y, lo que aún era peor, sentía que el vómito de palabras le subía por la tráquea, estaba acercándose peligrosamente a la garganta y ya le quedaba a muy poco para acabar liberándolo, y, con toda probabilidad, meter la pata hasta el fondo.

Pero ¿qué hacer, si cada vez tenía más claro que debía hacerlo?

Ya no solo era cuestión de ser sincera con Mario, que se lo

merecía, sino también de ser sincera consigo misma y de no guardarse para sí algo tan importante.

—Mario...

Él levantó la cabeza lentamente. Apretaba con fuerza los labios. Rose no supo qué estaba pensando, pero por el contexto podía imaginárselo.

—Tengo que contarte algo.

Él cerró los ojos con fuerza, en una clara señal de hastío.

—¿Otro secreto más? —preguntó, abriéndolos de nuevo.

Rose negó con la cabeza.

—Entonces ¿qué? —insistió él.

Mario la miraba fijamente, pero no podía evitar que los ojos le parpadeasen. Aunque, por su estado de embriaguez, ni Rose ni Cristina fueron capaces de discernir si era a consecuencia del alcohol o por puro nerviosismo.

El vómito de palabras volvió a descender hacia el estómago, y Rose se preguntó si no había peor momento para darse cuenta de que otra vez la asaltaba la duda. Se debatía de nuevo entre cumplir su promesa o guardárselo para evitar que el chico hiciera alguna tontería.

Porque tenía claro que la haría.

¿Por qué las cosas no eran más fáciles?

¿Por qué unas simples palabras tenían el poder de ser tan importantes?

¿Por qué era responsabilidad de ella tomar una decisión tan trascendental?

Volvió a mirarlo a los ojos, por enésima vez ya, pero en esta ocasión vio algo que le hizo decidirse con firmeza. Mario merecía saber la verdad. Que pasara lo que tuviera que pasar.

—Mario... —volvió a hablar de nuevo.

Él, aun estando borracho, supo enseguida que las palabras de Rose lo cambiarían todo.

No se equivocaba.

—Sé dónde vive exactamente el ruso.

40

Lunes, 13 de mayo de 2019. 21.14 horas. Elche

—Mario, estás borracho y alterado. Deja de hacer el idiota, porque solo vas a conseguir que te maten.

—¿Por qué das por hecho que no soy yo el que puede matar?

A Rose se le ocurrían unas cuantas razones y, desde luego, todas lo dejaban en un mal lugar. Pero eso no era lo que le preocupaba. La herida en su orgullo era una nimiedad comparada con lo que le podía pasar si no le paraba los pies.

Entendía su envalentonamiento. Lo raro sería que no sintiera un impulso parecido. Aunque, a decir verdad, sí que era una sorpresa en cierto modo, pues a menudo parecía que por sus venas corriera agua cristalina en lugar de sangre.

Pero una cosa era sentir impulsos, y otra bien distinta, que pareciera que iba a echar a correr de un momento a otro. Y, visto lo visto, mejor estarse quietecito, porque hasta el momento se había librado, pero si seguía haciendo el tonto sería él quien acabara en una caja de pino.

—¿De verdad te piensas que voy a quedarme parado pudiendo hacer algo?

—Esa es la intención, sí.

Cristina observaba la escena en silencio. Se notaba mucho que la chica no conocía a su cuñado si se pensaba que iba a salir corriendo a buscar al ruso de las narices. Cierto era que nunca lo había visto así, pero mucho tendría que cambiar la cosa para que Mario Antón decidiera sacar la cabeza del agujero donde la había metido hacía ya demasiados años.

—Mira, tienes dos opciones —la dicción de Mario dejaba mucho que desear, señal inequívoca de que estaba muy ebrio—: o me ayudas a acabar con él, o me planto yo solo en su casa con las manos vacías. Posiblemente me mate, pero eso ya será cosa tuya. Por no ayudarme.

La joven periodista lo miraba impasible. ¿Estaba hablando en serio? No lo conocía tan a fondo como para saber si con el calentón que llevaba (y sin duda animado por el alcohol) sería capaz de cumplir sus amenazas. No la de matar al ruso, eso lo veía poco probable, pero sí la de plantarse allí y salir con los pies por delante. Lo que hizo Mario a continuación resolvió en parte sus dudas.

Al ver que la chica no reaccionaba ante su petición, Mario decidió pasar de ella y encaminarse hacia la puerta. Cristina lo miraba escéptica, segura de que acabaría dándose la vuelta, pero Rose no pudo evitar salir corriendo tras él.

—¿Puedes parar de hacer el idiota? En serio, ¿qué pretendes? Si lo sé, no te digo nada.

Él se dio la vuelta y la miró desafiante.

—¿Me hubieras ocultado dónde se esconde el asesino de mi mujer?

—Hubiera escogido otro momento para decírtelo. Cuando, por ejemplo, no estuvieras borracho.

—No estoy borracho —replicó, dándose la vuelta.

—Ya, claro. —Ella lo sujetó del hombro y lo obligó a volverse—. Si es así, quédate aquí, reposa el cebollón y mañana, si sigues pensando lo mismo, te vas a buscarlo.

—Mañana puede que sea demasiado tarde. No voy a permitir que se escape. Puede que sí, que esté un poco borracho —tanto Cris como Rose enarcaron ligeramente una ceja—, pero lo que también estoy es un poco hasta los huevos de que todo el mundo me tome por tonto. ¿No has pensado que esto también podría ser culpa mía?

—Venga, Mario, no me jodas también tú ahora. Culpa tuya, ¿por qué?

—Porque no supe darle a mi mujer lo que necesitaba. Estoy seguro de que se cansó de un tipo que siempre necesita que se lo resuelvan todo. Alguien que no es capaz de tomar decisiones serias. Alguien que agacha la cabeza y que dice que sí a todo. Ella necesitaba más, y como yo no estaba ahí para dárselo, lo buscó en otra parte. Y gracias a eso mira lo que ha pasado. Yo lo inicié y yo lo pienso terminar.

—Mario —terció Cristina al ver que la cosa parecía ponerse seria—. Estoy con ella. Si vas a por ese monstruo te matará a ti. ¿De verdad quieres eso para tu hijo?

—No me hables de mi hijo —respondió trabándose un poco—. Si hubieras tenido la decencia de no participar en su juego, tampoco habrían pasado las cosas de este modo.

—Mira, cuñado. Si quieres hacerme sentir mal no lo vas a conseguir. Me creas o no, fui engañada. Y viendo cómo ha acabado mi hermana, me alegro de haber formado parte, porque al menos pude tener al niño seguro en mi casa. Piensa lo que te dé la gana, pero eso habría sucedido con mi ayuda o sin ella. E insisto, gracias a mí ahora tu hijo está con la imbécil esa de Helena.

A Mario le costaba pensar con claridad, pero reconocía que lo que decía Cris tenía sentido. Ahora mismo no sentía el impulso de agradecerle que su hijo estuviera sano y salvo; pero, dentro de la descomunal desgracia que había caído en esa casa, al menos Hugo estaba bien, y en gran parte era gracias a Cristina.

Si decía la verdad, claro.

Pero esa no era la cuestión. En su cabeza solo cabía la idea de acabar con esa escoria que le había arrancado de cuajo lo que más quería. Se lo debía a ella. No había sabido ser el marido que merecía, pero ahora, aunque ya fuera tarde, sí lo sería.

Con su ayuda o sin ella.

Así que, sin decir una palabra más, abrió la puerta y dejó atrás a la periodista y a su cuñada, que no salían de su asombro.

Ambas salieron detrás de él, pues les pareció que estaba demasiado decidido a actuar.

—¡Espera! —gritó Rose.

—¡Mario, no seas cabezón! —dijo Cris.

Pero él no las oía. Borracho o no, su único propósito era consumar su venganza.

Rose no dudó en sujetarlo de nuevo.

—¡Para, por favor! No puedes ir allí, sin más.

—Entonces ayúdame a conseguir un arma.

Ella lo miró con los ojos muy abiertos. Cristina no se quedó atrás.

—Pero ¿quién te crees que soy, el enlace con la mafia siciliana o qué?

—Me juego el cuello a que sabes dónde se mueve el tráfico de armas aquí en Elche. Eres periodista, ¿no?

—Sí, y me saco la información del coñ... —se interrumpió—. Pero, en serio, tío, ¿en qué mundo vives?

—Yo sí que sé dónde puedes conseguir un arma.

Los dos miraron sorprendidos a Cris.

—Lo que me faltaba por oír —dijo Rose—. ¿En serio vas a ayudar a este pirado a matarse?

—Míralo. Está dispuesto a hacerlo. ¿De verdad quieres que vaya a pelo? El ruso se lo cargará con una sola mano.

Rose observó de nuevo a Mario. No había perdido ni un

ápice de su determinación inicial. Quizá Cristina tuviera razón. Lo iba a hacer.

Frente a la evidencia solo podía actuar de una manera.

Sacó su teléfono móvil, buscó un teléfono y marcó un número.

—¿Qué haces? —quiso saber Mario.

—Llamar a la policía. Esto me parece una locura tremenda.

Mario le cogió el terminal de golpe y se lo arrebató de las manos.

—¿Qué haces? —preguntó Rose, repitiendo la frase que Mario había dicho apenas unos segundos antes.

Él no contestó. Tiró el móvil contra el suelo con tanta fuerza que saltó en varios pedazos.

Rose, que no daba crédito a lo que acababa de hacer, tardó unos segundos en reaccionar.

—¿Pero a ti se te ido la puta cabeza o qué?

Él la miró directamente a los ojos y, de pronto, tuvo una explosión de ira que ninguna de las dos se esperaba.

—Llegaste aquí tratando de aprovecharte de mí. Me querías utilizar para tus fines. Y ahora, en vez de arreglarlo y ayudarme, ¿me pones más trabas? Mira, si no vas a aportar nada, te puedes ir a tomar por culo. Si no me quieres ayudar, no lo hagas, pero no me jodas ahora, porque pase lo que pase voy a por él.

Ella cerró los ojos y pensó que vaya momento había elegido para sacar al héroe que llevaba dentro.

Mario se volvió hacia su cuñada.

—Y ahora, Cris, habla.

—Te decía que sé dónde conseguir un arma. Mira, no quiero que vayas a que te maten, pero si lo vas a hacer igualmente, lo mejor es que al menos tengas alguna posibilidad de vivir.

—Pues dime.

—Hay un tipo en los Palmerales al que llaman el Cambista. Tiene muchos negocios sucios, pero sé que uno de ellos es el tráfico de armas. Si necesitas una pistola o algo más gordo, tienes que acudir a él.

—¿El Cambista? —preguntó Rose con incredulidad—. ¿Y tú cómo sabes eso?

—Salí con un tipo que a su vez conocía a un tipo que..., da igual. El caso es que he oído hablar de él. Ya está.

—¿Cómo puedo llegar hasta él? ¿Quedaste bien con ese tipo?

—No. Bueno, ni bien ni mal, no quedé, digamos. Pero voy a probar a llamarlo. Si te metes en los Palmerales sin permiso del propio Cambista, no llegarás ni a plantarte en la casa del ruso.

—¿No habías dicho que habías reventado tu teléfono? —preguntó Rose, enarcando una ceja.

—Me sé su número de memoria. Lo llamaba muchas veces para..., bueno. Eso. Déjame tu móvil, Mario.

Ana tenía el estómago cerrado.

Tanto era así que le fue imposible probar un solo bocado de la cena que pidieron en el kebab que había cerca del domicilio de la inspectora. Alicia tampoco es que se pegara un atracón, pero al menos le dio un par de bocados al *dürum* mixto, con poca salsa blanca y sin lechuga, que se había pedido.

Apenas hablaron durante la cena. No porque no les apeteciera hacerlo, sino porque no podían evitar tener la cabeza llena de pensamientos que necesitaban una buena maceración. Ana no dejaba de darle vueltas a cómo le había afectado ver tendida en el suelo, sin vida, a su examiga Clara. Evidentemente, no la había olvidado, pero, a pesar de lo que pudieran creer aquellos que conocían la historia, no pensaba con recurrencia en ella ni en cómo le iría la vida. Era cierto que el caso había despertado fantasmas de su pasado que le habían hecho sentir todo tipo de emociones, pero nunca hubiera apostado a favor de que esa tristeza que ahora experimentaba lo copara todo de aquella manera. No se sentía mal por no haber llegado a tiempo; el forense les había confirmado que hubiera sido imposible, porque la pobre no tuvo oportunidad de sobrevivir a juzgar por cómo había sucedido todo. Era otra cosa que no sabía bien cómo definir.

Un vacío que en el fondo le parecía fruto del egoísmo, por no haber podido cerrar bien aquel capítulo de su vida. Como si hubiera necesitado decirle a Clara que la perdonaba por lo que pasó. O no. Pero cuando menos habría querido tratar el tema con ella y así dejar atrancada una puerta que ahora se quedaría abierta para siempre tras su desaparición. En circunstancias normales, se hubiera sentido fatal por tener aquella clase de pensamientos, pero la parte lúcida de su cerebro le indicó que estuviera tranquila, que no podía controlarlo, y mucho menos después de haber vivido una situación como aquella.

Tampoco pudo sustraerse de pensar en Mario.

¿Cómo lo estaría pasando?

Vale que su mujer había sido la víctima real en todo aquel embrollo, eso era indiscutible, pero tampoco se podía obviar que el que tenía que seguir adelante con su vida era él. Y no es que el destino le hubiera puesto una piedra en el camino, es que le había caído un menhir en la cabeza.

Alicia, por su parte, no podía dejar de revivir una y otra vez la llamada que había recibido mientras esperaban en Medicina Legal. No había querido hablar de ello con Ana, y eso había provocado que la preocupación se enquistara más de lo normal. Volvía a asomar la vieja sensación de estar viviendo en una espiral de la que parecía no poder salir. ¿Qué probabilidades había de que estuviera ocurriendo eso de nuevo? Una punzada en el estómago la advirtió de que la cosa estaba mal, pero que por desgracia se podía poner mucho peor, y ella no podía hacer nada desde donde estaba.

Tampoco es que confiara en que su ayuda habría de resultar infalible, pero la sensación de estar a tantos kilómetros no era nada agradable.

Eso sí, a no ser que hubiera un desastre supremo, mantendría su promesa y ayudaría a Ana en lo que buenamente pudiera.

El teléfono móvil de Ana comenzó a sonar. Estaba encima de la mesa y el sonido cayó entre ambas como un rayo partiendo la madera. La inspectora lo cogió al instante, pues esperaba como agua de mayo cualquier llamada que aportase alguna novedad al caso.

—¿Sí?

—¿Inspectora Marco?

—Así es.

—La llamo desde el Servicio de Balística del laboratorio de la Comisaría Provincial de Alicante.

—Cuénteme.

—Hemos atendido su petición de prioridad en relación con los casquillos de bala encontrados en la escena del crimen y, por la hendidura y el dibujo que ha dejado en ellos, tenemos la certeza de que esa arma ha estado implicada en al menos dos tiroteos más. Ha resultado fácil de identificar por el calibre y el tipo de bala, y ya puedo confirmarle, tras realizar la comparativa con otras muestras dubitadas que teníamos en archivo, que, en efecto, se trata de una PP-91 KEDR.

—Muchas gracias. ¿En qué otros tiroteos ha participado?

—En lo que parecía ser un ajuste de cuentas en Santa Pola y en una reyerta entre dos clanes de etnia gitana en Elche.

Ana se quedó pensativa tras escuchar aquella última información. Transcurridos unos segundos, preguntó:

—¿En lo de Santa Pola hubo algún implicado de Europa del Este?

—La víctima, como mínimo. No se encontró al culpable.

—Está bien, me ha servido de mucha ayuda. Mañana me pasa todo al correo que les he dado.

—Ha sido un placer.

Y colgó.

Alicia miraba expectante a Ana. Esperaba una explicación, pues la expresión de su cara parecía indicar que sabía mucho más de lo que le habían contado en aquella llamada.

—¿Y bien?

—El arma ha estado implicada en tres sucesos distintos. Dos que podrían ser atribuibles al mismo tipo, pero también en otro que no tiene nada que ver.

—¿Y eso qué significa?

—Que sin la menor duda el arma procede de un indeseable de aquí, de Elche. Una rata que seguramente mintió al ruso a la hora de ofrecerle esa arma. Lo hace a menudo, le diría que estaba limpia, y era un embuste.

—¿Y a qué nos lleva todo esto?

—A que después de lo de las Mil Viviendas, esto es lo que menos me podría apetecer del mundo, pero prepárate, porque nos vamos a los Palmerales. Le haremos una visita al Cambista.

Mario no preguntó si le molestaba que inclinara un poco el asiento hacia atrás.

En circunstancias normales, por educación, lo hubiera hecho, pero aquello se podía llamar de muchas maneras menos circunstancias normales. En esos momentos no estaba para recapitulaciones, pero, de haberlo hecho, se hubiera planteado aquello de «¿Quién le diría hacía una semana que estaría en ese preciso momento, en ese preciso lugar?».

Las personas no cambiaban de un día para otro, eso lo tenía claro y prefería no engañarse, pero los hechos lo llevaban a actuar de determinada forma y eso era lo que lo había empujado a personarse allí.

Ninguno de los tres hablaba dentro del vehículo de Rose. Imperaba el silencio. Hasta que Cris lo rompió para anunciar algo que hizo que Mario sintiera una fuerte presión en el estómago.

—Ahí está —comentó.

Mario abrió los ojos con cierta dificultad. La euforia de hacía media hora había disminuido peligrosamente. No era que hubiera reculado en sus intenciones, seguía totalmente decidido a ese respecto; era que su movilidad y su coordinación habían decrecido considerablemente, hasta el punto de que llegar a su destino sin percances se había convertido en toda una aventura.

Por suerte, nada más abrir la puerta del coche y ponerse de nuevo en posición vertical notó que no era para tanto. De Rose no esperaba nada, pero al comprobar que su cuñada no se movía metió de nuevo la cabeza en el interior y lanzó la inevitable pregunta:

—¿No vienes?

Ella negó con la cabeza antes de responder:

—Ni de coña. No es por nada, pero no vuelvo a pisar la casa de ese hijo de puta ni por todo el oro del mundo. No te preocupes, que no te va a pasar nada, se lo he pedido como un favor personal, y sé que ese personaje de ahí es muchas cosas, pero si me ha dado su palabra, de aquí sales ileso.

Mario estuvo valorando durante unos segundos qué debería hacer. Mentiría si dijera que no estaba asustado. También lo haría si no admitiera que estaba intentando autoconvencerse de que debía darse la vuelta y proceder, pero no podía.

Rose ni lo miraba. Mario ya tenía claro cuál era su opinión, y sabía que no cambiaría al respecto.

Tragó saliva y cerró los ojos. La imagen que vio sin querer

en cuanto lo hizo, proyectada por su cerebro, no resultaba nada agradable, pero tuvo que reconocer que era la más acertada para un momento así.

Se vio a sí mismo explicándole a Hugo, más o menos, lo que había sucedido con mamá.

Aquello fue la inyección que necesitaba.

Sacó la cabeza del vehículo y cerró la puerta.

Caminó con decisión hacia el hombrecillo que lo esperaba.

Al llegar, sin poder evitarlo, Mario escaneó al individuo que a partir de ese momento sería su salvoconducto. Desde luego tendría mucha menos edad de la que aparentaba, pero el también indiscutible consumo de sustancias prohibidas había hecho mella en él, como no podía ser de otro modo. Delgado como el palo de una escoba, con menos dientes de los que debería tener y con una piel tan morena que rozaba la propia de otro continente. Mario se sorprendió a medias de que su cuñada hubiera mantenido algún tipo de relación con él, aunque, claro, tampoco sabía cuándo sucedió eso, ni si el paria que ahora tenía delante estaba tan deteriorado por aquel entonces.

Mario saludó a su guía con un movimiento de cabeza. El otro ni se inmutó.

—¿Has traído el dinero? —preguntó con una extraña pronunciación, debida sin duda a la falta de dientes.

Mario se limitó a asentir.

—Pues vamos. Aquí hay una regla clara: no te metas con nadie y nadie se meterá contigo. Sígueme y no te quedes mirando a nadie, que hagan lo que quieran a su rollo, ¿entendido?

Mario repitió el gesto a sabiendas de que lo que decía su nuevo amigo no era del todo cierto. Él era de Elche de toda la vida y conocía demasiados casos en los que muchas personas se habían llevado una desagradable sorpresa al pasar por aquel sitio sin intenciones delictivas y sin meterse, como decía él, con nadie.

Aunque prefirió callar.

El guía comenzó a andar y Mario lo siguió.

No quiso mirar atrás, pero de haberlo hecho hubiera comprobado que la inspectora Marco y la subinspectora Cruz estaban aparcando el coche no demasiado lejos de donde lo tenía Rose.

Accedieron a un edificio de esos a los que uno no podía referirse con el adjetivo «destartalado», pero al que poco le faltaba para ser merecedor de tal categoría. La puerta de acceso tenía dos cristales rotos, aunque Mario se dio cuenta de que daba igual cómo estuvieran, pues la puerta no llegaba a cerrar del todo por tener la cerradura reventada. Una vez dentro, el guía se percató de que Mario miraba una puerta metálica más o menos sólida, y le dijo:

—Si quieres subir por el ascensor, adelante. Yo no entro ahí; la gente se mete a pincharse y a mear. Si quieres pillar el sida o una infección, tírale. Yo subo por la escalera.

Mario no dijo nada, se ciñó a las indicaciones y siguió al hombrecillo por una escalera que estaba casi totalmente a oscuras. La valentía que de pronto lo había empujado hasta aquel lugar comenzaba a flaquear, y temía que de un momento a otro apareciera alguien con un enorme cuchillo y le sesgara la garganta. Por suerte, llegaron a la segunda planta y, tras dar tres golpes en una de las puertas, esta se abrió sin que nadie apareciera para recibirlos. Así que el tipo entró y Mario no tuvo más remedio que seguirlo tras acceder a la vivienda y cerrar la puerta.

La casa no era demasiado grande, su aspecto no difería mucho del resto del edificio y, a decir verdad, por lo que le había explicado Cris, se esperaba otra cosa. Otros lujos. Otras comodidades. Pero de eso nada. Solo austeridad y, ¿por qué no decirlo?, cierta pobreza latente.

—Yo no vivo aquí —dijo un hombre de unos cincuenta años, de aspecto voluminoso, que vestía con unos pantalones negros y una camisa azul. Llevaba una boina gris en la cabeza.

Parecía haberse dado cuenta de que a Mario no le cuadraban algunas cosas por su forma de mirarlo todo.

—Para hacer negocios nunca hay que mostrar lo que uno realmente tiene. Así se negocia en igualdad de condiciones. Me han dicho que quieres un arma. ¿Una pistola?

—Así es.

—¿Y qué haría con ella una persona como tú?

El tono socarrón era más que evidente.

—Lo que yo haga con ella es cosa mía —respondió sin creer que lo hubiera hecho con esa determinación.

—No, amigo. No te confundas. No quiero saber a quién le vas a meter el plomo en el cuerpo. Lo que quiero es asegurarme de que no me vas a enviar a los nacionales o a los picoletos por hacer las cosas mal. ¿Tienes familia? ¿Mujer o hijos?

Mario tragó saliva. Aquella pregunta le dolió más que nunca. Inspiró una enorme bocanada de aire antes de poder hablar.

—Estoy aquí porque ya no tengo mujer. Ha muerto.

El gesto del cambista no varió.

—¿Hijos? —insistió.

—Tengo un hijo pequeño de cuatro años.

—Dame una dirección.

—¿Cómo?

—Que me la des. Será mi seguro para saber que no me la vas a jugar.

Mario no dudó en sacar su DNI y entregárselo al Cambista.

—Para que no pienses que te voy a mentir —le aclaró.

—Vaya, vaya... —comentó el hombre al tiempo que miraba la tarjeta plastificada—. Así que en la calle Moraira. Tú manejas parné...

—Y lo he traído para pagarle la pistola. Pero, por favor, la necesito ya.

El Cambista lo miró y a continuación escrutó al que le había servido de guía a Mario. Acto seguido levantó la cabeza con un gesto rápido para indicarle a su hombre que fuera a por la pistola prometida.

—Está bien, Mario Antón que reside en la calle Moraira y que tiene un hijo pequeño de cuatro años. Saca la viruta.

Ana salió del coche junto con Alicia.

Esta la seguía de cerca. Ana la volvió a ver tan tensa como en las Mil Viviendas, pero esperaba de corazón que no actuara del mismo modo.

—Me estoy acostumbrando muy mal a eso de ir de un barrio peligroso a otro —dijo la subinspectora sin dejar de caminar—. Tú, como siempre, vas muy tranquila.

Ana esbozó una sonrisa.

—En las Mil Viviendas estaba más tensa; disimulé porque a ti te noté muy atacada. Aquí reconozco que voy más sosegada porque conozco mucho este barrio. Hemos tenido que venir mil veces y todos nos tenemos bastante respeto. Sí que es verdad que te puedes encontrar de todo, como en las Mil, pero aquí ya sabemos de qué pie cojea cada cual.

—Si tú lo dices... —añadió Alicia mientras miraba a un grupo de jóvenes que hablaba de sus cosas y reía de manera exagerada.

Evidentemente, ninguna de las dos se percató de que uno de ellos sacaba su teléfono móvil y que, a través de Whats-App, le enviaba a alguien un mensaje con una única letra. Una que advertía de la presencia de las dos investigadoras.

Era una p.

El mensaje siguió una cadena que, como era lógico, llegó a un último eslabón.

El Cambista sacó su teléfono móvil al notar la vibración y, tras leer el texto, miró a Mario, que a su vez miraba su nueva adquisición como si de un juguete nuevo se tratara. La tocaba con mucho cuidado porque, a pesar de que le habían explicado que tenía el seguro puesto (y cómo tenía que quitarlo para hacer uso del arma), le daba pánico que se disparara sola.

El Cambista no lo pensó y se abalanzó sobre él, agarrándolo del cuello.

—¿Has traído a los maderos contigo? —le dijo, apretándole fuerte el cuello y con los ojos inyectados en sangre.

Mario, que no entendía nada, no es que no supiera qué contestar, es que no podía debido a la fuerza con la que el hombre le apretaba la garganta.

Solo fue capaz de negar como pudo con la cabeza.

El Cambista, consciente de que así no podría hablar, lo soltó, pero no sin antes arrebatarle el arma con un rápido movimiento.

—Respóndeme ahora.

—N... n... no —logró decir Mario, que por un momento había temido por su vida—. Yo solo quiero la pistola para...

—¡No me lo cuentes! —exclamó—. Ahora no quiero saber nada. Vete de aquí o te reviento la puta cabeza.

—Necesito la pistola.

—Vete echando hostias o me cago en to lo cagable.

—La pistola... He pagado por ella.

—¿Y cómo piensas salir si sube la policía?

Mario no supo qué responder. Quería solucionar aquel entuerto, pero de verdad que estaba en blanco.

—Yo lo subo arriba, y cuando no vea peligro que se baje —sugirió el amigo de Cris.

El Cambista lo pensó unos instantes. La persona que tenía

delante parecía demasiado pardilla para estar colaborando con la policía. Podía ser producto de una casualidad, pero la experiencia le había enseñado que no había que dar nada por sentado.

—Que suba, pero no puede bajar hasta que yo me asegure de que no tiene nada que ver.

Mario sintió que, de pronto, su ritmo cardíaco volvía a decelerarse de golpe. Lo curioso era que no había sido consciente de que se le hubieran incrementado tanto las pulsaciones.

Él y el guía salieron del piso a toda prisa. Ahora el arma la llevaba el acompañante. Se la daría a Mario si el Cambista le daba la orden.

La buena fortuna hizo que las investigadoras llegaran unos segundos después y que no advirtieran la presencia de Mario.

El timbre de la casa sonó, y el Cambista abrió la puerta.

—Inspectora Marco, ¿a qué debo el honor? —preguntó, la verdad, realmente sorprendido de que fuera ella, acompañada de otra mujer, la que apareciera en su puerta.

—Hola, Cambista. ¿Puedo pasar y charlamos?

—Claro. Faltaría más.

Accedieron al interior de la vivienda. Alicia, que esperaba una casa como la del Toli, no disimuló la sorpresa en el rostro cuando vio tanta austeridad.

Ana no se cortó y fue directa al grano.

—La verdad, me la he jugado al venir porque no sabía si estarías aquí o en tu verdadera casa. ¿Has hecho algún negocio esta noche?

—No sé a qué se refiere, inspectora. Ya sabe que yo estoy limpio. Me he venido a pasar la noche porque de vez en cuando necesito soledad y paz. Los críos y la mujer me vuelven loco.

—¿Y aquí tendrías paz? —preguntó Ana con sarcasmo.

—No sabe cómo son mis críos, inspectora.

—Bueno, Cambista. Creo que es mejor dejarnos de juegos. Sé lo que mueves, pero ahora mismo no estoy aquí por eso exactamente. No he venido a tocarte las narices. Bueno, no lo haré siempre y cuando me ayudes a averiguar lo que necesito saber.

—No la entiendo, inspectora.

—Supongo que habrás movido muchas armas entre los rusos de la costa, pero necesito que hagas memoria para una muy concreta.

—¿Solo ha venido para eso?

—Sí —respondió seca Ana.

—¿Me disculpa un momento? No creo que le cuente nada nuevo si le digo que me habían avisado de que estaban aquí. La gente se ha puesto un poco tensa y, si me lo permite, les mandaré un mensaje para decirles que todo está bien. Yo les enseño el mensaje y todo para que vean que no voy a poner nada raro. Es solo para que se tranquilicen.

—No hace falta que me enseñes nada. Sé de lo que me hablas y me parece bien, adelante.

El Cambista sacó su teléfono móvil y envió un emoticono con un dedo pulgar hacia arriba. Aquel símbolo le permitiría a Mario salir del edificio y regresar al coche de Rose mientras las investigadoras y el Cambista seguían a lo suyo.

—Ya —confirmó mientras se guardaba el teléfono en el bolsillo.

—¿Te suena haber prestado una PP-91 KEDR últimamente?

—¿Prestar? ¿Yo?

—Venga, por favor, ayúdame y te juro que te ayudo.

—¿En qué me puede ayudar usted, inspectora?

—Cuéntamelo y lo sabrás. Tienes mi palabra.

El Cambista la miró. Acto seguido hizo lo mismo con su compañera. No hablaba, pero no veía en su cara la misma determinación que en la de Ana. Puede que fuera una novata. Y para llevárselo por delante no vendría a su casa con una novata.

—Podría ser —dijo al fin.

—¿A un ruso?

El Cambista asintió.

—Necesito que me digas quién es y dónde puedo localizarlo. Como ves esto no va contigo, pero ese tipo es altamente peligroso y necesito echarle el guante.

—¿Me está pidiendo que le dé la dirección exacta de un ruso muy peligroso con el que yo he hecho negocios? ¿De verdad me está pidiendo eso?

—Muy pronto los de Antidroga vendrán a peinar este edificio y el de al lado. Están muy encima de vosotros. ¿No querías algo a cambio? Ellos vendrán, pero mejor si no encuentran nada, ¿no?

Alicia miró a Ana muy sorprendida. ¿De verdad acababa de hacer lo que acababa de hacer? Entendía que la situación comenzaba a ser desesperada y que, después del rastro de muerte que había dejado el ruso, la situación estaba bastante fea. Pero no sabía si ella habría sido capaz de hacerle una revelación así a un delincuente solo por obtener información. Aunque tal vez sí, todo era cuestión de verse en el pellejo de su compañera.

El Cambista miraba fijamente a Ana. No decía una palabra.

—Me has pedido algo a cambio —insistió la inspectora—. Creo que no te puedo dar nada mejor que esto. Es un gesto de buena fe al que espero que correspondas.

El hombre siguió unos segundos más en silencio. Y por fin habló:

—Se le conoce como el Checheno. A mí eso me da igual, pero es verdad que me han contado que es jodido. Siempre suelo pedir datos por si me la juegan, para tenerlos localizados. Sé que me dio la dirección exacta donde vivía, pero no apunté nada porque solo lo hago por asustar. Me da igual dónde vivan mientras paguen. Sobre todo, en el caso del pelao ese que..., bueno.

—Que te daba igual si te devolvía o no el arma, porque lo engañaste y le endiñaste una que ya había participado en otros incidentes. No le diste un arma limpia.

—Quería quitármela de encima de una vez, y a los rusos estos les da todo igual. Se lo creen todo con tal de meter balazos a placer.

—Pues cuidadito, porque gracias a eso hemos llegado a ti.

El Cambista enarcó una ceja sin saber que lo que le contaba Ana era medio farol. En cierto modo sí, pero la verdad era que en gran parte había intervenido la suerte, pues lo único con lo que ella contaba era con su intuición.

—¿Recuerdas la dirección aproximada?

—La calle sí, el número no.

—Me vale.

El hombre permaneció en silencio unos segundos más.

—Cambista... —volvió a insistir Ana.

Él se la dio.

41

Lunes, 13 de mayo de 2019. 23.44 horas. Elche

Mario salió del coche y dejó a Rose y a Cristina dentro.

No le apetecía seguir escuchando la misma cantinela.

Entendía, por un lado, que Rose intentara por todos los medios que no hiciera lo que quería hacer. Él mismo era consciente de que las posibilidades de que todo acabara mal eran altísimas. De hecho, el porcentaje era tan elevado que apenas había esperanza de éxito.

Pero no por ello dejaría de intentarlo.

Ella apenas lo conocía, y no podía entender a qué venía todo aquel torrente de emociones que en ese preciso momento se debatían en su interior. No comprendía que él ya llevaba tantos años metido en el cascarón que o salía rompiéndolo por completo, o ya se quedaría dentro para siempre. Ojalá tuviera la seguridad de que volvería a ver a su hijo después de lo que iba a intentar; pero, desde luego, lo que nunca se podría perdonar sería verlo de nuevo sin haber tratado de actuar como correspondía.

Rose intentó disuadirlo recurriendo a mil argumentos. Incluso trató de tirar por ahí, mentando a su hijo, para convencerlo de que estaba a punto de cometer un error gigantesco. Sin embargo, Cristina guardó silencio. No abrió la boca en todo el trayecto, aunque este no fue demasiado largo, pero se notaba de lejos que no quería detenerlo. Su mente, un tanto maliciosa, por qué no admitirlo, llegó a pensar que lo que quería su cuñada era que cayera esa misma noche; pero en el fondo sabía que lo que pretendía la hermana de Clara era que por fin tomara las riendas de su vida, y que —eso sí, de un modo bastante peligroso (e ilegal)—, por una vez aunque fuera, hiciera lo que tenía que hacer.

Porque Mario dudaba de mil cosas en esos momentos, pero de lo único que estaba seguro era de que ese era el paso que debía dar.

Las consecuencias de sus actos ya las sopesaría una vez pasara lo que tuviera que pasar, ahora solo podía centrarse en seguir adelante, sin detenerse.

En Google Maps había mirado decenas de veces la disposición de la calle. Había pasado por ella en más de una ocasión, pero, como era lógico, nunca se había fijado en las viviendas que allí se habían construido. A decir verdad, de no ser por Street View no hubiera podido ubicar la fachada de la casa en cuestión sin necesidad de poner un pie en aquella calle. Aunque, de hecho, no pensaba ponerlo, pues gracias a la aplicación había podido fijarse en un detalle que le hizo abrigar ciertas esperanzas en medio de tantos impedimentos.

La parte trasera de la vivienda daba a una especie de parque infantil que, por aquellos caprichos de la arquitectura urbana, había sido encajado allí sin guardar la menor coherencia con del diseño de las calles. Pero en su caso le venía genial porque, con un poco de suerte, intentaría colarse por detrás para tratar de sorprender al ruso.

Nervioso como nunca lo había estado hasta entonces, llegó al punto en cuestión. No sabría decir si era fruto de la suerte o de que un lunes a esas horas de la noche era poco probable que hubiera actividad en el parquecillo, pero no había nadie, así que pudo acercarse sin contratiempos a lo que según sus cálculos era la ventana trasera de la casa. Primer inconveniente: el ventanuco se hallaba a mayor altura de lo que esperaba. Segundo inconveniente: era bastante más estrecho. Podría caber, pero no iba a ser fácil colarse por allí.

Miró a su alrededor con la esperanza de poder utilizar algo que le permitiera alcanzar la ventana. Lo único que encontró fue un contenedor que estaba a unos cuantos metros de allí, pero estaba seguro de que si intentaba moverlo de donde estaba llamaría la atención. Necesitaba otra idea. Revisó de nuevo la pared y comprobó que, más o menos a media altura, había un saliente del que podría valerse para apoyar el pie y llegar a su objetivo. De nuevo aquella solución no le valió de mucho, pues también tenía que subirse hasta allí, y además el saliente era tan estrecho que no veía la forma. Tal vez pudiera caminar por el resalte si lograba hacer pie, a la vez que se sujetaba de la canaleta que había más arriba, si es que llegaba, que parecía que sí. Pero ¿cómo trepar hasta allí?

Tras volver a examinar la canaleta, vio que había un tubo bajante lo suficientemente grueso para poder usarlo de asidero y, con algo de maña —no estaba muy seguro de poseerla, pero aun así pensaba intentarlo—, quizá pudiera acceder a la ventana (al menos en su imaginación sí que lo veía perfectamente posible).

Antes de acercarse al tubo se palpó la espalda por enésima vez. La pistola seguía allí, en su sitio. Le había costado horrores guardarla ahí detrás, porque aún seguía dándole pánico que se le disparara incluso antes de haber entrado en la casa. Una vez superado aquel primer temor, pensó horrorizado que mientras hacía de Spiderman el arma se le podría caer al suelo.

Pero parecía bien sujeta.

A pesar de todo, decidió que lo mejor sería guardarla en la parte delantera. En ese momento no era consciente de que aquella decisión lo cambiaría todo.

Totalmente convencido de que iba a conseguirlo, se plantó al lado del tubo y lo primero que hizo fue asegurarse de que estaba bien sujeto a la pared. Parecía que sí. Sin pensarlo dos veces, trató de auparse hasta la pequeña repisa, sin éxito. Se detuvo y analizó la situación. La lógica le dictó que lo mejor sería subir la pierna izquierda todo lo que pudiera para afianzarla en la repisa, al tiempo que se agarraba al tubo, y una vez estuviera estabilizado emplear toda la fuerza de su cuerpo para, estando bien sujeto al tubo, elevarse hasta la posición deseada, siempre pegado al tubo. Era importante que no se soltase en ningún momento de la tubería hasta que lograra agarrarse a la canaleta —haciendo todo un alarde de pericia—, y a partir de ahí comenzar la aproximación a la ventana.

Antes de poner su plan en marcha, se pasó las manos por la cara.

Puede que se debiera a la acumulación de adrenalina que había en su cuerpo, pero no sentía ni rastro del alcohol que apenas hacía un rato le fluía por dentro. Aquello era buena señal, supuso.

Después colocó el pie, tal como tenía pensado. Iba a tomar impulso cuando de pronto sintió que algo se lo impedía.

A pesar de que llevaba puesta una camiseta, notó un frío glacial en la espalda: alguien le había posado una mano sobre el hombro, tan fría que un escalofrío le recorrió todo el cuerpo. Volvió instintivamente la cabeza, y lo reconoció.

La visión de aquel rostro le heló la sangre.

Era el ruso.

Sonreía en plan condescendiente.

—¿Puedo ayudarte? —preguntó sonriente, con la arrogancia propia de quien sabe que tiene la sartén por el mango.

Mario no pudo contestar. Tenía el rostro paralizado, al igual que el resto del cuerpo, y solo fue capaz de reaccionar cuando el mastodonte lo empujó, conminándolo a que echara a andar.

Para dejarle bien claro quién dominaba la partida, el ruso

no dudó en sacar una pistola y apuntarle directamente a la espalda.

Su destino parecía estar sellado, tal como pudo confirmar enseguida cuando lo sacó del parque y lo obligó a dirigirse a la parte delantera de la casa.

Mientras caminaba, Mario no hacía más que rezar, no sabía muy bien a qué ni cómo, para que el ruso no notase que llevaba una pistola encima. Sin duda la fortuna le había sonreído cuando decidió cambiarla de posición, pues, de haberla llevado a la espalda, el asesino habría adivinado su forma y se la habría quitado. Pero no, de momento seguía oculta, y era una gran suerte que fuera así. Al pensar en ello se maldijo a sí mismo por no tener el valor de ordenarle a su brazo que la sacara y se liara a tiros con aquel indeseable. Pero no podía.

—Abre puerta —dijo el asesino de su mujer.

Mario obedeció. No estaba la situación como para rechistar.

Giró la maneta y al empujarla accedió al interior de la vivienda.

Lo primero que vio fue un salón comedor decorado con austeridad. Eso sí, la televisión era de grandes dimensiones, estaba adosada a la pared, y enfrente había un sofá, también grande. Este estaba cubierto por una sábana de color blanco. Pegado a otra pared, había un mueble de madera clara con armarios acristalados. Dentro de los armarios había platos y alguna cosa más que Mario fue incapaz de identificar.

El ruso cerró la puerta.

No dejaba de apuntar a Mario con la pistola.

—Dame arma que tú llevas —dijo a continuación.

Tras escuchar aquello, Mario sintió que todo se iba al garete. Jugar la carta de la sorpresa ya no tenía sentido, así que metió la mano por debajo de la camiseta y empuñó la pistola. No supo explicar qué fue exactamente. Quizá el mismo clic que había sonado horas antes en su cabeza y lo había conducido hasta allí, fue el que se activó y lo impulsó a sacar la mano con una rapidez fulminante, al tiempo que se daba la vuelta y apuntaba al ruso con la pistola. Tampoco supo cómo fue capaz, en aquel rápido movimiento que ni él mismo esperaba, de quitarle el seguro al arma con un solo dedo.

A partir de aquel instante procuró que su cerebro actuara con lógica, y esta le decía que el rostro de su oponente debería mostrar algún atisbo de sorpresa. Pero nada más lejos de la realidad. El ruso seguía mirándolo fijamente, con la misma sonrisa en los labios. Una sonrisa que cada vez irritaba más a Mario, por cierto.

—¿Tú crees podrás disparar? —preguntó.

Mario le habría respondido que sí, pero aún no le salía la voz, y aquella circunstancia lo llevaba a cuestionarse si realmente sería capaz de hacerlo.

—Tú eres tonto —siguió diciendo el ruso—. Tú te metes donde no llaman. Tú no parte de todo. Yo no iba a hacerte nada a ti, pero tú eres tonto.

—Eres una maldita basura —logró decir Mario por fin—. ¿Por qué has matado a mi mujer?

—Tú no puedes entender. Mejor así. Si quieres matarme dispara, porque yo sí voy a hacer.

—¿Y por qué no lo has hecho ya?

—Porque tú tener que contarme una cosa antes.

Mario lo miró muy sorprendido. ¿De verdad esperaba que le contara algo? Sus glándulas suprarrenales seguían segregando grandes dosis de adrenalina, eso lo tenía claro porque ahora su cabeza ya no pensaba en otra cosa que no fuera en morir matando.

—No te voy a contar nada, si es lo que esperas.

—Tú valiente —sonrió de nuevo y dio un paso a un lado. Mario reaccionó y dio otro paso. Aquello parecía divertir mucho al ruso—. Si cuentas te mato rápido. Si no, tú suplicar muerte.

Dio otro paso, esta vez hacia atrás, hacia la puerta que salía del salón y se adentraba en la casa.

Mario volvió a imitarlo, sin dejar de apuntarle con el arma.

—Haz lo que te dé la gana, pero solo faltaría que después de lo que has hecho encima me vengas con peticiones.

—¿Seguro que no contarás?

Un nuevo paso hacia atrás.

Otro de Mario hacia delante.

Tras aquel nuevo movimiento, Mario fue consciente de lo que pretendía hacer. No sabía exactamente por qué, pero intentaba sacarlo del salón por algún motivo que a él se le escapaba. No podía permitirlo, aunque tampoco era capaz de reunir el valor suficiente para apretar el gatillo, sobre todo porque estaba seguro de que el ruso lo haría más rápido.

Así que trató de ganar tiempo.

—¿Qué es lo que quieres que te cuente?

—¿Dónde guarda ella?

—¿Dónde guarda qué?

Mario comprobó esperanzado que su contrincante había dado fin a aquel ridículo baile cuando ya estaban a punto de llegar a la puerta.

—Tú no hagas tonto porque yo vi tú en clínica. Tú sabes papel que es. Resultado.

Mario no pudo disimular su sorpresa. Con el día que llevaba, se había olvidado por completo del episodio de la clínica. Tenía una infinidad de llamadas perdidas en el teléfono móvil, y probablemente una de ellas fuera la de la célebre clínica del doctor Moliner. Pero ¿a qué resultado se refería? ¿A una prueba de embarazo positiva? ¿De quién estaba embarazada Clara?

Mientras se planteaba todas aquellas preguntas, observó que el ruso retrocedía de nuevo. Seguía sin saber lo que quería hacer, pero no podía permitir que sucediera.

Ambos se miraban de hito en hito, y entonces Mario notó que empezaba a temblar, en el peor momento de todos.

Para bien o para mal, la suerte estaba echada.

Basta de esconderse.

42

Martes, 13 de mayo de 2019. 00.04 horas. Elche

Ana aparcó su Renault Megane a una distancia que consideró idónea para no levantar sospechas.

La operación no iba a ser sencilla, sobre todo porque había sido planificada con el teléfono en «manos libres» durante el trayecto desde la casa del Cambista hasta el lugar en el que había dejado estacionado su coche.

Y no solo eso, también entraba en juego la ausencia de datos fiables acerca de la ubicación exacta del Checheno. Conocían la calle, pero no tenían ni idea de en qué edificio vivía aquel tipo. Por suerte, Solís conocía a otro sujeto que residía por la zona y tenía la esperanza de que, bien por el sobrenombre bien por la descripción que había dado el Cambista —muy genérica, por cierto— pudieran dar con la dirección de la casa y echarle el guante.

Aquel trabajo habría requerido días, incluso semanas, pues necesitaban saber no solo el lugar donde vivía, sino también sus costumbres, para saber en qué momento poder actuar, contando con algo más que la declaración de un sinvergüenza que afirmaba que aquella era la persona que buscaban.

Eso sería lo normal.

Pero el caso ya había perdido por completo toda traza de normalidad, y tocaba aferrarse a un clavo ardiendo. Deseaba que el teléfono comenzara a vibrar confirmándole que el juez había dejado de guiarse por la lógica —según la cual debería denegar la orden, porque todo lo que tenían era circunstancial— y había considerado que, aun a riesgo de meter la pata, por el momento no disponían de una opción mejor.

El asesinato de David Soria había demostrado que el sospechoso carecía de escrúpulos, y que tenía un pulso de acero a la hora de actuar sin vacilaciones.

«El juez lo entenderá —se decía Ana—. No puede morir más gente. Tenemos que ir a por él ya».

Por si acaso, las unidades de apoyo ya estaban sobre aviso y habían empezado a desplegarse por la zona, listas para actuar. Evidentemente, no intervendrían sin apoyo y sin el consentimiento del magistrado, pero mientras ambos llegaban, ellas ya estarían allí, preparadas para cualquier contingencia.

—¿Qué piensas? —le preguntó Ana a Alicia, que caminaba a su lado, muy callada.

—Que todo esto es necesario, pero tengo miedo de que al final solo estemos remendando un descosido.

—Ya lo sé —Ana captó a la primera las palabras de su compañera—, pero hay que hacerlo.

—No, si no digo que no. Ese hijo de puta tiene que pagar, pero no nos engañemos: es un maldito peón. Cumple órdenes de alguien más poderoso. Si lo quitamos de en medio, otro vendrá a cubrir su puesto. Hay que derrocar al rey.

—Sigues pensando que el Gallego es quien maneja los hilos...

—Blanco y en botella. ¿Qué personaje de los que conocemos trata con este tipo de chusma? Es un maldito embaucador, ya lo vimos en el barco; ese tipo sabe qué paso dar una semana antes de echar a andar. Estos manipuladores son la peor clase de psicópata que existe. O lo atrapamos, o esto no acaba.

La inspectora sopesó las palabras de Alicia mientras seguía caminando a su lado.

—De todos modos, no podemos asegurarlo —objetó Ana—, puede que Soria fuera el último eslabón de la cadena y ya haya finalizado su trabajo. Ten en cuenta que el sicario se ha cargado al jefe de seguridad en el centro comercial, que podría habernos puesto desde el principio sobre la pista, y a Soria, cuyo grado de implicación seguimos desconociendo, aunque sin la menor duda estaba metido de lleno.

—Y sobre el que, casualmente, nos alertó el Gallego, aconsejándonos que lo vigiláramos.

—Fue él, precisamente, quien nos puso tras su pista —insistió.

—Y eso hace que sospechemos menos de ese hijoputa, ¿no? Pues lo ha logrado, si era lo que quería.

Ana la miró sin saber qué responder. Desde luego, no disponía de argumentos para desmontar la teoría de Alicia. Todo muy rebuscado y enmarañado, sí, pero coherente. Con Soria fuera de juego (aunque todavía quedaba por saber qué lo vinculaba con el caso), todavía quedaba llegar al trasfondo de todo el follón que se había montado. Coincidía con la subinspectora en que el ruso, o el Checheno, como lo llamaban, era el mero brazo ejecutor. Solo era un mandado. Eso no le restaba gravedad a los hechos ni a los delitos que había cometido, pero para la inspectora era tan culpable el que apretaba el gatillo como el que ordenaba hacerlo.

Y tenían que descubrir quién era esa persona que, desde la sombra, había dado la orden.

Absorta en sus cavilaciones, en un primer momento no se dio cuenta de que el teléfono le vibraba. Cuando por fin se percató, le hizo una seña a Alicia para que se detuviera y sacó el móvil del bolsillo.

Tenía la esperanzada de que fuera el juez, pero perdió el entusiasmo al comprobar que era Solís. Aunque, bien pensado, la llamada prometía.

—Dime que lo tienes —dijo nada más contestar.

—No del todo —respondió, cauto—. Mi contacto dice que le suena mucho, que podría ser cualquier ruso, pero que cree que sabe quién es. Y en caso de ser el que cree, sí que lo ubica en esa calle. Pero de momento nada más.

—¿No sabe en qué casa exactamente?

—No, pero la buena noticia es que conoce a alguien que seguro que lo sabe. Está en ello. Cuelgo, porque me va a llamar en breve, pero quería que lo supieras, jefa. Soy consciente de que cada segundo cuenta.

—Gracias, Solís. Te debo una.

—Me debes muchas. Igual que yo a ti.

Ambos colgaron.

La calle por la que ahora caminaban estaba lo suficientemente silenciosa como para que Alicia hubiera podido escuchar la conversación íntegra y ahora no necesitara un resumen. Lo que sí quería era una indicación.

—¿Qué hacemos? ¿Esperamos a que te llame?

—Creo que deberíamos reconocer el terreno. Espero que no tarde en hacerlo, pero los efectivos empezarán a llegar y supongo que aparcarán cerca de donde nosotras lo hemos hecho. No quiero llegar a la calle a ciegas.

Alicia asintió, según le había dicho Ana, la calle en cuestión estaba apenas a unos metros de allí.

Siguieron andando y accedieron a su destino.

La calle era ligeramente distinta de lo que venían observando hasta el momento. Cabalgaba entre lo humilde y lo típico de un centro urbano como aquel. Había una mezcla de bloques de pisos y casas unifamiliares con unos cuantos años reflejados en sus fachadas.

Ana, ilicitana de pura cepa, no había caminado por aquella vía en toda su vida, pero sí había oído decir que la comunidad rusa se había instalado en esa zona, donde abundaban los comercios con productos típicos de su país. En lo referente a las actuaciones policiales en la zona, la inspectora no recordaba que la UDEV hubiera intervenido allí, por lo que no era una de las áreas que ellos considerasen como conflictivas.

Y sin embargo podría ser la morada de un sicario de la magnitud del Checheno, que ya había demostrado ser altamente letal.

«¡Qué cosas!», pensó la inspectora.

Caminaban como dos transeúntes más, aunque bien era cierto que no había demasiada gente por la calle a esas horas. Deseó con todas sus fuerzas que el sospechoso no estuviera vigilando desde la ventana, aunque le pareció poco probable, pues había sido timado por el Cambista y seguro que no tenía ni idea de que su arma se había visto implicada en otro tiroteo y que ellas habían llegado hasta él gracias a esa pista.

Pese a que trataba de convencerse de ello, caminaba algo tensa. Miró a Alicia; parecía más relajada que ella. Su actitud había cambiado bastante desde el viaje a Mors, y no podía evitar sentirse parte de eso. Sonrió sin poder evitarlo, pero un estruendo le congeló la sonrisa de golpe.

—¿Eso ha sido un disparo? —preguntó Alicia al tiempo que se daba la vuelta, aunque ya sabía la respuesta. Provenía de atrás. No acababa de identificar exactamente de dónde, pero de atrás.

La inspectora la imitó.

¿Dónde había sonado exactamente?

Otras tres detonaciones le dieron la respuesta.

—¡Es allí! —gritó mientras sacaba su arma y empezaba a correr hacia el lugar donde se habían originado los disparos.

Alicia hizo lo mismo.

Se detuvieron ante una casa de aspecto modesto. Las paredes tenían el color propio del cemento y la puerta estaba más bien ajada. El resto de las casas de la calle también eran humildes, pero desde luego aquella estaba algo más deteriorada.

Ana se plantó frente a la puerta y, sin dudarlo un instante, comenzó a darle patadas.

Después de lo que creían que acababa de suceder, ya no necesitaban la orden del juez ni la llamada de Solís.

A pesar de su aspecto deteriorado, no cedía ni se abría. Alicia cubría los movimientos de su compañera, alerta ante cualquier imprevisto. Cualquiera que estuviera contemplando la escena pensaría que lo suyo era disparar contra la cerradura, como hacían en las películas, pero ellas sabían que eso era un cuento chino (muy peligrosos, por lo demás), y que la única solución pasaba por seguir dándole patadas.

Alicia, en vista de que Ana necesitaba su ayuda, se unió a la fiesta, y con tres patadas más de ambas lograron que la puerta cediera y accedieron a la vivienda.

Lo primero con lo que se encontraron fue que la casa no estaba a oscuras: la luz del salón, que hacía las veces de recibidor, estaba encendida. Ana y Alicia echaron un vistazo rápido sin dejar de apuntar con las pistolas. No tuvieron que buscar demasiado para encontrar el cuerpo de un tipo tirado en el suelo. Se acercaron despacio, sin dejar de apuntarle.

Había una ingente cantidad de sangre esparcida por el suelo. Y no solo eso: también podían distinguirse fragmentos de hueso, y algún que otro resto de masa amorfa cuya procedencia prefirieron ignorar tanto Alicia como Ana. Centrándose en el cuerpo, ambas comprobaron que al menos se apreciaban dos disparos: uno en el hombro y otro, el que probablemente le había causado la muerte, había entrado por la boca, o muy cerca de ella, puesto que los destrozos causados en la zona hacían difícil precisarlo.

El otro disparo de los tres seguidos que habían oído no lo localizaron enseguida, aunque más tarde lo encontraron en la pared.

Mientras seguían examinando el cuerpo, oyeron un ruido.

Provenía de detrás de un sofá que estaba tapado con una manta. Se dieron la vuelta instintivamente, sin poder explicarse cómo no se habían dado cuenta antes de que allí había alguien, pues respiraba de forma muy ruidosa, al borde la hiperventilación.

—¡No te muevas! —gritó Alicia, apuntando con el arma.

Ana la cubría, pero en el fondo había algo que les decía que, al menos en esos momentos, a juzgar por la crisis nerviosa que parecía atravesar, la persona que estaba detrás del sofá no representaba una amenaza para ellas.

Alicia dio un paso hacia su izquierda para poder verlo mejor.

No podía dar crédito lo que los ojos le mostraban.

Era Mario Antón.

Estaba tendido en el suelo, con el brazo rodeándose las rodillas y presionándolas contra el pecho, y el otro sobre la cabeza. En efecto, respiraba con demasiada cadencia y de forma atropellada.

Ana no dudó en acercarse hacia él enseguida.

—¡Mario! ¿Me oyes?

Pero él seguía a lo suyo, como si los nervios se hubieran apoderado de todos sus sentidos.

—¡Mario! —repitió, zarandeándolo.

Por fin pareció reaccionar y apartó un poco el brazo de la cabeza, pero sin soltar las rodillas. Vio a Ana. Ella se percató de que apestaba a alcohol.

—¿Qué ha pasado?

—¡Lo he matado, Ana; lo he matado!

La inspectora lo miraba a los ojos sin saber qué decir.

¿Cómo era posible que una persona como Mario hubiera sido capaz de matar a alguien como ese sicario y haber salido indemne?

Ana no podía explicárselo, claro, pero ella no había estado presente cuando todo sucedió.

Mario y el ruso se miraban. Él temblaba; de hecho, el arma no dejaba de moverse. El otro, en cambio, no se movía ni pestañeaba. Lo único que no había variado desde que habían entrado en la casa era la sonrisa del sicario, que ya lo tenía bastante harto.

Mario no supo explicar qué lo llevó a hacer lo que hizo, puede que fuera eso que decían de que cuando uno estaba a punto de morir, toda su vida pasaba por delante de sus ojos, pero en esos momentos le vino una imagen muy nítida a la cabeza. No fue toda su vida en sí, sino que se vio a sí mismo observando desde el umbral de la habitación mientras Clara le contaba, una noche más, el cuento del lobo al pequeño. Una imagen que, pasara lo que pasara, ya nunca volvería a repetirse. Pero él sí podía volver a abrazar a su hijo y, después del lío en el que él solo se había metido, era muy probable que ya no pudiera volver a repetirse nunca más. Así que luchó por su vida del único modo que se le ocurrió: saltando detrás del sofá que había a su derecha.

Como el mastodonte no se esperaba aquel movimiento, no pudo hacer otra cosa que disparar su arma de manera instintiva.

Para Mario todo sucedió a cámara lenta, aunque en el mundo humano apenas pasaron unos segundos desde que se vio cayendo al suelo sin soltar el arma y oyó que el ruso había detonado la suya y que, por suerte, había errado el disparo. Justo después, Mario extendió el brazo, fue incapaz siquiera de abrir los ojos para hacer lo que haría a continuación, aunque es posible que gracias a eso lo lograse, porque al cerrar los ojos volvió a centrarse en que quería volver a abrazar a su hijo. Él le seguiría contando el cuento. Y apretó tres veces seguidas el gatillo.

Había visto en la tele que disparar un arma no era tan sencillo, que quien la empuñaba tenía que colocarse bien y tener el brazo en la posición correcta para luchar contra el retroceso. Él no sintió nada de eso, pero sí que era cierto que un pitido insoportable se apoderó de su oído derecho tras haber disparado.

Aquella había sido su jugada, y ahora esperaba que llegara la de su contrincante, porque era imposible que sus disparos hubieran dado en el blanco.

Pero la respuesta no llegó.

Aún seguía como ausente cuando abrió los ojos. Se asustó al comprobar que el ruso no estaba allí, pues miraba hacia donde debería de estar su tronco, pero no vio a nadie. Miró hacia abajo instintivamente, y entonces observó que su rival yacía en el suelo. No sabía con certeza si seguía vivo, pero estaba en suelo.

A partir de ahí empezó a respirar con dificultad y a bombear sangre de forma descontrolada, y también sintió una especie de parálisis en todo el cuerpo.

Y de pronto apareció a Ana.

—¿Me oyes? —seguía insistiendo ella.

Por fin él pudo recuperar el control de su cuerpo y asintió con la cabeza.

—¿Estás bien?

Mario se miró, parecía estar entero. Ana también se dio cuenta de que era así.

—¿Por dónde has entrado? —quiso saber ella.

—Iba a entrar por detrás, pero no sé cómo él me sorprendió y... —balbució— me metió aquí dentro.

Ella se quedó pensativa. Alicia la miraba expectante. ¿A qué esperaba para dar el aviso de lo que había pasado?

Entonces Ana se incorporó y sacó su teléfono móvil. Llamó a comisaría.

—Llamad a las unidades movilizadas para el operativo del ruso y que vayan directamente a la calle acordada. Enviad también a los de la Científica y dad el aviso a la comisión judicial. Hemos oído un tiroteo y hemos entrado en una casa. Hay un cadáver. —Hizo una pausa mientras escuchaba la respuesta—. Sí, podría ser la persona que buscábamos. —Otra pausa—. No, está solo; hemos comprobado la casa y no parece haber nadie más. El autor de los disparos ha huido.

Alicia puso unos ojos como platos tras escuchar aquello, pero fue cauta y no dijo nada hasta que Ana colgó.

—¿Se te ha ido la cabeza? ¿Qué haces?

Pero Ana no le hacía caso, se agachó de nuevo junto a Mario.

—Vete de aquí. Rápido.

Mario la miraba sin saber qué decir tampoco.

—Vete, ¡joder! No sé qué pasará a partir de ahora, pero tú te has largado antes de que entremos nosotras y no sabemos que has sido tú. Llévate el arma y hazla desaparecer del modo que te dé la gana. Negaré que hemos tenido esta conversación, pero yo que tú intentaba que no se supiera que has estado aquí. No permitas que Hugo también crezca sin su padre, ¿me entiendes?

Él asintió tímidamente. Necesitó un par de segundos para asimilarlo todo, levantarse y salir corriendo por la puerta que ambas habían reventado. Ana y Alicia se quedaron mirando cómo huía.

Cuando más o menos tuvo la certeza de que había salido, Alicia se volvió a dirigir a Ana.

—Ana, entiendo que..., bueno, no sé lo que entiendo, pero ¿te has dado cuenta de lo que has hecho?

—Lleva guantes y nada lo relaciona con este lugar de manera directa —comentó con frialdad—. Puede que se salve.

—También puede que los de la Científica encuentren algo por aquí que señale hacia él. ¿Es que piensas alterar la escena?

La inspectora negó con la cabeza.

—Solo quiero darle una oportunidad. Creo que las dos entendemos por qué lo ha hecho, y lo que he dicho de Hugo es verdad. El niño ha perdido a su madre, ojalá no pierda también al padre. Si al final lo relacionan con esta muerte, ya no podré hacer nada, pero al menos lo he intentado.

Alicia la miraba sin saber qué decir. Era una situación que no se esperaba bajo ninguna circunstancia, mucho menos estando implicada una persona como Ana Marco.

Esta última miraba hacia ninguna parte, pero con la satisfacción de pensar que podría haber consumado la venganza perfecta por lo que le hizo aquel chico años atrás, y en cambio lo había ayudado a no destrozarse más la vida. Tuvo muy claro que lo que sentía ahora por dentro era mucho mejor.

Por fin estaba en paz.

Por fin sentía paz.

43

Martes, 14 de mayo de 2019. 2.14 horas. Elche

—Ya está, ya ha caído —comentó Cristina nada más entrar resoplando en el salón.

Rose la miraba acomodada en el sofá, se había soltado el pelo y ya comenzaba a notar que los niveles de adrenalina disminuían hasta el punto de que, por primera vez aquella noche, empezaba a sentir el lógico cansancio.

—¿Qué le has dado? —quiso saber la periodista.

—Mejor que ninguno de los dos lo sepáis.

—¿Crea adicción?

—Si te lo tomas conscientemente y durante varios días, claro. Pero él ni sabe lo que le he echado en la tila. Lo importante es que descanse, lo necesita.

Rose ya no pudo responder a eso. Como estaba haciendo cada más o menos diez minutos desde que Mario había subido de nuevo al coche, con la cara tan blanca como la cal, volvió a negar con la cabeza.

—No me puedo creer que haya sido capaz.

—Él no ha dicho que haya hecho nada.

—No me toques las narices tú ahora. Las dos sabemos lo que ha pasado allí dentro.

—Exactamente no. Él no ha abierto la boca y creo, since-ramente, que es mejor así. Imagina que relacionan lo que sea que haya ocurrido con Mario. Nosotras no tendremos que mentir, porque en realidad no sabemos qué ha hecho. De ver-dad que lo creo; es mejor así.

Rose quiso contestar, pero no era la primera vez que am-bas habían hablado del mismo tema, casi repitiendo las mis-mas frases, en las dos últimas horas. Era cierto que Mario ha-bía llegado al coche con el rostro desencajado y que solo había abierto la boca para decir que quería irse a casa cuanto antes. Pero había ciertos factores que hablaban por sí solos. El primero, su propio estado anímico. Si ya tenía motivos para estar alterado, el aspecto con el que llegó al coche de-cía mucho más de él que cualquier palabra. El segundo, que la única frase que pronunció fue para pedirles que lo ayudaran a deshacerse del arma —cosa que Cris (Rose no quiso saber nada del asunto) ya había hecho—. Y el tercero, y el más im-portante de todos, que Rose no había dudado en llamar a su contacto dentro de la comisaría de Elche y este le había con-firmado que al omnipresente ruso le habían volado la cabeza, más exactamente la mandíbula. La excusa inventada por la periodista para justificar su curiosidad ahora no venía a cuen-to. Lo que de verdad importaba era que Mario se había atre-vido a dar el paso, y que ella no podía sacudirse de encima la parte de culpa que le correspondía.

No era momento de hablar o de pensar en justicia. Rose cambiaba de parecer respecto a la justicia constantemente, quizá alentada por los sucesos que habían marcado su vida, pero ahora pensaba que lo que había hecho Mario con aquel malnacido no era la solución ideal a su desgracia. Tal vez sí, según el punto de vista que se adoptara, pero desde luego que no había sido un buen desenlace si se tenía en cuenta el pau-pérrimo estado emocional en el que había caído el chico. Ella estaba segura de que cuando apretó el gatillo pensó que era la única forma de encontrar la paz, pero nada más verlo uno se daba cuenta de que ahora sus demonios se habían multiplicado por mil.

Y ya tenía tantos encima que ella no sabía cómo era capaz de soportarlo.

Necesitaba pensar otra cosa que no fuera lo ocurrido hacía unas horas. Así que se dirigió a Cristina y le preguntó sin más preámbulos:

—¿Cómo están tus padres?

La gemela de Clara se la quedó mirando, y aunque reconocía que le costaba horrores bajar la guardia en su nueva faceta, lo intentó.

—Mi madre tiene que pasar la noche en observación. Está bien, pero su tensión va y viene, y es mejor que esté controlada. Lleva varias horas estable, pero quizá lo más conveniente sería que mañana por la mañana..., bueno, que más tarde saliera de allí un poco más tranquila. Mi padre..., mi padre es un tipo muy raro. Es la primera vez en toda mi vida que casi lo veo derrumbarse, pero ahí está, sigue en pie y no sé si es porque quiere que lo vean así o porque de verdad no hay nada que lo destruya.

—¿Te decepciona ver que no se ha hundido como tu madre?

—¿Quieres que te sea sincera?

—¿Sabes ser sincera?

Cristina sintió la estocada y comprobó que le provocaba cierto dolor. Aquello hubiera fastidiado a cualquiera, pero a ella, en cambio, le gustaba. Era señal de que en verdad estaba dejando algunas cosas atrás.

—Esa ha sido buena —reconoció—. De verdad que no te miento si te digo que sí, que me decepciona. Es difícil hablar de mi padre desde mi posición. Es cierto que a mí se me ha acusado siempre de estar celosa de mi hermana, pero tendrías que ver cómo fue mi vida a su lado. Ella era doña Perfecta, eso siempre lo asumí; pero mi padre siempre hizo que de las dos ella brillara más. Y eso pesaba y dolía. Clara era como una extensión de él, pero, claro, ella fue creciendo y poco a poco comenzó a pensar por sí misma. Yo seguía teniendo celos de mi hermana y de su maravillosa vida, ¿para qué negarlo? Pero ahora, aunque sea tarde, reconozco que no era la misma persona a la que llegué a odiar. Tampoco era una monjita, no nos engañemos, pero no era tan hija de puta como yo la recuerdo de pequeña y de adolescente.

—Perdona que vuelva a lo de tu padre, pero me decías que ella se comenzó a desviarse de ese... ¿cómo llamarlo? ¿Sendero trazado por él?

—Sí, pero, a ver, solo hasta cierto punto. Piensa que hasta trabajaba con él en la Diputación. Pero sí es verdad que él quería que fuera como su mano derecha, y no lo era tanto. Tenía otros planes, por decirlo de algún modo. No veas lo que costó que aceptara a Mario como su novio. Te hablo de años. Él quería otro tipo de persona junto a ella. Alguien con categoría, con clase, con dinero, ¿por qué no reconocerlo? Mario no era así. Mario es más auténtico, poca cosa en ciertos sentidos, pero al menos es una persona de verdad.

Rose miraba a Cristina directamente a los ojos. No cabe duda de que ella no estaba capacitada psicológicamente para conocer cuándo una persona decía la verdad o no, pero fijándose en el brillo que despedían, hubiera apostado todo a que la muchacha estaba siendo sincera al cien por cien. No podía ocultar que, aunque pasaran mil años, ella seguiría enamorada de Mario Antón.

—Y volviendo a lo de tu padre...

—Muchas preguntas me haces tú sobre mi padre —la interrumpió Cris—. ¿Estás intentando sonsacarme para Valero?

La periodista negó con la cabeza.

—Lo de Valero, para mí, ha quedado atrás. Ya veré cómo me las apaño con lo de mi hermano, pero viendo cómo se las gasta no pienso hacer nada más para él. Te pregunto porque quiero saber. No somos fichas importantes en la partida, pero estamos metidas en el juego nos guste o no. Intento conocer y comprender, porque está claro que detrás de todo esto hay mucho más de lo que se ve a simple vista.

—¿Qué más crees que puede haber?

—¿Quién mandó al ruso? Ese cabronazo era un sicario, no tomaba decisiones.

Cristina se encogió de hombros.

—¿Y por eso preguntas por mi padre? ¿De verdad tu cabecita te ha llevado a pensar que mi padre sería capaz de matar a mi hermana por la razón que sea? —preguntó, algo molesta.

—No, no, tranquila —respondió Rose—. O, mira, sí, ¿para qué mentirte? Sospecho de él, pero no es el único. También lo hago de Valero, y del puto gallego. ¿Quién me asegura que ninguno de los tres ha sido capaz de hacerlo?

—Se te va la olla —dijo la otra, levantándose con la intención de salir del salón.

—Espera, Cristina. Siéntate y escúchame.

Cristina no se volvió, pero trató de inspirar profundamente y de dejarse llevar por sus impulsos, como solía hacer siempre. En cuanto se hubo calmado volvió a sentarse en su sitio.

—Te escucho.

Rose tomó aire antes de exponer sus teorías.

—Creo que los tres tienen parte en lo sucedido, y te cuento los motivos de cada uno. Tu padre, tú misma me lo has dicho, sentía que su hija ya no era la que era...

—¿Y la mata por eso?

—¿Me dejas continuar?

Cristina asintió, procurando controlar la respiración.

—Sigo, tu padre siente que su hija ya no es la que era para él. Perdona por lo que te voy a decir, pero tu padre es un hijo de puta sin escrúpulos. Ya lo ha demostrado de cara a la galería muchas veces, y el hecho de que (tal como he podido comprobar) lleve tanto tiempo trapicheando junto al Gallego no hace más que corroborarlo definitivamente. Le va fatal en las elecciones, Ramón Valero se le está acercando peligrosamente, y la amplia ventaja con que contaba ya hace mucho que se ha esfumado. Piensa en el golpe de efecto que supone la muerte de tu hermana en tan trágicas circunstancias. En cierto modo, tu padre también se convierte en una víctima, y toda esta mierda puede que lo catapulte a un nuevo mandato.

—Vale, te he escuchado y pienso que solo dices gilipolleces. ¿Tú te oyes a ti misma? ¿Un padre ordenando la muerte de su hija solo por poder?

—Yo sé lo que estoy diciendo, y ahora analiza lo que tú has dicho. Dime que esto nunca ha ocurrido y yo te mostraré casos que puede que no sean iguales, punto por punto, pero sí parecidos, de padres que han utilizado a sus hijos para conseguir un fin. Seguro que te dejo sin argumentos.

—Mi padre no haría eso.

—Tu padre podría ser un psicópata y tú no lo sabrías.

—Venga, déjate de hostias y dime por qué piensas en los otros dos.

—En cuanto al Gallego, lo tengo bastante claro. Ha debido de tener algún tipo de problema con tu padre y ahora podría estar haciéndoselo pagar. Es la teoría más fácil, y a veces la explicación más fácil es la más sencilla, ¿no?

—Podría ser. Yo apostaría por esta. ¿Y Valero?

—Valero es un lobo con piel de cordero. Ya no hablo de que me metiera a mí en esto para sacarle los trapos sucios a tu padre, que es lo que ha hecho. Yo no era consciente de ello, pero ha sabido manipularme muy bien a su antojo, cuando le ha convenido.

—Pero si nos ceñimos a lo que has dicho de mi padre sobre cómo le beneficia la muerte Clara, no sé yo...

—Sí, es cierto que podría beneficiarle. O no. ¿Hoy has hablado con él?

—Apenas. Nuestra relación no está en su mejor momento.

—Entonces no sabrás si va a seguir adelante o no con la campaña, ¿verdad?

Cristina negó con la cabeza. Había una parte de ella que decía que sí, y otra que se enfrentaba frontalmente a aquella posibilidad.

—Hay rumores de que podría dejarlo. ¿Y si la jugada fuera esa? ¿Y si en verdad tu padre no es como yo creo, y lo sucedido lo ha destrozado por completo? ¿Y si el efecto esperado es justamente ese: que a causa del dolor que siente no pueda seguir adelante con esto? Lo podemos mirar desde un lado y desde el otro.

Cristina no supo qué decir. No lo había contemplado desde ese punto. Le dolía admitir que Rose podría tener razón, tanto con uno como con el otro. Pero aún había cosas que seguían sin cuadrarle.

—Aunque obviamente tengo mis reservas con respeto a mi padre por el mero hecho de ser su hija, ¿de verdad crees que Ramón es así? Parece estar hecho de otra pasta.

—Precisamente por eso. Lo parece. Ya te digo que ahora me he dado cuenta de cosas que en un primer instante no vi. ¿Sabes quién me dijo que ahora era un buen momento para acercarme a Mario y sonsacarle información sobre tu padre? Le dije que me enteré porque lo vi en el mismísimo centro comercial hablando con los de seguridad, pero no: me llamó Valero y me dio las indicaciones. ¿Sabes quién me ha allanado el camino para que todo me resulte sumamente fácil a la hora de realizar mis averiguaciones? Exacto, él. ¿Sabes quién me proporciona los contactos? Bingo. Y así podría estarme un buen rato. ¿Y la jugada de ir a consolar a su rival? Por favor, eso es de primero de Demagogia. Ramón Valero es igual de cabronazo que tu padre, pero lo disimula muy bien. Cualquiera de los dos podría haber enviado al ruso en su puta mierda de juego electoral.

—¿No eran tres? ¿Vas a dejar fuera al Gallego?

—Sinceramente, tengo muchísimas ganas de que sea él, y de que desmantelen su imperio, pero a medida que te lo voy contando todo, me estoy dando cuenta de que esto solo es cosa de dos. O Ramón Valero o Francisco José Carratalá están detrás del asesinato de tu hermana.

Cristina se limitó a suspirar. No podía rebatir las palabras de Rose.

44

Martes, 14 de mayo de 2019. 8.54 horas. Elche

Cuando Mario entró en el salón se encontró con una imagen curiosa. Desde luego, no hubiera esperado ver algo así, ni aunque una futuróloga se lo hubiera predicho.

Rose y Cristina dormían en el sofá. Eso, por supuesto, no era lo más curioso del asunto, ya que, aunque estaban lo suficientemente separadas, de algún modo se podía interpretar que dormían abrazadas.

Mario no era tan estúpido como para pensar que aquello había sucedido de manera consciente. De algún modo, ambas se habían dormido y, seguramente en un gesto totalmente involuntario, Cris se había abrazado a las piernas de la periodista, y ahora ofrecían aquella imagen.

Dudó de si debía despertarlas o no. Seguro que no habían dormido tan pocas horas como él en los últimos días, pero no por ello dejarían de estar lo suficientemente cansadas como para merecerse algún tiempo más de respiro. Pero tenía que contarles algo.

Se trataba de una idea que, por lo que fuera, su mente había bloqueado, y de pronto se le había manifestado en sueños.

Tenía la esperanza de que cuando menos fuera real, y no producto de su subconsciente.

Así que no esperó más.

—Chicas. —Su voz denotaba prudencia.

Rose se removió un poco, pero no llegó a abrir los ojos. Cristina, en cambio, no se movió en absoluto.

—Chicas. —Elevó un poco más el tono.

Rose abrió los ojos e hizo un inequívoco gesto de desorientación; Cris, en cambio, por fin se removió.

—Cris... —insistió Mario desde la distancia.

Su cuñada se incorporó de pronto, como impulsada por un muelle o como si quisiera disimular que se había dormido.

—¿Qué horas es? —preguntó la periodista al tiempo que buscaba su teléfono móvil.

—Son casi las nueve —respondió él.

—¿Has dormido algo? —quiso saber Cris, reparando en lo difícil que era que Mario se hubiera levantado ya después del cóctel que había ingerido de manera involuntaria.

—Sí, he podido descansar un poco. Pero mi cabeza no para de darle vueltas, y quería comentaros algo.

Tanto la una como la otra se acomodaron en el sofá. Mario no se movió de su posición.

—Tú dirás —comentó Rose.

Desde que había abierto los ojos un poco alterado por aquellos pensamientos, y a pesar de que se había planteado varias veces cómo contarlo, ahora no encontraba las palabras exactas para comenzar a hablar.

—Veréis —dijo al fin—, anoche, yo...

—No hace falta que nos cuentes nada, Mario —lo interrumpió Cristina—. Cuanto menos sepamos, mejor para ti. Así no tendremos que mentir en caso de que nos pregunten.

—Da igual, Cris. Creo que aquí todos sabemos cómo acabó la cosa. Aún no soy capaz de entender cómo pude... —se miró las manos—, cómo pude..., no... no sé...

—Tranquilo, Mario —terció Rose—. Creo que las dos te entendemos, fue duro hacer lo que hiciste, pero comprensible.

—Bueno —dijo él tras unos segundos de pausa—, el caso es que el ruso me dijo algo que me ha taladrado hasta en sueños. Y no sé por qué, anoche, cuando volvíamos a casa, no fui capaz de recordarlo ni una sola vez. Ni siquiera recordaba que me lo hubiera dicho. Supongo que estaba como en estado de *shock*, pero es que ya llevo varios días viviendo en *shock*.

—¿Y qué era? —preguntó su cuñada.

—Me dijo algo sobre un papel. De hecho, si lo pienso fríamente, creo que estoy vivo porque el ruso no me quería disparar hasta que le dijera no sé qué de un papel.

—¿Te apuntó con un arma? —preguntó Rose, levantándose y dirigiéndose hacia Mario. No sabía con qué fin, pero le salió de forma espontánea.

Mario se limitó a asentir. Cuando revivió de nuevo el momento, comprendió que debía sentarse, pues las piernas le empezaron a flaquear.

Una vez sentado, siguió hablando.

—No sé explicároslo palabra por palabra, pero quería saber dónde guardaba un papel Clara. Un papel con unos resultados. También habló de la clínica del doctor Moliner. Me dijo que me había visto visitarla por la mañana.

—¿Te vio visitar la clínica? —La pregunta la hizo Rose en voz alta, pero en realidad era como si se la hiciera a sí misma, pensativa.

Cristina, que ya la había visto en acción la madrugada pasada cuando le preguntó por su padre, supo enseguida que estaba conectando distintos hilos.

—¿Qué? —preguntó a la periodista, sin andarse por las ramas.

—Que el tipo te estaba siguiendo a ti, y luego, al poco rato, estaba cosiendo a balazos a David Soria frente a la comisaría.

—¿Cómo? —preguntaron a la vez Mario y Cristina.

—¿No os lo había dicho? —inquirió Rose al tiempo que se percataba de que, efectivamente, no lo había hecho—. Vale, pues eso, por increíble que parezca, el ruso se cargó a Soria en las mismísimas puertas de la comisaría. Ese hijo de puta no tenía escrúpulos ante a nada.

—¿Y no podría ser que fueran dos personas distintas? ¿Cómo seguirlo a él y en tan poco tiempo hacerle eso a Soria? Es imposible —dijo Cris.

—Bueno, en verdad no sé qué margen hay entre ambas acciones, porque lo único que sé es que lo mataron ayer, pero ignoro a qué hora. Pero imaginemos que fue en poco tiempo. Sería imposible de no ser que una simple llamada lo condujera de un lado al otro. Que estuviera siguiéndolo a él, sonara el teléfono y le dijeran que se fuera a la comisaría a matar al otro.

—Pero, para saber dónde y qué iba a hacer Soria, debería de estar siguiéndolo... —Cris no terminó la frase porque la situación hablaba por sí sola.

Mario era el único que no entendía nada.

—Debería de estar siguiéndolo... —repitió Rose, que sabía lo que quería decir Cristina—, pero olvidemos eso por un momento. Volvamos a lo del resultado. ¿Se supone que Clara ocultaba un papel con los resultados de la clínica?

—Cada vez tengo más claro lo del embarazo —añadió Mario.

—Pero no tiene sentido que sea del ruso —intervino Cris—. Sé que supondría un varapalo para ti, eso lo tengo claro, pero ¿tan malo sería como para que la mataran? Es imposible.

—Porque no estaba embarazada del ruso —sentenció Mario.

Tanto Rose como Cristina lo vieron claro al mismo tiempo. Rose fue la primera en hablar.

—¡Claro! ¡Ahí tenemos el motivo! Clara se había quedado embarazada de alguien que, por lo que fuese, no quería que se supiera. Y ese alguien es muy importante. Todo ha sucedido para silenciar a Clara. Ahora falta saber quién es ese alguien, que también fue quien envió al ruso.

—Y Soria lo sabía —puntualizó Cris—. Por eso también lo han liquidado.

Rose cerró los ojos. Cada vez lo veía más claro. Lo curioso era que tanto a Cristina como a Mario les sucedía lo mismo.

—Tenemos que encontrar ese papel —dijo Mario.

Y los tres se pusieron manos a la obra. Teniendo claro por fin qué era lo que buscaba el ruso cuando entró en la vivienda el domingo por la tarde, y con la ventaja añadida de saber los lugares donde no podía estar escondido el dichoso papel, Mario fue a mirar directamente en el bolso que su mujer llevaba al trabajo. Era una opción más bien estúpida, pero teniendo en cuenta que un simple papel podría pasar desapercibido, no quiso perder la esperanza tan rápido.

No estaba allí.

Rose se había quedado en el salón y Cristina en ese momento se encontraba en la cocina.

Poco a poco, como si fueran profesionales a la hora de peinar cada centímetro de la casa, fueron recorriendo todas las estancias, mirando en cada posible escondrijo; pero, para decepción de los tres, los hipotéticos resultados no aparecían por ninguna parte.

—¿A qué hora abre la maldita clínica? —preguntó Rose con voz apesadumbrada.

—Aún falta un rato —respondió Mario tras consultar su teléfono móvil.

—¿Estás seguro de que ayer el doctor no te llamó desde su móvil? Podrías probar —insistió.

—Después de lo de Clara recibí mil llamadas distintas y no contesté ninguna. Hay muchísimas sin nombre, solo aparece un número —respondió, procurando mostrarse lo más sereno que pudo. Se sorprendió a sí mismo cuando comprobó que podía lograrlo, incluso después de haber estado hablando de la muerte de su esposa. No quería normalizar el hecho, pero sí tenía claro que debía aprender a vivir con ello, y empezaba a ver que tal vez fuera posible.

—Pues yo llamaría a todos los números; no hay tiempo que perder —insistió.

Una simple mirada de Mario le dio a entender que quizá no era una buena idea.

—¿Clara tenía una agenda? —preguntó de pronto Cristina.

—Sí, pero llegas tarde —dijo Mario—, ya la revisé hace unos días. De ahí fue de donde saqué lo del doctor Moliner.

—¿Puedo verla?

Mario enarcó una ceja. Había pocas cosas que lo sacaran de quicio, pero sin duda una de ellas era que le cuestionaran que algo que había hecho él previamente estaba bien hecho. Sin embargo, no se sentía con las fuerzas suficientes para protestar, sobre todo teniendo en cuenta que su cerebro no paraba de darle una de cal y otra de arena casi a cada instante. En su cabeza se mezclaban las imágenes de lo que había sucedido la noche anterior —se veía a sí mismo apretando el gatillo de la pistola— con lo que le estaba pasando en ese instante. Aquel galimatías mental no hacía sino aumentar su confusión, y al mismo tiempo lo impelía a buscar desesperadamente la verdad.

Fue a por la agenda. Entró en su despacho y se dirigió directamente a la estantería de los libros. De nuevo, como había hecho uno días atrás, cogió el falso tomo del *Quijote* y lo abrió. Por un momento pensó que se llevaría una enorme sorpresa al encontrar inesperadamente el dichoso papel, pero no. Tampoco estaba allí. Había algunos papeles, pero no guardaban la menor relación con lo sucedido. La agenda sí estaba, como la última vez que lo comprobó. Iba a llevársela a Cristina cuando de pronto no pudo evitar fijarse en la foto que había delante de unas novelas.

Cerró los ojos y sintió una terrible puñalada en las órbitas.

No pudo abrirlos de inmediato, necesitó unos segundos para armarse de valor y volver a fijar la mirada en la instantánea.

Cuando lo hizo no vio nada nuevo, era la misma fotografía de siempre, pero, dadas las circunstancias, adquiría un cariz distinto. En la imagen aparecían Hugo, Clara y él. Estaban tendidos en una zona de césped. Mario recordaba perfectamente aquel día: fueron al parque Reina Sofía de Guardamar del Segura a pasar una mañana de domingo, y Hugo y él se revolcaron felices en el césped. Clara se había llevado el trípode, como hacía siempre que salían a cualquier parte, pero esa foto, por una vez, decidió no subirla a Instagram, porque decía que captaba mucho más que ninguna otra de las muchas instantáneas familiares que había tomado. Esa foto solo sería para ellos.

Mario se enjugó las lágrimas mientras la volvía a poner en su sitio. Para el ojo humano estaba bien colocada, pero Clara la quería justo enfrente del libro de un tal Mikel Santiago que estaba en aquella misma estantería. Posiblemente la habría movido el ruso en su registro.

Salió del despacho y se dirigió de nuevo al salón. Cristina y Rose estaban sentadas de nuevo en el sofá. Sin decir nada —no era necesario—, le dio la agenda a Cristina con el único propósito de que estuviera entretenida, pues estaba seguro de que no encontraría nada.

Él no pudo sentarse. Comenzó a hacer algo que odiaba —incluso se ponía muy nervioso cuando se lo veía hacer a alguien—, pero que ahora, en cambio, no podía evitar: empezó a deambular por el salón mientras trataba de reorganizar sus ideas.

No era fácil, teniendo en cuenta que su cerebro seguía desatado, reproduciendo indiscriminadamente todas aquellas imágenes que él no quería visualizar. Deseó con todas sus fuerzas que las cosas fueran tan sencillas como aquel día en Guardamar. Que todo fuera tan sencillo como siempre había sido en su vida, aunque, por desgracia, como solía ocurrir, él no la hubiera valorado como se merecía. Ojalá pudiera volver a aquel césped. Ojalá pudiera tenerla a ella.

Seguía pensando en la foto cuando, de pronto, se quedó paralizado.

Rose y Cris —que seguía enfrascada en la agenda— se quedaron pasmadas cuando lo vieron salir a toda velocidad del salón y dirigirse de nuevo a su despacho.

Cogió la fotografía sin perder un segundo. Le dio la vuelta y retiró la parte trasera, como si fuera a sacar la instantánea del marco.

Pero ya se olió algo en cuanto la giró, así que no se sorprendió al encontrar un papel que había sido ocultado en el hueco.

Mario lo abrió, no quería perder un segundo más.

Estaba tan ensimismado leyéndolo que no se percató de que Cristina y Rose habían entrado también en el despacho. La primera llevaba la agenda consigo y utilizaba su propia mano como una especie de marcapáginas.

Cuando levantó la mirada del papel estaba blanco. Rose fue a preguntarle por el contenido, pero Cristina la interrumpió.

—Rose me ha dicho que revisaste la agenda desde el día en curso hacia atrás. ¿Cómo no se te ocurrió mirar hacia delante?

Pero Mario era incapaz de responder. No le salían las palabras después de lo que acababa de leer. Consciente de ello, Cristina siguió hablando.

—Mira lo que hay aquí. Tenía una reunión hoy mismo, y mira con quién; solo aparecen las iniciales, pero creo que está bastante claro.

Su cuñada se lo mostró, y a pesar de que su cerebro parecía no poder asimilar más sorpresas, cuando vio aquellas iniciales tuvo muy claro quién era el culpable de la desgracia que había asolado a su familia. Y lo peor, con muchísima diferencia, era que los motivos, que ahora tenía en su mano, también eran muchísimo más escalofriantes de lo que en un primer momento hubiera podido imaginarse.

Cuando les mostró la hoja a Rose y a Cris, esta última dejó caer la agenda al suelo. La casualidad quiso que se quedara abierta por la página en la que, tiempo atrás, Clara había anotado la cita:

«Encuentro con R. V. No olvidar resultado pruebas».

45

Martes, 14 de mayo de 2019. 9.34 horas. Elche

Una de las reglas básicas de todo policía que se precie, sobre todo si se dedica a la investigación criminal, es que su teléfono móvil nunca puede estar en silencio. Más aún, si está involucrado en uno de los casos más truculentos que se recordaban en la ciudad de Elche.

Pero Ana decidió saltarse esa regla. Lo necesitaba. Después de la nochecita toledana que tanto ella como Alicia habían pasado, qué menos que poder descansar unas pocas horas. Para poder disfrutar de aquel merecido minidescanso, las dos habían recurrido a ciertas trampas, como tomarse una Dormidina. El exceso de emociones vividas no era compatible con el abrazo de Morfeo, por mucho cansancio acumulado que tuvieran, así que ninguna de las dos se lo pensó dos veces.

Lo que vivieron en casa del Checheno, por muy increíble que pudiera parecer, de poco servía de cara a la investigación. Ana respiraba tranquila porque en principio no había ni rastro del paso de Mario por la vivienda, y aunque su conciencia la martilleaba con algo que ella ya sabía —que no había obrado bien al dejar en libertad a una persona que había matado a otra—, aquel peso era ínfimo cuando pensaba en la desgracia de aquella familia, y en que, por mucho que hubiera pasado lo que pasó, Mario Antón no era ningún asesino. Era difícil de explicar, habiendo una muerte de por medio, pero ella sabía lo que quería decir.

Volviendo a lo del móvil, al haber roto la famosa regla, hasta que su cuerpo no decidió abrir los ojos, que por fortuna para ella fue justo a las 9.34 de la mañana, no se enteró de que tenía cinco llamadas perdidas provenientes del IML de Alicante. Con el consiguiente acelerón de las pulsaciones, devolvió la llamada al tiempo que salía de su habitación, medio desnuda, entraba de golpe en la de Alicia y la informaba de que ambas se habían quedado dormidas. No perdió tiempo en golpear la puerta con los nudillos y la abrió de golpe. Para su sorpresa, vio que Alicia no estaba dentro. Una mano que le tocó el hombro desde atrás casi logró que se le saliera el corazón por la boca. Alicia ya se había levantado, y en esos momentos estaba haciendo algo por la casa.

Ana iba a decir algo, pero por fin alguien contestó a su llamada telefónica.

—¿Medicina Legal? —dijo la interlocutora al otro lado de la línea.

—Hola, buenos días, soy la inspectora Ana Marco, de la UDEV de la comisaría de Elche. Tengo varias llamadas perdidas, quería saber por qué se me requería.

—Un momento, supongo que la habrá llamado el doctor Legazpi; no cuelgue.

En circunstancias normales, cualquiera habría esperado escuchar la típica musiquilla, ignorando que allí solo disponían de un simple teléfono fijo que estaba ubicado en la sala de descanso (y a la vez despacho, dicho sea de paso), y que la misma persona que había contestado habría ido a buscar al doctor para pedirle que se acercara a contestar.

El tiempo transcurrido estuvo a caballo entre mucho y una eternidad. O al menos eso le pareció a Ana.

—¿Inspectora? —dijo el doctor al coger el auricular.

—Cuéntame, Juan.

—A ver, no sé la importancia que puede tener lo que te voy a contar, pero a las siete he comenzado con la autopsia de David Soria. En la primera inspección ocular he encontrado una tarjeta dentro de su bolsillo.

—Y...

—Pues que no llevaba nada más. No llevaba cartera ni ningún otro objeto en los bolsillos. Solo la tarjeta.

Ana sopesó aquella información. Por lo que había averiguado, Soria era un tipo listo, y al parecer no daba ni un solo paso en falso. Quizá previera que iban a por él y por eso ni siquiera llevaba documentación encima, por si ya tenían algo en su contra y lo atacaban cuando se acercaba a la comisaría. O puede que el cerebro de Ana estuviera en plan fantasioso y solo llevara una tarjeta porque sí.

—Está bien. ¿De quién es la tarjeta?

—Es de una clínica ginecológica en Elche. Se llama clínica Teseo y la regenta un tal doctor Moliner, que, dicho sea de paso, me suena bastante. Ya la tengo empaquetada y a punto de salir por valija, pero como de la parte de la Científica se está ocupando Alicante, pensé que debería contártelo a ti primero, para ahorrar algo de tiempo.

—Gracias, Juan. ¿Hay algo más?

—No, de momento. Esta mañana hemos tenido un pequeño incidente burocrático con el juzgado que me ha tenido más de una hora fuera. De hecho, acabo de regresar. No te preocupes, es de otro caso. Voy a ponerme ya con la autopsia propiamente dicha, pero aparte de que al pobre lo han cosido a balazos, creo que poco más te aportaré. Si hubiera algo más, no te preocupes que te llamo.

—Muchas gracias.

—¡Pero ten el móvil al lado!

—Sí, sí. Por cierto, supongo que ya tenéis el cuerpo del ruso de esta madrugada.

—Sí, ya está aquí. Intentaré ponerme con él más tarde, ya no doy abasto.

—Vale, pero...

—¿Pero...?

—Nada, olvídalo. Hasta luego.

—De acuerdo... —El doctor notó algo raro en la voz de Ana, pero decidió dejarlo ahí—. Hasta luego.

Cuando colgó, lo primero que hizo fue mirar a Alicia. Ella le devolvió la mirada, pero la notó inquieta.

—Te has visto tentada de decirle algo al doctor sobre lo de Mario, ¿verdad?

—Se me ha ido la cabeza. Pensaba que dormir me aclararía un poco el embrollo mental que tengo, pero ya veo que no.

—Tampoco es que nos hayamos pegado una panzada de dormir. Lo importante es que no lo has hecho. Una cosa es lo de anoche, y otra, que sigas intercediendo de esa manera. Ahí sí que yo no estaría de acuerdo. Puedo entender lo que hiciste, pero todo tiene un límite.

—Lo sé. Me preparo un café para llevar y, si estás lista, nos ponemos manos a la obra.

—¿Vamos a la clínica?

—Por supuesto.

10.24 horas. Elche

Ana y Alicia salieron de la clínica tratando de asimilar lo que habían averiguado.

Cuando llegaron, hacía apenas veinte minutos, entraron en aquel lugar con la convicción de que tendrían que hacer uso de la manida amenaza de que volverían con una orden judicial en vista de que se negaban a colaborar, pero nada más lejos de la realidad.

Solo con mencionar el caso en el que estaban trabajando,

contaron con la plena colaboración de las enfermeras que trabajaban allí. Al parecer, el médico aún no había llegado, pero, según les comentaron, tenían total libertad para facilitarles cualquier información que precisaran o que pudiera ser de utilidad para su caso. Alicia, curiosa como era, decidió preguntar la razón de tanta transparencia, pues aquella predisposición incondicional le pareció muy extraña. Pero cuando las enfermeras les explicaron el motivo, su inquietud no hizo sino aumentar: Mario había estado allí la mañana anterior, preguntando lo mismo, y el médico y propietario de la clínica había accedido a colaborar para quitarse problemas de encima.

Por suerte, su intranquilidad inicial se disipó en cuanto supieron que durante todo el día anterior la clínica no había logrado ponerse en contacto con Mario.

Al menos no estaba al corriente de algo tan grave como lo que ellas acababan de averiguar, y eso les daba cierta ventaja para seguir avanzando en sus pesquisas.

Alicia miró a Ana, y en su rostro leyó que por fin todo cobraba sentido, pero su expresión no era en absoluto la que ella se esperaba. No había ni rastro de satisfacción porque, finalmente, se hiciera la luz en un caso que apenas unos minutos antes seguía rodeado de oscuridad. Su gesto de resignación, de limitarse a proceder dentro de los cauces habituales, lo decía todo.

No hablaron. No comentaron nada de lo que habían averiguado.

Por muy grotesco que fuera.

La inspectora se limitó a sacar su teléfono móvil y a marcar el número de la centralita de la comisaría para dar el aviso. Había que prepararse, porque se avecinaba algo muy gordo.

Cuando contestó la policía que estaba a cargo de la centralita, tras identificarse, hubo un momento de silencio que Ana no esperaba.

—Perdone, inspectora —dijo al fin su interlocutora—, casualmente la iba a llamar ahora. Tengo una llamada preguntando por usted. Es de una tal Rose, dice que es periodista. ¿Se la paso?

—No, esto es más importante. Necesito...

—Discúlpeme que insista, inspectora, pero me ha dicho que tiene información importante acerca de Mario Antón, el viudo de Clara Carratalá.

Ana abrió mucho los ojos, y Alicia pegó la oreja al aparato.

—Pásamela.

La operadora procedió. En cuanto la transferencia de llamada estuvo hecha, Ana fue directa al grano.

—Disculpe, es un mal momento, ¿puede abreviar?

Pero después de hablar con Rose, Ana colgó el teléfono y echó a correr sin despedirse.

Alicia no necesitó que le diera explicaciones, lo había escuchado todo y salió disparada casi al mismo tiempo que Ana en dirección al coche.

46

Mario había conducido su Audi Q7 por la A7 a tal velocidad que, al pasar por los dos radares que había en la autopista, en el tramo Elche-Alicante, había generado dos infracciones tan graves que bastarían para retirarle de inmediato el carnet.

Evidentemente, eso le importaba bien poco.

Tanto como la seguridad de los demás conductores, ciclistas, moteros y peatones que se cruzaron con él en cuanto llegó a Alicante. Incluso le hubiera dado igual tener que subirse por las aceras con tal de llegar cuanto antes a su destino.

El empujón que le dio a la pobre Rose por haberse puesto en medio cuando se dirigía hacia su vehículo no le hacía sentirse orgulloso. De hecho, era lo único que le removía mínimamente la conciencia en aquellos momentos. Encararse con Cristina cuando esta se negó a revelarle qué había hecho con el arma la madrugada anterior no le pesaba tanto. Y ya se había olvidado por completo de que había tomado prestadas las llaves del vehículo de Rose para que ninguna de las dos saliera tras él e interfirieran en su camino.

Con pistola o sin ella —al final no había logrado recuperarla—, no pensaba dejar las cosas como estaban. No, porque si se confirmaba lo que ya creía saber con una certeza del cien por cien, haber matado a Clara por ese motivo solo aumentaba la vileza de un acto ya de por sí mezquino.

El plan de Mario consistía, básicamente, en no tener ningún plan establecido. En lo único que había pensado mientras conducía fuera de sí era en que debía aparentar la mayor tranquilidad posible, como una hora atrás, cuando no tenía ni idea de nada.

Tocaba hacerse el tonto, y para ello necesitaba recurrir a algo que en verdad no sabía si tenía o no.

Cerró los ojos y aspiró una enorme bocanada de aire. Lo retuvo unos instantes mientras sentía cómo el corazón le latía con una fuerza inusual. Si seguía así no podría actuar, de modo que permaneció unos segundos respirando acompasadamente, hasta que consiguió engañarse a sí mismo y convencerse que ya las aguas se habían calmado.

Antes de abrir los ojos se palpó la parte trasera del pantalón. El papel estaba ahí. Pensó en lo increíble que resultaba que unas pocas líneas pudieran expresar tanto. Y, sobre todo, que aquel simple escrito le estuviera haciendo vivir los peores días de su existencia.

Abrió los ojos y observó el timbre. Pensó en la de veces que había escuchado aquello de que había que sacar valor de donde fuera para dar ciertos pasos, pero en ese momento él no tenía ni idea de dónde estaba ese lugar llamado «donde fuera». La suerte estaba de su parte, pues logró que su cerebro se encargara de hacerlo todo, y una breve retrospectiva de imágenes mentales, de apenas un par de segundos, bastó para que su brazo se alzara y el dedo índice tocara el timbre.

Aguardó.

La luz del portero automático se iluminó, lo que le confirmó que sí estaba en la vivienda. El sonido de la puerta abriéndose le permitió abstraerse de todo lo demás y concentrarse únicamente en empujarla.

Atravesó la zona ajardinada que hacía las veces de antesala a quienes visitaban el lujoso chalet. En realidad, servía poco más que para eso, ya que los que allí residían no hacían demasiado caso de las plantas. El servicio se ocupaba de mantener aquello en un bonito estado y poco más.

La puerta a la majestuosa vivienda estaba abierta.

Mientras Mario cruzaba el umbral, no quiso pensar de dónde habría sacado él el dinero para pagar algo así. Nunca lo había hecho, simplemente se había dedicado a «disfrutar» de sus comodidades cada vez que había visitado aquella casa a lo largo de su vida. No quiso darle más vueltas; pero después de lo que había averiguado, y más aún teniendo en cuenta todas las jugadas que había presenciado (algunas veces manteniéndose al margen, otras, no tanto, como el pasado jueves por la noche), era inevitable que sintiera unas ganas incontenibles de escupir cada loseta que pisaba. Como si toda aquella oscuridad, todo aquel asqueroso proceder fuera el artífice de todo cuanto lo rodeaba.

Él apareció de repente. Lo vio nada más dar un par de pasos dentro de la vivienda.

«Tranquilidad. Muéstrate tranquilo, como si no supieras nada».

Lo cierto era que la cara de su suegro no era la que esperaba. Sus ojos eran los de una persona que había estado llorando más tiempo del que seguramente admitiría por orgullo. Su rostro demacrado era el de un anciano al que se le había caído el mundo encima sin previo aviso. Sin que se lo esperase. Había envejecido veinte años de golpe. Ya no veía en él ni el menor rastro de esa arrogancia tan característica que distinguía a Francisco José Carratalá.

La tentación de sentir el menor atisbo de lástima por él llegó también de improviso; pero, por una vez en su vida, Mario se mantuvo firme y decidió no dejarse embaucar por aquel titiritero.

«Porque lo es. Puede que la culpa que siente por lo que ha hecho lo esté atormentando. Se lo merece. Por hijo de la grandísima puta».

Pero de pronto sucedió lo que menos se esperaba.

Carratalá se abalanzó sobre él, lo abrazó y comenzó a llorar como un bebé.

Si hubiera tenido que apostar por si aquella llorera era o no real o no, se lo habría jugado todo sin pensarlo a un sí rotundo.

En ese instante se estaba viendo a sí mismo unos minutos antes, de camino al chalet. En medio de todo aquel caos había tratado de imaginarse los mil y un escenarios posibles que podría encontrarse cuando pusiera un pie en la casa. En ninguno de ellos veía a su suegro, viva imagen del orgullo y la fachada varonil, empapándole de lágrimas el hombro y gimoteando como un niño de cinco años al llorar.

Y eso lo descolocó tanto que la razón se hizo a un lado y actuaron las entrañas, que no hicieron otra cosa que acompañarlo en el llanto. Aquella reacción le pareció muy curiosa, porque sin duda en su cuerpo estaban pugnando dos fuerzas totalmente opuestas entre sí. La primera lo repelía hacia atrás, y la segunda, como todo en la vida, actuaba de polo inverso y le impedía alejarse ni un centímetro de aquella persona que parecía llorar con la misma sinceridad que él por la misma persona.

Y eso, evidentemente, lo dejaba todavía más en fuera de juego, aunque la idea de la culpa seguía rondando su cabeza.

No se separaron de inmediato. Ninguno de los dos habría podido determinar con una exactitud razonable cuánto tiempo estuvieron así, sin moverse, pero llegó un momento en que ambos comenzaron a distanciarse, aunque los ojos seguían derramando lágrimas.

Entonces, Carratalá apoyó una mano en el hombro de su yerno y con un gesto de cabeza lo invitó a seguirlo al interior de la casa.

Mientras lo hacía, Mario estaba librando una enconada lucha interior, cuya máxima era no bajar la guardia. Estaba claro que la reacción de Carratalá había roto por completo sus esquemas, pero no por ello podía permitirse el lujo de relajarse. De nuevo la imagen de Clara leyéndole el cuento al niño se apoderó de todo, y él volvió a sentirse el protagonista de la historia. Sabía de sobra que el lobo estaba al acecho, que estaba oculto en algún lugar, y el hecho de no saber en qué momento saldría ni de qué modo lo ponía muy nervioso.

Podía atacar en cualquier momento.

Ser consciente de aquel peligro le disparaba la tensión. Porque cuando uno va a enfrentarse a un lobo ha de llevar un arma consigo, sobre todo cuando el villano podría aplastarlo con una sola mano si se le ocurría luchar contra él cuerpo a cuerpo. Se maldijo cien veces por haberse convertido de pronto en un tipo compulsivo que ni tan solo se había molestado en prepararse ante la inminencia de un enfrentamiento de tamaña magnitud.

Él creía que podría hacerle frente únicamente con su adrenalina, pero no contó en ningún momento con que esta podría bajarle drásticamente por un motivo u otro, tal como le estaba sucediendo.

No supo si caminaban despacio o si el tiempo transcurría con excesiva lentitud, pero el paseo hasta el salón se le hizo eterno. Cuando llegaron, Carratalá lo invitó a pasar.

La estancia era amplia. Amplísima. Tiempo atrás, Mario calculó que podría tener las dimensiones de una cancha de fútbol sala profesional, pero decorado con una exquisitez que a él le recordaba en exceso los gustos de Clara. Lo llaman genética.

Así como ver a su suegro derrumbarse de aquella forma había sido toda una sorpresa, ver a su suegra sentada sobre uno de los sofás de color beige que componían el conjunto no fue para menos. Bebía una infusión dando unos sorbitos casi imperceptibles. En cuanto vio a su yerno, no dudó en dejarla rápidamente sobre la mesa y levantarse a toda velocidad para abrazarlo con una fuerza que no esperaba de alguien que se había pasado toda la noche postrada en una cama de hospital, medicada hasta las cejas.

La escena del abrazo y los llantos volvió a repetirse sin perder un ápice de intensidad en comparación con la anterior.

Clara Sellés era mucho más expresiva que su marido, eso Mario siempre lo había tenido clarísimo, pero su forma de abrazarlo, más sentida, más intensa, se lo confirmó una vez más. Parecía estar bastante entera, pero tal impresión se vino abajo por completo en cuanto Mario notó que su suegra temblaba de arriba abajo, contagiándole aquella sensación de estremecimiento. No supo explicar bien por qué, pero aquel abrazo, sin duda sincero, le hizo recuperar cierto control sobre su mente, y los motivos que lo habían llevado hasta allí volvieron a cobrar la misma fuerza que cuando, un rato antes, conducía hecho una furia camino del chalet.

Eso también le hizo tener muy claro que las lágrimas vertidas por su suegro no podían ser más falsas y que, pasara lo que pasara, no debía dejar que aquel psicópata lo volviera a embaucar.

«Cabeza fría», se dijo.

De todos modos, el problema seguía siendo que no tenía ni idea de cómo proceder a continuación. Era incapaz de trazar un plan. Si no había podido hacerlo a lo largo de su vida con asuntos mucho más triviales, ¿cómo iba a hacerlo ahora que todo su sistema nervioso estaba al borde del colapso? Además, teniendo en cuenta su reciente experiencia de la noche anterior —que casi le cuesta la vida—, resultaba inevitable que estuviera hecho un mar de dudas.

Y su suegra llorando como una Magdalena delante de él no ayudaba mucho.

¿Qué podía hacer con esa mujer enfrente?

Aunque, en el fondo, se merecía saber la verdad. Clara lo hubiera querido así.

Y, una vez más, fue su suegro quien agarró el toro por los cuernos y enderezó la situación a su favor.

—¿Te encuentras bien para ir a comprar una botella de Cardhu?

Por la cara que puso su suegra, el yerno comprobó que no era el único a quien había sorprendido aquella petición. De hecho, ella ni siquiera fue capaz de contestar en un primer momento.

—Si hay de otro que no sea el más barato te lo traes, por favor. Pero si no lo hubiera, entonces me daría igual.

—¿Ha de ser ahora? —Esta vez su mujer sí que fue capaz de hablar.

—Sí, por favor.

Mario asistía pasmado a la conversación. No hacía falta ser un genio para comprender que Carratalá se estaba deshaciendo de un modo bastante torpe, todo había que decirlo, de su esposa. Aquello hizo que los sentidos de Mario se avivaran, porque estaba claro que algo tramaba. Pero él ya no pensaba recular. Si se había presentado allí era precisamente para plantarle cara, aunque la cosa acabara realmente mal.

Clara Sellés, que ya conocía muy bien a su marido y sabía entender las señales que este le lanzaba, se limitó a asentir y salió del salón. Carratalá se quedó mirando la puerta de entrada de la estancia con el único fin de oír cuándo se cerraba la puerta de la vivienda. En cuanto estuvo seguro de que su esposa había salido, se volvió hacia su yerno con una nueva expresión en el rostro.

—Tenemos que hablar. Ya lo sabes —dijo.

Ana y Alicia dejaron el coche aparcado de cualquier forma en la calle y salieron a toda velocidad. La inspectora echó un vistazo a su alrededor, girando sobre sus talones trescientos sesenta grados, y no tardó en divisar el vehículo.

—¡Ese es, el coche de Mario! —dijo algo excitada, recordando que el viernes se había subido para llevarlo a su casa después de la desaparición.

Pudieron ubicar la casa correcta gracias a que la tal Rose,

que había llamado a la policía advirtiéndoles de las intenciones de Mario, les había dado las señas exactas, pues las conocía porque supuestamente era periodista. Eso les hizo ganar tiempo, lo cual, dada la situación, era algo muy de agradecer.

Los zetas que habían ido del mismo Alicante como apoyo habían aparcado unas cuantas calles atrás, a fin de remover la menor polvareda posible, con vistas a que la situación se resolviera del mejor modo posible.

«Ojalá sin más muertes», pensó la inspectora.

El problema era que, a medida que su cerebro iba recreando los posibles escenarios, tenía bastante claro que aquel anhelo podría no hacerse realidad.

En cuanto a la minucia de poder irrumpir en una propiedad privada, ya se estaba encargando el inspector jefe de la Judicial. No iba a ser sencillo —como todo lo que sucedería a partir de aquel momento—, porque no disponían de evidencias probatorias que apuntaran directamente a Carratalá. Por muy disparatado que pudiera sonar, en realidad solo contaban con la palabra de una supuesta periodista que había llamado avisando de lo que pretendía hacer Mario tras ver los resultados obtenidos en una clínica ginecológica. ¿Cómo esperar que un juez autorizara la entrada en la vivienda del presidente de la Diputación solo con esos indicios? Aquello no se sostenía en pie y, por mucho que fuera verdad y que el coche de Mario estuviera aparcado allí, no podía obviarse que aquella era la casa de sus suegros. Nada más.

Y a pesar de todo, el inspector jefe tenía que seguir intentándolo, porque tanto Ana como Alicia se temían lo peor.

Los agentes que actuarían en caso de que fuera necesario ni siquiera estaban en la misma calle que ellas.

La inspectora maldijo una y otra vez el precepto de guardar las formas «por si acaso», pues tenía clarísimo que esta vez un segundo, un solo segundo, podía determinar que aquello acabara del mejor modo posible, o todo lo contrario.

Alicia no dejaba de observar a la inspectora. Ella también estaba bastante nerviosa, puede que incluso tanto como su compañera, y, al igual que ella, también estaba convencida de que o intervenían pronto, o allí se iba a armar la marimorena. Ambas sabían que Mario Antón no era ningún asesino, pero lo que había sucedido hacía tan solo unas horas en la casa del Checheno demostraba que aquel chico era capaz de cualquier cosa cuando le tocaban la familia. Y si estaban en lo cierto, estaban ante una situación extrema.

—Creo que voy a entrar —decidió la inspectora, sin más.

—Ana —intervino rápidamente Alicia—, escúchame: no creas que no venía preparada por si te daba por decir una cosa como esta, así que no me pilla por sorpresa. Por eso sé lo que he de decirte: estate quietecita porque la puedes liar muchísimo, que esta no es la casa del ruso, es la casa de Carratalá y no tenemos ninguna prueba contra él.

—¿Puedes dejar de repetirme lo que vengo escuchando en mi cabeza todo el rato, por favor?

—¿Y qué quieres que te diga? Además, si te lo estás repitiendo a ti misma es porque lo tienes bastante claro. No hagas el imbécil.

—¿No te vale con lo que hemos averiguado en la clínica? Porque para mí es motivo más que suficiente.

—No, Ana. Eso podría interpretarse de mil formas.

La inspectora puso los brazos en jarras y se dio la vuelta para tratar de respirar tranquila. No lo consiguió, así que volvió a girarse hacia Alicia.

—Pues está claro que Mario lo ha interpretado de una única manera, la misma que tú y yo, así que tengo que entrar para evitar que se líe más de lo que ya está.

Alicia se acercó a ella muy despacio con las manos levantadas. Le pareció increíble que fuera ella quien estuviera tratando de imponer una mínima dosis de cordura.

—Espera cinco minutos, por favor —dijo con la voz más

suave que pudo—. Si llega la orden, hacemos las cosas como mandan las ordenanzas; si no llega, te prometo que a la mierda todo y entramos.

—¿Me vas a ayudar o no?

—Te ayudo impidiéndote que entres. No seas cabezona.

—¿Me vas a ayudar o no? —repitió.

—Ana, te hago un favor no dejándote entrar.

—Eso no te lo crees ni tú.

Sin previo aviso, la inspectora echó a correr, propinándole un tremendo empujón con el hombro a la subinspectora, que acabó rodando por el suelo. Acto seguido, sin detenerse, tomó impulso para trepar hasta al muro que limitaba con el de la casa de los Carratalá. Era bastante más bajo y, con la destreza necesaria, podía servir para auparse hasta el otro y así acceder a la vivienda.

Alicia la observaba desde el suelo, negando con la cabeza. Para una vez que ella quería hacer las cosas bien, a la inspectora le había dado por sacar su vena de poli rebelde.

Ana, por su parte, había logrado colarse en el jardín sin demasiados impedimentos. Sus movimientos fueron tan perfectos y sincronizados que hasta ella misma se sorprendió. Sin duda aquella destreza desconocida era atribuible al aumento de adrenalina que estaba experimentando su cuerpo. Una vez estuvo dentro, evaluó la situación mientras atravesaba el jardín, tratando de que nadie la viera llegar. Inevitablemente, aunque Alicia pensara lo contrario, también pensaba en las consecuencias que iba a acarrearle haberse colado así, sin más, en la casa del más alto cargo de la Diputación de Alicante; pero como estaba convencida de que su intervención iba a evitar una tragedia mayor, no se veía a sí misma dando explicaciones ni pidiendo disculpas por sus actos. Solo le importaba hacer el trabajo por el que se le pagaban. Quería cumplir con su deber, fueran cuales fueran las consecuencias.

«¿O acaso lo que quiero es que a Mario no le pase nada malo?».

En otro momento quizá se hubiera parado a reflexionar si, a pesar de que habían pasado los años y creía que la herida ya había sanado, aún seguía sintiendo algo por Mario Antón. Pero como no tenía tiempo para semejantes consideraciones, se decantó por la opción de que sin duda lo hacía por el pequeño Hugo, tal como pensó en la casa del sicario la madrugada anterior. Ya había perdido a su madre y, si estaba en su mano evitar que también muriera su padre, desde luego que lo haría.

Divisó la puerta principal de acceso a la vivienda y, tal y como preveía, estaba cerrada a cal y canto, así que tenía que encontrar una solución alternativa para poder entrar. Se detuvo de golpe y valoró sus opciones. No había más accesos a la vista. Echó a correr de nuevo, temiendo que la viera alguno de esos guardaespaldas que el presidente siempre exhibía en público, y entonces sí que la liarían parda. Por suerte no se cruzó con ninguno.

Cuando ya había recorrido unos cuantos metros del inmenso perímetro de la finca, por fin sintió que la suerte estaba de su parte: divisó una ventana abierta de par en par a través de la cual no parecía demasiado complicado colarse.

Sin pensárselo dos veces, corrió hacia la ventana, casi con la lengua fuera de la boca después de tanta carrera.

Antes de empezar a trepar volvió a hacer un alto y echó un nuevo vistazo a su alrededor.

¿Por qué todo estaba tan tranquilo?

No es que esperara la seguridad que exhibían las casas de los narcos en la ficción, pero sí algún que otro hombre de Carratalá aquí y allá.

¿De verdad resultaba tan fácil colarse en la vivienda de aquel hombre, con lo paranoico que era en lo relativo a su seguridad?

«A no ser que... ¡Oh, mierda, es una trampa!».

—Tú dirás —respondió Mario, tragando saliva.

A pesar de ver a su suegro menos altivo que en otras ocasiones, Mario se iba haciendo cada vez más chiquito según iban pasando los segundos. Tampoco es que ayudara mucho ver cómo se levantaba, se acercaba al mueble bar, cogía una botella de Cardhu sin abrir y se servía un trago.

Si la excusa que había empleado con su mujer para deshacerse de ella ya había sonado forzada hacía unos instantes, ver cómo vertía el líquido de color oro sobre el costoso vaso sin pestañear le demostró que el que ahora era su rival estaba hecho de una pasta completamente distinta.

Incluso después de haberse enfrentado a una mala bestia como el ruso, tenía claro que con aquel hombre debía medir mucho más sus movimientos y templar al máximo sus pensamientos. El sicario había llevado a cabo la ejecución, pero el que había dado la orden de matar a su propia hija había sido el que en ese momento saboreaba un whisky a escasos metros de él.

Y como tenía que pensar con frialdad, la idea de correr con los ojos cerrados hacia él, propinarle un cabezazo y estamparlo contra el mueble bar quedaba completamente descartada.

Tampoco le parecía una buena opción volver a ser un poco el Mario de siempre, no la persona en la que de forma inesperada se había convertido, y salir huyendo de allí sin mirar atrás.

«¿Por qué no he dejado que la policía haga su trabajo? ¿Por qué, de pronto, se me ha despertado la vena heroica? ¿De verdad pienso que voy a escapar de una muerte segura dos veces seguidas en menos de veinticuatro horas?».

Aparte de los planes lógicos ya desechados, por su cabeza pasaban unos cuantos pseudoplanes que parecían algo más viables, pero que su cerebro le impedía ejecutar. La razón era obvia: quería saber la verdad. De su propia boca. Quería escuchar por qué había ordenado quitarle la vida a quien un día fue un bebé que tuvo en sus brazos.

—No sé cómo empezar... —admitió Carratalá de pronto, tras darle otro trago a su bebida. No miraba a Mario. No apartaba los ojos del vaso.

Mario lo animó a seguir, recurriendo a la típica frase.

—Empieza por el principio.

El presidente le dio otro sorbo a su whisky y por fin se volvió hacia su yerno.

—Quería pedirte perdón.

Mario no respondió al instante. Su cerebro necesitó unos segundos para procesar lo que su suegro acababa de decirle. De todas las cosas que se habría esperado, esa era la última.

—¿Por qué? —acertó a decir.

—Son tantas las cosas que necesitaría una mañana entera, y mi mujer no creo que tarde mucho en regresar con la botella. Pero si me tengo que centrar en una, sería por lo del jueves por la noche.

—¿Lo del mensaje?

«¿Me estás diciendo que, después de ordenar que matasen a tu hija, lo más importante para ti es el puto mensaje?», pensó.

—He hecho cosas horribles a lo largo de mi vida, supongo que no hace falta que te cuente algunas de ellas, porque ya las sabrás, o las intuirás, pero una de las peores ha sido ponerte contra las cuerdas de esa forma. Te juro que solo pensaba en ganar del modo que fuera, yo...

Agachó la cabeza y comenzó a llorar de nuevo.

Mario se puso en pie y avanzó un par de pasos en dirección a su suegro. Cautos, lentos. Sus lágrimas estaban logrando que bajara la guardia de nuevo, y eso no lo podía permitir, podían ser lágrimas de cocodrilo, ya sabía cómo las gastaba.

—Francisco, no es por eso por lo que estás llorando, ¿verdad? Dudo mucho de que lo que más te duela ahora mismo sea haberme enviado un mensaje con la intención que fuera. Hay algo más, ¿verdad?

El presidente no levantaba la vista del suelo. Mario vio

cómo las lágrimas le caían cerca de los pies. ¿Hasta tal punto llegaba su maestría como actor?

De pronto, Carratalá comenzó a negar con la cabeza.

—Cuéntamelo —insistió Mario.

—Ese jodido gallego... me está destrozando la vida por no haber querido meter su droga en la provincia. Lo peor de todo es que yo ya había transigido en otras ocasiones, ¿qué me costaba hacerlo una vez más? Primero, Clara; luego, Soria... Me está apuñalando lentamente y yo no sé qué hacer ahora.

Mario no quiso dar un paso más. Escuchar esas explicaciones vacías solo hacía que le hirviera la sangre cada vez más. Ahora ya no le importaba que estuviera llorando, porque por el mero hecho de haber optado por aquel camino en lugar de inventarse una excusa mejor confirmaba definitivamente que, por muchas lágrimas que derramara, era un mentiroso rematado.

Sacó el papel de su bolsillo y, sin decir una palabra se lo mostró.

—¿Por qué no te dejas de excusas baratas y me cuentas la verdad?

—¿Qué es eso?

—No te hagas el tonto.

—¿Qué dices?

—Que no te hagas el tonto. No me trates como a uno de tus votantes. Sé cuál es tu verdadera cara. Deja de llorar, porque no vas a llevarme a tu terreno. ¿El narco? Qué bien te ha venido para tapar lo que de verdad has hecho.

La cara de estupefacción de Carratalá parecía real, pero Mario seguía decidido a no concederle nada de cancha.

—¿No enviaste a tu puto ruso a mi casa para que recuperara esto?

—¿Qué es eso? ¿Qué ruso?

—Toma —le tiró el papel, pero la hoja trazó un recorrido

imposible y acabó cayendo al suelo—, tus putos resultados. Aquí los tienes.

Carratalá se agachó sin perder de vista a Mario. Lo cogió, volvió a incorporarse, lo desdobló y comenzó a leerlo. En un nuevo alarde interpretativo al que Mario tampoco concedió el menor crédito, exhibió una nueva cara, esta vez de sorpresa con un toque de perplejidad.

Su yerno esbozó una sonrió de incredulidad, pero la sonrisa apenas duró un par de segundos, pues un fuerte golpe en la nuca lo hizo caer de bruces en el suelo.

Todo se fue a negro.

Convencida de que había gato encerrado, Ana logró colarse por la ventana y ya estaba dentro de la casa. Había sido un gran error por su parte pensar que le resultaría fácil, a pesar de lo que realmente parecía. La estrechez de la apertura de la persiana era una mera anécdota comparada con el gran problema con el que se topó, que no fue otro que la falta de fuerza en los brazos. A consecuencia de ello, le resultó ultradifícil trepar hasta el alféizar, pues estaba unos pocos centímetros más alto de lo que pensaba; pero al final compensó aquel inconveniente con su redomada cabezonería y logró superar el obstáculo.

Ahora se encontraba en una habitación que no estaba oscura del todo, como era lógico habiendo una ventana, aunque tampoco podría decirse que fuera la panacea en cuanto a iluminación. Giró sobre sus talones e intuyó que lo que había pegado a la pared era una tabla de planchar junto a un montón de ropa esperando a pasar por ahí. Se mordió los carrillos antes de sacar el arma y comenzar a andar hacia la puerta de salida. Tendría que hacerlo con mucha cautela si quería encontrar cuanto antes a Mario.

Clara Sellés no pestañeaba mientras miraba a su yerno tendido en el suelo. Él, por su parte, se dolía del golpe recibido. No era para menos: le había asestado un soberano leñazo con la empuñadura del arma que ahora llevaba en la mano.

Carratalá no sabía bien hacia dónde dirigir el foco, si a su esposa, si a la pistola que empuñaba, hacia Mario, que seguía tendido en el suelo quejándose, o en el papel que tenía en las manos. No era capaz de graduar la importancia de cada una de aquellas opciones.

Aunque quizá lo más increíble de todo no era lo visual, sino el hecho en sí de que su mujer hubiera sido capaz de agredir de ese modo a Mario, ya que podría haberlo matado.

«¿Se ha vuelto loca?».

No pudo hablar inmediatamente, su cerebro no era capaz de procesar tanta información a la vez. Pero en cuanto pudo pronunció las palabras más lógicas:

—¿Qué... qué has hecho?

—Lo de siempre: protegerte. Protegernos, más bien. Una vez más soy yo la que tiene que tomar las decisiones por ti.

Francisco José Carratalá la miraba de hito en hito. Albergaba pocas dudas respecto a si su mujer apretaría o no el gatillo contra él, pero que también habría apostado que no agrediría de aquel modo a su yerno, así que los cimientos de su fe en ella se estaban tambaleando. ¿Acaso el papel que seguía sosteniendo tendría que ver con ello?

Él seguía sin encontrar las palabras, porque la cabeza no dejaba de darle vueltas a todo, así que fue ella quien tomó la iniciativa.

—Hay que quemar ese papel —dijo cortante.

—¿Y si lo quemamos ya dejará de decir lo que dice?

—No, pero no llegará a las manos inapropiadas. Ya nos ocuparemos de la clínica.

—¿Nos? ¿Se te está yendo la cabeza? —Según pronunciaba la pregunta, Carratalá sabía que la respuesta iba implícita en ella. Por supuesto que se le había ido la cabeza.

Ella miró el arma y respiró profundamente.

—Déjate ahora de preguntas y ayúdame a prepararlo todo.

—¿Prepararlo? ¿Preparar qué?

—Tiene que parecer que nos ha atacado. Que ha venido cegado por la ira y se ha echado sobre nosotros. Tus guardaespaldas no estaban aquí y nos hemos tenido que defender como hemos podido.

En un enésimo intento de responderle sin dar con las palabras adecuadas, Carratalá se quedó como paralizado. Miraba a su esposa fijamente y solo podía pensar que aquella situación no era real. ¿Cómo podría serlo? Además, casi sin darse cuenta, de un modo inconsciente, su cerebro estaba tejiendo distintos hilos con los que empezaba a crear una composición. Los cabos sueltos comenzaban a atarse, y no le gustaba nada la historia resultante. Una historia que, por una parte, lo explicaba todo, pero que por otra era tan inverosímil que necesitaba oírla de boca de su esposa.

Así que por fin se decidió a hablar.

—Quiero que me cuentes qué está pasando aquí. Empieza por el papel.

—El informe lo dice bien claro.

—Sí, clarísimo. Aquí pone que no soy el padre de Clara. Ni de Cristina, por supuesto.

—Y si eso llegara a oídos de la opinión pública te hundiría, Francisco, ¿es que no lo entiendes? —inquirió Clara Sellés mientras miraba a su marido a los ojos y modificaba la expresión del rostro—. Todo lo he hecho por ti.

—¿Quién es el padre?

—¿Qué importa eso ahora? Hay que atajar el problema ya, ¡agarrar el toro por los cuernos!

—¿Quién-es-el-padre? —insistió Carratalá, deteniéndose en cada palabra.

—Creo... —intervino Mario— que el padre es Ramón, mi padrastro, por eso quería encontrarse hoy mismo con él.

Francisco Carratalá no necesitó escuchar más para que el mundo se le cayera encima definitivamente. Su derrumbe no fue solo emocional, también sentía que todo le empezaba a dar vueltas, incluso se notaba los oídos taponados, con un pitido molesto. Enseguida se echó la mano al corazón, temiéndose lo peor, pero por suerte aquella sensación apenas duró unos segundos, durante los cuales lo pasó realmente mal.

Al darse cuenta de la indisposición de su esposo, la mujer estuvo a punto de dejar de encañonar a Mario con la pistola y correr en su auxilio, pero tenía claro que si había llegado a aquel punto no podía echarlo todo por la borda por un simple amago de infarto.

Así que, sin dejar de mantener una distancia prudencial, optó por explicarse.

—Lo siento mucho, Francisco. Imagina la de años que han pasado desde que cometí aquel error. Además, tú ya sabías lo que sucedió. Nunca te conté lo de Clara y Cristina, pero pensé que ya lo imaginabas y que me habías perdonado.

A pesar de no sentir ningún síntoma alarmante en el corazón, Carratalá no apartaba la mano del pecho. Como una pedrada recibida a traición, los recuerdos de lo que sucedió hacía más de treinta años regresaron de nuevo a su cabeza con una nitidez pasmosa. Para su desgracia, no era la primera vez que visualizaba aquella sucesión de imágenes en su cerebro, pues cada vez que veía su cara, no podía olvidar que un día fue su mejor amigo.

Tampoco podía olvidar que lo traicionó de la forma más vil. Y que cada vez que veía a Mario, aunque él ni siquiera fuera su padre biológico, veía reflejada esa deslealtad en el marido de su hija.

No podía dejar de visualizar en bucle el momento exacto

en que entró en la habitación y él se estaba vistiendo. Clara le aseguró mil veces que lo que estaba haciendo era justo lo contrario, quitarse la ropa, pero Francisco sabía de sobra que no, que se acababan de acostar, aunque ella lo negara hasta la saciedad.

Y aquel papel, desde luego, lo confirmaba.

Clara, la niña de sus ojos... No solo estaba muerta, sino que ni siquiera era hija suya.

¿Qué clase de pesadilla estaba viviendo?

Mario, que había entrado en la casa pensando que él ya lo sabía, y que, ante la posibilidad de que ella se lo contara a Ramón, Carratalá había ordenado matarla, asistía al momento de la revelación final totalmente descolocado. Si aquella historia, tal como él la concebía en un principio, ya le parecía algo extremadamente desnaturalizada y cruel, el hecho de que fuera la madre quien estaba detrás de toda aquella maquinación aún lo hacía todo mucho más truculento.

Y lo peor era que si no le había temblado el pulso para acabar con su propia hija, menos le costaría apretar el gatillo y dejarlo fuera de juego a él. La única opción era ganar tiempo. El problema era que, en la forma en que lo hizo, quizá estaba estirando demasiado la cuerda.

—¿Cómo puede una madre ordenar la muerte de su propia hija?

—¿Qué otra cosa podía hacer? Mi intención inicial era que tuviera la cabeza ocupada en otra cosa. Clara ha sido toda la vida una niña consentida y caprichosa. Pensé que si aparecía otro hombre en su vida que distrajera sus pensamientos, desistiría de su empeño.

—Creo que te equivocas —replicó Mario—, Clara no era una mujer de caprichos. De hecho, creía firmemente en todo lo que se proponía. No sé por qué os empeñáis en endilgarle una imagen que no le corresponde.

—Ahí tengo que darte la razón. Resultó que no era caprichosa. Y gracias a eso iba a destrozar todo nuestro mundo. No lo podía permitir.

—Pero ¿cómo puedes llegar a ser tan hija de la grandísima puta? Me da igual que no tuviera mi sangre, ¡era mi hija! —exclamó Carratalá, reaccionando por fin.

—¿No lo entiendes? ¡Quería acabar con tu carrera! ¡Me dijo claramente que no quería que ganases las elecciones!

—¡Y eso qué importa! ¿De verdad estás tan enferma? —preguntó con una mezcla de dolor y rabia—. ¿También has ordenado matar a Soria?

—Él debía proteger tus intereses. Me ayudó en todo desde un principio. Él también quería ayudarte...

—Pero le contaste que Clara solo desaparecería unos días —añadió Mario—, ¿verdad? Le dijiste que todo formaría parte de un plan que lo reforzaría de cara a las elecciones...

—Pero Clara apareció muerta —añadió Carratalá, concluyendo la frase.

—Ya la habíamos convencido de que iniciara una nueva vida junto a ese tipo que contraté, pero a la señorita, cuando ya estaba todo hecho, le dio por dar marcha atrás. No quedó otro remedio.

—¿Te estás escuchando? —inquirió Carratalá, que, a pesar de que le temblaban las piernas, logró girar sobre sus talones y dar unos pasos en busca de aire—. Clara, has matado a dos personas, ¡una de ellas era tu hija!

—¡No te equivoques, yo no he matado a nadie! Lo único que he hecho es prevenir un desastre mucho mayor.

Desde el suelo, Mario escuchaba atónito aquella sarta de disparates. Ya ni siquiera tenía claro que ganar tiempo fuera a servir de algo, pues los segundos iban pasando y su suegra no había dejado de encañonarlo con la pistola en todo momento. Y a pesar de todo, había detalles que seguía sin entender, como por ejemplo cómo se había enterado Clara de que no era hija de Carratalá. De haberlo preguntado, la mujer le habría contado que no había nada de épica en esa parte de la historia: simplemente se fueron a comer juntas, como solían hacer cada cierto tiempo, y, tras unas cuantas copas de Marina Alta, abrió un cajón de confesiones. Ambas compartieron algunos secretos sin aparente importancia. Ella no le habló directamente de su sospecha de que Valero fuera su padre, eso lo dedujo la propia Clara cuando insistió en la fecha en que se acostaron tras enterarse del *affaire*.

Después de eso, y volviendo a darle la razón a su yerno en cuanto a que Clara no cejaba en su empeño cuando algo se le metía entre ceja y ceja, su hija removió cielo y tierra para averiguar la verdad, que su madre sospechaba, pero nunca había podido confirmar: que tanto ella como su hermana eran hijas de Ramón Valero. No solo se acostó con él aquel día, sino que la dejó embarazada.

Y después de eso le entró la manía de querer hablar con su verdadero padre y contarle que estaba al corriente de todo.

Daba igual la de veces que le insistió a Clara para que lo dejase, al menos hasta que pasaran las elecciones, porque tenía claro que Valero lo utilizaría en contra de Carratalá. Daba igual, porque Clara estaba dispuesta a llegar hasta el final. Incluso sabía cuándo hablaría con él. Así que había que actuar. Y lo cierto era que no había faltado a la verdad cuando dijo que su plan inicial era abandonar a su familia y marcharse con el ruso que había contratado Soria a petición suya. Pero las cosas se torcieron. Y cuando las cosas se torcían, había que actuar.

Eso se lo había enseñado su marido.

—Clara —Carratalá había recuperado parte de su compostura. O al menos eso indicaba el tono de su voz—, no empeores las cosas. ¿También me matarías a mí?

—¿Por qué preguntas eso? —quiso saber, confusa.

—Porque no voy a dejar las cosas como están. Todo tiene un límite y tú hace mucho que lo has sobrepasado. Si lo matas, no pienso contar la milonga que propones. Diré que has sido tú.

Mario lo miró muy asustado. ¿Qué pretendía? ¿Que ya se le fuera del todo la cabeza a la mujer y les disparara a los dos sin más?

—¿Cómo te atreves, después de lo que he hecho por ti?

—No te engañes, todo esto lo estás haciendo por ti. No por mí.

—¿No has escuchado lo que te he explicado?

—Clara, vamos, déjalo. No me hagas hablar.

—¡Habla, pues!

—¿Quieres que hable? ¿Lo quieres? Pues que no se diga. ¿Sabes por qué te escudas en que todo lo haces por mí? Porque en verdad no quieres perder lo que tienes. Porque has preferido quedarte sin una hija a no tener tu casa gigantesca, tus joyas, tus cenas y tu gente a la que le importas una mierda pero besa el suelo que pisas. Eso es lo que no quieres. Y para no perderlo has sido capaz de acabar con tu propia hija. No tienes alma, Clara; estás completamente podrida por dentro. Y ya te voy avisando de que, si no quieres que cuente lo que ha pasado, tendrás que matarme. No pienso ser partícipe de esta locura.

—¿Ahora sí tienes escrúpulos? ¿El que no ha dudado en meter la mano en el arca siempre que ha podido? ¿El que no ha temblado a la hora de negociar con narcos, proxenetas y gente de la peor calaña posible?

—Me parece increíble que compares eso con matar a una hija.

—¿Vas a dejar de repetir una y otra vez lo mismo? —preguntó, visiblemente nerviosa, al tiempo que dejaba de apuntar a Mario y encañonaba a su marido.

Carratalá cerró los ojos y asumió lo que estaba a punto de suceder.

—Adelante, mátame —dijo con los ojos cerrados.

Clara Sellés estaba completamente fuera de sí, cegada por

la rabia. Así que no lo pensó dos veces y se dejó llevar. Su cerebro no dudó en enviar a su dedo índice la orden de que apretara el gatillo. En el salón se oyó un estruendo brutal, unas milésimas antes de que Francisco José Carratalá cayera de bruces en el suelo. El hombre se llevó instintivamente las manos a la herida, de la que ya manaba sangre en abundancia.

Mario, cuya reacción lógica hubiera sido quedarse petrificado tras lo que acababa de suceder, no quiso desaprovechar la oportunidad que le había brindado su suegro de seguir viviendo. O al menos él lo quiso ver así. Era la primera vez que Carratalá hacía un acto de sacrificio en su vida y él no lo pensaba desaprovechar, así que echó mano de esa valentía que la noche anterior lo había convertido en el justiciero de un asesino, se incorporó de un salto y se abalanzó sobre la verdadera artífice de todas sus desgracias.

Al contrario de lo que esperaba, puede que fruto también del subidón de adrenalina que debía de estar experimentando, su suegra no cedió ni un solo centímetro y forcejeó con él hasta el punto de que a Mario le resultaba imposible arrebatarle el arma. El mordisco que sin dudar ni un instante le asestó la mujer en la mano tampoco ayudó demasiado, pues incluso le causó una profunda herida. A pesar de ello, Mario no desistió, porque tenía muy claro que, si en algún momento debía morir, no sería precisamente en ese.

Pero no conseguía que su agresora cediera ni un centímetro, y lo peor era que, si el arma se disparaba, él no acabaría bien parado porque todo el tiempo lo estaba apuntando.

Empezaba a darlo todo por perdido cuando, de pronto, una voz hizo que ambos desviaran la atención hacia otro punto de la estancia.

—¡Tira la puta pistola al suelo! —gritó Ana nada más entrar en el salón y encontrarse la escena.

La mirada que le lanzó la mujer no parecía humana. Nunca, jamás, había visto a nadie tan fuera de sí como lo estaba la mujer de Carratalá en esos momentos. No había tiempo para establecer analogías, pero, de haberlo habido, Ana hubiera dicho de ella que parecía más un demonio que un ser humano. A la inspectora le pareció que la mujer vacilaba unos instantes al sentirse confundida cuando la vio aparecer en el salón. Durante esos pocos segundos se le pasó por la cabeza apretar el gatillo porque, a decir verdad, la situación pintaba muy mal. Pero no lo hizo porque Mario estaba demasiado cerca de la mujer y, aunque se tenía por muy buena tiradora, no podía ponerlo en riesgo de esa manera. El problema fue que, al no aprovechar aquel descuido, Clara Sellés fue lo bastante hábil como para hacer un movimiento inesperado y colocarse detrás de su yerno, al que no dudó en encañonar directamente, pegando la boca de la pistola a su cabeza.

Mario, comprendiendo que la mujer ya no tenía nada que perder, decidió dejar de hacerse el héroe, dadas las altas probabilidades de que sus sesos acabaran desparramados por el suelo.

Tras ese movimiento, contemplado por otro lado, la inspectora evaluó la situación.

Carratalá estaba tendido en el suelo, y emitía un quejido que parecía más propio de un animal que se estuviera muriendo desangrado. Aunque, desde luego, no era para menos, pues el hombre se encontraba prácticamente en esa misma situación. El enorme charco de un color rojo muy oscuro que había debajo de él no hacía presagiar nada bueno. En cuanto a Mario, la inspectora llegó a la conclusión de que, vista la situación tan peliaguda en que se encontraba, solo un milagro impediría que acabara tendido sin vida en el suelo.

Era de manual, pero la única solución que se le ocurrió fue ganar algo de tiempo, tal como había pensado Mario hacía unos minutos, lo cual le había permitido seguir con vida hasta el momento.

Aunque la razón de Ana era otra, pues acababa de observar un detalle en la habitación que le dio una idea para resolver aquella situación tan comprometida.

—Señora Sellés, le pido, por favor, que tire el arma. Creo que debería ser consciente de que, pase lo que pase, no va a conseguir escapar de aquí. No creo que quiera aumentar su macabra cuenta particular con otra víctima más.

—¡Le repito que yo no he matado a nadie!

—Si no atendemos a su marido, le aseguro que al menos a uno sí que lo habrá matado. ¿Es eso lo que quiere? No conozco el cien por cien de los detalles que la han llevado a esta situación, pero con eso me bastaría para meterla entre rejas.

—¡No tienen nada contra mí!

—No he dicho lo contrario. Solo le advierto de lo que sucederá si no me hace caso.

Clara miró a su marido. Seguía doliéndose del disparo recibido en la zona abdominal, aunque cada vez se quejaba menos. Parecía como si la vida ya comenzara a abandonarlo. Era un traidor. Al igual que lo había sido su hija y el inútil de Soria, pero aunque él no la creyera cuando le dijo que todo lo había hecho por él, sus palabras eran totalmente sinceras. Y la verdad era que no quería verlo morir desangrado como un gorrino.

«¿Por qué no te has puesto de mi parte, cuando yo siempre he estado a tu lado? ¿Por qué no quieres entender que todo lo he hecho por ti? Tu hija solo pensaba en ella, no le importaban las consecuencias de sus actos».

—Señora Sellés —volvió a intentarlo Ana—. Usted quiere a su nieto, ¿verdad?

—No se le ocurra nombrar a mi nieto.

—Lo hago para que piense un momento en él. ¿Lo quiere?

Ella guardó silencio. Ana lo tomó como un sí.

—Hugo ha perdido a su madre. ¿Quiere que pierda también a su padre? ¿Le gustaría que creciera sin ellos?

—Si él hubiera sido el mismo cobarde de siempre, todo habría salido bien. ¿Por qué has tenido que entrometerte? ¡Pensé en dejarte en paz porque nunca mueves un dedo! —le recriminó, gritándole como una posesa.

Mario no pudo responder. No porque lo que pudiera decir fuera a provocarle más problemas, o el peor problema de todos, para ser más exactos, sino porque pensaba que precisamente, por una vez en su vida, a pesar de cómo pudiera acabar todo, por fin se sentía orgulloso de sí mismo. Le hubiera encantado que Clara pudiera verlo luchando por aquellos a quienes quería. Por fin.

—De Clara podía esperarme cualquier cosa, pero a ti te tenía por alguien más sensato —insistió su suegra—. ¿Por qué no has dejado las cosas como estaban?

—Porque un padre y un marido harían lo que fuera por los suyos. ¿No es eso lo que dice que ha hecho usted? —inquirió Ana, con la intención de desviar su atención de Mario.

—Claro que sí. Hay que proteger a la familia siempre. Porque la familia es lo único que...

Y de pronto, Clara sintió un fuerte golpe en la cabeza que la dejó completamente fuera de juego. La pistola cayó al suelo pocas milésimas antes de que ella también lo hiciera, inconsciente.

—¡Cállate ya, puta loca de los cojones! —gritó Alicia, que acababa de asestarle un contundente golpe con el puño en el cogote.

Mario, que no entendía lo que acababa de suceder, se dejó caer en el suelo, pues las piernas ya no le aguantaban el peso del cuerpo. Cuando miró a su alrededor y vio a la subinspectora de pie a su lado, dio rienda suelta a su sistema nervioso y se echó a temblar como nunca lo había hecho hasta entonces.

Ana, en cuanto vio que su compañera se asomaba por la otra entrada del salón, había entretenido a la mujer para que a

Alicia le diera tiempo de acercarse sigilosamente. La inspectora se apresuró a darle una patada a la pistola y comprobó el estado de la mujer.

—¿No podías haberla reducido de otra forma? ¡La podías haber matado! —le reprochó Ana.

—Oye, que de nada —respondió Alicia.

—No, si yo te doy las gracias, pero tardas un poco más y no sé la que se lía aquí.

—¿Cómo que si tardo más? ¿Es que sabías que iba a entrar?

—Por Dios, Alicia, que agarraste a un tipo por los huevos para que hablara. Esta vez tampoco esperaba menos de ti. Sal y llama a una ambulancia, deprisa. Y que entren los compañeros para engrilletarla. Yo me ocupo de que no se levante.

Alicia obedeció y salió de la casa, ahora sí, utilizando la puerta principal y no la ventana del lado contrario por el que había entrado Ana. Una vez fuera, cumplió el mandato de Ana.

La inspectora le dio la vuelta a la mujer y le sujetó los brazos por si llegaba a despertarse, para que no diera problemas. También miró hacia donde estaba Mario, pero este ya se había incorporado y estaba comprobando el estado de salud de su suegro. Mario no dudó en quitarse la camiseta para utilizarla como tapón, pues la herida no cesaba de sangrar. La situación no pintaba demasiado bien para Carratalá, pero al menos seguía con vida.

Los policías no tardaron en acceder al interior de la vivienda. La suerte, de algún modo, estuvo de parte del presidente de la Diputación, ya que uno de los zetas llevaba un equipo de emergencias médicas y uno de sus ocupantes era enfermero titulado además de policía. Su asistencia no sería tan completa como la de la ambulancia del SAMUR cuando llegara, pero al menos estabilizaría la herida para que Carratalá no muriera antes de ser atendido como Dios manda.

Y aunque hubo algunas complicaciones que obligaron a

practicarle una intervención urgente para extraerle la bala, logró sobrevivir.

Con el lío de agentes, jueces, secretarios y técnicos de la Científica que se había formado en la casa, Mario necesitó salir al jardín a tomar el aire. Miró hacia la entrada y comprobó que Cristina entraba corriendo en la vivienda, totalmente fuera de sí. Cuando vio a Rose, se imaginó que ambas habían encontrado la forma de llegar, aunque él le hubiera escondido las llaves. Con un taxi, quizá.

Le habría gustado acercarse hasta donde estaban ellas y contarles que, de algún modo, todo había acabado, pero aún no se sentía con fuerzas para hacerlo.

Dejó que el equipo médico acabara de realizarle la exploración preceptiva y se quedó mirando a Ana. Ella, a su vez, lo miraba a él y, una vez se alejaron los sanitarios, decidió acercarse hasta donde estaba.

Se sentó a su lado.

—Menuda locura, ¿no? —le dijo ella.

—No puedo creer nada de lo que ha pasado. Parece un mal guion de cine.

—Ahora te dedicas a eso, ¿no? Podrías escribir una historia con lo que ha pasado.

—No creo que quiera volver a pensar en esto hasta que pasen muchos años...

—Lo siento, era una broma para rebajar la tensión. Soy muy mala en eso.

—No te preocupes, Ana. Lo que no sé es cómo he estado tan ciego para no ver nada de lo que estaba sucediendo a mi alrededor.

Ella miró hacia delante y negó con la cabeza.

—Bueno —respondió al fin—, no sé si lo que te diré te animará o no, pero tu suegro estaba durmiendo junto a ella todos los días y tampoco fue capaz de verla. Hay que reconocer que se lo ha montado muy bien.

—Ana, ha matado a su propia hija. ¿Alguien me puede explicar cómo se hace eso? Yo pienso en Hugo y...

—Lo siento, Mario. Como te imaginarás, he visto mucho, te diría que de todo, en mis años de experiencia. Y hasta en los casos más simples no soy capaz de encontrar ninguna lógica. El mal no la tiene. Existe y punto. No hay que pensar en cómo ha sido capaz de hacer algo así, porque por suerte no lo entenderás y solo hallarás frustración cuando descubras que no puedes sacar nada en claro.

—Es increíble. Y ahora, ¿qué?

—Olvídate de ella por el momento. Sabiendo lo que sabemos encontraremos la manera de relacionarla con todo lo que ha sucedido. Eso ya es trabajo nuestro. No sé qué pasará con tu suegro, pero como mínimo puedo endosarle una tentativa de homicidio, así que algo es algo. Ahora céntrate en tu hijo, que es lo único que importa.

Ana se levantó. Se disponía a seguir con su trabajo cuando Mario requirió de nuevo su atención.

—Ana —dijo.

Ella se volvió.

—Quería pedirte perdón por lo que pasó. De verdad que no lo recordaba cuando te vi la primera vez, pero eso no es excusa. Lo siento. Te pido perdón también en nombre de Clara. Ella ya no era la misma que tú conociste, estoy seguro de que, si hubiera vuelto a entrar en contacto contigo, te habría pedido perdón.

Ella no dijo nada. Se limitó a guiñarle un ojo antes de dar media vuelta y seguir con lo suyo.

47

Martes, 14 de mayo de 2019. 15.04 horas. Alicante

Alicia abrió la puerta y salió al exterior.

Sabía que encontraría a Ana en la terraza. Estaba con las manos apoyadas sobre el murete que impedía que alguien pudiera caer tres plantas hacia abajo.

—No eres buena escondiéndote —dijo la subinspectora.

Ella se volvió y sonrió a su compañera.

—Bueno, quizá no quería esconderme. Si quisiera no me encontrarías, te lo aseguro.

—Joder con la señorita Contestona. Has pasado de un extremo al otro.

Ana se rio con ganas.

—¿Cómo estás? —le preguntó Alicia.

—Bien. Todavía sin creer que esto haya acabado.

—Me pinchan y no sangro. ¡La madre! ¿Quién iba a imaginarlo?

—Yo, desde luego, no. Si es que lo tenía todo atado y bien atado. ¿Sabes que había pedido a los escoltas de Carratalá que no estuvieran en la casa porque, según ella, tenía la intuición de que su yerno iría a por ellos? No quería testigos de lo que pudiera suceder hoy. Me entran escalofríos de pensar hasta qué punto lo tenía todo planeado. Eso, lo del Checheno, la frialdad con que se ha quitado de en medio a todos los que le molestaban... Pero, claro, ¿qué te voy a contar a ti que no hayas visto ya?

Alicia asintió. De hecho, había vivido algo muy parecido con su propia madre.

—La mente humana, que es jodida —se limitó a contestar.

—¿Te han dicho cómo está Carratalá?

—Lo están operando de urgencia. Al parecer la bala ha tocado algo que no debería. Aún no sabemos nada, pero me da a mí que no va a morir.

—Siento pena por él, ¿sabes?

—No, si yo también. Una cosa es el juego político que llevara entre manos, y otra bien distinta todo lo que le ha pasado.

—Supongo que acabará retirándose de la campaña. Y, sinceramente, espero que el otro también lo haga. Mario ha contado cositas de él que tampoco es que lo dejen en muy buen lugar.

—Estamos rodeadas de hijos de puta.

—Desde luego. Y lo peor no es estar rodeadas, lo peor es que esos hijos de puta nos gobiernan. Estamos en manos de psicópatas.

—Incluso de maridos de psicópatas, como hemos visto.

La inspectora negó con la cabeza. Seguía sin poder dar crédito a cómo había virado el caso hasta llegar a ese final.

Alicia se acercó a Ana y apoyó las manos sobre el muro del mismo modo que había hecho ella.

—Oye, pues hay bonitas vistas desde aquí.

—A ver si te has creído que yo me subiría a cualquier sitio. En fin... ¿Qué vas a hacer ahora?

—Supongo que me toca volver a «los madriles».

—¿Te irás hoy?

—No, paso de darme el palizón. ¿Qué tal si esta noche me llevas al sitio ese del otro día? Así, en plan despedida.

—Hecho —respondió Ana sonriente.

De pronto el teléfono móvil de Alicia comenzó a sonar. Ella lo sacó del bolsillo y comprobó algo contrariada quién la llamaba. Al instante sintió una punzada en el estómago.

—Dime.

Su interlocutor no habló de inmediato, lo cual puso aún más nerviosa a la subinspectora. Ella sabía que a menudo sus silencios decían mucho más que sus propias palabras. Pero al final habló.

—Ha pasado algo.

Agradecimiento especial

Cómo no, comienzo con mis amores, con mi razón de ser, con el motivo por el que me levanto cada mañana, por los que lucho, por los que me dejaré la vida. Esta vez habéis tenido que aguantarme un poquito más que de costumbre; os pido perdón por ello y os doy nuevamente las gracias. Mari, Leo os quiero 3000. Y con eso os lo digo todo.

Gracias a mi familia, a toda, por el apoyo incondicional. En especial a mi madre.

Gracias al maravilloso equipo de Penguin Random House, capitaneado por Carmen Romero, que sigue apostando por mí ciegamente y a la que estaré eternamente agradecido, y con una especial mención a Clara Rasero. Clara, no hay palabras que te describan. Siento no poder expresarte todo lo que te debo por ser tan excepcional editora. No puedo olvidarme de mis queridas Raffaella Coia, Nuria Alonso y Marta Donada.

A Pablo Álvarez y a su fantástico equipo en Editabundo (a todos, porque sois geniales cada uno en lo vuestro y os quiero mucho). Gracias, Pablo, por luchar siempre y tanto por mí.

A mi querido amigo de la infancia Mario Serrano. Gracias porque no dudaste en ayudarme con esa petición tan loca, y te tengo que reconocer que, gracias a esa mañana que me dedicaste, la novela es lo que es.

A la comisaría de Elche y a sus integrantes por ponérmelo tan fácil a la hora de documentarme sobre sus instalaciones y su forma de proceder frente a un caso como el que les planteé. A todos los policías, guardias civiles y forenses que me habéis ayudado para asesorarme.

A la Diputación de Alicante por su colaboración y su transparencia absoluta a la hora de aportarme cualquier dato.

A todos los amigos que he hecho desde que comencé con esta locura de juntar letras. Antes os nombraba a unos pocos, pero crecéis de tal modo que me parece injusto poneros aquí a unos sí y a otros no. Ya sabéis quiénes sois.

A los integrantes de la Ostra Azul.

Al grupo Sôber, en especial a Carlos, porque no me dio tiempo a mencionaros en las páginas de agradecimientos del anterior libro, y os debo una, por muchas cosas. Sois los putos amos.

A esos libreros que sudáis tinta para que mis libros y los de los demás se vendan. GRACIAS.

A todo aquel que alguna vez tomó la mala decisión de abrir uno de mis libros. Ahora, siempre estáis ahí, para todo, y eso no tiene precio.

Y, por último, si eres un lector recién llegado, déjame que te cuente algo: habrás notado que hay muchas referencias al pasado de Alicia, a Nicolás Valdés y a una serie de personajes que solo aparecen mencionados, pero que no intervienen en la historia. Si quieres conocer más sobre ellos, te recomiendo que leas la trilogía del «No», comenzando por *No mentirás*.

Ahí te darás cuenta de que, aunque parezca que no tiene nada que ver, todo forma parte de un mismo universo.

Nos vemos en un próximo libro; pero, de momento, me puedes ir contando qué te ha parecido este en mis redes sociales (@blasruizgrau) o en mi correo (blas@blasruizgrau.com).

Almoradí, *enero-agosto de 2021*